LES AMANTS DE LA NEVA

Titre original : *The Jewel of St Petersburg*

Traduit de l'anglais (Royaume-Uni) par Élisabeth Luc
Ce livre a été publié précédemment sous le titre *Le Diamant de Saint-Pétersbourg* aux éditions Charleston en 2019.

10, place des Cinq-Martyrs-du-Lycée-Buffon
75015 Paris – France
www.editionscharleston.fr

ISBN : 978-2-36812-544-1
Maquette : Patrick Leleux PAO

Pour suivre notre actualité, rejoignez-nous sur Facebook (Editions.Charleston), sur Twitter (@LillyCharleston) et sur Instagram (@LillyCharleston) !

Charleston s'engage pour une fabrication écoresponsable ! Amoureux des livres, nous sommes soucieux de l'impact de notre passion et choisissons nos imprimeurs avec la plus grande attention pour que nos ouvrages soient imprimés sur du papier issu de forêts gérées durablement.

Kate Furnivall

LES AMANTS DE LA NEVA

Roman

Traduit de l'anglais (Royaume-Uni)
par Élisabeth Luc

Publié précédemment sous le titre
Le Diamant de Saint-Pétersbourg.

CHARLESTON
POCHE

Pour Carole et Wendy, avec tout mon amour.

1

Tesovo, Russie, juin 1910

Valentina Ivanova n'avait aucune envie de mourir. Pas maintenant. Pas ainsi, les pieds crottés, les cheveux emmêlés, à l'aube de sa vie. Dans la pénombre verdoyante de la forêt dense, elle découvrit que ses mains ne tremblaient pas, chose étonnante car, intérieurement, elle était secouée de frissons de terreur.

La jeune fille prêtait toujours plus d'attention aux doigts qu'aux visages. Ils étaient tellement plus parlants ! Les gens prenaient soin de contrôler leur expression et oubliaient leurs mains. Grâce aux heures qu'elle avait passées au piano, Valentina avait les phalanges à la fois fines, puissantes et souples. À quoi bon, désormais ? À mesure qu'une peur bleue s'insinuait dans les moindres recoins de son cerveau, elle apprenait ce que le véritable danger infligeait à l'esprit humain.

Elle pouvait s'enfuir. Ou se cacher. Ou encore rester là, plaquée contre le tronc d'un bouleau argenté, où ils la débusqueraient.

Des silhouettes furtives se faufilaient en silence d'arbre en arbre, englouties par l'immensité des bois. En cet instant, Valentina ne les voyait pas, ne les entendait pas. Et pourtant, ils étaient bien là. Ils semblaient disparaître dans l'écorce des arbres comme d'agiles scarabées. Chaque fois qu'elle tournait la tête, elle percevait un mouvement du coin de l'œil. Un souffle imperceptible, un rai de lumière, une faille dans l'obscurité du sol boisé… Qui étaient-ils ? Ils avaient des fusils, mais n'avaient pas l'air de chasseurs. Un chasseur n'arborait pas une cagoule noire percée de deux fentes pour les yeux et d'un trou pour la bouche !

Valentina frémit. Non, elle ne voulait pas mourir.

Elle était pieds nus car elle s'était débarrassée de ses chaussures après sa longue course à travers champs vers le sommet de la colline. Il faisait encore nuit quand elle s'était glissée hors de son lit à pas de loup. Au diable les épingles à cheveux, les gants et le chapeau que sa mère jugeait indispensables à une jeune fille convenable lorsqu'elle sortait ! À dix-sept ans, elle était en âge de prendre ses propres décisions. Vêtue d'une robe légère et sans manches, elle avait quitté la maison et sellé Dacha pour filer vers son refuge préféré, sur le domaine rural de son père. Elle avait pénétré l'orée de la forêt sombre d'où elle aimait regarder le soleil se lever sur Tesovo.

La fraîcheur de la terre noire et humide entre ses orteils, le vent qui rabattait ses cheveux bruns sur ses joues et autour de son cou… Quelle sensation de liberté ! Elle était toujours soulagée d'un grand poids lorsque sa famille fermait la demeure de Saint-Pétersbourg pour la torpeur des mois d'été et les longues nuits blanches de Tesovo, quand le soleil se donnait tout juste la peine de se coucher.

Jusqu'à ce qu'elle distingue les fusils.

Des hommes encagoulés se déplaçaient subrepticement dans l'ombre. En proie à des sueurs froides, elle se cacha derrière un arbre. Elle percevait un bourdonnement de voix indistinctes, rien de plus. Elle patienta un moment, espérant qu'ils s'en aillent. Lorsque les premières lueurs de l'aube dessinèrent une traînée de sang entre les troncs, les hommes se déployèrent et disparurent. Au bord de la panique, Valentina sentit son cœur s'emballer.

Était-ce un murmure, derrière elle ?

Elle fit volte-face et scruta les alentours. Personne. Bientôt, une silhouette sombre et vive fila d'un côté, puis une autre, droit devant. Ils l'encerclaient ! Combien étaient-ils ? Elle se tapit dans la brume et se mit à ramper dans les sous-bois. De fines volutes de brouillard s'enroulèrent autour de ses chevilles, les branches lui fouettaient le visage. Elle ne s'arrêta qu'en décelant une paire de jambes devant elle. Elle se figea dans sa caverne de fougères luxuriantes et retint son souffle. Les jambes s'immobilisèrent. Le regard terrifié de la jeune fille se riva sur une pièce de tissu mal cousue, au niveau du genou du pantalon. Enfin, les jambes s'éloignèrent. Valentina fila vers la gauche, toujours en rampant. Si elle gagnait l'orée du bois, où elle avait attaché son cheval, elle pourrait...

Le coup vint de nulle part et la fit basculer en arrière. Allongée sur le dos, sur la terre humide, elle tenta de repousser la main qui lui enserrait l'épaule. Elle mordit le poignet si fort qu'elle sentit le goût du sang. Aussitôt, la main la relâcha avec un juron. Elle se leva d'un bond. Puis, sans prévenir, une claque retentissante la projeta contre un tronc d'arbre. Sa joue heurta l'écorce.

— Elle est là ! lança une voix grave.

Valentina voulut s'enfuir en courant. La tête lui tournait. Anticipant une autre gifle, elle se laissa tomber sur un genou. Elle entendit la main de son assaillant frapper violemment le tronc d'arbre. S'ensuivit un cri de rage. La jeune fille détala, mais le sol tanguait sous ses pieds, se confondant avec la brume grise qui s'embrasait chaque fois qu'elle traversait un rai de lumière.

— Arrête-la !

— Merde ! Tire-lui une balle !

Une balle ?

La jeune fille reconnut le son métallique du fusil que l'on recharge. Elle s'immobilisa derrière un arbre, les mains tremblantes sur l'écorce rugueuse.

— Attendez ! cria-t-elle.

Ce fut le silence. Le bruit de pas se tut.

— Attendez ! répéta-t-elle.

— Montrez-vous ! Qu'on vous voie !

— Je ne prendrai pas une balle ?

— Non, pas de balle, répondit une voix avec un rire mauvais.

Ils n'avaient pas encore tiré. Peut-être ne voulaient-ils pas prendre le risque de faire du bruit. À la campagne, les détonations s'entendent de loin. Valentina avait la gorge nouée. Ces hommes ne plaisantaient pas. Quelles que soient leurs activités, elle les dérangeait et ils n'allaient pas la laisser s'en aller aussi facilement. Il fallait qu'elle discute avec eux.

— Vite ! *Bistro !* hurla la voix.

Le cœur battant, Valentina s'écarta de son arbre. Ils étaient cinq. Cinq hommes, cinq fusils. Un seul, le plus grand, portait son arme en bandoulière comme s'il n'avait pas l'intention de s'en servir. Les cagoules qui se tournèrent vers elle lui donnèrent la chair de poule.

Ils ne lui avaient pas logé une balle dans la peau, c'était déjà ça.

— Ce n'est qu'une fille, pouffa l'un d'eux.

— N'empêche qu'elle court plus vite qu'un lièvre.

Trois des hommes s'avancèrent vers d'elle. Elle se crispa, prête à détaler.

— Ne prends pas cet air féroce, petite. On est juste…

— Ne m'approchez pas !

— Inutile d'être aussi méchante.

— Vous êtes sur les terres de mon père, répliqua-t-elle d'une voix qu'elle ne reconnut pas elle-même.

— Les terres de Russie appartiennent au peuple russe, grommela l'un des cagoulés. Tu nous les as volées.

Des révolutionnaires ! Ce mot enfla dans son esprit, chassant toute autre pensée. Dans les salons de Saint-Pétersbourg, des histoires circulaient sur des hommes de leur trempe qui entendaient prendre le contrôle de la Russie et exécuter tous les membres des classes dirigeantes. Sa mort ne constituerait que le début.

— Qu'est-ce que vous faites ici ? s'enquit-elle.

L'homme le plus proche d'elle émit un gloussement lubrique.

— On admire le paysage…

Elle se sentit rougir. Le fin tissu trempé de sueur et maculé de terre de sa robe en mousseline lui collait au corps. Elle enroula ses bras autour d'elle-même, comme pour se protéger, puis elle repoussa ses cheveux en arrière d'un air de défi. Les trois malfrats s'approchèrent et l'un d'eux se posta derrière elle pour l'empêcher de fuir. Elle était prise au piège. Elle respira profondément. Si elle ne voyait pas leurs visages, elle devinait à leurs mouvements lestes, leurs corps élancés et leur ton enthousiaste qu'ils étaient jeunes. Les deux autres, qui semblaient un peu plus âgés, plus trapus, se tenaient à l'écart, de l'autre côté du sentier, échangeant des messes basses. L'observaient-ils ? Difficile à dire. Quoi qu'il en soit, le plus grand était manifestement le chef.

Pourquoi se trouvaient-ils à Tesovo ? Quelles étaient leurs intentions ? Il fallait qu'elle s'éloigne au plus vite, qu'elle prévienne son père. Deux jeunes se donnaient des coups de coude complices, tels des chacals se disputant une proie.

— Qui êtes-vous ? demanda-t-elle dans une tentative de diversion.

— Nous sommes la véritable voix de la Russie.

— Dans ce cas, exprimez-vous à la Douma, notre Parlement, et non dans cette clairière, face à moi. À quoi bon ?

— Je vois bien une raison, moi, répondit le plus costaud des trois.

Il effleura les seins de Valentina de l'extrémité de son fusil. Elle l'écarta vivement.

— Vous pouvez revendiquer les terres, persifla-t-elle, mais pas moi !

Ses deux camarades éclatèrent d'un rire gras, tandis qu'il ôtait sa ceinture pour l'enrouler autour de son poing en brandissant la boucle d'un air menaçant.

— Salope ! *Suka !*

Il émanait de lui une telle rage qu'elle sentait son odeur âcre dans l'air matinal.

— Je vous en prie, dit-elle au chef, en retrait parmi les arbres.

Son immobilité effraya la jeune fille encore plus que l'énergie débordante de ses hommes.

— Je vous en prie, maîtrisez-les !

L'homme la fixa, puis secoua lentement la tête avant de s'enfoncer dans la forêt. L'espace d'un instant, elle faillit céder à la panique. Apparemment, il avait laissé des instructions, car l'homme à qui il parlait s'adressa soudain à celui qui se tenait derrière elle.

— Toi, occupe-toi d'elle ! Les autres, suivez-moi.

Occupe-toi d'elle.

Ils étaient bien entraînés, elle devait l'admettre. Le plus furieux, qui tenait sa ceinture dans son poing, s'éloigna aussitôt sans un mot, en compagnie de l'autre. Derrière elle, la silhouette solitaire agita son fusil et traîna ses bottes de paysan dans la terre humide.

— Assieds-toi !

La jeune fille hésita.

— Assise ! Ou je t'y oblige !

Elle obéit.

Une heure s'écoula, peut-être davantage. Le corps fourbu, l'esprit en ébullition, Valentina perdit toute notion du temps. Chaque fois qu'elle essayait de bouger ou de parler, son garde émettait un son de dégoût et la frappait du canon de son fusil là où il en avait envie, dans les côtés, l'épaule, le bras et, pire encore, la nuque.

Au moins, il ne lui tira pas dessus. Elle s'accrocha à ce mince espoir.

Que faisaient les autres ? Mille réponses à cette question lancinante se bousculaient dans sa tête.

Et s'ils étaient venus cambrioler la maison de ses parents, avec ses toiles de maître, ses statuettes en or, ses sculptures orientales et les bijoux de sa mère ? D'autres avaient déjà essayé, alors pourquoi pas eux ? Des cambrioleurs n'attendraient pas l'aube et la présence de nombreux domestiques vaquant à leurs tâches.

Valentina se recroquevilla sur elle-même. Aussitôt, elle reçut un coup dans le dos. Elle attira discrètement une pierre vers elle et croisa les bras sur ses jambes repliées, frissonnant dans la brise qui chassait peu à peu la brume. Elle ne tremblait pas de froid, mais de peur pour ses parents et sa sœur Katia qui se levaient sans doute, ignorant que des cagoules noires rôdaient autour de Tesovo. À treize ans, sa cadette était une véritable tornade blonde qui, chaque matin à Tesovo, surgissait dans la chambre de Valentina pour l'inviter à se baigner dans la rivière. Le matin, leur mère s'attardait dans ses quartiers. En revanche, leur père était très à cheval sur la ponctualité du petit déjeuner. Sans doute allait-il tortiller sa moustache et fixer sa montre de gousset d'un air furibond parce que sa fille aînée était en retard.

Papa, soyez prudent.

— Vous êtes des bolcheviques ? demanda-t-elle soudain.

Elle se prépara à encaisser un coup. Elle le reçut dans le cou et entendit un craquement.

— Vous l'êtes ? insista-t-elle.

Si seulement elle pouvait se retourner et le dévisager…

— Ferme-la !

Le deuxième impact fut plus violent, mais, au moins, l'homme lui avait parlé. C'était la première fois qu'elle entendait le son de sa voix depuis qu'il lui avait ordonné de s'asseoir. À quelle distance était-il tapi en silence, tel un prédateur guettant sa proie ? Elle l'ignorait. Elle se trouvait à portée de fusil, en tout cas, soumise depuis si longtemps qu'il avait dû baisser sa garde. Si elle se trompait… Mieux valait ne pas y penser. Elle devait tenter de l'attirer vers elle.

— Vous savez qui est mon père ?

Un coup de crosse faillit lui déboîter la mâchoire.

— Bien sûr que je le sais ! Tu nous prends pour des ploucs débiles ou quoi ?

— C'est le général Nicolaï Ivanov, ministre du gouvernement du tsar Nicolas II, un homme respecté qui pourrait vous aider, vous et vos amis, à…

Cette fois, il cogna de nouveau sur sa nuque, si fort que sa tête heurta ses genoux repliés.

— Les gens de votre espèce sont finis, persifla-t-il.

Elle sentit son souffle chaud sur la peau meurtrie de son cou.

— On va vous piétiner, vous autres salauds, vous enfouir dans ces terres que vous nous avez volées. On en a assez d'être foulés aux pieds, affamés pendant que vous vous gavez de caviar. Ton père est un tyran et il va payer…

Valentina empoigna la pierre qu'elle avait réussi à dissimuler sous sa robe. Elle fit volte-face et frappa l'homme en plein visage. Elle perçut un craquement, puis un cri strident et bestial, mais elle se montra trop rapide pour lui. Elle fila avant qu'il ne puisse appuyer sur la détente. Elle courut à perdre haleine, évitant les branchages et plongeant dans les ombres tandis que le hurlement faiblissait peu à peu. Il s'était lancé à sa poursuite. Deux coups de feu retentirent. Les balles fusèrent sans la toucher, brisant des brindilles au passage. Valentina parvint à s'éloigner.

Elle dévala une pente, cherchant désespérément la rivière qui la guiderait hors de la forêt. Elle changea plusieurs fois de direction jusqu'à ce qu'elle ait la certitude d'avoir semé son poursuivant, puis elle s'arrêta et dressa l'oreille. D'abord, elle n'entendit que son sang pulser à ses oreilles, puis elle prit peu à peu conscience d'un autre son, le ruissellement familier de l'eau sur les pierres. Ivre de soulagement, elle sentit ses jambes se dérober et se retrouva assise dans la terre humide, affolée et vulnérable. Elle se força à se lever car elle devait mettre son père en garde.

Elle progressa à un rythme plus régulier et ne mit guère de temps à trouver la rivière, qu'elle longea. Mille pensées se bousculaient dans sa tête. Si ces hommes cagoulés étaient bien des révolutionnaires, quels étaient leurs projets ? Se cachaient-ils simplement dans la forêt de Tesovo ou bien étaient-ils venus dans un but très précis ? Qui était leur cible ? Ce n'était pas difficile à deviner : ce devait être son père. Réprimant un cri d'angoisse et de rage qui enflait dans sa gorge, elle pressa le pas et se fraya un chemin sinueux dans les branchages.

Un bruit l'alerta. Elle reconnut les sabots d'un cheval pataugeant dans l'eau. Un cavalier remontait la rivière. Les eaux argentées peu profondes tourbillonnaient sur un lit pierreux, sous le soleil matinal, avant de s'enfoncer dans les bois. Valentina se recroquevilla à terre, derrière un buisson, la peau tendue sur ses pommettes, comme si elle avait rétréci en l'espace de quelques heures.

— Liev Popkov !

L'imposant cavalier perché sur une monture disgracieuse se retourna en entendant la jeune fille l'interpeller.

— Mademoiselle Valentina !

Il menait Dacha, la jument de la jeune fille, derrière lui. Sous ses boucles d'un noir de jais, il affichait une expression qui l'étonna : il paraissait choqué. Avait-elle donc si mauvaise mine ? D'ordinaire, Popkov était taciturne et impassible. De quatre ans son aîné, le fils du maître d'écurie cosaque de son père ne semblait s'intéresser qu'à ses compagnons à quatre pattes. Il mit lestement pied à terre et, chaussé de ses hautes bottes, pataugea dans la rivière. Dominant la jeune fille de sa haute stature, il la prit par le bras. Elle fut surprise qu'il la touche ainsi. Il n'était qu'un domestique, après tout. Mais elle lui était bien trop reconnaissante de lui avoir ramené son cheval.

— J'ai entendu des coups de feu, grommela-t-il.

— Il y a des hommes armés de fusils dans la forêt, souffla-t-elle. Vite ! Il faut prévenir mon père !

Il ne lui posa aucune question. Cela ne lui ressemblait pas. Il scruta les sous-bois, puis, rassuré, hissa Valentina en selle.

— Qu'est-ce qui t'a fait venir ici ? demanda-t-elle tandis qu'il détachait les rênes de Dacha.

Popkov haussa ses larges épaules sous son épaisse tunique en cuir.

— Mlle Katia vous cherchait. J'ai remarqué que votre cheval avait disparu…

Il flatta la croupe de l'animal.

— Alors je suis venu. Je l'ai trouvé attaché.

Il lui tendit les rênes en la regardant droit dans les yeux.

— Vous vous sentez capable de monter ?

— Bien sûr.

— Vous avez mauvaise mine.

Elle porta une main à sa joue ensanglantée et remarqua une traînée écarlate sur ses doigts.

— Je peux chevaucher.

— Allez-y doucement. Vos pieds sont dans un triste état.

Elle empoigna les rênes et fit volter Dacha.

— Merci, Liev. *Spassiba.*

Elle talonna sa monture pour la mettre au trot, puis ils longèrent la rivière, faisant jaillir des gouttelettes irisées autour d'eux. Elle fila dans la forêt, Liev Popkov et son robuste cheval dans son sillage. En voyant un tronc abattu se dresser sur son chemin, elle ne chercha pas un moyen de le contourner. Malgré le cri agacé du jeune homme, elle fit franchir l'obstacle à Dacha, qui s'envola avec brio et se fraya un chemin parmi les racines qui émergeaient çà et là du sol pour faire trébucher les imprudents.

Ils émergèrent des bois dans un paysage somnolent en plein soleil. Un tapis de verts et de dorés, de champs, de vergers et de prés s'étendait devant eux. Valentina faillit pleurer de soulagement. Rien n'avait changé. Elle était en sécurité. Au sommet de la pente, elle tira sur les rênes pour permettre à son cheval de se reposer. Elle avait surgi du cauchemar de la forêt pour retrouver le monde réel, un monde qui embaumait les pommiers et où le manoir des Ivanov était niché au cœur du domaine, à presque un kilomètre de là, tel un gros chat lové au coin du feu. Libérée, elle respira profondément et se prépara à repartir.

— Ce saut était dangereux. Vous prenez des risques.

Valentina regarda vers la droite. Le jeune Cosaque et sa monture se profilaient au soleil, solides comme un roc.

— C'était plus rapide, objecta-t-elle.

— Vous êtes déjà blessée.

— J'y suis arrivée.

Il secoua la tête.

— Vous avez déjà été fouettée ?

— Quoi ?

— Ce saut était difficile. Si vous aviez chuté, votre père m'aurait fouetté à coups de knout.

Valentina en demeura bouche bée. Le knout était un fouet constitué de lanières de cuir souvent terminées par des crochets métalliques. Son utilisation avait été abolie en Russie, mais il servait encore à imposer la discipline. Sur le mur du bureau de son père, il y en avait un, enroulé tel un serpent. L'espace d'un instant, ils se dévisagèrent. Soudain, elle ne vit plus le soleil briller. Comment vivre dans la peur perpétuelle des coups de fouet ? Liev avait les traits graves, déjà marqués, malgré son jeune âge. Il n'avait sans doute guère de raisons de sourire. Elle se sentit à la fois honteuse et gênée.

— Je suis désolée, dit-elle.

Il émit un grommellement.

Elle fut la première à se détourner et, caressant les oreilles de Dacha, elle la fit repartir d'un claquement de langue et dévala la pente herbeuse au galop. Cheveux au vent, elle respira à pleins poumons. Un étrier menaçait de se détacher de son pied nu. Elle se pencha sur l'encolure de Dacha pour l'inciter à accélérer.

Au milieu de la descente, le vacarme d'une explosion déchira le silence. Un côté de la demeure se mit à trembler et parut se soulever avant de se désintégrer dans un nuage de fumée grise. Valentina se mit à hurler.

2

Niet ! Non ! Ce mot résonnait dans l'esprit de Valentina. Elle était incapable de penser à autre chose qu'au sang, à la douleur, à la mort… Dès que les deux chevaux s'arrêtèrent devant la demeure, Valentina sauta à terre. Autour d'eux, c'était le chaos. En proie à la panique, le personnel ne savait plus où donner de la tête. Les domestiques criaient, pleuraient, appelaient au secours. Dans l'air lourd flottait une odeur âcre de fumée et le sol était jonché de bris de verre. Fous de terreur, plusieurs chevaux sans cavalier s'échappèrent des écuries. Le mot « bombe » était sur toutes les lèvres.

— Papa ! s'écria Valentina.

Le nuage de fumée qui menaçait d'engloutir la bâtisse semblait provenir du bureau. Chaque matin, quand ils séjournaient à Tesovo, son père s'y rendait pour rédiger ses lettres ministérielles juste après avoir lu le journal lors du petit déjeuner. Le cœur battant, Valentina se précipita vers l'aile réduite en ruines de la maison. Elle ne put faire que quelques pas car une poigne de fer lui enserra soudain le bras.

— Liev ! Lâche-moi !

— *Niet.*

— Je veux voir si Papa est…

— *Niet.* C'est dangereux.

Ses ongles sales s'enfoncèrent dans sa peau nacrée tandis que, de son autre main, il tenait les rênes des deux chevaux. Dacha s'agitait, les naseaux dilatés. Le cheval trapu était plus apathique, ses yeux marron rivés sur Liev.

La jeune fille cessa de se débattre et se redressa fièrement.

— Liev Popkov, je t'ordonne de me lâcher !

— Sinon quoi ? rétorqua-t-il en baissant les yeux vers elle. Vous me ferez fouetter ?

C'est alors que Valentina aperçut le dos de son père dont elle reconnut la redingote. Il titubait au milieu des décombres.

— Papa !

Avant qu'elle ne puisse se dégager de l'emprise de Popkov, un homme émergea de la fumée en suffoquant. Il portait dans ses bras ce qui ressemblait à un pantin dont la tête pendait sur le côté, les jambes couvertes de suie. L'homme avait beau hurler, Valentina n'entendait rien. Elle le regarda s'approcher sans comprendre ce qu'il disait. Abasourdie, elle prit conscience qu'il s'agissait de son père, la moustache et les vêtements enveloppés d'un cocon de poussière noire.

— Papa !

Cette fois, le Cosaque la relâcha. En se précipitant vers son père, elle remarqua que la silhouette désarticulée ne portait qu'une chaussure rouge, un modèle qu'elle avait aidé sa sœur à choisir dans une boutique de la perspective Nevski. Ses jambes, sa robe, son visage et même ses cheveux, à part une mèche blonde maculée de sang, étaient noircis.

— Katia…

Valentina eut envie de crier pour que sa sœur ouvre ses yeux bleus, qu'elle se redresse, qu'elle jubile de la farce qu'elle leur faisait. Hélas, son prénom mourut sur ses lèvres.

Son père hurlait à l'adresse des domestiques.

— Allez chercher le docteur ! Pour l'amour du ciel, allez vite le chercher ! Peu importe ce qu'il…

Sa voix se brisa. À son côté, Valentina tendit la main vers la poupée sans vie.

— Ne la touche pas !

— Mais je…

— Ne la touche pas ! C'est à cause de toi, tout ça !

— Non, Papa. Je suis allée sur…

— Tu aurais dû l'emmener. Elle te cherchait, elle t'attendait. C'est à cause de toi ! Tu…

— Non, souffla Valentina.

— Si ! J'étais en train de prendre le petit déjeuner et elle était furieuse parce que tu étais partie à cheval sans elle. Elle a dû s'aventurer dans mon bureau où…

Il ne put réprimer un râle de douleur.

— Je ferai fusiller ces sauvages, ces assassins, je le jure devant Dieu…

— Katia…

La tête blonde et noire de suie bougea enfin. La chaussure rouge se mit à trembler et la gorge lacérée émit une plainte presque irréelle. Son père la serra plus fort contre lui en murmurant son nom, puis il hâta le pas vers les marches du perron, Valentina sur les talons. Sur le seuil, il se tourna vivement vers son aînée. Ce qu'elle lut dans son regard lui glaça le sang.

— Va-t'en, Valentina. Va-t'en ! Puisque les chevaux comptent davantage à tes yeux que ta sœur, va donc aider les autres à les rattraper.

Il baissa les paupières et, l'espace d'un instant, chancela. Puis, d'un coup de pied, il lui claqua la porte au nez.

Valentina resta plantée là, les yeux rivés sur le battant de bois sur lequel sa sœur et elle avaient tracé une marque pour indiquer la hauteur de la couche de neige, le Noël précédent.

— Katia…, gémit-elle.

Où était sa mère ? En train de faire bouillir de l'eau et de préparer des pansements ?

Un cri strident retentit derrière elle. Des chevaux affolés remontaient l'allée en agitant la tête. Qui les avait libérés ? Ils avaient la gueule et les flancs couverts de suie. Les révolutionnaires avaient-ils investi les lieux ? Parmi les employés qui pourchassaient les animaux, elle ne vit aucun signe de Simeon Popkov, le maître d'écurie, un homme imposant qui savait maîtriser et calmer les bêtes. Où diable était-il passé ? Et où était Liev ?

Elle descendit les marches et courut vers le côté de la maison en direction des écuries. Liev avait peut-être capturé les hommes qui avaient infligé ces terribles souffrances à Katia. Son père lui pardonnerait certainement son égoïsme si elle lui livrait l'un des responsables.

— Simeon !

Soudain, Valentina se figea. La cour était étrangement déserte. Seuls Dacha et la monture de Liev, attachés à un anneau de fer scellé dans le mur, rompaient le silence. Au fond, la porte de la cabane qui servait de bureau au maître d'écurie était béante. Depuis le seuil, dans la pénombre, elle décela une silhouette brune et imposante agenouillée, tête baissée.

— Simeon ! s'écria-t-elle d'une voix où perçait la peur.

Elle comprit aussitôt son erreur. Ce n'était pas le maître d'écurie, mais son fils qui lui tournait le dos. Le cœur battant, la jeune fille entra en trombe.

— Liev, où est… ?

Simeon Popkov gisait devant elle, sur le dos, ses yeux noirs grands ouverts, la gorge tranchée jusqu'à l'os. Jamais elle n'avait vu autant de sang. Il imbibait sa tunique, ses cheveux, se répandant en une flaque sur le sol. L'air semblait constellé de gouttelettes écarlates. L'odeur lui donnait la nausée. Au bord du malaise, la jeune fille cligna les yeux, comme si ses paupières pouvaient chasser ce spectacle. Enfin, elle porta son regard sur le fils du Cosaque. Les joues inondées de larmes, le jeune homme tenait la main de son père, cherchant désespérément à repousser la mort. La jeune fille effleura son dos dont les muscles tendus étaient secoués de sanglots.

— Liev…, murmura-t-elle avec douceur, désireuse de le libérer de sa souffrance.

Impuissante, elle caressa ses boucles noires.

— C'est affreux... Ton père était un homme bien. Pourquoi se sont-ils attaqués à lui aussi ?

Il releva la tête et considéra les éclaboussures de sang, sur les murs en bois. Enfin, les mots jaillirent :

— Mon père n'était rien pour eux ! Rien ! Ils voulaient simplement prouver qu'ils en étaient capables, montrer leur pouvoir et avertir ceux qui travaillent pour les familles de la classe dirigeante !

Elle retint son souffle, sans rien dire.

Pendant un long moment, elle demeura immobile, le cœur serré, le souffle court, hantée par l'image du corps désarticulé de Katia et l'air accusateur de son père. Elle écouta les plaintes du jeune Cosaque, une main posée sur son épaule dans un effort vain pour le réconforter. Une onde de colère monta en elle.

— Liev, ils paieront pour ce qu'ils ont fait.

Il leva les yeux vers elle et assura :

— Je ne trouverai pas le repos et je n'oublierai pas tant qu'ils seront en vie !

— Je n'oublierai pas, répéta-t-elle en écho à ses paroles.

Elle fixa la dépouille de Simeon. Il avait été le premier à la hisser sur le dos d'un cheval, à l'âge d'à peine trois ans, le premier à la ramasser quand elle chutait. Il l'époussetait et la taquinait gentiment avant de la remettre en selle.

— Je n'oublierai pas, promit-elle. Et je ne pardonnerai pas non plus.

*

La maison silencieuse était plongée dans la pénombre. Chacun se déplaçait à pas de loup et parlait à voix basse, comme lors d'une veillée mortuaire. Valentina brûlait d'envie d'ouvrir les rideaux et de crier :

— Elle est encore en vie !

Installée à côté de sa mère au salon, sur une méridienne, elle s'efforçait d'ignorer la souffrance qui l'oppressait, sans un mot.

Il n'y avait plus de mots. Repliées sur elles-mêmes, elles guettaient le départ du médecin dans l'escalier. En cette chaude journée, le soleil s'infiltrait entre les rideaux, mais Valentina était frigorifiée. Elle observait les doigts délicats de sa mère, croisés sur le tissu lavande de sa robe, qui trituraient nerveusement l'ourlet de dentelle d'une manche alors que sa frêle silhouette demeurait immobile. Ces doigts troublaient Valentina davantage que l'expression de désespoir de sa mère ou le rouge qui montait à ses joues pâles. Elizaveta Ivanova prônait la réserve quelle que soit la situation. Cette perte de contrôle de ses mains procurait à la jeune fille un sentiment d'insécurité.

— Ce sera encore long ? murmura enfin Valentina.

— Le docteur est là-haut depuis trop longtemps. C'est mauvais signe.

— Non. Cela signifie qu'il est en train de la soigner, qu'il n'a pas baissé les bras, répliqua-t-elle en essayant de sourire. Vous savez à quel point Katia est obstinée.

Elizaveta Ivanova étouffa un sanglot, puis se mura à nouveau dans le silence. De par son éducation, elle considérait qu'une épouse se devait d'être décorative et muette au bras de son mari, apprêtée et courtoise en toutes circonstances, et de lui donner des enfants, dont un garçon pour perpétuer la lignée. Sur ce point, elle avait échoué, car elle avait mis au monde deux filles. Elizaveta s'en voulait manifestement de l'absence d'un fils, y voyant le châtiment divin de quelque péché mortel. Et voilà qu'un malheur touchait sa cadette...

En dépit de sa vie sociale bien remplie, Valentina la sentait parfois seule. Elle la prit par les épaules, ce qui ne se produisait que rarement, et s'étonna de la chaleur de son corps, alors que le sien était froid comme le marbre. Son épaisse chevelure dorée était élégamment relevée sur sa tête et elle se tenait bien droite dans son armure de soie et de dentelle ornée d'une broche en améthyste. Était-ce la conscience qu'elle avait déjà des dangers de ce monde qui expliquait sa tension permanente ?

La police qui battait la campagne n'avait encore retrouvé aucun homme armé d'un fusil.

— Maman, murmura-t-elle, si les révolutionnaires ne m'avaient pas retenue dans la forêt, je serais rentrée bien avant le réveil de Katia et elle aurait été avec moi au bord de la rivière au lieu de traîner dans le bureau de Pap...

Fulminante, Elizaveta Ivanova riva sur sa fille ses yeux d'un bleu délavé par les larmes contenues.

— Tu n'es pas fautive, Valentina, affirma-t-elle en prenant la main de sa fille.

— Papa en est persuadé.

— Ton père est furieux. Il a besoin d'un responsable à qui faire porter la faute.

— Il n'a qu'à en vouloir aux hommes cagoulés qui rôdent dans la forêt.

— Ah ! soupira Elizaveta tristement. Il a plus de soucis que tu ne l'imagines.

Valentina frémit. Désormais, plus rien ne serait facile.

Dans la chambre régnait une chaleur intolérable, à croire qu'ils tentaient d'étouffer sa sœur. Par cette chaude journée d'été, un feu crépitait dans la cheminée. Les rideaux tirés dessinaient des ombres inquiétantes dans la pénombre. On lui avait accordé cinq minutes, pas une de plus, et uniquement parce qu'elle avait supplié. Elle s'agenouilla près du lit, les bras appuyés sur la courtepointe en soie, de sorte que ses yeux étaient à la hauteur de ceux de sa sœur.

— Katia... je regrette.

Le visage qu'elle découvrit lui serra le cœur. C'était celui de Katia avec cinquante ans de plus, les cheveux et le teint gris, ternes, les lèvres minces, pincées. En l'embrassant doucement sur la joue, Valentina sentit une odeur de terre. Un jour, quand elle était petite, un jardinier avait déterré un repaire de rats sous la remise. Fascinées, Katia et elle avaient regardé les petits rongeurs chercher à s'enfuir en poussant des cris stridents. Ils dégageaient une odeur fétide de moisi qu'elle avait gardé en mémoire, celle de la peau de Katia en cet instant.

Katia était-elle réveillée, consciente ou inconsciente ? Ils avaient dit que le médecin lui avait administré quelque chose. De la morphine, peut-être ? Comment sa cadette si chère, si enjouée et débordante d'énergie pouvait-elle se cacher sous cette peau de vieille dame ? Hésitante, Valentina effleura un membre poussiéreux et rugueux. Où étaient les bras satinés qui fendaient l'eau de la rivière et arrachaient des branches de saule pleureur pour construire une cabane vert argenté ?

Une grosse larme s'écrasa sur la main de Katia et fit sursauter Valentina, qui ne s'était pas rendu compte qu'elle pleurait. Elle posa la joue contre le bras brûlant de Katia.

— C'est moi qui suis responsable de cette catastrophe, murmura-t-elle afin d'imprimer ces paroles dans son esprit.

Puis elle essuya ses larmes et reprit, plus fort :

— Katia, c'est moi, Valentina...

Pas de réaction.

Elle embrassa les cheveux encore crottés de sa sœur.

— Tu m'entends ?

Toujours pas de réaction.

— Je t'en prie, Katia...

Un cil d'un gris doré remua.

— Katia !

Un trait de bleu apparut sous une paupière.

— Coucou, ma belle, susurra Valentina en se penchant davantage.

Le trait bleu s'élargit imperceptiblement. Katia remua lentement les lèvres, mais aucun son n'en sortit.

Valentina approcha une oreille de sa bouche et sentit un souffle léger.

— Qu'est-ce que tu as ? Tu as mal ? Le docteur a...

— J'ai peur.

La gorge nouée, Valentina l'embrassa encore et encore, jusqu'à ce qu'elle puisse enfin respirer.

— N'aie pas peur, Katia. Je suis là. Je vais m'occuper de toi. Je te protégerai pour le reste de nos jours.

En serrant les doigts de la blessée, la jeune fille remarqua un très léger mouvement au coin des lèvres meurtries. Un sourire…

— Jure-le-moi, souffla Katia.

— Je te le jure sur ma vie.

Lentement, les yeux bleus se refermèrent. Cependant, l'ébauche de sourire persista. Valentina garda sa main inerte dans la sienne jusqu'à ce que les autres l'obligent à sortir.

3

Saint-Pétersbourg, décembre 1910

— Mesdemoiselles, c'est un grand jour pour notre école, un jour à marquer d'une pierre blanche. J'attends le meilleur de chacune d'entre vous. Aujourd'hui, vous devrez briller de mille…

La directrice s'interrompit et arqua ses sourcils impeccablement dessinés d'un air offusqué. Les élèves retinrent leur souffle. Quelle malheureuse victime allait subir ses foudres ? Avec sa robe sombre au col fermé par un camée, Mme Petrova marchait de long en large devant les bancs de la grande salle de l'institution Ekaterininski, un pensionnat pour jeunes filles, passant en revue ses troupes avec l'œil affûté d'un général.

— Mademoiselle Nadia ! dit-elle sèchement.

Le cœur de Valentina se serra pour son amie qui avait taché sa blouse d'encre.

— Tenez-vous droite ! Ce n'est pas parce que vous êtes au dernier rang qu'il faut vous laisser aller. Vous voulez que je vous attache un balai dans le dos ?

— Non, madame, répondit Nadia en redressant les épaules.

Elle prit soin de garder les mains sur la tache d'encre.

La directrice poursuivit son inspection.

— Mademoiselle Alexandra, écartez donc cette boucle de votre joue ! Mademoiselle Emilia, serrez les pieds, vous n'êtes pas un cheval, que diable. Mademoiselle Valentina, cessez de vous agiter !

Valentina rougit et baissa les yeux. Si ses doigts tapotaient nerveusement ses genoux, c'était parce qu'ils étaient frigorifiés. Pas moyen de jouer avec les doigts transis ! Pourtant, elle les replia docilement, le cœur battant à tout rompre, comme avant chacune de ses prestations. Elle avait travaillé ce *Nocturne* jusqu'à ce qu'il hante son sommeil presque autant que les hennissements affolés des chevaux le jour de l'explosion. Elle n'était pas remontée en selle depuis et n'avait pas l'intention de recommencer de sitôt. Ce bruit ne la quittait pas, quelle que soit la force avec laquelle elle appuyait sur les touches du piano.

— Mademoiselle Valentina.

— Oui, madame.

— Rappelez-vous pour qui vous jouez, aujourd'hui. Pour le tsar en personne.

— Oui, madame.

Cette fois, elle interpréterait mieux que jamais le *Nocturne no. 2 en mi bémol majeur* de Chopin.

Jens Friis observa l'élégante pendule sous globe. En cet après-midi glacial, le temps s'écoulait au ralenti, transi de froid, lui aussi, au point que Jens eut du mal à réprimer un bâillement.

Irrité, il tendit les jambes et changea de position. Il en avait assez de ces poèmes et chansons interminables, sans parler de cette chaise ridicule et inconfortable qui n'était pas conçue pour un homme élancé. Pire encore, il en voulait à la comtesse Serova de l'avoir contraint à assister à ces frivolités d'écolières alors qu'il avait du travail. Il devait modifier les plans du nouveau projet, reçus le matin même. Dieu qu'il faisait froid dans cette salle ! Comment ces malheureuses le supportaient-elles ? Sur des bancs disposés le long du mur, les élèves étaient alignées, bien droites, en robe sombre, avec une cape et un tablier blancs. Elles ressemblaient à de délicates sculptures de neige.

Ses yeux se portèrent vers l'*institutka* qui chantait. Sa voix était morne mais assez jolie, sans toutefois être exceptionnelle. Elle interprétait un de ces interminables *Lieder* allemands qu'il détestait. Il regarda la porte avec convoitise. Existait-il la moindre chance de battre en retraite ?

— Jens, lui murmura la comtesse Natalia Serova, assise à côté de lui, tiens-toi bien.

— Je crains que ces distractions élitistes ne dépassent mon esprit rustre.

Elle le foudroya de ses yeux bleus, puis se détourna. Il huma son parfum, sans doute en provenance de Paris, comme son chapeau, une amusante création en soie et en plumes. Son long manteau ajusté d'un vert pâle soulignait sa silhouette juvénile, alors qu'elle devait avoir au moins trente ans. Des émeraudes scintillaient à ses oreilles et autour de son cou. Elle avait un goût exquis. Fils d'un imprimeur danois, Jens avait grandi à Copenhague dans la puanteur de l'encre. À vingt-sept ans, il apprenait à apprécier les parfums plus raffinés qui flottaient dans les salons de Saint-Pétersbourg.

— Ce que tu es agaçant ! Écoute plutôt Maria, souffla-t-elle.

Ce rossignol était donc Maria, la nièce de la comtesse. Il se la rappelait vaguement car la comtesse l'avait traîné à un concert, deux ans plus tôt, lors duquel Jens avait eu l'honneur de rencontrer le tsar Nicolas II. La comtesse Natalia Serova l'avait introduit à la Cour, et il ne devait pas l'oublier. Il lui devait tant ! Même si, en retour, son mari profitait largement des compétences d'ingénieur de Jens, sur leur domaine.

Aujourd'hui, le tsar trônait au milieu de la salle. Il était impossible de savoir s'il s'ennuyait ou s'il s'amusait tant les muscles de son visage étaient impassibles. Cet homme de petite taille cachait son menton fuyant derrière une barbe châtain et dissimulait sa carrure modeste sous divers uniformes militaires destinés à impressionner le peuple. Ce jour-là, il était resplendissant avec sa tunique bleu vif couverte par les médailles et les galons dorés.

Jens n'était pas le seul à considérer que Nicolas Alexandrovitch Romanov n'était pas à la hauteur de son rôle, au contraire de son père, Alexandre III, un tsar impétueux et brutal qui culminait à près de deux mètres et qui n'hésitait pas à user de sa poigne de fer. Plus que jamais, la Russie était en danger et risquait de se saborder faute d'un souverain réunissant force et sagesse.

— Bravo ! lança le tsar. Quel talent, mademoiselle Maria !

Les applaudissements crépitèrent. Jens soupira. Dieu merci, la nièce avait terminé ! Il allait pouvoir s'en aller et se remettre au travail. Hélas, un piano à queue installé au fond de la pièce prit soudain vie. Ses notes résonnèrent dans le salon à haut plafond. Jens grommela dans sa barbe. Chopin, à présent ! Un compositeur qu'il trouvait plaintif et désespéré, avec ses airs lancinants.

La pianiste était une jeune fille fluette de dix-sept ou dix-huit ans. Son visage était encadré d'une épaisse chevelure brune retenue par un bandeau noir. Avec son uniforme de l'institution Ekaterininski, elle aurait pu être aussi quelconque que ses camarades. Ce n'était pas le cas. Il y avait quelque chose de captivant dans les mouvements de ses mains, comme si elles faisaient partie intégrante de la musique.

Ses doigts graciles mais puissants volaient sur les touches, mus par une force intérieure qui n'appartenait qu'à elle. La musique enfla et, sans crier gare, émut Jens par sa beauté. Captivé, il ferma les yeux pour sentir la mélodie vibrer en lui. Les notes envahirent les recoins secrets de son âme pour la laisser meurtrie. Au prix d'un gros effort, il rouvrit les yeux et observa cette jeune fille capable de transformer la musique en une arme redoutable.

Elle ne se balançait pas avec emphase. Seules ses mains et sa tête se mouvaient en rythme. Elle avait un teint d'ivoire, un visage sans expression, à l'exception de ses yeux, immenses et sombres, pleins d'une émotion qui paraissait plus proche de la furie que du ravissement. Où une personne aussi jeune allait-elle chercher des sentiments aussi profonds ? Elle semblait les puiser dans chaque souffle.

Enfin, la musique se tut. La jeune fille baissa la tête et posa sagement ses mains sur ses genoux. Ses cheveux masquèrent son visage et son dos trahit un unique frisson. Le silence se fit dans la salle. Jens jeta discrètement un coup d'œil au tsar. Des larmes coulaient sur les joues de Nicolas, qui applaudit de ses mains impériales. Aussitôt, l'assemblée l'imita. La jeune pianiste avait tourné la tête de côté. Ses yeux graves et lumineux étaient rivés sur Jens. C'est absurde : il aurait juré qu'elle était en colère contre lui.

— Mademoiselle Valentina, déclara le tsar d'une voix chargée d'émotion, merci. Merci infiniment. Ce fut une prestation magnifique. Inoubliable. Il faudra jouer pour ma femme et mes chères filles la prochaine fois qu'elles résideront au palais d'Hiver.

La jeune fille se leva et fit une révérence.

— Ce serait un grand honneur, répondit-elle.

— Félicitations, mon enfant. Vous deviendrez une grande pianiste.

Pour la première fois, elle sourit.

— Merci beaucoup. Votre majesté est trop bonne...

Son murmure étonna Jens qui faillit éclater de rire, mais le tsar ne parut pas déceler la moindre moquerie dans les propos de la jeune fille.

— Tu vois, souffla la comtesse, tu as au moins apprécié le morceau de Chopin, à défaut des chansons.

— C'est vrai, admit-il.

— Friis ! Que diable faites-vous ici, mon vieux ?

Le tsar Nicolas II s'approcha de ses courtisans, histoire de se dégourdir les jambes avant le numéro suivant. Chacun se leva. Il était bien plus petit que Jens et avait la manie de se balancer d'un pied sur l'autre. Les femmes firent bruire leurs toilettes et les hommes penchèrent la tête en signe de respect.

— Friis, poursuivit le tsar, vous n'êtes pas venu badiner avec ces jeunes filles, j'espère.

— Non, majesté. Je suis invité par la comtesse Serova.

— Ne devriez-vous pas être en plein travail ? C'est ce que j'attends de vous, vous savez, au lieu de vous voir parader devant les jeunes filles de bonne famille de Saint-Pétersbourg.

Jens s'inclina et fit claquer furtivement ses talons.

— Dans ce cas, je vais prendre congé.

Nicolas II se fit plus sérieux :

— Votre présence est requise ailleurs, Friis. Je ne peux me permettre de gaspiller les compétences d'un ingénieur compétent pour ces… (Il balaya la salle d'une main ornée de bagues)… falbalas.

Jens s'inclina encore et fit volte-face, non sans adresser un dernier regard à la pianiste, qui l'observait toujours. Il lui sourit sans obtenir de réponse. Il lui adressa donc un signe de tête avant de quitter les lieux. Lorsque la porte se referma, il eut l'impression de laisser une précieuse partie de lui-même sur le parquet ciré du vaste salon.

— Jens !

Il se figea.

— Ah, Natalia… Comme tu le vois, je suis pressé.

— Attends !

Ses pas résonnèrent dans le long couloir jaune et désert de l'école tandis qu'elle cherchait à le rattraper.

— Jens, je suis désolée. Je ne pensais pas que le tsar te rabrouerait ainsi.

— Ah non ?

— Non. Pardonne-moi !

— Natalia, dit-il en prenant sa main gantée pour la porter à ses lèvres. Il n'y a rien à pardonner.

Son ton sec époustoufla la jeune femme.

— Ne sois pas arrogant, Jens. Pas avec moi.

Elle se hissa sur la pointe des pieds et l'embrassa sur la bouche de ses lèvres douces et attirantes. Jens eut un mouvement de recul. Natalia afficha un air de reproche, puis s'éloigna.

Au diable cette femme. Qu'elle aille au diable !

Jens se drapa dans sa lourde cape. Un brouillard gris enveloppait ses vêtements, ses cheveux, et même ses cils. Il chevaucha tel un fantôme à travers la ville, franchit des ponts à la lueur des réverbères allumés de jour comme de nuit, en hiver. Les voitures étaient presque invisibles et les automobiles émettaient des coups de Klaxon. Les piétons s'accrochaient à leurs sacs à main et portefeuilles. C'était une journée idéale pour les voleurs et pickpockets.

Cette année-là, l'hiver était particulièrement rigoureux à Saint-Pétersbourg. La Moïka était gelée et la Neva disparaissait sous le suaire de brouillard qui couvrait la ville. Dans les usines, les grèves faisaient rage et les magasins manquaient de vivres. Les troubles s'intensifiaient. Pleins de fureur et de ressentiment, les ouvriers se rassemblaient au coin des rues, fumant leurs cigarettes de *makhorka* bon marché. Jens mit son cheval au trot pour s'éloigner des grands boulevards, laissant derrière lui la perspective Nevski, ses fourrures et ses soieries.

Les rues se firent bientôt plus étroites, les demeures plus misérables, dans une atmosphère chargée de crasse et de désespoir. Trois chiens féroces se mirent à aboyer contre Héros, son cheval, qui leur répondit d'une ruade. Jens observa les visages fermés et les façades noircies. Le grand froid avait fissuré certaines fenêtres.

Voilà pourquoi il était là. Pour ces quartiers défavorisés, ces rues nauséabondes, sans eau courante, ces puits qui débordaient à chaque pluie et ces pompes gelées. Voilà pourquoi il se trouvait à Saint-Pétersbourg.

*

À quatre heures du matin, Valentina frappa doucement à la porte.

— Entrez, mon petit, lança une voix chaleureuse.

La jeune fille pénétra dans les quartiers de Sonia, l'infirmière. Les ombres dessinaient des formes étranges sur le tapis.

— Bonjour, chuchota Valentina. Comment va-t-elle ?

Âgée d'une cinquantaine d'années, l'infirmière était installée dans un fauteuil à bascule qu'elle actionnait du bout du pied. Ses rondeurs étaient drapées dans un vieux peignoir. Une Bible était posée sur ses genoux.

— Elle dort, répondit Sonia.

Katia dormait-elle ou faisait-elle semblant ? Sonia n'aurait su le dire. Au cours des six derniers mois, la jeune fille avait subi trois interventions destinées à réparer sa colonne vertébrale endommagée. Depuis la dernière, si elle avait gagné en mobilité, elle demeurait incapable de marcher. Katia n'était pas du genre à se plaindre. Cependant, ses cernes violacés et son regard hanté trahissaient l'intensité de sa souffrance.

— Que lui avez-vous donné ? s'enquit Valentina.

— Un peu de laudanum. La dose habituelle.

— Je croyais que vous réduisiez la dose.

— J'ai essayé, *malichka*, mon petit. Hélas, elle en a besoin.

Valentina se garda de tout commentaire. Que savait-elle du laudanum… à part ce qu'elle lisait dans les yeux de Katia ?

L'infirmière immobilisa le fauteuil à bascule pour dévisager la jeune fille d'un air inquiet quoique plein de sollicitude.

— La culpabilité est une chose terrible, affirma-t-elle en secouant la tête. Dieu nous pardonne.

Sa main caressa le fin papier de sa Bible.

Valentina s'approcha de la fenêtre et écarta l'épais rideau pour contempler les torches des traîneaux et des voitures qui sillonnaient la ville.

Saint-Pétersbourg se targuait de ne jamais dormir. Une ville extrême où la vie était plus intense. Ses habitants ne se souciaient apparemment que de boire de l'alcool, de festoyer ou de flamber. Face à ce paysage nocturne, Valentina eut soudain envie d'une autre existence.

— Non, objecta-t-elle, ce n'est pas du pardon de Dieu dont j'ai besoin.

Elle se frotta les mains avec vigueur, mais c'était surtout à son âme qu'elle avait froid.

Il faisait encore nuit, une de ces nuits intenses et oppressantes qui embrument l'esprit. Les premiers bruits étouffés lui parvenaient dans l'escalier. Déjà, les domestiques allumaient du feu et ciraient les sols. Valentina était assise au bout du lit de Katia, une serviette étalée sur les genoux.

— Il paraît que Papa a acheté une nouvelle voiture pendant que j'étais à l'école, dit-elle.

— Oui. Une Turicum. Elle vient de Suisse.

— Elle a dû coûter une fortune !

— Sans doute. Figure-toi que le tsar vient de s'offrir une nouvelle Delaunay-Belleville. Tu sais ce qu'il en est, à la Cour. Les gens ne parlent que de cela et se battent pour l'imiter.

— Qui la conduit ?

— Papa a engagé un chauffeur. Il s'appelle Viktor Arkine.

— Comment est-il ?

— Très élégant dans son uniforme. Plutôt réservé et assez séduisant, dans le genre ténébreux.

— Tu as toujours admiré les hommes en uniforme…

Katia éclata d'un rire enjoué qui fit plaisir à son aînée. Certains jours, il en fallait bien davantage pour dérider la jeune fille. Ce matin-là, Katia avait le regard un peu voilé, comme si le brouillard flottant sur la Neva s'était insinué dans son esprit au cours de la nuit. Elle avait un pied posé sur la serviette ; Valentina massait sa peau délicate et manipulait ses articulations pour rendre un semblant de vie au membre paralysé. Une fine couche d'huile de lavande facilitait ses gestes répétitifs et parfumait la chambre de la malade.

Katia s'installa plus confortablement sur ses oreillers. Ses cheveux formaient une aura dorée autour de son visage.

— Parle-moi encore du tsar ! implora-t-elle en observant les mains de Valentina.

— Je te l'ai déjà raconté. Je l'ai trouvé séduisant, charmant et il m'a complimentée sur mon interprétation.

Katia plissa ses yeux bleus d'un air entendu.

— Tu crois que je vais gober tes mensonges, Valentina ? Que s'est-il passé, hier ? Pourquoi n'as-tu pas apprécié sa majesté impériale ?

— Évidemment que je l'ai apprécié ! Tout le monde aime le tsar.

— Je te préviens, je vais appeler Sonia pour qu'elle te mette à la porte si tu ne…

Valentina se mit à rire et cessa de masser le pied inerte de sa sœur, qui lui rappelait celui d'une poupée de porcelaine.

— Tu as gagné ! Tu me connais trop bien, Katia. Hier, je n'ai pas apprécié le tsar Nicolas, parce qu'il se pavanait dans la salle comme s'il était le maître du monde entier, et pas seulement de la partie qui appartient aux Romanov. C'est juste un petit bonhomme ostentatoire avec des bottes trop grandes pour lui.

Katia afficha un air faussement exaspéré et se frappa le front.

— Bien sûr ! Je me souviens, maintenant. Il t'a dit qu'il voulait que tu joues du piano pour sa femme et ses enfants, n'est-ce pas ?

— C'est ça. Et j'ai été assez stupide pour le croire, à l'époque. J'ai travaillé d'arrache-pied en attendant une invitation qui n'est jamais venue.

Elle reposa le pied de la jeune fille sur le drap.

— Je suis plus raisonnable, à présent, reprit-elle en souriant à sa sœur. Un tsar n'est pas digne de confiance. Les mensonges sortent trop facilement de sa bouche impériale.

— Il était encore là ? s'enquit Katia, curieuse.

— Qui ?

— La première fois que tu as joué devant le tsar, tu m'as parlé d'un homme...

— Non.

— Si !

Valentina prit l'autre pied de Katia et le posa sur la serviette, puis elle trempa les doigts dans l'huile de lavande et se mit à masser la peau sèche du talon.

— De quoi veux-tu parler ?

Elle garda les yeux rivés sur les orteils, qu'elle massa un à un.

— Il y avait un homme, avec le tsar, il y a deux ans, quand il est venu dans ton école, insista Katia. Je me souviens. Tu m'as raconté qu'il était...

— Ne dis pas de bêtises.

— Tu trouvais qu'il ressemblait à un Viking.

— C'est ridicule !

— Il avait une chevelure flamboyante et les yeux verts.

— Tu te fais des idées.

— Non ! C'est bien ce que tu m'as déclaré. Il se tenait près de la porte et tu as ajouté…

Valentina s'esclaffa et pinça un orteil.

— Je racontais n'importe quoi quand j'avais quinze ans.

— Tu m'as confié que tu étais tombée amoureuse de lui, poursuivit l'adolescente.

Valentina manipula la cheville de sa sœur.

— Si j'ai tenu ces propos, ce n'étaient que des rêveries de jeune fille. Je ne lui ai même pas parlé. Je me rappelle à peine son apparence.

Cependant, elle avait le rouge aux joues.

— Tu m'as assuré que tu avais l'intention d'épouser ce Viking, persista Katia.

— Dans ce cas, j'étais une imbécile. Je n'ai nullement l'intention de me marier.

4

Katia ne se trompait pas, à propos du Viking. Valentina avait essayé d'en rire, en vain. Elle était furieuse contre lui, désormais. Il était évident qu'il l'avait oubliée. Aucune importance. Pourquoi se souviendrait-il d'elle après sa prestation à l'âge de quinze ans ?

Non, ce qui la contrariait vraiment, c'était la façon dont il était sorti dès la fin de son morceau, la veille, avec un enthousiasme désobligeant. Il s'était levé d'un bond et, après avoir échangé quelques mots avec le tsar, avait filé vers la sortie sans demander son reste. Était-il donc déçu à ce point ? Elle était si fière de son interprétation, cette fois ! Cette indifférence la piquait au vif.

Dans le salon de musique familial, Valentina s'installa devant le magnifique piano à queue Érard dont elle adorait la surface noire et laquée. Dès que ses doigts effleurèrent les touches, toute tension s'évapora, comme à chaque fois. Ses doigts caressèrent l'ivoire avec grâce, changeant de rythme, pour échauffer les muscles, assouplir les articulations. Le son riche et éclatant qui s'élevait de l'instrument atténua quelque peu son agitation. Elle était exaltée, mais pas pour les bonnes raisons. Elle voulait revoir le Viking.

Katia avait raison sur ce point.

Valentina avait été abasourdie de le voir apparaître dans la salle juste derrière le tsar. Fier et élégant dans sa redingote, il était de loin le plus grand de l'assemblée et semblait invincible. Deux ans plus tôt, lors du concert donné à l'institut Ekaterininski, il était accompagné d'un groupe de courtisans du tsar et avait subjugué la jeune fille de quinze ans qu'elle était alors par son énergie et sa crinière flamboyante. De ses yeux verts intenses, il avait balayé la salle d'un air amusé. Jugeait-il la situation trop absurde pour être prise au sérieux ?

Ce jour-là, elle l'avait observé au fil des prestations dans l'espoir de capter son regard. Malheureusement, il s'ennuyait et n'avait d'yeux que pour la ravissante dame vêtue de soie verte et parée d'émeraudes qui était assise à côté de lui. Quand son tour était venu, Valentina était déterminée à le captiver. Hélas, impressionnée par sa présence, elle n'avait pas bien joué. À la fin du morceau, il avait applaudi poliment en souriant avec complicité à sa voisine. Valentina était mortifiée. Comment aimer quelqu'un à qui l'on n'a pas encore adressé la parole ? Que l'on a simplement aperçu lors d'un concert ? C'était impossible.

Elle interrompit ses gammes pour se lancer dans la sonate pour piano n° 16 en do majeur de Mozart, un morceau qu'elle avait toujours aimé, mais soudain, elle leva les mains du clavier. Parfois, la musique s'emparait d'elle avec une telle force qu'elle cessait de jouer, comme en cet instant. Sa mère trouvait sa passion pour le piano excessive et inappropriée pour une jeune fille. Elizaveta ne comprendrait jamais pourquoi sa fille détestait courir les boutiques pour acheter robes et autres frivolités, et passait des heures au piano. Pire encore, Valentina craignait parfois que sa mère ne regrette qu'elle ne soit pas ce fils tant désiré, puisqu'elle ne se conduisait pas en vraie jeune fille.

Si seulement Katia avait pu l'entendre jouer, la veille ! Brusquement, elle se leva et alla chercher un fauteuil couvert de brocard crème, avec de fins accoudoirs en acajou, qu'elle plaça à côté du tabouret. Elle se rassit et posa une main sur le fauteuil, puis l'autre. Alors, elle essaya de se hisser sur l'assise du fauteuil sans se servir de ses jambes. Ce fut en vain. Ses bras cédèrent et elle se cogna la clavicule en s'écroulant à terre telle une poupée de chiffon. Elle foudroya ses jambes fautives du regard.

— *Chyort !* Nom de Dieu !

Au bout de cinq tentatives maladroites, elle finit par y arriver, le cœur battant et les bras tremblants.

— *Chyort !* répéta-t-elle.

Alors elle sortit du salon de musique et gravit les marches quatre à quatre pour regagner sa chambre.

Assise à son bureau, Valentina consultait une liste commencée quatre mois plus tôt sur du papier ivoire, qu'elle gardait dans un tiroir fermé à clé, à l'abri du regard indiscret des domestiques. La feuille était déjà cornée car elle la manipulait souvent, histoire de ne pas perdre de vue ses objectifs. Elle passa méthodiquement chaque point en revue :

1. Contacter les meilleurs spécialistes européens de la colonne vertébrale.

Elle avait épluché les revues médicales de la bibliothèque en quête d'articles sur les lésions de la colonne, puis elle avait écrit à des médecins à Berlin, Rome, Oslo et même Londres. Rares étaient ceux qui avaient pris la peine de lui répondre.

2. Rendre Katia heureuse.

Valentina se rembrunit. Quatre mois plus tôt, rendre Katia heureuse, après ses opérations, semblait être l'objectif le plus facile à atteindre : elle lui faisait la lecture, jouait aux cartes avec elle, lui confiait des secrets, lui racontait les derniers potins de l'école ou de l'office. Elle lui rendait toujours visite avec des fanfreluches, des jeux et les derniers livres de la librairie Bélizard. Dans les parcs, au bord de l'eau, elle ramassait des plumes de pie et les premières feuilles d'érable cuivrées de l'automne. Elle lui apportait clandestinement du chocolat de la pâtisserie Wolf & Beranger, et même des confiseries gluantes du bazar du Gostiny Dvor, la célèbre galerie marchande.

À présent, elle comprenait qu'il fallait bien davantage pour rendre Katia heureuse. Elle devait lui faire entrevoir un avenir nouveau. La tâche était ambitieuse.

3. Trouver un emploi.

Le cœur serré, elle effleura du doigt le mot « emploi ». Depuis sa plus tendre enfance, elle nourrissait un rêve qui lui valait les moqueries de ses camarades. Elle voulait être pianiste, sillonner l'Europe, de salle de concert en palace, jouer devant les grands de ce monde, de Rome à Paris, de Londres à Vienne. Hélas, l'explosion de la bombe avait anéanti son projet. Une carrière de soliste exigeait des années de travail acharné au conservatoire de Saint-Pétersbourg, un luxe qu'elle ne pouvait plus se permettre. Désormais, elle devait s'occuper de Katia. En examinant ses mains, ses articulations puissantes, ses phalanges, elle eut l'impression de les trahir, d'être déloyale envers elle-même.

— Oublie ton rêve, dit-elle à voix haute.

Comment renoncer alors qu'elle se voyait encore au piano, à déverser son âme dans ses notes, son public à ses pieds ? Vêtue d'une robe rouge provenant de Paris, des perles dans les cheveux, elle donnerait les plus beaux concerts d'Europe…

— Oublie ton rêve, répéta-t-elle plus fort.

La feuille de papier se mit à trembler entre ses doigts. Trouver un emploi. Oui, sa décision était prise. Elle en parlerait à son père. Une épouse ou une fille de bonne famille ne travaillait pas. Son père aurait honte d'elle. Il considérerait qu'elle salissait le nom des Ivanov. Elle se jura de le convaincre.

4. Obtenir le pardon de Papa.

Un jour, Papa. Un jour, vous me pardonnerez.

Ce qui l'attristait le plus, c'était que leur complicité d'antan avait disparu. Nicolaï Ivanov n'était pas un père très attentif. Il privilégiait son travail. Cependant, un lien particulier les avait toujours unis. S'il cajolait surtout Katia, s'il la protégeait, lui souriait, Valentina comprenait pourquoi : elle était le portrait de sa mère, une blonde aux yeux bleus et au sourire doux. Valentina, elle, tenait de lui ses cheveux bruns, ses yeux de braise et une détermination sans faille.

Au fil des années, Nicolaï n'avait pas caché le fait que sa fille aînée le rendait fou. Cependant, quand il la réprimandait pour quelque bêtise, il avait une lueur de fierté dans le regard et une note de respect dans la voix. Comme face au fils qu'il n'avait jamais eu. Depuis l'explosion, il gardait ses distances et elle en souffrait. D'après sa mère, il avait besoin d'un responsable à incriminer. Valentina trouvait injuste que ce soit elle.

Un jour, Papa, un jour, vous me pardonnerez.

5. Obéir à Maman.

Elle travaillait encore sur ce point.

6. Mieux jouer du piano.

À quoi bon désormais ?

7. Jouer pour le tsar.

Elle rit d'elle-même et raya cette ligne.

8. Épouser le Viking.

Ce projet était déjà biffé rageusement de plusieurs traits noirs. Un fantasme de jeune fille stupide qu'elle chassa vite, en dépit de son trouble flagrant.

9. Acheter une arme.

Le cœur battant, elle demeura les yeux rivés sur ces trois mots. Elle n'avait pas encore trouvé de solution, cependant elle refusait de renoncer. Si les révolutionnaires avaient frappé une fois, rien ne les empêchait de revenir, tel un cauchemar qui hanterait ses nuits.

La prochaine fois, elle serait prête. Elle souligna le numéro neuf d'un trait noir et réfléchit un instant. Enfin, elle reprit son stylo à encre et ajouta une ligne :

10. Trouver un bolchevique.

Trouver *le* bolchevique, plus exactement. Les promesses de la police et de son propre père de faire payer les poseurs de bombe s'étaient révélées aussi vaines que les mensonges du tsar. Les hommes cagoulés s'étaient envolés. Certes, il y avait eu quelques rafles de bolcheviques notoires, suivies d'interrogatoires, mais nul ne savait rien des fantômes qui erraient dans les bois. Trouver un bolchevique.

*

« Bonjour, monsieur le ministre, bon après-midi, monsieur le ministre, bonsoir, monsieur le ministre. » Telles étaient les paroles que Viktor Arkine appréciait le moins. Il aurait préféré « Bonjour, camarade ».

« Oui, maître. Non, maître. *Da, barin. Niet, barin.* » Ces mots-là le rendaient malade.

Chaque jour, Viktor conduisait le ministre Ivanov au ministère des Finances. Et chaque jour, il écoutait les paroles déversées à l'arrière de la voiture. Le ministre avait la langue bien pendue. Souvent, il parlait trop ouvertement avec des collègues pendant qu'Arkine les conduisait à quelque réunion. Un jour, Ivanov avait même été assez stupide pour laisser sa serviette sur le siège de la voiture après avoir abusé du cognac au Donon. Pendant une heure, Arkine avait parcouru son contenu en prenant des notes avant de rendre son bien à son employeur.

Les soirées étaient encore pires. Viktor patientait dans le froid devant des bars, des maisons closes, l'appartement de la maîtresse d'Ivanov, sur la perspective Izmaïlovski... Parfois, Mme Ivanova prenait l'automobile au lieu de la voiture attelée. Ces jours-là, Arkine avait le sourire.

En regardant Elizaveta Ivanova descendre les marches du perron, Arkine se dit que les membres de la classe dominante se mouvaient et se tenaient différemment. Même en haillons, ils garderaient leur dignité et demeureraient ce qu'ils étaient : des parasites. Superbes, élégants et parfumés, mais des parasites.

Elle foula le gravier avec prudence à cause de la fine couche de neige tombée depuis la dernière fois que l'allée avait été déblayée, une heure plus tôt. Vêtu de son uniforme bordeaux avec sa casquette pointue ornée d'une bande dorée, il attendit ses instructions.

— Arkine, je veux que vous conduisiez mes deux filles en ville, aujourd'hui. Au restaurant Gordino, sur Morskaïa.

Elle le jaugea de son regard bleu. Elle se demandait sûrement si elle pouvait lui faire confiance.

Il était rare qu'il conduise les deux filles. L'invalide ne sortait guère, même s'il avait démonté le siège passager afin de pouvoir loger le fauteuil roulant. Sans doute l'influence de l'aînée, la brune, celle qui le regardait avec l'air de suggérer qu'elle n'était pas dupe d'un uniforme de chauffeur et d'une posture docile.

« En ville, aujourd'hui », avait-elle précisé. Il avait failli commettre une bévue. « Aujourd'hui n'est pas une journée idéale pour laisser vos filles se promener en ville. Gardez-les à la maison. » Il s'était contenté d'un hochement de tête en ouvrant la portière.

Comme à son habitude, Arkine écouta chacune de leurs paroles. C'était son travail. La Turicum était un véritable bijou de mécanique importé de Suisse, tout en cuir bleu foncé et en cuivres rutilants qu'il astiquait quotidiennement. Il était assis au volant, emmitouflé dans son épais manteau bordeaux. Ce jour-là, le froid était mordant. Pour s'en protéger, les deux sœurs avaient posé une épaisse peau d'ours sur leurs genoux et couvert leurs oreilles d'une toque en fourrure.

Les manifestants, eux, auront froid, aujourd'hui, et ils n'auront pas de peaux d'ours ni de toques en fourrure, pour se réchauffer. Rien que la rage brûlant en eux.

Dans les rues de Saint-Pétersbourg bordées de hauts bâtiments aux tons pastel, les passants se hâtaient, peu désireux de s'attarder dans le vent glacial. Viktor eut la satisfaction de voir les véhicules roue contre roue et les *drojki* attelés avancer péniblement, sans se soucier des coups de Klaxon qui leur intimaient de dégager la voie. Mieux valait que la circulation soit dense : le chaos n'en serait que plus intense.

Il écouta les bavardages un peu puérils et sans intérêt de ses jeunes passagères, qui s'extasièrent lorsqu'ils passèrent devant la boutique de mode de Mme Duclet, sur Morskaïa. Elles émirent un murmure approbateur en croisant la célèbre maison Jirov, avec sa vitrine pleine de porcelaines orientales et d'argenterie anglaise. D'un coup d'œil, il vit que Mlle Katia avait glissé les mains sous la couverture et qu'elle observait le monde extérieur comme lui regarderait un spectacle de cirque.

— Aujourd'hui, nous ferons ce qu'il nous plaît, annonça Valentina.

— Oh oui !

Il était rare que la jeune handicapée soit autorisée à sortir sans sa mère ou l'infirmière Sonia en guise de chaperon. Ce jour-là, il émanait d'elle un souffle de liberté. Soudain, Arkine freina fortement. Un cordon de policiers menaçants barrait la rue. S'il parvint à immobiliser l'automobile, la voiture qui les précédait vacilla dangereusement. Le cheval semblait affolé par le grondement qui résonnait au loin. Ce n'était pas un orage. Plutôt le déferlement implacable de vagues sur les galets. Viktor sentit ses passagères dresser l'oreille à mesure que le bruit enflait.

Rue Morskaïa, la circulation était coupée. Les piétons revenaient sur leurs pas en regardant nerveusement en arrière. Les cochers ne parvenaient pas à manœuvrer leurs attelages pour contourner le cordon de police et se retrouvaient coincés. Les esprits s'échauffaient.

— Que se passe-t-il, Arkine ? s'enquit Valentina en se penchant vers lui pour scruter l'horizon. Qu'est-ce qui bloque le passage ?

— Ce sont les grévistes, répondit-il en s'efforçant de ne pas l'alarmer. Ils manifestent sur Morskaïa.

— Des grévistes ? Ce sont ces ouvriers qui sèment le trouble dans les usines, n'est-ce pas ? J'ai lu des articles sur le sujet.

Le chauffeur ne fit aucun commentaire.

— Stolypine, le Premier ministre, leur reproche de vouloir détruire l'économie russe, ajouta-t-elle.

Ils ont réussi à fermer nos mines et à empêcher nos trains de rouler.

Toujours pas de commentaire.

— Je ne les vois pas, se plaignit Katia. La police bouche la vue.

— Regarde, on aperçoit le haut de leurs pancartes ! s'exclama Valentina en tendant la main.

Viktor perçut une certaine tension dans sa voix. *Patience*, songea-t-il. *Vous en verrez bientôt plus que vous ne le voulez.*

Les policiers leur tournaient le dos, formant une barricade d'un trottoir à l'autre.

— Vous pensez qu'il va y avoir des problèmes ?

Valentina était si proche de lui qu'il sentait son souffle chaud sur sa nuque. Il imagina ses mains blanches, devinait sa nervosité, son angoisse.

— Pourquoi ces hommes sont-ils en grève, Arkine ?

Elle l'ignorait donc ? Comment une telle indifférence était-elle possible ?

— Ils réclament un salaire décent, mademoiselle Valentina. La police est sur le point de charger.

Les agents avançaient lentement, inexorablement, armés de leurs matraques. À moins qu'il ne s'agisse d'armes à feu ? Les chants des manifestants s'intensifiaient. Tout d'un coup, la peur se propagea dans la rue et les gens se mirent à courir, dérapant sur le verglas, glissant dans la neige.

— Arkine, s'écria Valentina, sortez-nous d'ici. Faites ce qu'il faut, mais sortez-nous d'ici.

— Impossible. Nous sommes coincés.

— Arkine ! Éloignez-nous d'ici immédiatement ! ordonna Valentina.

Il serra les dents et crispa ses mains gantées de cuir bordeaux sur le volant.

— Je ne peux avancer l'automobile pour l'instant, dit-il d'un ton posé en regardant droit devant lui. Nous sommes bloqués.

— Arkine, écoutez-moi bien. J'ai vu ce dont les bolcheviques étaient capables. Ma sœur et moi n'allons pas rester ici, telles deux proies faciles à leur merci.

Une fois encore, il perçut sa peur. Il se retourna et la fixa pendant un instant, avant de baisser la tête.

— Je comprends, mademoiselle Valentina.

— Je vous en prie, arrangez cela !

— Vous n'avez rien à redouter d'eux, mentit-il. Les manifestants veulent seulement être mieux payés et obtenir de meilleures conditions de travail. Nul ne vous fera le moindre mal, à vous ou à Mlle Katia.

— Dans ce cas, sortez le fauteuil roulant, ordonna Valentina. Je le pousserai moi-même pour remonter la rue.

— C'est inutile.

Soudain, il accéléra et l'aile de la Turicum percuta l'arrière d'un fiacre. Un cheval hennit devant eux. Arkine parvint néanmoins à manœuvrer l'automobile vers le trottoir.

— Je vais vous sortir de là.

5

— On ne sait que choisir !

— Prends la meringue. C'est ce que tu préfères.

— Et le gâteau au chocolat ?

— Non ! Pas celui-là ! s'exclama Katia en riant. Il est pour moi.

Avec un sourire béat, l'adolescente fit tournoyer sa fourchette au-dessus du présentoir à gâteaux en argent qui trônait sur la table.

— Je choisis la première, décréta-t-elle.

Valentina avait du mal à se comporter comme si rien ne s'était passé. Elle voulait que sa sœur s'amuse un peu. Cela faisait longtemps qu'elle n'avait pas vu Katia aussi pétillante. Hélas, elle-même était loin d'être aussi enjouée.

Arkine avait tenu parole. Il avait filé le long des trottoirs sans se soucier des protestations des piétons qui s'écartaient sur le passage de l'automobile.

Il avait réussi à les conduire dans un autre salon de thé, la Gavotte, sans un commentaire sur les événements. Valentina avait choisi une table au fond de la salle, près de la porte menant aux cuisines. Le plus loin possible de la façade. Autour d'elle, tout semblait normal. Les serveuses arborant un tablier blanc à volant sur leur robe noire s'affairaient discrètement. Les clients étaient souriants et élégants dans la lumière rose des appliques. Ils savouraient leurs pâtisseries et buvaient du chocolat chaud. Ils riaient, bavardaient. Pourquoi se sentait-elle aussi mal à l'aise dans cette atmosphère feutrée ? Personne ne paraissait inquiet. Les gens respiraient normalement. Qui était dans le vrai ? Elle ou les autres ?

— Valentina ?

— Oui ?

— Tout va bien ? demanda Katia en l'observant de plus près.

— Oui.

Sa tension était si palpable que Katia décida de détourner la conversation.

— La nouvelle voiture est très confortable, tu ne trouves pas ?

— Si.

— Et Arkine est un excellent chauffeur.

— Il conduit bien, en effet.

Valentina porta un regard méfiant vers les vitrines en arcade qui donnaient sur la rue, derrière des rideaux en voilage. Son cœur battait la chamade.

— Tu entends quelque chose ? s'enquit-elle. J'ai cru…

Katia prit sa main dans la sienne, sur la nappe.

— C'est normal d'avoir peur, parfois, assura-t-elle. Après ce que tu as enduré dans la forêt…

Valentina se tourna de nouveau vers les fenêtres.

— Tu n'as pas eu peur, tout à l'heure, constata-t-elle.

— C'est parce que ma vie est morne. Je suis trop stupide pour savoir quand il faut avoir peur ou non. Toi, tu es plus sensée.

— Katia, tu crois que…

Soudain, un déluge de briques brisa les vitres, faisant voler une pluie de minuscules débris de verre acérés et brillants comme des diamants. Quand un morceau pointu se planta dans le cou d'une femme, les cris fusèrent.

Valentina courait à perdre haleine dans la neige, poussant le fauteuil qui dérapait sur la poudreuse.

— Valentina ! Non !

Une main glaciale s'empara de la sienne.

— Arrête ! Je t'en prie !

Katia l'implorait. Elle s'immobilisa maladroitement, les doigts crispés sur les poignées métalliques du fauteuil. Le hurlement de la cliente touchée au cou résonnait encore dans sa tête. Elle prit une profonde inspiration qui lui brûla les poumons tant il faisait froid.

— Valentina, nous allons geler sur place.

Lentement, la jeune fille recouvra ses esprits. Katia s'était retournée et la tirait par la manche, l'air affolé.

— Katia, tu vas bien ?

Elle secoua la tête.

Valentina scruta les alentours, étonnée de se retrouver dans une ruelle où les ordures avaient gelé et formaient des monticules jaunâtres sur le trottoir. Une gouttière couverte de neige gisait tel un cadavre dans le caniveau. Les fenêtres calfeutrées par du carton, la peinture écaillée, les murs fissurés... Un homme les observait. Sa barbe était aussi hirsute que son chien et ses vêtements étaient élimés.

Seigneur, qu'avait-elle fait ?

Dès que les briques avaient heurté les vitres, elle n'avait eu qu'une seule pensée : mettre Katia à l'abri.

Elle s'était emparée du fauteuil et s'était précipitée vers les cuisines du restaurant, avant de sortir par la porte de service donnant sur une cour encombrée. Puis elle s'était mise à courir. Loin. Vers un lieu sûr. Ces mots se bousculaient dans sa tête. Elle avait emprunté des rues qu'elle ne connaissait pas, comme mue par l'instinct de se réfugier parmi les démunis et les oubliés plutôt qu'auprès des membres de sa classe, où l'on s'exprimait désormais à coups de bombes et de briques.

Katia était livide, frigorifiée. Le vent du nord soufflait depuis le golfe et elles ne portaient ni manteau, ni gants, ni même une écharpe. Elles avaient abandonné leurs effets à la Gavotte. Elle voyait presque le sang se figer dans les veines de sa sœur. Elle était en train de la tuer ! Une fois de plus. Elle se dirigea vers la porte la plus proche, qui était fendue en son milieu et rafistolée à l'aide de quelques planches, et frappa de toutes ses forces.

Au bout d'un long moment, un enfant leur ouvrit. Il arrivait à la taille de Valentina.

— Pouvons-nous entrer ? S'il te plaît ! Nous avons très froid.

Le garçonnet ne réagit pas. Son visage était couvert de croûtes et il tripotait un bouton sur son menton de son doigt crasseux.

— S'il te plaît, répéta-t-elle. Ta mère est là ?

En le voyant reculer d'un pas, elle crut qu'il voulait permettre au fauteuil de passer, mais il referma la porte. Valentina se mit à la marteler si fort qu'elle fendit le bois.

— Ouvre-moi !

Cette fois, le battant s'entrebâilla et elle vit un œil bleu qui la fixait.

— Qu'est-ce que vous voulez ? demanda une fillette.

— Ma sœur va mourir de froid. S'il te plaît, laisse-nous entrer…

Déterminée, elle poussa le battant. La petite fille trébucha en arrière. Sans lui laisser le temps de réagir, Valentina manœuvra le fauteuil à l'intérieur. Dans l'escalier flottait une odeur nauséabonde de déjections de rats.

— Merci, dit-elle.

Elle découvrit trois gamins en haillons, des jumeaux et une fille aux cheveux blonds emmêlés. Si les jumeaux semblaient méfiants, leur cadette détaillait le fauteuil roulant avec curiosité.

— Votre maman est là ? s'enquit Valentina.

La petite désigna une porte sans quitter le fauteuil des yeux.

— C'est une bicyclette ? murmura-t-elle.

L'un des garçons lui donna une tape sur la tête.

— Tu dis des bêtises, Liouba ! C'est pour les invalides.

Valentina fit entrer le fauteuil dans une pièce exiguë où il faisait à peine moins froid qu'à l'extérieur. L'air sentait le moisi et la crasse. Un drap taché était suspendu sur une vitre brisée pour éviter que le vent ne s'engouffre.

— Désolée de vous déranger.

Assise au bout d'un lit étroit, une femme allaitait un nourrisson. Elle était maigre et en haillons, avec des mitaines et un fichu marron sur la tête. Le regard vif et juvénile, elle reboutonna le devant de sa robe.

— Qu'est-ce que vous voulez ? demanda-t-elle d'un ton las.

— Ma sœur et moi avons besoin d'aide.

Valentina s'en voulait de solliciter cette malheureuse qui n'avait manifestement rien.

— Ma sœur est frigorifiée. Elle a besoin de se réchauffer, de manger chaud.

— Mes enfants aussi ont besoin de manger chaud, mais je n'ai rien à leur donner, répondit-elle d'une voix morne.

Valentina se sentit coupable, même si elle n'était pas responsable de leur misère. Elle prit la main glaciale de Katia et la frotta avec vigueur. La femme posa aussitôt son bébé sur le lit et se dirigea vers un petit poêle noir posé dans un coin. Lorsqu'elle ouvrit la porte, une minuscule flamme apparut. Pas étonnant qu'il fasse si froid ! À l'aide d'une pince, la femme sortit une pierre chaude et l'enveloppa d'un linge noirci avant de poser le tout sur les genoux de Katia. Celle-ci glissa les mains en dessous.

— Pourriez-vous ajouter un peu de bois ? suggéra Valentina.

— Non.

— J'ai de l'argent.

Les trois enfants s'approchèrent.

— On peut aller acheter du bois, proposa la fillette en tendant la main.

Valentina n'avait d'autre choix que de leur faire confiance. Elle sortit deux pièces de dix roubles de son porte-monnaie, une somme bien trop élevée pour du bois, et les glissa dans la poche de l'enfant.

— Rapportez aussi à manger ! Et dépêchez-vous !

Les trois enfants filèrent sans demander leur reste.

— Tenez. Prenez ceci, dit la mère.

Elle lui tendit la couverture provenant de son lit. Valentina l'examina. Sans doute était-elle infestée de poux.

— *Spassiba.*

Sous le regard appuyé de l'inconnue, Valentina la posa sur les épaules de sa sœur en glissant les bords sous ses jambes inertes. Pour la première fois de sa vie, elle s'interrogea sur le prix de ce fauteuil roulant. Et combien cette famille gagnait-elle en un mois ? En un an ? Elle n'en avait pas la moindre idée. Ce logement insalubre était plus petit que sa chambre à coucher. Une partie du plafond pendait lamentablement et les murs étaient noirs de moisissure.

— Merci de nous aider, dit-elle avec une gratitude sincère. Des grévistes ont attaqué le restaurant où nous étions, ma sœur et moi, et nous nous sommes enfuies sans nos manteaux.

— Elle est malade ?

— Elle a eu un accident.

Sur le lit, le bébé se mit à geindre.

— Prenez-la, ordonna la femme.

Valentina examina le petit corps remuant.

— Prenez-la ! répéta la femme, plus fort.

— Quoi ?

— Vous voulez mon aide. À vous de m'aider en retour. Donnez-moi un moment de répit.

Elle afficha un sourire presque juvénile.

— Et ne vous inquiétez pas, je ne volerai pas le fauteuil de votre sœur, ajouta-t-elle.

Valentina rougit et souleva le bébé. Elle se revit tenant Katia, qui n'avait jamais dégagé une telle odeur. Le nourrisson aux jambes minuscules n'avait presque pas de cheveux.

— Valentina… laisse-moi la tenir, supplia Katia à voix basse.

Elle porta l'enfant vers elle, sans la lui confier.

— Elle est sale, marmonna-t-elle. Tu ne vas pas…

Cependant, elle lut un tel désir dans le regard de l'adolescente qu'elle déposa le bébé sur ses genoux. Écœurée, elle vit sa cadette embrasser la petite tête duveteuse. Un sourire illumina soudain le visage de Katia. Elle allait mieux.

À lui seul, l'arôme des *pirojki* tout chauds fit des miracles. Les enfants maigrichons parurent se remplumer avant même d'avoir mordu dans un petit pâté à la viande enveloppé d'un papier gras. Assis par terre, devant le poêle où flambaient désormais quelques bûches, ils observaient les flammes avec la même fascination que Valentina devant un opéra.

— Ne devraient-ils pas se laver les mains ? suggéra Valentina en plaçant un petit pâté dans chaque paume.

— La pompe est gelée, expliqua leur mère avec nonchalance.

Elle mordit avidement dans une tranche de pain tartinée de confiture de cassis. Valentina vit ses traits se détendre à mesure qu'elle mastiquait. Elle sembla soudain heureuse et bien plus jeune.

— Comment vous appelez-vous ?

— Varenka Sidorova.

— Moi, je suis Valentina, et ma sœur Katia.

Celle-ci reprenait des couleurs en sirotant un thé au miel fumant dans un gobelet en métal. Le bébé était blotti sur ses genoux, bien au chaud.

— Varenka, que fait votre mari ?

— Il travaille à l'usine, répondit-elle d'un air méfiant.

— C'est un bolchevique ?

Le regard de Varenka se fit encore plus soupçonneux.

— Que savez-vous des bolcheviques ?

— A-t-il participé à la manifestation d'aujourd'hui ?

Varenka s'esclaffa. Étonnés, les enfants se tournèrent vers elle, comme s'ils n'étaient pas habitués à cette hilarité. La jeune femme riait à gorge déployée. Des larmes se mirent à couler sur ses joues dans une atmosphère soudain plombée. Elle se mit à genoux et son rire cessa aussi soudainement qu'il avait démarré, puis elle ôta son foulard, révélant des boucles châtain. Valentina écarquilla les yeux et Katia retint son souffle. Une moitié de son crâne était rasé. Une large cicatrice luisante allait de sa tempe droite vers l'arrière de sa tête. Elle considéra les deux sœurs avec un mélange de pitié et de haine.

— C'était il y a cinq ans, devant les grilles du palais d'Hiver, expliqua-t-elle d'un ton dur. Vos soldats m'ont agressée avec leurs sabres alors que nous manifestions pour parler au tsar. On ne voulait aucun mal à personne, mais ils nous ont massacrés. C'est grâce à ces morts que vous et les vôtres survivez aujourd'hui. Le méritez-vous ?

Valentina prit le bébé et le reposa sur le lit.

— Il est temps que nous partions, annonça-t-elle.

— Vous !

Toujours à genoux, Varenka désigna Valentina.

— Je vous promets que, bientôt, on vous réglera votre compte, à vous et vos semblables. Cette fois, vous n'y survivrez pas, vous les riches oisifs, les parasites. Les travailleurs réclameront justice !

Pour souligner ses propos, elle cracha par terre.

Valentina sortit son porte-monnaie et le vida sur la table. En voyant les roubles s'éparpiller un peu partout, les enfants se précipitèrent pour les ramasser.

— Je vous suis reconnaissante de nous avoir secourues, déclara-t-elle.

Elle s'approcha de la femme agenouillée et effleura sa cicatrice lisse et incolore.

— Je suis désolée, Varenka.

— Votre pitié, vous pouvez la garder !

— Valentina, intervint Katia. Elle veut que nous partions.

— Elle a raison ! Filez avant que mon mari ne rentre. Mon bolchevique, ajouta-t-elle en foudroyant Valentina du regard.

Un coup violent frappé à la porte les fit sursauter. Puis un deuxième, suivi d'un craquement de bois. La femme saisit son bébé et le serra si fort contre elle qu'il se mit à pleurer. Le cœur de Valentina s'emballa. Elle ne connaissait pas les lieux.

— Katia, attends-moi ici.

— Non ! Ne...

Les coups redoublèrent. Sans hésiter, Valentina sortit dans le couloir sombre et déverrouilla la porte d'entrée. Une imposante silhouette apparut, empêchant toute lumière d'entrer.

— Que faites-vous dans ce trou à rats, mademoiselle Valentina ? demanda Liev Popkov.

6

Viktor Arkine était mécanicien. En vérité, il se considérait comme un véritable chirurgien des moteurs. Il prenait grand soin de ses mains et lisait tous les articles publiés sur les dernières innovations techniques pour approfondir ses connaissances. Dieu merci, il savait lire, même si Dieu n'y était pour rien. Si la plupart des paysans étaient illettrés, sa mère faisait exception à la règle et lui tapait sur les doigts pour lui inculquer les subtilités de l'alphabet.

— Viktor, disait-elle quand il s'évertuait à déchiffrer les mots, un homme qui sait lire est un homme apte à régner sur le monde.

— Je n'ai pas envie de régner sur le monde.

— Pas encore. Quand ce jour viendra, tu me remercieras.

Le chauffeur sourit à ce souvenir.

— Merci, murmura-t-il.

Sa mère avait vu juste. À vingt-trois ans, il avait envie de régner sur le monde.

— Arkine.

Viktor leva la tête. Accroupi sur le sol du garage, il astiquait les roues crottées de la Turicum pour leur rendre leur lustre d'origine. De la mousse crasseuse tombait sur ses bottes.

— Qu'est-ce que tu veux, Popkov ?

Le Cosaque était entré sans faire de bruit. Il se déplaçait toujours à pas de loup.

— Qu'est-ce que tu veux ? répéta le chauffeur.

— La patronne demande à te parler. À la maison.

— À propos de cet après-midi ?

— Qu'est-ce que j'en sais, moi ?

Quiconque avait vécu dans une ferme des steppes, au milieu de nulle part, apprenait la patience. Arkine savait attendre. Il avait quitté son village six ans plus tôt, à l'âge de dix-sept ans, déterminé à vivre et à travailler à Saint-Pétersbourg, où pulsait le cœur de la Russie. Les idées de grands hommes tels que Karl Marx et Lénine y germaient et se répandaient en sous-sol, telles les racines d'un arbre. Il était persuadé que l'avenir du pays se trouvait dans cette ville. Il termina le nettoyage de sa roue et rinça son chiffon pour le remiser sur un crochet. Liev Popkov était encore là. Le colosse n'en faisait qu'à sa tête ; un peu trop, de l'avis d'Arkine.

— Qu'est-ce que tu as foutu, nom de Dieu ? demanda Popkov.

Arkine ôta son long tablier marron et le suspendit également.

— Comment ça ? Je les ai protégées, c'est tout.

— Et les laissant s'enfuir ? C'est ta conception de la protection ?

— Ce ne sont plus des gamines, Popkov. Elles sont en âge de prendre leurs propres décisions, à tort ou à raison.

— Cette ville est dangereuse.

— Dangereuse pour elles ou pour les ouvriers qui crèvent chaque jour dans les usines ?

— Pauvre imbécile ! grommela Popkov.

— Non, rétorqua Arkine. Je fais simplement mon boulot.

C'était la première fois que Viktor Arkine pénétrait dans la maison, en dehors de l'office. Il ne put réprimer son étonnement. Qui avait envie de posséder tant de biens ? Ces tableaux plus hauts que lui, ces rubis autour d'un miroir, ces dorures au pied des statues… Un valet l'introduisit dans un petit salon, une pièce féminine, aux tons lavande et crème, avec des fleurs qui embaumaient l'atmosphère de leur parfum exotique.

Elizaveta Ivanova était assise bien droite sur une chaise élégante, une tasse de thé à la main. Avec sa robe lilas, elle avait tout d'une fleur. Il s'inclina et attendit qu'elle lui adresse la parole. Elle prit son temps. Une minute entière s'écoula.

— Expliquez-vous, Arkine, déclara-t-elle enfin.

— Certainement, madame. Je conduisais les deux jeunes filles chez Gordino, pour prendre le thé. Malheureusement, nous n'avons pas pu nous approcher à cause d'une foule de grévistes qui remontaient Morskaïa.

— Continuez.

— Nous étions coincés dans un embouteillage, mais j'ai réussi à manœuvrer la voiture pour emmener vos filles dans un autre établissement de leur choix.

— Vous auriez dû les ramener à la maison. Les rues ne sont pas sûres.

— Je le leur ai suggéré, madame. Hélas, elles se sont opposées à cette idée et ont refusé de rentrer.

— Cela ne m'étonne pas d'elles, commenta Elizaveta malgré elle, ce qui les étonna tous les deux. J'aimerais savoir où vous vous trouviez quand elles ont quitté le salon de thé. En tant que chauffeur, vous avez des responsabilités, Arkine. Je croyais qu'on vous l'avait expliqué quand…

Elle s'interrompit et porta sa tasse à sa bouche, sans boire.

— Elles sont entêtées, murmura-t-elle.

Viktor esquissa un sourire.

— Vous connaissez vos filles, madame.

— Plutôt bien.

— Je déplore que les manifestants m'aient obligé à garer la voiture dans une rue transversale. Quand je suis retourné à pied au salon de thé, c'était le chaos. Mlle Valentina et Mlle Katia avaient disparu.

— Les avez-vous cherchées ?

— Naturellement, madame.

Les avait-il recherchées ? Appelées ? Avait-il couru de rue en rue, de boutique en boutique, affolé ? Avait-il saisi les passants par les revers de leur manteau pour leur demander s'ils avaient vu un fauteuil roulant ? Oui, il avait accompli ces gestes jusqu'à perdre haleine, et en vain. Il avait maudit les deux sœurs de toute son âme.

Elizaveta Ivanova hocha la tête.

— Naturellement. Je vois que vous êtes un homme fiable.

— Je suis désolé, madame. Je regrette de vous avoir inquiétée.

— Comment les avez-vous retrouvées, finalement ?

— Je suis revenu ici et j'ai réuni une équipe pour lancer une battue.

Elle garda le silence, ce qui contraignit Viktor à en dire plus qu'il ne le voulait.

— C'est Liev Popkov qui les a retrouvées, admit-il de mauvaise grâce. Il a repéré les traces du fauteuil dans la neige.

Tel un chien de chasse, le Cosaque avait sillonné les rues, les yeux au sol, en quête d'indices laissés par les roues.

Elle but une gorgée de thé avant de reprendre :

— Katia est souffrante.

— J'en suis désolé.

— Ce n'est pas de votre faute.

L'honnêteté de ce commentaire étonna Viktor, car la plupart des employeurs faisaient porter le chapeau à leurs domestiques. Il attendit la suite, mais rien ne vint.

— Souhaitez-vous parler à Popkov ? demanda-t-il.

— Non, répondit-elle avec un haussement imperceptible des épaules.

*

Il était trois heures du matin. Depuis deux heures, Valentina était assise dans le noir. En entendant l'infirmière quitter enfin la chambre de Katia d'un pas lourd, elle patienta quelques minutes avant de se faufiler dans le couloir, pieds nus pour plus de discrétion. Elle actionna lentement la poignée de la porte. Les flammes crépitaient dans la cheminée, derrière le pare-feu. Sur le lit, l'épaisse courtepointe était rabattue et Katia était couchée, immobile, sous un simple drap. Elle agitait la tête sur son oreiller.

— Katia…

— Valentina ? Comment vas-tu ?

— Je m'ennuie.

Valentina s'agenouilla au bout du lit.

— Tu sais ce qui t'a donné la fièvre, n'est-ce pas ?

— Quoi ?

— Ce baiser sur la tête du bébé crasseux.

— Cela en valait la peine, rétorqua Katia avec un sourire.

— Tu n'as rien dit à Maman ou à Sonia, j'espère !

— Bien sûr que non. Je ne suis pas idiote.

— C'est une aventure qu'il ne faudra pas réitérer. Tout est de ma faute et je le regrette.

— Oh non ! Ne me dis pas que tu ne me feras pas vivre d'autres aventures !

— Pour cela, Katia, il va falloir guérir. Ensuite, je t'en offrirai, c'est promis, mais elles seront moins dangereuses.

— Sans danger, il n'y a pas d'aventure. Je n'aurais raté cette rencontre pour rien au monde.

Katia écarta ses cheveux de son front moite.

— Qu'as-tu ressenti en touchant la cicatrice de cette femme ? reprit-elle.

— Elle était dure et lisse.

— Elle m'a fait de la peine.

— Pas à moi, répondit Valentina.

— Tu mens !

— C'est la vérité, Katia. Je déteste ces gens-là, qu'ils se fassent appeler mencheviques, bolcheviques ou révolutionnaires, ce sont tous les mêmes. Je les hais à cause de ce qu'ils t'ont infligé.

Elle embrassa la joue brûlante de sa sœur. Katia leva une main pour caresser tendrement les cheveux bruns de Valentina.

— Ta haine finira par passer, assura-t-elle.

— C'est ton cas ?

— Oui.

Valentina se garda de lui répondre qu'il était trop tard, car sa haine s'était déjà insinuée en elle jusqu'à la moelle.

Le lendemain matin, Valentina frappa à la porte du bureau de son père. Le moment était venu de l'informer de sa décision.

— Entre !

Assis derrière son vaste bureau tapissé de cuir, il leva les yeux de son dossier.

— Tu voulais me parler ? maugréa-t-il, visiblement contrarié d'être interrompu.

— Oui.

Il croisa les bras, un cigare éteint entre les doigts. Malgré son âge, il demeurait séduisant, avec ses yeux vifs, ses cheveux plaqués en arrière et ses épais sourcils. Quand il était général dans l'armée russe, il était svelte. Il s'était un peu empâté lors des banquets donnés au palais d'Hiver. Il l'observait avec attention.

— Assieds-toi.

Elle s'installa sur une chaise et posa sagement les mains sur ses genoux.

— Papa, je voulais m'excuser d'avoir emmené Katia dans le quartier de Rjevka, hier. Je cherchais à la protéger des grévistes qui…

— J'accepte tes excuses, la coupa-t-il en effleurant sa moustache brune. Si ta démarche était stupide, je suis persuadé que ton unique intention était de protéger ta sœur.

Elle s'attendait à pire réaction de sa part.

— C'est tout ? demanda-t-il. Je suis occupé…

— Non, ce n'est pas tout.

Il posa son cigare dans un cendrier, parfaitement aligné avec un crayon rouge posé devant lui. Son père avait un esprit ordonné qui seyait à son poste. Valentina ignorait en quoi consistait au juste le travail d'un ministre du gouvernement. Il s'occupait de finances, sans doute. Naguère, elle l'imaginait dans son bureau de la Chancellerie, à compter l'argent du tsar, des piles de roubles montant jusqu'au plafond.

Lassé du silence de sa fille, il leva les yeux au ciel.

— Je t'écoute, grogna-t-il, une note d'impatience dans la voix. J'ai du travail.

— Papa, je ne veux pas retourner au pensionnat, au début du trimestre prochain.

Il la dévisagea avec étonnement, sans la colère qu'elle redoutait. Il lui adressa même un sourire.

— J'espère que vous êtes d'accord, Papa, ajouta-t-elle vivement.

— Absolument. Ta mère et moi en avons discuté et nous sommes persuadés que ce pensionnat ne t'apportera rien de plus. Il est temps de songer à ton avenir.

Valentina ressentit une sourde appréhension, qu'elle chassa rapidement de son esprit.

— Vous avez raison, Papa. Je me réjouis que vous le pensiez aussi. J'ai réfléchi et j'ai une idée.

Il s'adossa dans son fauteuil et prit son cigare d'un air satisfait. Il en ôta la bague et en coupa l'extrémité, puis il huma son parfum avant de l'allumer en prenant son temps. Valentina eut l'impression qu'il célébrait quelque chose.

— Eh bien, Valentina, reprit-il, je suis heureux que nous soyons d'accord. Tu es une bonne fille, à présent.

Cet « à présent » ne lui échappa pas, mais elle avait franchi un premier pas. Ravi, Ivanov hocha la tête. Elle savait qu'elle ne devait pas laisser cette occasion lui filer entre les doigts.

— Cette idée que tu as eue, en as-tu déjà parlé à ta mère ?

— Pas encore, Papa. Je voulais vous la soumettre d'abord.

— Ce n'est pas raisonnable, répliqua-t-il en soufflant un nuage de fumée. Les robes ne m'intéressent en rien.

— Les robes ?

— Oui, les robes auxquelles tu as pensé. C'est avec ta mère qu'il faut en discuter. Elle est mieux placée pour gérer ces questions.

Valentina en eut le souffle coupé.

— Papa, je n'ai pas fait allusion à la moindre robe !

— Ne t'inquiète pas. Je suis sûr que ta mère voudra t'en parler, dit-il avec un sourire indulgent. Je connais ces dames, avec leurs toilettes !

Il se leva et traversa la pièce, légèrement engoncé dans sa redingote. Ses pas résonnaient sur le parquet. Il agitait les doigts, un signe qu'il était satisfait. Cette conversation ne se déroulait pas comme elle l'avait prévu.

— Je me contente volontiers de quelques tenues, déclara-t-elle, prudente.

— Non, mon petit. Pour décrocher le meilleur parti, il te faudra au moins trente ou quarante robes. Ta mère s'en chargera. L'essentiel, c'est que la décision soit prise. Nous avons déjà recensé une liste de noms à te soumettre.

— Papa, qu'entendez-vous par « le meilleur parti » ?

— Je te parle d'un mari, bien sûr !

— Un mari ?

Elle n'en revenait pas !

— N'est-ce pas ce dont il est question ? Du fait que tu arrêtes tes études pour trouver un mari ?

Il tira une bouffée sur son cigare avec un plaisir évident et arpenta la pièce, chassant les débris de tabac tombés sur le devant de sa chemise.

— Tu vas fêter tes dix-huit ans, Valentina. Il est temps de prendre tes responsabilités. Trouve un mari convenable dès cette saison et marie-toi. Les jeunes officiers issus de bonnes familles ne manquent pas.

— Je ne veux pas me marier, Papa.

— Ne dis pas de bêtises, Valentina. Qu'est-ce que tu me racontes ?

— Je ne me marierai pas.

— Tu viens de me dire que tu avais réfléchi à ton avenir.

— Certes, mais pas en tant qu'épouse !

— Quel autre avenir peux-tu envisager, pour l'amour du ciel ? Ta mère et moi...

Il s'interrompit, comme si une pensée malvenue venait de surgir à son esprit. La rage monta en lui. Il enfla de colère, les joues empourprées.

— Quelle est donc cette idée qui concerne ton avenir ?

Elle se leva.

— Papa, voilà ce dont je suis venue vous parler. Je voudrais devenir infirmière.

*

Ses parents la firent asseoir non pas dans le bureau, ni au salon, où se déroulaient toutes les conversations sérieuses, mais dans le salon de musique, là où elle avait nourri tant d'espoirs pendant des années. Sa mère demeura près de la fenêtre, la mine impassible, les doigts crispés sur un mouchoir roulé en boule. Son silence était presque pire que les cris de son père.

— Valentina, tu vas oublier cette idée saugrenue sur-le-champ ! Je m'étonne que tu aies même envisagé une telle chose, avec l'éducation que tu as reçue. Et les leçons de piano ! Pense à ce que cela nous a coûté !

Il marchait de long en large devant elle, si agité qu'elle eut envie de tendre la main pour le rasséréner.

— Je vous en prie, essayez de comprendre, Papa ! Je parle quatre langues, je joue du piano et j'aime la marche à pied. Pour quoi suis-je taillée ?

— Pour le mariage. C'est le destin de toute jeune fille, non ?

— Je suis désolée, Papa. Je vous l'ai dit, je ne veux pas me marier.

Sa mère retint son souffle. Valentina se tourna vers le piano, dos à ses parents, et souleva le couvercle. Ses doigts jouèrent un accord, puis un autre. Comme toujours, les notes l'apaisèrent. Quand s'élevèrent les mesures de Chopin, elle vit la chevelure flamboyante du Viking. Elle imaginait sans peine le regard entendu qu'échangeaient ses parents.

— Tu joues bien, Valentina.

— Merci, Maman.

— N'importe quel mari serait fier que tu interprètes un morceau de Beethoven ou de Tchaïkovski pour ses invités, après un dîner.

Valentina joignit les mains pour les garder à distance du clavier.

— Je veux être infirmière, déclara-t-elle en détachant bien ses mots. Je veux m'occuper de Katia. Sonia ne sera pas éternellement avec nous.

Elle perçut un soupir, puis la haute silhouette de son père apparut tout près d'elle. Il lui caressa les cheveux et posa la main sur son épaule. Elle ne broncha pas. Il ne l'avait pas touchée depuis six mois, depuis l'explosion, à Tesovo. Elle n'osait bouger de peur qu'il l'évite pendant six autres mois.

— Valentina, écoute-moi, ma chère enfant. Je ne veux que ton bonheur. Le métier d'infirmière est misérable, peuplé de prostituées et d'alcooliques. Ce n'est pas un milieu convenable pour une jeune femme respectable.

— Écoute ton père, lui conseilla gentiment sa mère.

— Ces gens-là ont des poux, des maladies, reprit son père avec une moue de dégoût.

— Sonia n'est ni une prostituée ni une alcoolique, objecta Valentina. Elle n'a aucune maladie et elle est respectable.

La main de son père se crispa sur son épaule, comme s'il voulait l'infléchir.

— Il existe un autre moyen d'aider Katia. Une meilleure façon de te racheter.

— Laquelle ?

— Ce n'est pas difficile.

— De quoi s'agit-il, Papa ? Que faire ?

— Un beau mariage.

Submergée par sa déception, elle se tourna vers le clavier, de peur de fâcher son père.

— Tu m'as entendu, Valentina ! reprit-il en haussant le ton. Nom de Dieu, il faut que tu fasses un beau mariage, et vite ! J'insiste ! Dans l'intérêt des Ivanov.

7

— Exploitation ! Privations ! Famine !

Mikhaïl Sergueïev était doué. Il savait exalter la foule, déclencher des émotions et nourrir la rage qui rongeait les ventres affamés. Ce soir-là, Viktor Arkine jaugea l'assemblée d'un œil satisfait. La plupart étaient des paysans, comme lui, de simples travailleurs débarqués de leur campagne pour trouver du travail dans les usines et les ateliers de Saint-Pétersbourg. Très peu savaient lire ou écrire leur nom. Étrangement, cela attristait Arkine encore davantage que les terribles conditions dans lesquelles ils travaillaient. L'illettrisme était à ses yeux la pire des injustices, une forme de contrôle qu'il fallait abolir.

C'était pourquoi il croyait en la théorie de Léon Trotski sur la révolution permanente. Avec Sergueïev, il était allé l'écouter et tous deux avaient été tellement enthousiasmés par ce visionnaire à la tignasse hirsute et aux petites lunettes qu'ils avaient déambulé dans les rues toute la nuit, incapables de se reposer. Trotski leur avait fait entrevoir un monde nouveau, dans lequel la justice et l'égalité n'étaient pas que des mots, mais se trouvaient au cœur de la vie de chacun. Dès lors, ils avaient entrepris de rallier d'autres partisans de la cause socialiste.

— Hommes de Russie ! clama Sergueïev avec fougue, nous devons lutter pour nos droits ! La main de fer du tsarisme doit… (il marqua une pause pour scruter son auditoire)… doit être anéantie.

Des acclamations fusèrent.

— Ils nous ont accordé la Douma pour nous réduire au silence ! reprit Sergueïev d'un ton narquois. Et pourtant, le Premier ministre Stolypine la traite avec mépris, sans parler de la fameuse cravate de Stolypine, la corde qu'il passe au cou des dissidents !

Sergueïev leva sa propre cravate pour mimer une pendaison sous les cris approbateurs de la foule, y compris Arkine.

— Stolypine se soucie-t-il que vos enfants n'aient rien à manger ?

— *Niet !*

— Stolypine se soucie-t-il que vous travailliez dans des conditions dont même des animaux ne voudraient pas ?

— *Niet !*

— Stolypine se soucie-t-il…

— Camarade Sergueïev ! lança un homme fluet, debout, une cigarette au coin des lèvres.

— Assis ! cria une voix.

Sergueïev tendit une main pour demander le silence.

— Parle, camarade ! Tout le monde a le droit de s'exprimer.

— Camarades, dit l'homme en haussant le ton, ce discours ne nous mènera nulle part. Nous ne pouvons lutter contre l'ennemi. Il faut traiter avec lui. La Douma n'était qu'un premier pas. Pendant que nous travaillons et revendiquons d'autres concessions, Alexandre Goutchkov, le chef de file du mouvement octobriste de la Douma, s'acharne à obtenir de meilleures conditions dans les mines de…

— Alexandre Goutchkov n'est rien de plus que l'instrument de la tyrannie ! tonna Sergueïev.

Encouragé par l'approbation de l'assemblée, l'orateur se rengorgea :

— La seule solution est la prise du pouvoir par les travailleurs ! Force aux syndicats !

Ce fut un triomphe. Des militants empoignèrent l'intrus qui était en leur sein, le bousculèrent jusqu'à ce qu'il leur prédise la cravate de Stolypine. Sur ces mots, il quitta la salle, vaincu.

— Le pouvoir aux travailleurs ! rugit Sergueïev.

Adossé au mur, Viktor Arkine alluma une cigarette et hocha la tête. La dictature du prolétariat, avait prédit Léon Trotski. La lutte serait amère et sanglante. Elle était proche. Restait à savoir à quel point.

Le prêtre était habile, c'était indiscutable. Le père Morozov comprenait les gens. Il attirait les ventres affamés dans l'église à l'aide d'une marmite de ragoût bien chaud. Sans viande, bien sûr. Uniquement des légumes. Ses ouailles se montraient d'une gratitude affligeante. Il nourrissait non seulement les estomacs, mais aussi leur colère d'en être réduits à cela. Leur sentiment d'injustice était exacerbé avant même qu'ils ne soient entraînés vers la salle pour écouter les discours de Sergueïev. Le seul problème, avec le père Morozov, c'était qu'il croyait en Dieu et en son amour pour tous les hommes, même les pires spécimens de l'humanité. Cette foi était parfois un obstacle.

Le prêtre orthodoxe se tenait tel un corbeau derrière sa marmite de ragoût fumant, à remplir des gobelets émaillés en écoutant les doléances de ces hommes, en leur prodiguant un conseil ou un peu de réconfort. Il ne se lassait pas. Il demeurait la longue silhouette vêtue de noir et légèrement voûtée, avec une barbe fournie. Sans doute n'avait-il pas plus de quarante ans. Il semblait bien plus âgé avec ses cheveux grisonnants, peut-être à force d'écouter les gens déverser leurs souffrances ou à cause de la mort de sa femme…

À côté du père Morozov, Arkine attendait que l'activité ralentisse un peu.

— Nous avons le matériel, annonça-t-il.

— Ici ?

— En bas. Descendez quand vous aurez terminé.

Le prêtre opina de la tête et sourit chaleureusement au fidèle suivant. Arkine admira son calme. Nul n'aurait soupçonné qu'il se prêtait à de funestes activités.

La fabrication de bombes artisanales était un travail délicat. Le père Morozov était le cerveau, celui qui élaborait les plans, et Mikhaïl Sergueïev le fournisseur qui obtenait les matières premières nécessaires sans poser de questions. Quant à Arkine, il procurait la main-d'œuvre. Aucun des autres n'aimait toucher aux explosifs.

Si les trois hommes travaillaient en bonne intelligence, Arkine décela une certaine agitation chez le camarade Sergueïev, ce jour-là. Il ne cessait de s'asseoir sur la table où Arkine s'activait. Agacé, celui-ci finit par lui tendre des tenailles. Il faisait si froid, au sous-sol, que leur souffle formait de la buée. Arkine redoutait que la gélignite ne gèle si la température chutait encore. Il se tourna vers Sergueïev. Sa veste était sale et pleine de trous. Son écharpe crasseuse ressemblait à un gros serpent endormi.

— Qu'est-ce que tu as, camarade ? s'enquit Arkine. Ton discours était très bon, aujourd'hui. Tu devrais être content.

Sergueïev tripotait nerveusement son paquet de cigarettes. L'odeur du *makhorka* bon marché empestait l'espace confiné. Arkine lui avait interdit de fumer à proximité des amorces. Il y en avait deux sur la table et il ne pouvait s'empêcher de les regarder chaque fois qu'il s'adressait à Sergueïev. Les longues capsules en cuivre contenaient une petite quantité de fulminate de mercure, une substance particulièrement explosive qu'Arkine manipulait avec prudence. Il aimait prendre une capsule dans sa paume. Elle semblait aussi inoffensive que la cigarette de Sergueïev, mais quelle puissance ! Son cœur s'emballa.

Il avait été surpris de pouvoir se renseigner aussi facilement sur les explosifs. À la bibliothèque de

Saint-Pétersbourg, il avait étudié l'invention ingénieuse d'Alfred Nobel, de sorte qu'il n'ignorait rien des cinq bâtonnets de gélignite grise alignés sur la table, devant lui. La gélignite était un explosif constitué de fulmicoton dissous dans de la nitroglycérine et mélangé avec du nitrate de potassium et de la sciure. Sa puissance était supérieure de douze pourcents à celle de la dynamite. C'était énorme ! De plus, elle supportait l'humidité et ne produisait pas d'émanations toxiques en explosant. Il prit un bâton dans sa main pour sentir sa surface froide et lisse sur sa peau. Selon lui, M. Nobel était une personnalité hors du commun. Comment pouvait-on infliger tant de destruction et reposer en paix ?

— Camarade, je suis désolé, je dois partir, dit Sergueïev.

Arkine arqua un sourcil.

— Qu'est-ce qui te prend ? Tu n'as pas peur, j'espère.

— Non. C'est ma femme… Elle doit accoucher bientôt. Elle travaille encore à l'usine de colle. Ça la rend malade.

— Ah, la famille…

— Ne dis pas ça sur ce ton.

Arkine sourit.

— Sergueïev, un jour viendra où la notion de famille fera partie du passé.

Il se tourna vers le prêtre.

— La religion aussi, ajouta-t-il. L'opium du peuple, comme disait Karl Marx. La seule priorité sera l'État. Avec un système étatique efficace, le peuple est satisfait. L'État doit passer avant la famille. Il sera notre famille.

— Naturellement, je suis d'accord avec toi, répondit Sergueïev en haussant les épaules, mais pas ce soir.

Il se leva et se dirigea vers la porte.

— Ne vous faites pas exploser, surtout ! lança-t-il en riant.

Il sortit sans laisser aux autres le temps de protester.

Arkine et le père Morozov se remirent à l'ouvrage.

— C'est un homme bien, commenta Morozov.

— C'est un orateur né et il est dévoué à la cause, admit Arkine en insérant une extrémité de la mèche dans la capsule.

À l'aide des tenailles, il rabattit les bords de la capsule, en veillant à ne pas trop les serrer, ce qui risquait de provoquer une explosion.

— Il n'a pas les tripes nécessaires pour tuer, poursuivit Arkine.

— Et toi ? s'enquit le prêtre.

— Je ferai ce qu'il faudra.

— Même travailler pour une famille que tu méprises ? Pour le ministre Ivanov ?

— Oui, je travaille pour ce parasite et, oui, je l'espionne ! Je fais de mon mieux pour servir notre cause. Ivanov a trente domestiques pour bichonner quatre oisifs. Si tous les domestiques de Saint-Pétersbourg étaient libérés pour travailler à quelque chose d'utile, notre ville serait bien différente.

— Tu as suggéré cette idée aux Ivanov ? railla Morozov.

Son ironie amusa Arkine, qui s'esclaffa. Il enroula du fil de fer autour des bâtons de gélignite qui entouraient les deux détonateurs. Il mesura la mèche en coton contenant de la poudre à canon, le tout couvert de vernis pour la protéger de l'humidité. Cette mèche se consumait au rythme de soixante centimètres en une minute, le temps de s'éloigner. Il en découpa un mètre vingt.

Son pouls était régulier, ce qui lui fit plaisir. Le père Morozov bénit la bombe et fit un signe de croix. Il le faisait à chaque fois.

Avant qu'ils ne tuent.

*

Jens s'enfonça dans la pénombre. Dans la galerie, le bruit était assourdissant. Il éprouvait le besoin de descendre régulièrement dans les égouts pour s'assurer que le travail avançait assez vite et vérifier que les surveillants faisaient bien creuser les hommes le long de ses tracés.

L'atmosphère était lourde et il devait se pencher sous le plafond bas. De l'eau lui dégoulinait sur les épaules. Sa torche projetait un cercle de lumière sur les parois arrondies dont il inspectait les briques avec soin. Tous les deux ou trois pas, il les palpait. Un grondement lui parvint, au-dessus de sa tête. Sous ses pieds, les rails permettant aux wagonnets d'évacuer les gravats, la roche et la terre se mit à vibrer.

— Wagonnet ! cria-t-il.

Les trois hommes qui le suivaient s'écartèrent et se plaquèrent contre la paroi du tunnel. Les deux hommes qui poussaient la benne peinaient, avec leur combinaison et une casquette en toile pour se protéger de l'eau, au-dessus de leur visage noirci.

Deux hommes ? Non, deux femmes. Les hommes, eux, étaient employés à creuser.

— La voie est libre ! lança Jens fortement pour se faire entendre au milieu du vacarme.

Remarquant une secousse dans le mouvement de la benne, il s'approcha et donna un coup de pied dans un rail mal fixé.

— Faites-moi vérifier tout ça ! ordonna-t-il à l'un des hommes. Je ne veux pas d'accidents.

Il en avait assez des accidents. Plus qu'assez ! La pénombre, les heures de travail interminables, les outils trop acérés, les salaires trop bas…

Et c'était lui qu'ils tenaient pour responsable.

Jens maintenait le blessé du mieux qu'il pouvait sur sa chaise, car le sang le rendait glissant. Il s'efforçait d'étouffer ses cris et d'ignorer ses jurons. D'un bras plaqué sur son torse, il le cloua au dossier en immobilisant le coude droit de l'ouvrier. Celui-ci se cambra de douleur et rejeta si vivement la tête en arrière qu'elle heurta la mâchoire de Jens.

— Tiens-le bien ! gronda le Dr Fédorine.

Après un ultime mouvement de torsion qui déclencha un râle déchirant, Fédorine se redressa, les mains écarlates, le front emperlé de sueur et maculé de sang.

— C'est le mieux que je puisse faire, Sergueïev.

Le regard vitreux, ce dernier observa son avant-bras droit fracassé et émit une plainte. Si les os brisés étaient encore visibles sous la charpie, au moins les débris pointus n'en surgissaient plus. En sentant Sergueïev trembler de douleur, Jens relâcha son emprise.

Il posa une main sur l'épaule du mineur.

— Le docteur a effectué du bon boulot.

Du bon boulot ? C'est ainsi qu'il qualifiait cette boucherie ? Si Fédorine avait fait de son mieux, l'ouvrier aurait du mal à gagner sa vie, désormais.

— Donne-lui plus de morphine, dit Jens.

— Qu'est-ce qu'elle va m'apporter, votre morphine ? grogna Sergueïev. Je ne peux pas travailler…

Il en accepta néanmoins quelques gouttes dans une cuillère.

— L'os va se ressouder, assura le Dr Fédorine. Il ne sera peut-être pas aussi solide ou aussi droit qu'avant, mais il se réparera. Tu es assez jeune pour t'en remettre rapidement.

Il entreprit de nettoyer le membre fracturé à l'aide d'eau bouillie et de teinture d'iode, puis se mit à suturer les plaies tandis que Jens maintenait la pression sur le coude du blessé pour limiter l'hémorragie. Le médecin posa de la ouate, un bandage et une attelle, avant de glisser le bras de Sergueïev dans une écharpe. Jens sortit une bouteille de cognac d'un tiroir de la table qui lui servait de bureau, dans la cabane en bois où ils se trouvaient. Il versa de l'alcool dans trois gobelets.

— Tiens, bois ça.

Il plaça un gobelet dans la main valide de Sergueïev et en offrit un autre au médecin, qui en but la moitié d'une traite. Il utilisa le reste pour se frictionner les mains au-dessus d'une cuvette, les manches de sa chemise roulées jusqu'aux coudes. Jens était conscient que de tels accidents ne devaient pas se produire. Les responsables faisaient des économies de matériaux au détriment de la sécurité des hommes. Il servit un autre cognac au mineur. Le pire étant passé, il était moins pâle.

— Merci, chef, dit-il en levant son gobelet à la santé de Jens et Fédorine.

— Sergueïev, voici de l'argent pour prendre un *drojki* et rentrer chez toi, déclara Jens. Prends ça et nourris ta famille.

L'ouvrier posa son gobelet et accepta les billets, qu'il macula de sang. Embarrassé, Jens posa de nouveau la main sur son épaule.

— Tu es un bon ouvrier, Sergueïev. J'aurai besoin de toi quand ton bras sera guéri.

Perplexe, l'intéressé observa les billets que l'ingénieur venait de lui remettre.

— Vous me gardez mon poste ?

— Absolument.

— Le contremaître ne va pas apprécier.

— Le contremaître fera ce que je lui dirai.

— Bien sûr, admit Sergueïev, un sourire au coin des lèvres.

Jens ressentit un malaise dans la cabane de chantier.

— Rentre à la maison et soigne-toi !

— Il faudra changer le pansement, précisa le médecin.

Sergueïev avait toujours les yeux rivés sur la liasse d'argent.

— Je ne peux pas vous payer, docteur.

Fédorine se tourna vers Jens.

— Ton chef aura la bonté de régler les frais.

Enfin, l'ouvrier leva lentement la tête.

— Dites-moi, chef… Vous avez l'intention de payer vous-même les soins de chaque ouvrier qui se blesse dans ces tunnels ? De garder leurs postes jusqu'à leur guérison ? Pour tous les ouvriers de Saint-Pétersbourg ? Même ceux qui, comme moi, resteront handicapés à vie ?

Jens prit son bras valide et l'aida à se lever.

— Allez, file, Sergueïev. Va vite retrouver ta femme.

L'ouvrier se tint le bras blessé et s'éloigna.

— Ce que je fais dans ces canalisations ne regarde que moi, lança vivement Jens dans son dos.

Sergueïev se retourna et observa tour à tour les deux hommes.

— Plus pour très longtemps, murmura-t-il.

— Il aurait pu se montrer plus reconnaissant, ce salaud, maugréa le médecin.

— Il se sentait humilié. J'ai bien cru qu'il allait me jeter mes billets à la figure. Ce qu'il veut, ce sont des conditions de travail décentes, pas la charité.

— Jens, mon cher, j'ai parfois l'impression que tu ne comprends rien à l'âme russe. Ton esprit danois est trop rationnel. Tu n'as pas l'âme slave.

Jens lui sourit et leva son gobelet.

— *Za zdorovye !* Santé ! À l'âme et à l'esprit russes ! Qu'ils triomphent sur les ennemis du progrès.

— Lesquels ?

— Complaisance et corruption, stupidité et avidité.

— Ça me plaît ! approuva Fédorine en lui donnant une tape dans le dos.

— Le problème, c'est qu'il n'y a pas plus chaleureux qu'un Russe. Et pas plus cruel, aussi. En Russie, il n'y a pas de demi-mesure, c'est tout ou rien. Regarde le tsar Nicolas, par exemple. Il est persuadé que Dieu l'a envoyé sur Terre pour régner sur la Russie. Il croit même que le Tout-Puissant lui adresse des signes. Il m'en a parlé.

— Arrête, mon ami, tu vas me déprimer.

— Il se cherche des guides spirituels comme Maître Philippe, ce guérisseur lyonnais, ou saint Séraphin de Sarov avec ses prophéties, sans parler de ce mystique immonde de Grigori Raspoutine. La tsarine ne jure que par lui.

— Il paraît qu'elle est persuadée que la maladie de son fils, le tsarévitch Alexis, est une malédiction divine et ils s'efforcent de la garder secrète.

— C'est une maladie grave ? s'enquit Jens.

Fédorine se servit un autre cognac.

— Le fils du tsar souffre d'hémorragies à répétition, c'est pourquoi ils le cachent à Tsarskoïe Selo.

Jens parvint à masquer sa stupeur.

— Il est hémophile ?

— Oui.

— Ces malades-là ne vivent pas très vieux, non ?

— En général, non.

— Dieu vienne en aide à la Russie !

Fédorine but son cognac d'une traite.

— Qu'il nous vienne en aide à tous, mon vieux, répondit-il.

Sur ces mots, il lui serra la main et quitta la pièce. Jens vida son cognac sur son bureau pour nettoyer le sang. N'en déplaise à Fédorine, le Danois se sentait proche de l'âme russe, de ses accès de mélancolie teintée de désespoir. Il était arrivé ici à l'âge de dix-huit ans pour échapper aux servitudes de l'imprimerie de son père et avait fait des études d'ingénieur à Saint-Pétersbourg. En neuf ans, il s'était pris de passion pour la Russie et il n'était pas prêt à la voir anéantie par cupidité.

*

— Expliquez-moi, Friis, voulez-vous ? déclara le ministre Davidov.

Le plan de la ville était étalé devant les six hommes. Jens alluma une cigarette et souffla un nuage de fumée. La tension était palpable. Andreï Davidov n'était pas homme à hausser le ton. Certains imbéciles oubliaient parfois de se taire pour l'écouter.

— Je vais vous montrer, monsieur le ministre.

Il saisit une baguette en ivoire et effleura une ligne qui serpentait sur le plan.

— Voyez ces traits bleus… ce sont les canalisations achevées. Remarquez comme elles sont groupées autour du centre-ville et des palais.

Attentif, Davidov hocha la tête.

— Ces traits verts représentent les canalisations en construction.

Le ministre fronça ses sourcils broussailleux. Il consulta sa montre de gousset et la referma vivement.

— Nous en faut-il vraiment autant ?

— Absolument, monsieur le ministre. Saint-Pétersbourg ne cesse de se développer. Sa population augmente à mesure que les paysans quittent la campagne pour travailler dans nos nouvelles usines. C'est pourquoi ce plan indique les canalisations dont le creusement n'a pas encore commencé.

Il désigna une épaisse ligne rouge.

Le silence s'installa dans la pièce tandis que Davidov examinait les documents. Seul un grommellement de Gosolev, adepte du tabac à priser, se fit entendre.

— Je m'inquiète surtout du coût de l'opération. On en revient toujours à l'argent, finalement, déclara Davidov.

— Cette ville a grand besoin d'un réseau moderne de distribution d'eau et d'égouts, monsieur le ministre. Par manque d'hygiène, la dysenterie fait des ravages parmi les travailleurs. Sans cela, comment débarrasser notre ville de ses taudis insalubres et dépourvus de tout-à-l'égout ?

— Le prix, murmura le ministre. L'an dernier, nous avons dû rogner sur le budget du chemin de fer Transsibérien pour réunir le million de roubles destiné à cette maudite statue du père de notre tsar.

— Monsieur le ministre, insista Jens d'une voix aussi douce que celle de Davidov, la zone est marécageuse et inondable. Nous devons pomper les tunnels jour et nuit et nous avons subi des effondrements faute d'étayage et d'éclairage, précisa-t-il en foudroyant Khrastsyn du regard.

— Il n'est pas bon de bichonner les pauvres, intervint Davidov.

— Vous avez raison, monsieur le ministre, renchérit Khrastsyn. Ils travaillent mieux quand ils ont faim.

Jens les dévisagea tour à tour et posa les mains à plat sur la table, comme s'il cherchait à étouffer leurs paroles.

— Les hommes travaillent mieux quand ils n'ont pas peur de mourir à tout instant, objecta-t-il. Le tsar m'a commandé un rapport sur les progrès de ce projet d'évacuation des eaux qui lui tient à cœur. Dois-je l'informer que vous, monsieur le ministre, et vous, Khrastsyn, m'empêchez d'avancer ?

— Tiens donc ? s'étonna Davidov. Le tsar vous a demandé de lui remettre personnellement un rapport ?

— Absolument ! mentit Jens.

— Khrastsyn, réfléchissons un peu à ce financement...

Jens alluma une autre cigarette, surpris de ne pas trembler, car il venait de se faire deux ennemis de taille.

*

Étendue sur le lit, la comtesse Natalia Serova embaumait l'eau de rose.

— Tu es irascible, aujourd'hui, fit-elle remarquer en enroulant une mèche de cheveux de Jens autour de son index.

Parfois, il avait l'impression qu'elle l'aurait volontiers découpé en morceaux si cela lui permettait de le posséder totalement.

— Je suis impatient, Natalia.

— Pourquoi donc ?

— Je veux voir arriver les changements nécessaires.

— Jens, je t'en prie, ne recommence pas avec ça !

Elle se pencha pour l'embrasser sur le front.

— Pour une fois dans ta vie, oublie ton esprit danois bien trop cartésien.

— Davidov cherche à m'évincer, lui confia-t-il.

— Pour l'amour du ciel ! Tu ne peux pas te contenter de faire ce qu'il te demande ?

Elle posa une main sur son torse nu et le repoussa brusquement.

— Tu sais qu'il a le soutien de Stolypine. Ne va pas contrarier notre Premier ministre. Parce que tu perdras, ajouta-t-elle en levant les yeux au ciel avec emphase.

Elle s'écarta et s'écroula sur les oreillers.

— Tu ne serais à ce point stupide…

Il se mit à lui caresser la cheville.

— Non, assura-t-il. Pas à ce point.

— Stolypine est une force de la nature. Il domine son petit monde.

— Y compris le tsar Nicolas, qui a peur de lui, comme il redoutait son propre père, fit Jens en s'asseyant. J'en ai assez de la politique. Dis-moi, comment va ton fils ?

— Alexeï va bien, merci.

Jens avait une liaison avec la comtesse depuis déjà trois mois quand il avait appris qu'elle avait un fils. Après un après-midi à boire du champagne, elle lui avait avoué que son mari, le comte Serov, n'était pas le père de l'enfant. Ayant un penchant pour les yeux verts, elle avait pris pour amant un officier flamboyant dont les iris avaient la couleur de l'absinthe. Il était tombé au combat, dans les forêts de Finlande. La comtesse disait-elle la vérité ? Cette version expliquait néanmoins pourquoi le comte Serov accordait si peu d'attention à l'enfant de six ans. Jens, lui, aimait emmener Alexeï monter à cheval.

— Ma nièce Maria vient séjourner chez moi, à Noël, dit-elle en lui caressant le dos. Tu aimerais peut-être la revoir. Tu te souviens du concert ?

Ce concert était gravé dans la mémoire de Jens : une musique inoubliable, une chevelure de rêve, de grands yeux sombres qui le foudroyaient…

8

— Dites-moi, Sonia, comment est-ce d'être infirmière ?

— Oh, on passe son temps à aider les gens.

Elle posa sur la jeune fille un regard bienveillant.

— Pourquoi cette question ?

— Parce que j'ai décidé d'apprendre ce métier.

— Vous ? Infirmière ? s'esclaffa Sonia.

Valentina eut l'impression de recevoir une gifle. En remarquant son expression, Sonia reprit son sérieux.

— Vous êtes sérieuse ?

— Absolument.

— Vous en avez parlé à vos parents ?

— Oui.

Le silence s'installa. Dans le jardin, les gros flocons de neige évoquaient des fleurs de pommier.

— Comment ont-ils réagi ?

Valentina essaya de rire à son tour.

— Papa a menacé de me frapper à coups de cravache.

— Valentina, vous ne pouvez pas devenir infirmière.

— Pourquoi pas ?

— Parce que vous n'avez pas les tripes. Vous êtes trop délicate pour les réalités de l'hôpital. Ce n'est pas un lieu agréable, croyez-moi.

— Vous avez survécu, vous !

— J'ai grandi dans une ferme.

Que répondre à cela ? Valentina garda les yeux rivés sur ses mains qui ne lui semblaient pas fragiles. Elles étaient puissantes, au contraire.

— Vous voulez bien m'enseigner tout ce qu'il y a à savoir sur le métier ? demanda-t-elle d'un ton plein d'espoir.

Sonia secoua la tête d'un air triste.

— Non, *malichka.* C'est impossible. Nous finirions toutes les deux par recevoir des coups de cravache.

Sur ces mots, elle se retira et referma doucement la porte derrière elle. Restée seule, Valentina ouvrit son tiroir et sortit sa liste.

*

— *Spassiba, barichnia,* merci, jeune maîtresse.

L'aide-cuisinière esquissa une révérence.

— Joyeux Noël, Alissa, répondit Valentina.

Par tradition, pendant les fêtes, chaque domestique recevait un cadeau de la part de la famille Ivanov. Des guirlandes de verdure et un sapin richement décoré provenant du marché proche du

Gostiny Dvor ornaient la maison. En tête de file, Valentina distribuait friandises et savonnettes avant de serrer la main de chacun. À côté d'elle, sa mère, portant des gants, affichait un sourire figé en remettant un coupon de tissu de qualité aux femmes et un rasoir neuf ainsi qu'une blague à tabac aux hommes. Elizaveta Ivanova tenait à ce que ses employés soient bien rasés, y compris les jardiniers. Tournant le dos à la cheminée, bien campé sur ses jambes, Nicolaï Ivanov, lui, donnait des bourses en velours contenant des pièces de monnaie. En les entendant tinter, Valentina se demanda quelle somme elles contenaient.

— Joyeux Noël, mademoiselle Valentina.

— Joyeux Noël à vous, Arkine.

C'était la première fois qu'elle voyait le chauffeur sans son uniforme. Il portait une veste amidonnée et une chemise blanche impeccable. Svelte, athlétique, il affichait un air déterminé. Son regard franc croisa le sien. Que cachaient ces prunelles grises et froides ? Elle déposa ses friandises et savonnettes quelque peu incongrues dans sa main soignée.

— *Spassiba*, dit-il avec un étrange sourire.

— Arkine, vous avez bien manœuvré, l'autre jour, quand nous nous sommes retrouvés coincés sur Morskaïa. Merci.

Sur le point de lui répondre, il se ravisa et opta pour un hochement de tête respectueux.

— Où est Liev Popkov, ce soir ? s'enquit-elle.

Le sourire poli de Viktor se durcit.

— Il est retenu ailleurs, je crois. Aux écuries.

Elle fronça les sourcils.

— Un cheval malade ?

— Il faudra le lui demander, mademoiselle Valentina.

— C'est à vous que je pose la question.

Il soutint son regard bien trop longtemps.

— Je ne crois pas que ce soit un cheval qui est malade.

— Liev, alors ? Il ne va pas bien ?

— Valentina, tu ralentis le rythme, mon petit, protesta sa mère d'un ton ferme. Approchez, Arkine !

Le chauffeur s'avança pour recevoir son prochain cadeau. Sous sa façade de politesse, Valentina perçut une ombre furtive qui la fit frémir d'effroi.

— Liev ?

Où diable était-il passé ?

— Liev Popkov ! lança-t-elle dans l'écurie.

Elle le trouva les yeux fermés, étendu sur le dos, inerte, sur une botte de foin, dans un box inoccupé. Non, pas encore ! D'abord son père, Simeon, et maintenant Liev… L'odeur du sang lui envahit à nouveau les narines.

Elle se mit à crier.

— C'est fini, ce boucan, nom de Dieu ! Vous effrayez les chevaux !

Valentina retrouva ses esprits et foudroya Liev Popkov du regard. La mine renfrognée, encore ensommeillé, il se gratta la tête.

— Abruti de Cosaque ! pesta-t-elle. Tu m'as fait une de ces peurs ! J'ai cru que tu étais mort !

Il marmonna quelques mots inintelligibles, puis porta une bouteille de vodka à ses lèvres. Le liquide ruissela sur son menton et le long de son cou. La bouteille était presque vide.

— Liev, tu es saoul !

— Bien sûr que je suis saoul, bordel !

— Je croyais avoir senti l'odeur du sang.

— Vous vous imaginez toujours des choses…

— Les ennuis auxquels tu t'exposes n'ont rien d'imaginaire.

Il lui sourit dans la pénombre et vida sa bouteille.

— Liev ! Arrête !

Il lança la bouteille dans sa direction, mais elle n'atteignit pas la jeune fille.

— Qu'est-ce qui vous effraie à ce point ?

— Je ne veux pas que tu sois fouetté !

— Ah…

Se sentant un peu ridicule, elle lui tendit un paquet de friandises et une savonnette.

— Mon père a un cadeau à te remettre.

Liev éclata d'un rire caverneux.

— Il me l'a déjà donné.

— La bourse de roubles ?

— Non, pas les roubles, répondit-il.

— Quoi, alors ? Le rasoir et le tabac ?

Pour toute réponse, le colosse se redressa soudain et, chancelant, ôta sa tunique noire, révélant un torse puissant couvert d'une toison brune. Valentina ne put s'empêcher de le regarder fixement. C'était la première fois qu'elle voyait un homme à moitié nu d'aussi près.

— Tu es saoul, répéta-t-elle, moins virulente. Remets cette tunique immédiatement. Tu vas attraper la mort.

Elle aurait aussi bien pu s'adresser au mur… Liev jeta sa tunique de côté et roula sur lui-même pour s'allonger sur le ventre.

— Liev, souffla-t-elle.

En voyant l'état de son dos, elle porta une main à sa bouche. Sa peau était striée de lignes rouges en diagonale, si régulières qu'elles semblaient peintes. Elle entra doucement dans le box et se mit à genoux près de lui. Certaines plaies étaient profondes et la chair était à vif.

— Pourquoi ? murmura-t-elle.

Elle n'eut pas à demander qui lui avait infligé ces coups de fouet. Popkov ramassa sa tunique et l'enfila. Comment parvenait-il à bouger avec le dos ainsi lacéré ?

— Pourquoi a-t-il fait ça ? s'enquit Valentina, qui avait honte de son père.

Popkov sortit une autre bouteille cachée sous la paille.

— Hier, je suis entré dans la chambre de votre sœur en l'absence de l'infirmière.

— Oh, Liev…

Il haussa les épaules et but un peu d'alcool.

— Je voulais lui offrir un petit cadeau de Noël, rien de plus.

— Dans sa chambre ?

— J'y suis entré très souvent pour l'aider à se lever ou à quitter son fauteuil roulant.

— Jamais en l'absence de l'infirmière.

— C'est vrai, grommela Liev. Votre père m'a trouvé assis au bout du lit, en train de bavarder avec Mlle Katia. Alors il m'a fouetté.

Soudain furieuse, elle se mit à marteler son torse musclé de ses poings, ce qui le fit rire.

— Imbécile ! lança-t-elle. Espèce de Cosaque écervelé ! Tu es fou ! Tu mérites le fouet.

Il la saisit par le poignet et plaça la bouteille dans sa main.

— Tenez, buvez.

Elle considéra le breuvage apparemment inoffensif, frémit d'effroi et porta le goulot à ses lèvres.

Le vent nocturne secouait les parois des box. Une douce torpeur avait envahi le corps de la jeune fille, qui avait soudain très chaud. Assise dans la paille, elle avait l'étrange sensation qu'un papillon remuait ses ailes dans sa tête. Ses lèvres ne cessaient de sourire malgré elle. Dès qu'elle fermait les yeux, elle avait le tournis et vacillait.

— Valentina, vous avez assez bu. Allez vous coucher, grommela Popkov en lui donnant un coup de botte sur la cuisse. Sortez de là !

— Qu'est-ce que tu lui as offert ?

— À qui ?

— Dis-le-moi.

— Un fer à cheval, répondit-il en baissant les yeux avec pudeur. Je l'ai poli et… Je l'ai décoré de lierre et de baies.

Valentina n'aurait pu imaginer de plus beau cadeau.

— Tu n'as rien pour moi ? interrogea-t-elle.

Il leva ses yeux sombres vers elle.

— Vous avez bu ma vodka. Qu'est-ce que vous voulez de plus ?

Elle se mit à rire et sentit son esprit se troubler.

— Papa et Maman m'obligent à aller à un bal de Noël, dit-elle en fermant les yeux.

Prise d'un vertige, elle se força à les rouvrir. Liev l'observait d'un air goguenard.

— Vous êtes ivre.

— Va-t'en, balbutia-t-elle d'une voix avinée.

Elle eut soudain l'impression de voler, légère comme une plume. En levant les paupières, elle vit la pénombre tourbillonner autour d'elle.

— Liev, repose-moi à terre.

Il l'ignora.

Elle eut la sensation vague qu'il la portait dans la maison par la porte de service et ne rouvrit les yeux que lorsqu'il la jeta sans ménagement sur son lit.

— Liev, murmura-t-elle en luttant pour retrouver un semblant d'équilibre. Je ne crois pas...

— Dormez, maugréa-t-il.

— Merci, Liev, murmura-t-elle.

Mais il avait déjà quitté la pièce.

— Joue-moi quelque chose.

Katia était assise dans son fauteuil roulant, dans le salon de musique. Valentina avait encore mal à la tête. Au moins, ses vertiges avaient cessé. Plus question de boire une seule goutte de vodka ! Au diable Liev et sa maudite bouteille ! Le lendemain, il avait sorti les chevaux en sifflotant, l'esprit nullement embrumé par l'alcool.

— Je t'en prie, joue-moi un morceau ! insista Katia.

— Je risque de ne pas bien jouer, aujourd'hui, bredouilla son aînée en soulevant le couvercle.

La seule vue du clavier dont les touches semblaient l'appeler apaisa sa tension.

— Tu joues toujours bien ! s'esclaffa Katia. Même quand tu affirmes le contraire.

Valentina laissa ses doigts décider du morceau. Dès qu'elle effleura l'ivoire, les premières mesures du *Nocturne no. 2 en mi bémol majeur* de Chopin s'élevèrent. C'était le morceau qu'elle avait interprété pour le Viking. Elle oublia tout le reste. Sa professeure de musique aurait été fière de sa prestation qui venait du cœur.

— Valentina, dit sa mère, qu'elle n'avait pas entendu entrer. Il est temps que tu te prépares pour le bal de ce soir. Tu as accepté d'y aller, tu te souviens ?

Les mains de la jeune fille se figèrent.

Numéro cinq sur ma liste : *obéir à Maman.*

Ses doigts appuyèrent brutalement sur les touches, produisant un bruit dissonant.

— Oui, Maman, j'ai accepté.

Elle rabattit lentement le couvercle et se dirigea vers un petit coffre en argent posé sur la table, derrière le fauteuil de Katia. Elle sortit une clé en cuivre et verrouilla le piano. Ensuite, elle entrouvrit la fenêtre et jeta la clé dans la neige et, sans un mot, sortit de la pièce.

*

Le visage de Viktor Arkine était difforme : un œil partait vers l'extérieur et sa bouche s'étirait à l'infini. Il observa un instant son reflet dans la surface bombée du phare en cuivre de la Turicum. Son âme était-elle aussi tordue ? Il trouvait inquiétant d'aimer autant une automobile. C'était même dangereux. Aimer quelque chose ou quelqu'un à ce point était une faiblesse, ce qu'il ne pouvait se permettre.

Néanmoins, il sourit affectueusement et passa une peau de chamois sur l'élégante carrosserie.

— Tu as de la visite.

Arkine se retourna. Sur le seuil du garage, le Cosaque affichait un air narquois de mauvais augure.

— Où ça ?

— Dans la cour.

Le chauffeur plia sa peau de chamois, qu'il posa sur une étagère. Dehors, la nuit commençait à tomber. Des ombres inquiétantes s'étiraient sur les pavés, telles d'étranges créatures. À sa droite se dressaient les écuries et le hangar, ainsi qu'une pompe à eau et une auge. À gauche, au-delà d'une arche, une allée menait vers l'avant de la maison. Une jeune femme l'y attendait, un foulard noué sur la tête pour se protéger du vent glacial. Son long manteau ceinturé semblait avoir appartenu à un homme. Elle était visiblement mal à l'aise.

— Une amie à toi ? railla Popkov, hilare.

Désignant son propre abdomen, il mima un ventre arrondi.

La grossesse de cette jeune femme était manifeste.

— Va donc curer un sabot ou brosser une crinière ! cracha Arkine.

Il alla à la rencontre de la jeune femme et la salua prudemment.

— Je peux vous aider ?

— Je vous apporte un message de Mikhaïl Sergueïev.

Il la prit aussitôt par le bras et l'entraîna vers le garage, à l'abri du vent. Frêle et docile, elle se détendit et lui adressa un sourire timide.

— Je suis Larissa, la femme de Mikhaïl.

À cet instant, quelque chose se brisa en lui. Sa façon de dire « Je suis Larissa, la femme de Mikhaïl » avec simplicité et fierté, une main posée sur son ventre rond, lui rappela sa propre mère tenant les mêmes propos, « Je suis Roza, la femme de Mikhaïl Arkine », une main sur son ventre rond. Deux semaines plus tard, elle et son fœtus avaient été emportés par une septicémie car son père n'avait pas les moyens de rétribuer un médecin. C'était le jour de ses neuf ans.

Avec un sentiment proche de la souffrance, il eut soudain envie d'un enfant à lui, d'une épouse au ventre rond bien à lui, en dépit de ce qu'il avait dit à Sergueïev sur la famille. Troublé, il sourit à Larissa.

— Il y a un problème ?

Elle opina de la tête. Elle avait les lèvres pâles et les yeux cernés, pleins d'angoisse.

— C'est Mikhaïl… il s'est blessé lors d'un accident, au travail.

— C'est grave ?

— Il a le bras cassé.

Viktor sourit d'un air rassurant.

— Mikhaïl se remettra vite. Il est robuste.

Cependant, il savait ce que cela impliquait pour eux. Pas de travail, pas d'argent pour manger, payer le loyer, s'occuper du bébé. De sa poche, il sortit ses trois dernières cigarettes et quelques pièces, toute sa fortune.

— Tenez, vous lui donnerez ceci.

Elle accepta son offrande.

— Cela ne va pas vous faire défaut ?

— Emmenez-le voir le père Morozov, à la salle paroissiale. On y sert des repas chauds.

— Merci, murmura-t-elle. Son chef lui a donné de quoi payer le loyer.

— Ce n'est pas courant. Qui est-ce ?

— Le chef Friis.

— Vous travaillez encore à l'usine de colle ?

— Oui, dit-elle en haussant les épaules.

Soudain, Arkine sentit sa rage monter d'un cran. Quelle injustice ! Le seul prix d'un phare en cuivre… Il pourrait en démonter un et le lui remettre afin qu'elle le vende. L'argent récolté l'aiderait à se remplumer afin qu'elle puisse allaiter son enfant.

— Il s'inquiète pour… ce travail qu'il devait effectuer avec vous, ce soir, reprit Larissa.

— Dites-lui de ne pas s'en faire. Je m'en charge. Rentrez vous reposer et manger un morceau.

— Merci.

— Bonne chance pour le bébé.

Elle esquissa un sourire plein d'espoir et s'éloigna lentement sur les pavés irréguliers. Arkine l'observa jusqu'à ce qu'elle ait disparu. Le moment était venu. La mâchoire crispée, il ne pouvait contenir son impatience.

Il était prêt pour la mission qui l'attendait dans la soirée.

9

Jens n'était pas un danseur dans l'âme. Il n'était venu au bal que pour contrarier le ministre Davidov. Hélas, ce dernier demeurait invisible. L'ingénieur parcourut brièvement les opulents couloirs du palais Anitchkov. Les colonnes en marbre et les dorures ne l'émouvaient guère. Il se retira donc dans un salon où plusieurs invités jouaient aux cartes.

Au bout d'une heure, il empocha avec satisfaction une poignée de roubles et de billets à ordre. Il aimait jouer, même s'il était conscient des dangers de ce passe-temps. Un jour, lors d'une partie de cartes, un flambeur avait posé un pistolet sur sa tempe avant de se faire sauter la cervelle. Une autre fois, sur le quai d'une gare, Jens avait soutenu un vieil ami qui partait purger une peine de dix ans en Sibérie. Cet homme avait intrigué à la Cour pour déposséder le grand-duc Vladimir du contrôle de l'armée. Il avait tenté sa chance et il avait perdu.

Oui, Jens aimait jouer, mais pas n'importe quand, et ce soir-là était propice.

— Friis ! Je ne m'attendais pas à vous voir ici.

Comment diable Davidov l'avait-il débusqué dans la foule ? Cela dit, il était préférable qu'il ait fait le premier pas.

— Bonsoir, monsieur le ministre.

Ils échangèrent un signe de tête assez formel, sans vraiment s'incliner. Davidov était un homme sombre aux sourcils broussailleux. Depuis leur différend sur le financement des égouts, quelques jours plus tôt, il se montrait plus froid. S'il portait un élégant costume queue-de-pie avec un gilet blanc et un col rigide, il ne semblait guère désireux de s'amuser. Ses joues rubicondes témoignaient de son goût pour l'excellent cognac servi au palais.

— Bonsoir madame, fit Jens en prenant la main d'une femme entre deux âges vêtue d'une robe violette criarde.

Elle souriait, peut-être pour compenser la mine maussade de son mari.

— Quelle charmante soirée, déclara-t-elle, radieuse. Tous ces messieurs sont si élégants !

Les salons grouillaient de militaires en uniforme d'apparat avec galons et épaulettes. Les jeunes soldats rivalisaient pour attirer l'attention d'une jeune fille munie d'un éventail. Lors des soirées mondaines de Saint-Pétersbourg, les officiers régnaient en maîtres. Les plus arrogants et les plus impressionnants étaient les hussards. La Russie devait sa puissance à l'armée, et celle-ci faisait en sorte que Saint-Pétersbourg ne l'oublie pas.

Le maître de cérémonie, coiffé d'une perruque poudrée et vêtu d'une culotte rouge, frappa trois fois le marbre de son bâton doré pour annoncer l'arrivée d'un nouvel invité.

— Vous dansez ? demanda Mme Davidova à Jens, pleine d'espoir.

Pris d'une soudaine appréhension, Jens se tourna vers Davidov.

— Je vous en prie, déclara celui-ci. Je n'aime pas danser.

— Ce serait un honneur, madame, affirma Jens en s'inclinant galamment.

Il lui offrit son bras pour la mener vers la piste.

— Davidov, j'aimerais vous dire deux mots, tout à l'heure, si cela ne vous ennuie pas, lança-t-il avec nonchalance, par-dessus son épaule.

Le ministre parut contrarié, mais sa femme intervint :

— Bien sûr ! Tu veux bien, n'est-ce pas, Andreï ?

Jens considéra sa partenaire avec un sourire respectueux qu'elle lui rendit.

Ils se lancèrent dans une mazurka, une danse dynamique qui donna la migraine à Jens. Quatre couples ne cessaient de changer de partenaire. Pour l'ingénieur, il était plus difficile d'enchaîner correctement ses pas que d'orienter un cheval en pleine nuit en forêt. Il était si concentré qu'il faillit ne pas voir deux yeux bruns braqués sur lui, à l'autre extrémité de la salle. Tout à coup, il trébucha et s'excusa vivement. Lorsqu'il se retourna, les yeux bruns avaient disparu. Il n'y avait plus qu'un tourbillon de coiffures élégantes et le chatoiement des soieries. Toutefois, l'image d'un cou gracile, d'un profil délicat, d'une robe et de longs gants blancs restait gravée dans sa mémoire. Hélas, ils s'étaient évanouis dans la foule. Ces yeux, il les avait reconnus et il avait la ferme intention de les retrouver.

— Ne gaspillez pas votre salive, Friis.

— Monsieur le ministre, je vous en prie, écoutez au moins ce que j'ai à vous dire !

— De l'argent ! Voilà ce que vous voulez : davantage de fonds pour financer vos maudits égouts.

Jens esquissa un sourire pincé.

— Je ne suis pas venu vous parler d'égouts.

— De quoi, alors ?

— De terrains.

— Je vous écoute, soupira le ministre.

— La population de Saint-Pétersbourg augmente rapidement, d'où une grave pénurie de logements. Les prix d'une habitation dans le centre-ville sont exorbitants.

— J'en suis conscient.

— Et pourtant, de nombreuses parcelles sont inoccupées. Des terrains vagues dans les quartiers défavorisés et dans les faubourgs se vendent une bouchée de pain. Personne n'en veut.

— Parce qu'ils se trouvent au milieu des taudis, grommela Davidov en soufflant un nuage de fumée. Si vous avez envie de partager un gourbi avec une dizaine d'autres familles dans le besoin, libre à vous ! N'espérez pas que nous vous suivrons.

Il fit mine de s'éloigner.

— Certains de ces quartiers ne seront plus insalubres.

Le ministre s'arrêta et fit volte-face. Jens sut qu'il avait gagné.

— Tout le monde veut avoir une maison, mais pour l'heure, seuls les riches veulent habiter là où il y a des boutiques, des restaurants et, surtout…

Il marqua une pause pour ménager son effet.

— … un système moderne et hygiénique d'eau courante et d'évacuation.

Le ministre parut intrigué.

— Poursuivez.

— Des salles de bains, des cuisines modernes. Ce confort sera accessible grâce aux canalisations que je construis sous la ville. Cela signifie qu'une parcelle de terrain qui ne vaut rien aujourd'hui peut valoir une fortune demain.

Les lèvres fines de Davidov esquissèrent un semblant de sourire.

— Vous avez raison, admit-il en tirant sur son cigare d'un air pensif. Bon sang, vous avez raison !

— Qui décide du creusement des canalisations et de leur emplacement ? reprit doucement Jens. Par conséquent, qui sait quelles parcelles vont prendre une valeur inestimable ?

Davidov prit Jens par le poignet.

— C'est vous, murmura le ministre d'une voix rauque. Espèce de salaud !

Peu après, Jens la débusqua enfin.

Les lustres de la salle de bal se reflétaient dans les hauts miroirs, créant un univers féerique et doré. Les débutantes vêtues de blanc, tels des lys délicats et immaculés, se tenaient par grappes. Intimidées, elles posaient leurs yeux de biche sur les jeunes mâles qui se pavanaient devant elles. Celles dont le carnet de bal n'était pas rempli de noms de capitaines et de lieutenants restaient près des fenêtres et s'éventaient avec langueur, comme si elles avaient trop chaud pour danser.

Jens alluma une cigarette turque. Accoudé à la statue de bronze d'un lanceur de javelot à demi-nu, il observait Valentina qui dansait. À mesure que l'orchestre enchaînait les mazurkas, les polkas et les polonaises, elle passait d'un uniforme bleu à un rouge, puis à un vert. Elle ne dansait jamais deux fois avec le même partenaire. Sa grâce l'avait frappé. Elle avait un port de reine et la souplesse d'un chaton, sans être guindée. Ses mouvements fluides suivaient avec aisance le rythme de la musique.

— Je peux vous la présenter, si vous voulez. Je connais sa mère.

— Madame Davidova ! s'exclama-t-il en la voyant surgir à côté de lui, quel plaisir de vous revoir.

— Vous avez les yeux rivés sur elle, reprit-elle en lui tapotant l'épaule de son éventail. Elle est trop jeune pour vous. J'ai entendu dire que vous préfériez les femmes mûres…

Il la regarda longuement, lui offrit son bras et la mena sur la piste pour danser une valse.

— Vous dansez bien, déclara-t-il tandis qu'ils tournoyaient.

Mme Davidova s'empourpra de plaisir et ses yeux perspicaces se mirent à pétiller.

— Elle ne semble guère heureuse, commenta-t-elle.

— Je ne l'avais pas remarqué.

— Menteur ! Invitez-la à danser.

Jens se surprit à apprécier cette femme si clairvoyante. En effet, le visage de la jeune fille exprimait une solennité qui ne variait pas quel que soit son partenaire. Elle paraissait écouter ce qu'ils lui racontaient, mais ne disait pas grand-chose. De temps à autre, elle levait les yeux vers eux, comme s'ils venaient de capter son attention. Qu'est-ce qui pouvait l'intéresser ?

— Le moment est venu de les interrompre, je crois, murmura-t-il à Mme Davidova. Si vous n'y voyez pas d'inconvénient…

— Pas du tout. Cela fait bien longtemps que je n'ai pas eu le plaisir de valser avec un sémillant officier.

Mme Davidova battit des cils avec une coquetterie espiègle. Jens l'entraîna vers la jeune fille qui dansait avec un lieutenant et ce fut elle qui se chargea des présentations.

— Ma chère, je vous présente Jens Friis, dit-elle avant de se tourner vers l'ingénieur. Valentina est la fille de mon amie Elizaveta Ivanova. Vous avez de nombreux points communs. Vous aimez…

Elle hésita pendant une fraction de seconde.

— … contempler les étoiles.

Jens demeura impassible.

— Il est rare de rencontrer quelqu'un qui partage cette passion, affirma-t-il en s'inclinant galamment devant Valentina. Puis-je vous accaparer quelques instants ? Pour parler des étoiles, naturellement.

— Il se trouve que non, je…, intervint le partenaire de Valentina.

Mais il n'était pas de taille à lutter contre Mme Davidova.

— Je serai ravie de danser avec vous, assura-t-elle en se précipitant dans ses bras.

Le lieutenant se trouva contraint d'abdiquer. Jens emmena Valentina. Ses grands yeux bruns étaient rieurs et elle s'efforçait de réprimer un sourire. Elle était si légère, entre ses bras, telle une poussière d'étoiles...

— Donc vous aimez les étoiles ? fit Valentina d'un air interrogateur.

— Oui. Orion, la Grande Ourse, l'étoile Polaire.

Il se tut.

— C'est tout ? lança-t-elle.

— Vous en voulez davantage ? Il y a aussi la constellation du Marteau et l'Astralis Gigantis... j'en passe et des meilleures. Un spectacle féerique.

— Qu'est-ce qui vous porte à croire que je m'intéresse aux étoiles ?

Conscient de son regard appuyé, Jens afficha un sourire provocant.

— Je voulais vous demander quelque chose, avoua-t-il. C'était le seul moyen de me frayer un chemin dans cette marée d'uniformes qui vous entoure.

Valentina fit mine de s'offusquer.

— Posez-moi donc votre question.

Il reprit son sérieux.

— Pourquoi étiez-vous fâchée contre moi lors du concert à l'institut Ekaterininski ? Vous me foudroyiez du regard comme si j'étais le diable en personne.

Elle rit à gorge déployée, avec une telle spontanéité qui contrastait tant dans cet univers artificiel de bijoux et de corsets qu'il fut pris au dépourvu. Un rire communicatif et enchanteur. Tandis qu'ils tournoyaient sur la piste, il remarqua que ses yeux étaient d'un brun tacheté d'or. Il contempla la peau laiteuse de son décolleté.

— Ne vous formalisez pas, répondit-elle en souriant. Je jouais simplement les écolières stupides.

— Et maintenant ?

— Maintenant, je ne suis plus en colère contre vous. Et je ne suis plus une écolière.

— Qu'êtes-vous donc ? L'une de ces débutantes venues trouver un mar...

— Je suis venue parce que mes parents m'en ont donné l'ordre.

— Ah...

Soudain, il ressentit sa fougue sous ses airs détachés. Seuls ses doigts tremblants la trahissaient. Ils dansèrent et il ne lui posa plus de questions. Elle semblait flotter, portée par la musique. Jamais il n'avait eu une telle partenaire. La musique comptait davantage que la conversation. Ensuite, il l'entraîna vers la porte de la salle de bal. Valentina retint son souffle. Il perçut le mouvement de ses côtes, sous sa main. Il eut l'impression qu'elle exhalait la liberté.

— Et si je vous montrais l'Astralis Gigantis ? suggéra-t-il, la mine impassible. C'est une constellation que très peu de gens ont vue.

— Ce doit être un spectacle fascinant.

Il décela une note de moquerie dans ses paroles.

Lorsqu'elle se tourna pour franchir la porte à double battant menant au buffet, il sentit le parfum de ses cheveux. Ses superbes boucles brunes étaient relevées en un chignon élaboré qui soulignait ses pommettes et son long cou. Il n'aimait pas ce style, sans doute à la mode, mais trop guindé à son goût. Il lui enlevait quelque chose. Tandis qu'elle marchait devant lui, si svelte dans sa robe de soie blanche qui marquait sa taille, Jens eut soudain envie de lui enlever son grand peigne orné de perles pour libérer les boucles soyeuses, de la libérer, elle, de ce qu'elle retenait avec un tel acharnement.

Il la mena vers une haute fenêtre encadrée de rideaux de velours doré. Valentina se pencha au dehors comme si la nuit l'attirait.

— Où est votre Astralis Gigantis ? interrogea-t-elle doucement.

— Là-haut, quelque part, je vous le promets. Elle ne demande qu'à être trouvée.

— Je l'espère. J'aime à croire qu'il y en a d'autres à découvrir.

— Il y a toujours quelque chose à découvrir, Valentina.

Sans faire le moindre commentaire, elle se balança au rythme de la musique.

— Puis-je avoir quelque chose à boire ? s'enquit-elle.

Jens se fraya un chemin vers le buffet. Lorsqu'il revint avec un verre de sirop de citron vert dans une main et un cognac dans l'autre, il était trop tard. Les uniformes grouillaient autour d'elle telles des abeilles. Il se dirigea tant bien que mal vers un hussard en uniforme rouge, un capitaine élancé aux cheveux blonds qui tenait le carnet de bal de la jeune fille en parlant avec animation. D'un coup d'œil, il vit qu'elle se sentait traquée. Il posa les verres sur la table, prit le carnet de bal des mains du hussard, le déchira en deux et le lui rendit en s'inclinant légèrement.

— Veuillez nous excuser, dit-il avant de prendre le bras de Valentina, nous avons une constellation à observer.

Quand ils quittèrent la salle, l'espace d'un instant cruel, il crut qu'elle pleurait, mais ne décela aucune larme, car en même temps la jeune femme riait.

10

Ils firent une promenade en traîneau. Valentina inspira l'air glacial, les mains glissées dans un manchon posé sur ses genoux. Le vent fouettait sa toque en castor. Elle aimait le froid car il chassait la puanteur du cigare. Le Viking l'avait emmitouflée dans une couverture, de sorte que le bout de son nez et son menton ressortaient étrangement au clair de lune.

Le traîneau filait sur la neige, ses patins huilés sifflant si fort qu'elle entendait à peine les sabots des chevaux. Le Viking menait leur embarcation à vive allure avec un plaisir manifeste, ce qui aurait dû inquiéter la jeune fille. Mais ce n'était nullement le cas. Sa mère ne s'en remettrait pas si elle savait ! Valentina n'aurait pas dû se trouver là ; toutefois, selon elle, sa place n'était pas non plus au bal. Le traîneau fonça dans les rues de Saint-Pétersbourg, le long des quais en granite, dépassant les tours de la forteresse Pierre-et-Paul. Sur les eaux de la Neva nimbées de brouillard, la lueur des réverbères dessinait des traces vacillantes.

Jens ne disait rien, ce qui lui convenait à merveille. Elle ferma les yeux pour écouter le ronronnement des patins. Il l'emmenait loin des lumières de la ville pour admirer les étoiles. Un sourire naquit sur ses lèvres. Jamais personne ne lui avait montré les étoiles…

— Voici Odyssée. C'était un grand guerrier que les dieux ne voulaient pas laisser mourir. Ils l'ont donc envoyé au ciel, où ils pouvaient se battre avec lui quand ils s'ennuyaient.

Valentina désigna une autre constellation.

— Et celles-ci ? Elles semblent si proches de nous.

— Ce sont les servantes de Zeus. Chacune était une jeune Terrienne dont le dieu tout-puissant était tombé amoureux. Il les a enlevées et en a fait ses servantes éternelles. On raconte qu'elles ont de longs cheveux bruns bouclés et des yeux de braise.

Il avait tourné la tête de côté et la regardait fixement au lieu de contempler le ciel.

— Prenez garde. Vous êtes son genre.

Elle se mit à rire.

— Cela ne m'ennuierait pas d'être là-haut, à assister aux efforts des minuscules créatures que nous sommes sur Terre. Quel soulagement ce serait d'être libérée de tout ça !

Elle brandit son manchon en direction de la ville.

Jens se redressa. Ils s'étaient allongés sur le traîneau pour contempler les étoiles.

— Le monde est-il donc si horrible ? demanda-t-il doucement.

Elle pensa un instant aux bombes, entre les mains des révolutionnaires, qui avaient assassiné deux ministres : Dmitri Sipiaguine, au palais Marie, et Viatcheslav Plehve, dont la voiture avait explosé. Même Alexandre II, le grand-père du tsar, avait été victime d'un attentat. L'explosion fatale avait eu lieu non loin du canal Griboïedov, où se dressait la magnifique cathédrale Saint-Sauveur-sur-le-Sang-Versé. Valentina revit l'expression de son père quand il lui avait reproché les blessures de sa sœur. Elle considéra le temps qu'elle avait passé à essayer des robes, à prendre le thé, pour obéir à sa mère. Elle songea à la femme au crâne balafré, puis à Katia.

— Non, pas vraiment, mentit-elle.

— Vous jouez du piano comme un ange. Cela vaut bien la peine de rester sur Terre, non ?

— Je persuaderais Zeus de me laisser jouer dans les cieux.

— Vous vous joindriez ainsi à la musique sacrée du paradis. Zeus serait fou de ne pas vous accueillir.

Elle ne distinguait pas son visage, mais il l'observait tandis qu'elle admirait les étoiles qui brillaient tels des diamants. Ses cheveux roux semblaient pourpres sous son épaisse chapka.

— Que faites-vous, à part quitter les concerts avant la fin et conduire des traîneaux à une allure vertigineuse ?

Le rire de Jens résonna dans le silence nocturne. Ils se trouvaient en lisière de forêt, là où la neige formait une couverture argentée et où les arbres paraissaient se cacher, à l'instar d'une armée en déroute.

— Sachez que je n'ai pas quitté le concert de mon propre chef. Le tsar m'a ordonné de me remettre au travail.

— Ah…

— Quant aux traîneaux, j'aime la vitesse quand j'ai un bon cheval.

Il se pencha légèrement vers elle. Son souffle formait de la buée dans l'air glacé.

— Que faites-vous ? interrogea-t-elle encore.

— Je suis ingénieur.

— Ingénieur ? Autrement dit vous fabriquez des choses ?

— C'est cela, je fabrique des choses.

Elle percevait un sourire dans sa voix. Il se moquait d'elle. Elle se redressa, l'obligeant à bouger et, enfin, elle vit son visage.

— Quel genre de choses ?

— Des canalisations.

— Quel genre de canalisations ?

— Des conduits d'évacuation de l'eau, des égouts. J'ai aussi creusé des tunnels ferroviaires dans la montagne.

Valentina en demeura sans voix. Jamais elle n'avait rencontré une personne ayant une activité aussi pragmatique.

— Et pour m'amuser, je bricole des moteurs, ajouta Jens. J'aime manipuler le métal.

Elle admirait la facilité de ses paroles, ses termes si simples pour décrire un métier impressionnant. Comme elle l'enviait ! Par cette nuit glaciale et venteuse, sous une lune implacable, elle eut soudain envie de s'allonger dans la neige et de hurler sa frustration.

— C'est intéressant, commenta-t-elle.

Il dut percevoir une fêlure dans sa voix, dans son expression, car il la scruta longuement.

— Jouer du piano aussi bien que vous est un talent rare, déclara-t-il enfin. Vous êtes jeune, mais vous y mettez tout votre cœur et toute votre âme.

Valentina se détourna.

— Vous avez dû travailler très dur pour en arriver là.

— On ne peut pas parler de travail. Enfin, pas vraiment. En revanche, creuser des canalisations.

— Valentina…

Il effleura son bras de sa main gantée. Elle se tourna vers lui.

— Valentina, qu'est-ce qui procure le plus de plaisir aux gens ? Une canalisation ou la musique ? Qui fait chanter leur cœur ? Beethoven ou Brunel ?

Elle rit, pleine de gratitude envers ce Viking rebelle qui l'avait enlevée et emmenée au milieu de nulle part pour contempler les étoiles.

— Qui est Brunel ?

— Un ingénieur anglais. Isambard Kingdom Brunel, répondit-il avec révérence.

— Est-il compétent ?

— C'était l'un des plus grands ingénieurs.

— Je suis jalouse, avoua-t-elle.

— Je sais.

Il effleura de nouveau son bras.

— Les femmes ne se voient pas accorder la moindre chance de se rendre utiles, reconnut-il. Cette situation changera, Valentina, avec le temps.

— Du temps, je n'en ai pas ! clama-t-elle.

Ces propos le surprirent.

— Que ressentiriez-vous si vous deviez boire du thé en admirant des robes et des bijoux à longueur de journée ? Vous auriez vite le cerveau ramolli, je vous le garantis ! J'ai d'autres ambitions… Je ne suis pas une poupée, je refuse d'être simplement décorative. Je veux me salir les mains, me fatiguer l'esprit et…

Un son s'éleva de la forêt : des sabots, le bruit de roues qui se frayent un chemin parmi les arbres. Sans un mot, Jens prit les rênes et émit un claquement de langue à l'adresse du cheval somnolent. Le traîneau quitta le clair de lune pour s'enfoncer dans les ombres.

Tel un animal voûté, la charrette cheminait péniblement à travers bois en direction de la route enneigée, tirée par deux vieux chevaux qui émergèrent soudain dans la clarté de la lune. Cinq hommes poussaient le véhicule, évitant les ornières et les pierres, les épaules penchées sur le hayon. Ils semblaient marcher depuis très longtemps.

Le Viking observait avec attention leurs silhouettes sombres. Valentina devinait sa curiosité. Sa main crispée sur son bras lui intimait de ne pas bouger, une précaution inutile. L'homme qui conduisait la charrette portait un fusil. Il criait ses ordres à ses hommes. Hélas, la jeune femme ne comprenait pas ce qu'il disait.

— Dès qu'ils auront réussi à gravir la pente, ils s'éloigneront, murmura Jens contre sa joue.

Elle hocha la tête et détourna les yeux du fusil. Le Viking était si proche d'elle qu'elle sentait les battements effrénés de son cœur. Son souffle étonnamment régulier était rassurant.

— Des chasseurs, sans doute, chuchota-t-il.

Certainement pas, songea-t-elle sans dire un mot.

— Ils rentrent chez eux, ajouta Jens.

— Cela représente beaucoup de viande.

Il étouffa un grommellement. Cette charrette ne transportait pas de la viande d'élan. Le vent soulevait en partie la bâche retenue par des cordes. La cargaison paraissait massive. Les chevaux peinaient et les hommes ne ménageaient pas leurs efforts. Valentina fut touchée de voir les pauvres bêtes ainsi malmenées. Tout à coup, des jurons brisèrent le silence.

Jens fut le premier à comprendre ce qu'il se passait.

— Elle se renverse, prévint-il.

La charrette vacilla. L'un des chevaux rua pour tenter de se libérer. Les hommes résistèrent et parvinrent à retenir l'ensemble et à le hisser sur la route enneigée. Haletants, ils reprirent leur souffle. Ce fut alors que le cheval de Jens décida de saluer ses congénères épuisés. Jens empoigna les rênes en jurant dans sa barbe.

— Valentina, souffla-t-il sans trahir le moindre signe de panique, ne dites rien.

Fusil en main, l'homme qui menait la charrette courut vers l'orée des bois, cherchant d'où venait ce bruit.

— Par ici ! appela Jens.

L'inconnu bifurqua dans leur direction. La jeune fille entendit ses pas crisser dans la neige, au rythme de ses battements de cœur.

— Dissimulez votre visage, murmura Jens sans se tourner vers elle.

Elle baissa sa toque. Soudain, l'homme arma son fusil. Les pas s'arrêtèrent. Jens passa la main sous la couverture et prit la main de la jeune fille.

— Bonsoir, mon ami ! Nous faisons une promenade en traîneau, ma dame et moi. Vos activités ne nous intéressent en rien.

À sa grande surprise, l'homme éclata de rire et, amusé, flatta l'encolure du cheval de Jens.

Valentina avait peine à respirer sous sa toque.

— Fichez le camp d'ici ! Ramène ta femme à Saint-Pétersbourg avant que ses jolies petites fesses soient gelées.

Jens lâcha sa main et fit claquer les rênes. Le cheval démarra si brusquement que l'homme dut s'écarter d'un bond.

— Bonne nuit, camarade !

Le cheval accéléra et Jens lança le traîneau à vive allure en direction de la ville.

Enfin, Valentina releva sa toque.

— Cet homme n'était pas dangereux, dit-elle.

Les tressautements du traîneau l'obligeaient à s'accrocher.

— Je suis ravi de l'entendre, répondit Jens en riant.

Une explosion résonna dans l'air. D'abord, la jeune fille crut à la rupture d'un patin ou d'un brancard, mais Jens claqua les rênes sur la croupe du cheval pour le faire accélérer. D'une main, il saisit Valentina par la nuque.

— Baissez-vous !

Il la poussa vers le fond du traîneau. Face contre terre, elle avala de la neige sale. Une deuxième détonation retentit, puis une troisième. D'instinct, elle se recroquevilla sur elle-même. Des coups de feu !

Jens parcourut trois kilomètres sans ralentir.

— Le danger est passé, annonça-t-il enfin en lui tapotant l'épaule.

La jeune fille reprit place sur la banquette, rouge de honte.

— J'avais...

Elle s'interrompit. À quoi bon chercher à s'expliquer ? Elle savait ce dont ces hommes étaient capables. Un fusil ou une bombe, quelle différence ?

— Vous avez eu peur ?

Jens mit son cheval au pas.

— Il y avait de quoi, reprit-il. Moi aussi.

— Ah oui ? demanda-t-elle, étonnée.

— Absolument. Une balle de fusil n'a rien d'amical.

Il lui sourit et enfonça sa toque sur sa tête.

— Cet homme n'essayait pas de nous tuer, assura Jens. Les balles sont passées bien trop loin.

— Pourquoi ces tirs, alors ?

— Pour nous effrayer et nous montrer ce que nous risquons si nous parlons de cet incident à la police.

Le froid mordant s'insinua dans le cœur de la jeune fille.

— Vous vous sentez bien ? s'enquit Jens.

Elle acquiesça nerveusement.

— Je ne suis pas morte. Enfin, pas encore, ajouta-t-elle avec un rire triste.

Jens arrêta le traîneau. Contrarié, le cheval se mit à piaffer. Sans doute avait-il eu peur des coups de feu, lui aussi. Jens ne dit rien. Sur cette route verglacée, dans le noir, parmi les loups et les rongeurs, le Viking prit Valentina dans ses bras et la serra contre lui. Ce n'était qu'une étreinte, mais dès qu'elle posa la joue contre son épais pardessus, Valentina ressentit un trouble irrépressible. Tout ce qu'elle avait de vulnérable, de secret revint à la surface. Elle prit une profonde inspiration. Jens dégageait un parfum viril qui évoquait la fumée, le cheval, les parties de cartes et les grands espaces. Elle décelait aussi l'odeur de ses conduits souterrains étroits et sombres. Le revers de son manteau sentait la brique. Elle garda les lèvres closes, le seul élément qu'elle parvenait encore à contrôler.

Pendant un long moment, il garda le silence, une main sur sa toque pour maintenir sa tête sur son torse. Il caressa la fourrure comme s'il s'agissait de ses cheveux, en lui murmurant des paroles dans une langue qu'elle ne comprenait pas. Quand elle se redressa soudain, il ne la retint pas. Il la dévisagea. Il fut aussitôt rassuré car ses yeux verts pétillaient à nouveau. Il reprit les rênes et remit le cheval en marche.

— Pardonnez-moi, Valentina Ivanova. Je n'aurais jamais dû vous amener ici.

Elle secoua négativement la tête, les lèvres serrées. Elle redoutait que les mots ne s'échappent, ces mots qui brûlaient de jaillir, cette terrible vérité : elle connaissait cet homme au fusil et au rire faux. Elle avait déjà croisé son regard perçant.

Ce n'était autre que Viktor Arkine, le chauffeur de son père.

Les lumières de Saint-Pétersbourg défilaient au rythme du traîneau qui longeait les quais, dépassant des façades somptueuses, des colonnades et des fontaines dorées. Les eaux sombres du fleuve étaient tourmentées.

— D'après vous, que dissimulait cette bâche ? s'enquit Valentina.

— Sans doute des marchandises volées. Des pièces mécaniques, peut-être. En tout cas, c'était lourd.

— À quoi bon dérober des pièces mécaniques ?

— Ces types volent dans une usine pour revendre dans une autre. Je sais d'expérience qu'il faut parfois du temps pour obtenir l'équipement adéquat.

— Vous achetez des produits volés ?

Il posa sur elle un regard de biais.

— C'est ce que vous croyez ? demanda-t-il.

— Je ne connais rien au fonctionnement des affaires. Je ne voulais pas…

— Vous le feriez ?

— Quoi ?

— Achèteriez-vous des marchandises volées si vous aviez une entreprise ?

Sa désinvolture ne masquait pas sa vivacité d'esprit ni son envie de savoir ce qu'elle avait dans la tête. Elle réfléchit à la question.

— Oui, répondit-elle, s'étonnant elle-même. Je crois que oui, s'il le fallait.

Il éclata de ce rire merveilleux qui donnait des frissons à la jeune fille.

— À la bonne heure ! Nous allons bien nous entendre.

N'avait-il pas compris qu'ils s'entendaient déjà ?

11

De retour devant le palais Anitchkov, ils s'attardèrent dans l'allée menant à la fastueuse entrée. La façade ornée de colonnades brillait de mille feux dans une démonstration ostentatoire de richesse. Le palais appartenait à l'impératrice douairière, la mère du tsar, qui conservait une cour somptueuse pour éclipser les efforts peu convaincants de sa belle-fille. À cette heure tardive, les invités étaient exubérants. Certains regagnaient leurs voitures pour se rendre dans d'autres soirées qui ne se termineraient pas avant cinq heures du matin. Les roues et les attelages bruissaient dans la nuit, loin des étoiles. Ni Valentina ni Jens ne cherchèrent à regagner la salle.

— Votre chaperon doit vous attendre.

— C'est certain.

— Allez-vous avoir des ennuis ?

La façon qu'il avait de la regarder lui donna envie de demeurer proche de sa haute silhouette, de la frôler.

— C'est la mère d'une amie qui me sert de chaperon, ce soir. Elle surveille plusieurs d'entre nous en ce début de saison. Elle sera furieuse, mais... (Elle esquissa un sourire conspirateur.) Je lui dirai que j'enrichissais mes connaissances en astronomie. Elle devait être tellement occupée à s'amuser qu'elle aura à peine remarqué ma disparition.

— Comment ne pas remarquer votre absence ?

Troublée, elle n'osa lui répondre de peur de commettre un impair.

— Merci, Jens. Merci de m'avoir montré les étoiles.

Il regarda par-dessus son épaule, en direction du palais, et parut sur le point d'ajouter quelque chose. Il se contenta de pencher la tête.

— Ce fut un plaisir, déclara-t-il simplement.

Pourquoi cette formalité soudaine ? Les réceptions mondaines avaient-elles le pouvoir de changer les gens ?

— Je vous souhaite le meilleur pour vos canalisations, énonça-t-elle.

— Merci.

— Je peux vous faire une confidence ?

— Je vous en prie.

Il ne bougea pas, mais dans son esprit, elle le sentit se rapprocher et presque la frôler.

— J'en sais autant sur les canalisations que vous sur les étoiles.

Il étouffa un rire narquois.

— Si je ne connais pas la chimie et la biologie dont j'ai besoin, les étoiles me sont familières, enchaîna-t-elle.

Il la regarda fixement d'un air interrogateur.

— Pourquoi diable auriez-vous besoin de la chimie et de la biologie ?

— Je compte devenir infirmière.

Jens ne rit pas, ce dont elle lui fut reconnaissante, toutefois elle ne put déterminer ce qu'il se passait derrière ces yeux verts un peu voilés.

— J'ai un ami médecin, déclara-t-il avec précaution. Il m'a dit que, pour être infirmière, il faut être forte, ne pas avoir peur du sang et des blessures, travailler dur.

— Je travaille dur.

Jens esquissa un sourire.

— Je vous crois.

— Je ne tourne pas de l'œil à la vue du sang. Je peux être forte.

— Vous devrez peut-être travailler ce point.

— Croyez-moi. J'en suis capable !

Il ne la contraria pas. La jeune fille releva fièrement la tête et s'éloigna vers l'entrée monumentale.

— Valentina !

Elle fit volte-face. Il était encore là, tel le mât d'un drakkar en peine tempête.

— Puis-je vous rendre visite ? demanda-t-il.

Elle ne le fit pas languir, ne fit pas semblant de réfléchir.

— Oui.

— J'ai passé une excellente soirée.

— Malgré les coups de feu ?

— Surtout à cause des coups de feu, répondit-il.
Elle comprit parfaitement ce qu'il voulait dire.

Devant le palais Anitchkov brûlaient d'immenses torches dont les flammes d'un orange vif dansaient dans le noir. Des centaines de cochers à la barbe figée par la glace s'y réchauffaient les mains et ne s'en éloignaient à regret que quand un invité les rappelait à leur poste pour partir.

Viktor Arkine observa les fourrures et les diadèmes rassemblés sur les marches du palais. Tout cela était si ostentatoire, si coûteux, si inutile ! Il fallait les écraser comme des insectes. Il pensa à l'épouse de Sergueïev, enceinte jusqu'aux dents et obligée de se tuer au travail pour gagner à peine de quoi survivre. Ces cloportes n'avaient donc aucune conscience ? Mais ce n'étaient pas les femmes qui l'intéressaient, ce soir-là. C'étaient les hommes, un homme en particulier.

Stolypine, le Premier ministre.

Arkine avait enfilé son uniforme de chauffeur, même si le ministre Ivanov n'était pas présent à ce bal. L'uniforme le rendait invisible parmi les autres chauffeurs et cochers. Il ne devait être rien de plus qu'une ombre flottant sur la glace bleue de la Neva.

L'incident survenu en forêt l'avait rendu nerveux. Cette rencontre inopportune était-elle de mauvais augure ? C'était la première fois qu'il se faisait surprendre lors d'un transport d'armes. Il avait dû se retenir de les tuer. Deux cadavres dans la neige lui auraient garanti le silence. Toutefois, la police s'en serait mêlée et aurait aisément repéré les traces de la charrette. Quelques balles fusant au-dessus de leur tête suffiraient sans doute à faire taire ces curieux. Cependant... Il serra les dents en se disant qu'il ne croyait pas aux signes.

Un murmure parcourut les petits groupes amassés autour des torches. Prompt à réagir, Arkine s'approcha du palais. Les cochers occupés à boire de la vodka s'interrompirent. Un personnage important quittait les lieux. La silhouette élancée de Piotr Stolypine descendit les marches en compagnie de deux militaires en uniforme et d'une jolie jeune femme aux cheveux d'un blond presque blanc et à la bouche rieuse. Arkine vit à peine ces trois-là, les yeux braqués sur Stolypine.

Il tendit la main vers une poche accrochée à sa ceinture, sous sa veste. *Ceci est un acte politique*, se dit-il. *Politique. Cet homme impose la terreur au peuple russe.* Au cours des trois premières années de son mandat, Stolypine avait fait exécuter ou condamner aux travaux forcés soixante mille prisonniers politiques. Soixante mille. Des milliers de paysans étaient passés devant la Cour martiale quand Stolypine avait ordonné le démantèlement de toutes les fermes collectives. Des centaines de journaux et de syndicats avaient été abolis car leurs objectifs ne correspondaient pas à ceux de Stolypine.

Je lutte contre la révolution.

Les paroles du Premier ministre étaient gravées dans la mémoire du chauffeur. Stolypine avait beau répéter qu'il était en faveur de la réforme, il avait beau mentir, il ne croyait qu'en une répression brutale. Arkine en avait vu les résultats, il avait entendu les cris, dans la nuit, il avait été témoin de la souffrance, des coups de matraque dans le dos des travailleurs. L'action de ce soir serait un service rendu à la Russie. Et s'il y laissait sa peau…

Il se posta dans l'ombre d'une berline et glissa une main dans la poche pour allumer la mèche. Son cœur s'emballa, car il n'avait que deux minutes. Cent vingt secondes.

Ceci est un acte politique.

L'image de son père lui vint à l'esprit, un fermier trapu et fier, se disputant avec un colosse venu s'exprimer lors d'une réunion. Il avait pour nom Stolypine. Il revit aussi des traînées rouges couler sur la chair meurtrie, les doigts de son père crispés de douleur, son corps qui se cambrait à chaque coup de knout. Cette honte, non pas pour lui, mais pour son père, ne le quitterait pas.

Cela n'a rien de personnel. C'est un acte politique.

Chacun savait que le Premier ministre portait un gilet pare-balles et qu'il était entouré d'un service de sécurité. Ce ne serait pas le premier attentat contre lui. Arkine vit ses hommes se grouper comme des cafards autour de la voiture qui venait d'arriver. Les deux chevaux de l'attelage soufflaient dans l'air froid. Arkine s'attendait à une automobile. Aucune importance. Les jeunes montèrent à bord dans un brouhaha de véhicules, de chauffeurs et de valets empressés.

Cent vingt secondes.

Arkine s'avança. Avec un rire tonitruant, le Premier ministre emprunta le marchepied pour grimper dans l'habitacle.

Cent secondes.

Le chauffeur entendit un bruissement, sentit une odeur de fibres brûlées tandis que la mèche se consumait. Stolypine à l'abri, les gardes relâchèrent leur attention et se déplacèrent vers l'avant. Arkine s'approcha encore et jeta la poche sous la voiture avant de reculer vivement.

Soixante-quinze secondes s'égrenèrent dans sa tête.

— Hé, toi, là-bas !

Une main ferme le prit par l'épaule. Son cœur cessa de battre, sa gorge se serra. Il fit volte-face et se trouva face à un garde qui le dominait de sa hauteur.

— Qu'est-ce que vous voulez ? demanda Arkine d'un ton bourru, étonné d'être aussi calme. Je suis pressé. Mon ministre m'a ordonné d'aller chercher la voiture.

L'homme remarqua son uniforme.

— Quel est ton nom ?

— Grigoriev.

— Eh bien, Grigoriev, tu vas dire à ton ministre d'attendre que…

Arkine ne l'écoutait plus. Stolypine descendait de la voiture et lançait quelques mots aux personnes restées à bord :

— Attendez-moi ! Je vais rappeler au grand-duc Michel que nous voyageons ensemble, demain.

Arkine avait l'impression qu'il se mouvait au ralenti, une chaussure cirée, sur le tapis rouge, une main gantée, un haussement d'épaules, la torsion de sa barbe tandis qu'il se hâtait.

Soixante secondes ?

Bon sang, il avait perdu le compte !

Il tenta d'échapper à l'emprise du garde, mais celui-ci le retenait fermement. Il désigna alors les deux chevaux noirs qui agitaient la tête et piaffaient. Sentaient-ils l'odeur de la mèche qui brûlait ?

— Vous feriez mieux de calmer ces chevaux. Sinon, la voiture du Premier ministre va partir sans lui. Il n'apprécierait pas.

Le garde se désintéressa d'Arkine et s'éloigna. D'autres chevaux hennissaient et tentaient de s'enfuir. Viktor regarda en direction de la bombe.

Trente secondes ? Moins ?

Il tourna les talons et se mit à courir en comptant dans sa tête. Trente pas seraient-ils suffisants ? Tandis que ses pieds foulaient les pavés, il aspira l'air de la ville à pleins poumons, maudissant Stolypine et son garde.

Maudissant sa malchance.

À cent vingt, il se jeta derrière une superbe Rolls Royce. Pendant deux secondes, il resta accroupi, le cœur battant à tout rompre, sans réfléchir, les nerfs à vif.

L'explosion transperça la nuit noire tel un éclair. La puissance de la déflagration secoua la Rolls Royce. Les vitres volèrent en éclats et la carrosserie pourtant robuste se déforma. Arkine eut très mal aux oreilles. Une pluie de verre tomba sur lui, des poignards de glace venus du ciel. Il se força à se lever. Face au spectacle qui s'offrait à lui, il regretta de ne pas avoir continué à courir.

De la voiture, il ne restait plus que des corps, des cris, du sang. Un filet rouge coulait dans la rue. L'odeur de la gélignite et de la chair brûlée flottait dans l'air, plus féroce encore que les poignards de glace. Des corps gisaient à terre. Pris de panique, les gens fuyaient. Viktor se sentit défaillir. Devant lui gisaient les deux superbes chevaux qui tiraient la voiture de Stolypine. L'un était mort, presque plié en deux. L'autre avait perdu les deux pattes arrière et braillait de douleur. Des hommes en uniforme couraient en tous sens, arme au poing, empoignant quiconque tenait debout. Arkine avait envie de disparaître dans l'ombre, loin de ce carnage, de cet homme puissant qui, au sommet des marches du palais, criait sa fureur tel un démon vengeur. Piotr Stolypine, le Premier ministre, était encore en vie.

Arkine le maudit. Il sortit un pistolet de sous sa veste et, sans se soucier du risque qu'il prenait, alla tirer une balle dans la tête du cheval blessé. L'animal écarquilla les yeux, puis ses pattes avant se replièrent. Des larmes coulèrent sur les joues d'Arkine.

Un terrible sentiment d'échec s'insinua dans son esprit.

— Bien joué.

Des paroles creuses. Arkine secoua la tête.

— Non.

— Viktor, le tsar va se montrer plus prudent, à l'avenir. Tu lui as fait peur, ainsi qu'à son gouvernement. Ils réfléchiront à deux fois avant de rejeter nos exigences de…

— Tu n'as pas les idées claires, Morozov. Stolypine est encore en vie.

— Je sais, répondit le prêtre.

Il posa une main sur l'épaule d'Arkine et le dévisagea comme s'il cherchait à déchiffrer son âme.

— Ne te prive pas de la satisfaction d'avoir marqué un point pour le nouveau monde que nous construisons. Nous savons pertinemment qu'il faut d'abord détruire l'ancien.

— Stolypine va se venger, fit Arkine, la mine sombre. Il y aura encore des morts.

— C'est le prix à payer.

— Dis-moi, mon père, comment ton Dieu gère-t-il tout ça ? Comment parviens-tu à concilier ta conscience religieuse et le fait de poser des bombes ? Quelle excuse invoques-tu dans tes prières, le soir ?

Le prêtre porta à ses lèvres la croix gravée qu'il portait au cou, puis il se pencha vers le front d'Arkine. Ses lèvres étaient fraîches et, malgré lui, Arkine sentit un certain calme s'insinuer en lui.

— La guerre que nous livrons n'est qu'une guerre, affirma Morozov. Tu ne dois pas en douter. C'est la guerre sainte que Dieu mène pour l'âme du peuple de Russie. Il est notre colonne de feu dans la nuit et notre colonne de nuée en plein jour. Nous portons son plastron de droiture.

Viktor Arkine se détourna.

— Ils vont venir nous chercher, prévint-il en balayant le sous-sol d'un geste ample. Tu devrais partir immédiatement.

— Je vais regagner mon village. Il n'est pas très éloigné de la ville, je pourrais être ici rapidement, au besoin. Et toi ?

— Je vais continuer à conduire mon ministre. Après cet attentat, il sera furieux, et quand il est en colère, il est indiscret. Pour lui, je ne suis qu'un uniforme bordeaux. En voiture, il raconte des choses qui devraient rester secrètes.

— Je te le répète, Viktor. Dieu est de notre côté.

Arkine prit sa casquette et se dirigea vers la porte.

— Tu sais que nous devrons les tuer tous, à la fin, dit-il posément. Même les femmes et les enfants.

— La mort n'est qu'un début. C'est ainsi qu'il faut voir les choses. Le début de l'éternité, pour eux, le début d'un nouveau monde juste et honorable pour ceux qui choisissent de le construire ici. Le paradis sur Terre.

Arkine vit deux yeux marron foncé et une bouche pulpeuse. « Faites ce qu'il faut », lui avait-elle ordonné dans la voiture, alors que les manifestants s'approchaient, sur Morskaïa. Elle était d'un calme olympien, sa petite sœur blonde assise à côté d'elle sur le siège de cuir bleu, les yeux écarquillés comme devant la vitrine d'une confiserie.

Tous. Les tuer tous. Ce jour viendrait. En saisissant la poignée de la porte, sa main tremblait.

12

À l'étage, le couloir haut de plafond était glacial. Le vent s'insinuait sous les tuiles et balayait les soupentes. Valentina entendit le gémissement de la charpente. « Nous allons bien nous entendre. » Elle sourit au souvenir de ses doigts crispés sur les rênes, le parfum qui émanait de son manteau, sa main sur sa nuque. Il voulait la revoir !

Pas un rai de lumière ne filtrait sous la porte de Katia. Elle l'ouvrit quand même et se faufila dans la chambre. Sans faire de bruit, elle ôta ses chaussures de bal, souleva un pan de l'édredon et se glissa dans la chaleur du lit.

— Katia, murmura-t-elle.

Elle enlaça la silhouette immobile de sa sœur et se lova contre elle, la joue contre son épaule. Au bout de quelques minutes, une odeur écœurante et cuivrée lui envahit les narines, une odeur qu'elle ne connaissait que trop bien. Elle se redressa vivement.

— Katia !

Pas de réponse. C'est alors qu'elle sentit une matière humide couler sur son bras.

— Katia !

Affolée, elle chercha le bouton de la lampe de chevet et constata qu'elle avait la main écarlate.

— Non ! Katia !

Sa sœur gisait paisiblement sur le dos, une paire de ciseaux fichée dans son poignet tel un couteau dans du beurre. Les draps étaient imprégnés de sang. Valentina se leva d'un bond et saisit la ceinture du peignoir de Katia pour nouer un garrot au-dessus de son coude. Le flot s'atténua. Elle était parvenue à endiguer l'hémorragie. Les yeux fermés, Katia était livide, inerte. Seules ses boucles blondes semblaient encore dotées d'une étincelle de vie.

— Katia, interrogea-t-elle en la berçant dans ses bras. Pourquoi ?

Le cœur serré, elle déposa un baiser sur la joue froide, puis elle courut chercher l'infirmière Sonia.

Valentina attendait au pied de l'escalier en regardant les premières lueurs de l'aube filtrer derrière les volets. Une tache de lumière rose apparut sur le sol en marbre. Elle la vit s'agrandir peu à peu. Soudain, des pas lents et lourds retentirent sur les marches.

— Dr Beloï, dit-elle en levant les yeux vers le visage rond à la moustache fournie. Comment va-t-elle ?

Son manteau sentait le laudanum et ses doigts étaient tachés de nicotine, mais c'était l'un des meilleurs praticiens de Saint-Pétersbourg. Le plus cher, aussi. Il posa une main sur l'épaule de Valentina pour calmer son impatience.

— Elle est encore en vie. Votre mère est à son chevet.

Valentina émit une plainte.

— Votre sœur se remettra de cette… aberration. Dieu lui pardonne.

Il secoua la tête d'un air affligé et se pinça l'arête du nez.

— Elle ne va pas mourir ?

— Non. N'ayez pas l'air si terrifié. Elle ne va pas mourir. Grâce à vous. Vous lui avez sauvé la vie.

— Elle ne va pas mourir.

— Elle sera faible pendant un moment car elle a perdu beaucoup de sang. Vous devriez d'ailleurs vous changer. Vous en êtes couverte.

Il lui tapota encore l'épaule et s'éloigna dans le vestibule. Valentina garda les yeux rivés sur l'escalier. Quand un valet ouvrit la porte d'entrée, le médecin se tourna pour faire signe à la jeune fille.

— Valentina, approchez.

Elle s'éloigna à regret de l'escalier.

— Dites-moi, mon petit… comment avez-vous su où placer le garrot ?

— Je lis beaucoup.

— Vos parents vont remercier le ciel que vous soyez allée dans la chambre de votre sœur, hier soir. Sinon, vous l'auriez trouvée froide comme la pierre, ce matin.

Valentina porta le regard vers le palier, à l'étage. Ses doigts ne cessaient de trembler.

— Vous avez très bien endigué l'hémorragie. Vous avez la carrure d'une véritable infirmière, mon petit.

Ces paroles l'interpellèrent.

— Dr Beloï, que dois-je faire pour devenir infirmière ?

— Qu'est-ce que vous me racontez là ?

— M'accorderiez-vous une lettre d'introduction pour les hôpitaux afin que j'apprenne le métier ?

— Valentina, le moment est mal choisi pour plaisanter.

— Je ne plaisante pas.

Il soupira et se pinça à nouveau le nez.

— Je n'en ferai rien. Vos parents sont désemparés et ont suffisamment de problèmes sans que vous leur en imposiez davantage.

Lorsqu'il fit mine de lui tapoter à nouveau l'épaule, elle eut un mouvement de recul.

— Ce n'est qu'une lubie provoquée par cette… erreur de votre sœur.

— Vous refusez de m'aider ?

— Absolument ! Allez donc réconforter votre pauvre mère au lieu de débiter de telles sottises. Le métier d'infirmière n'est pas fait pour vous.

— Pourquoi pas ?

— Ne jouez pas les imbéciles, mon petit. Vous le savez aussi bien que moi !

Pour couper court, il enfila son manteau et prit congé. Pieds nus, Valentina gravit les marches à pas de loup.

Une heure plus tard, Valentina posa son livre.

— Oublions les mésaventures de M. Rochester et parlons plutôt de toi.

Assise au bord du lit de Katia, elle lui lisait Jane Eyre, l'un de ses romans préférés. Le volume présentait tant d'illustrations d'oiseaux qu'elle voyait souvent Katia, elle-même petit volatile aux ailes brisées, au regard vif et désespéré, le feuilleter.

Katia afficha un air plein d'une défiance contenue qui donna un peu de couleurs à ses joues.

— Ne parlons pas de moi.

— Il faudra bien que tu me le dises, petite sœur.

— C'est fait.

— Non, je parlais de la vérité.

— Ce que j'ai déclaré est vrai. J'étais fatiguée. J'en avais assez…

Elle se couvrit les yeux de ses mains comme pour chasser le monde extérieur.

— J'en avais marre de tout !

Doucement, Valentina prit ses mains dans les siennes.

— Même de moi ?

Les yeux bleus de Katia s'embuèrent de larmes.

— Tu es injuste !

— Ton geste l'était aussi.

— Je sais.

Valentina l'attira vers elle et caressa son poignet entouré d'un bandage.

— Parle-moi du bal, implora Katia.

— Ennuyeux à mourir. Trop de militaires guindés, trop de testostérone.

— Qu'est-ce que c'est ?

— Ce dont les hommes se servent en guise de parfum.

Katia se mit à rire.

— Tu sais tellement de choses !

— Non, j'ai simplement consulté des ouvrages médicaux.

Elle prit sa cadette par le menton.

— C'est à cause du bal que tu as fait ça, Katia ?

Celle-ci baissa la tête, mais Valentina patienta en silence.

— Je savais que tu te trouverais un mari, là-bas, murmura enfin l'adolescente. Les bals servent à ça, non ?

— Ne dis pas de bêtises ! Cette soirée était d'un ennui ! Je n'y suis allée que parce que Maman m'y a forcée, tu le sais très bien.

Elle enlaça sa sœur et la serra contre elle. Katia sentait la pommade à l'eucalyptus. Elle l'embrassa sur la tempe.

— Je ne te quitterai pas, promit-elle.

— Alors tu n'as pas rencontré de mari ?

— Bien sûr que non. J'ai un peu dansé, c'est tout. J'ai bu du sirop de citron vert et j'ai contemplé les étoiles.

— Les étoiles ?

— Oui.

— Tu as rencontré quelqu'un de spécial ?

Valentina revit des yeux verts et intenses qui sondaient son âme. Et le regard gris et froid de l'homme qui tenait un fusil.

— Non, prétendit-elle. Personne d'intéressant.

*

Valentina et sa mère se rendaient dans une librairie sous un ciel plombé de nuages menaçants. À l'arrière de la voiture, Valentina avait les yeux rivés sur la nuque du chauffeur. Elle avait envie de marteler de ses poings les épaulettes de son uniforme en criant : « Vous m'avez fait peur ! J'étais si terrorisée que je me suis ridiculisée, sur le traîneau, face à un homme séduisant aux yeux verts. » Elle brûlait de lui demander ce qu'il y avait sous la bâche.

Quand il lui ouvrit la portière, elle se contenta de le regarder droit dans les yeux en déclarant :

— Ce sera une nuit sans lune, contrairement à hier soir.

Elle vit son regard se troubler, puis il cligna les yeux, intrigué.

Rien à dire sur mes jolies petites fesses ? Pas de fusil pour vous sentir puissant ?

Elle le laissa planté près de la voiture et rejoignit sa mère dans la chaleur de la librairie, sur Morskaïa. Arkine patienterait dans le froid jusqu'à ce que ses orteils gelés tombent dans le caniveau.

— Avez-vous un rayon consacré à l'ingénierie ?

Elle parlait à voix basse pour que sa mère ne l'entende pas depuis l'autre bout du magasin.

— Absolument, mademoiselle. Je vais vous montrer…

— C'est inutile, je trouverai toute seule.

Elle se dirigea vers le rayonnage indiqué et parcourut les titres. Il n'y avait pas grand-chose : un ouvrage sur la construction de ponts, plusieurs sur les mines, un autre sur le Kremlin, à Moscou. Rien sur les canalisations.

Il fallait qu'elle choisisse, et vite.

Pourquoi pas ce livre sur les voitures ? Il aimait la mécanique, le métal. Valentina effleura le dos en cuir. Soudain, son regard fut attiré par un nom. Isambard Kingdom Brunel. Valentina s'empara du volume et se précipita vers la caisse. La vendeuse l'enveloppa de papier.

— Qu'as-tu acheté ? s'enquit sa mère, curieuse.

— Une biographie de Brunel.

— Qui diable est ce Brunel ?

— Juste un Anglais, Maman, répondit-elle d'un ton désinvolte. Regardez, j'ai choisi un livre pour Katia.

Elle brandit un recueil de Charles Baudelaire.

— Tu crois qu'elle va apprécier ? objecta sa mère, sceptique.

— Bien sûr.

— Tu es gentille avec elle, reprit Elizaveta Ivanova avec un sourire affectueux. Sache que ton père et moi sommes très reconnaissants. Tu lui as sauvé la vie ! Elle a de la chance de t'avoir.

Ses yeux s'embuèrent de larmes et elle effleura la main de sa fille, celle qui tenait le livre destiné à Katia.

— Nous aussi. Je suis sincère, tu sais, ma chérie, continua-t-elle, puis, gênée d'exprimer son émotion, elle ajouta, plus formelle : Au fait, Valentina, j'ai oublié de te dire… Le capitaine Stepan Tchernov, un hussard avec qui tu as bavardé, lors du bal, a laissé sa carte, ce matin. Il vient te rendre visite demain après-midi.

Arkine reconduisit les deux femmes chez elles dans un silence inhabituel. Il s'était passé quelque chose dans la librairie. L'étincelle de défi qui pétillait dans les yeux sombres de la jeune fille avait disparu. Son commentaire sur la nuit sans lune le turlupinait. Elle ne pouvait pas être au courant, pour la veille. C'était impossible !

Il devait parler à Sergueïev. Après l'attentat, il était cependant plus prudent de se faire oublier quelque temps. En voyant une charrette lui barrer la route, Arkine klaxonna furieusement dans l'espoir de calmer les grondements qui résonnaient dans sa tête. La sérénité était une notion dont il se souvenait à peine.

Derrière lui, la mère s'efforçait de meubler les longs silences. Elle désigna la boutique d'une nouvelle couturière et promit d'organiser des essayages pour sa fille. Arkine se surprit à aimer la voix de Mme Ivanova. À l'écouter, nul n'aurait pu imaginer la défiance qu'exprimait son regard. Cette femme n'avait confiance en rien ni personne, un sentiment qu'il comprenait mieux que quiconque.

En ralentissant à l'approche d'un carrefour, sur la perspective Nevski, il entendit la jeune fille déclarer :

— Maman, je m'inquiète pour Papa. Cet attentat à la bombe contre le Premier ministre fait peut-être partie d'un complot visant tous les ministres du tsar. Et s'ils s'en prenaient à nouveau à Papa ?

— Laisse donc ton père se charger de ces questions. Ne t'en mêle pas. Il n'aime pas cela. C'est lui qui prend ces décisions, pas nous.

— Ils ne vous font pas peur, ces révolutionnaires ?

— Bien sûr que non. Ce n'est qu'une bande de gueux désorganisés. Notre armée nous protège, ne l'oublie pas.

— Des hommes tels que le capitaine Tchernov ?

— Absolument.

Un silence pesant s'installa, puis Elizaveta Ivanova reprit :

— Je t'en prie, Valentina, ne fais pas d'histoires à propos de cette visite.

Arkine concevait sans peine leur certitude que leur capitaine Tchernov allait veiller sur elles.

*

Viktor Arkine se réveilla en nage, le cœur battant à tout rompre. Quelqu'un hurlait dans son oreille. Le lit était sens dessus dessous. Dans le noir, des toiles d'araignées lui couvraient le visage et lui brûlaient la peau. Et ces cris ! Ce type ne se tairait donc jamais ? Viktor avait mal à la tête. Soudain, il fut pris d'une nausée et vomit sur ses draps.

Un autre bruit se fit entendre. Un poing martelant un mur.

— Tu vas la fermer, bordel ? lança Popkov.

Arkine porta une main à sa bouche et les cris cessèrent. C'était donc lui qui hurlait ! Il s'assit et posa ses pieds nus sur le plancher froid. Enfin, il émergea de sa torpeur et épongea son front moite. Il se trouvait dans sa petite chambre encombrée, au-dessus des écuries.

Quel homme faisait des cauchemars sur les chevaux qu'il avait tués et non sur les êtres humains qu'il avait massacrés ? Chaque nuit, ces visions venaient le hanter. Il revoyait le cheval noir aux pattes arrachées se tourner pour enfoncer ses grosses dents jaunes dans ce qui restait de sa croupe ensanglantée afin d'en chasser la douleur. Et les cris de la pauvre bête qui déchiraient la nuit…

Où étaient les humains ? Où étaient leurs cris ?

Quel genre d'homme était-il en train de devenir ? Il ôta sa chemise souillée et frissonna. La pénombre lui convenait, car elle effaçait les détails. Heureusement, l'avenir s'annonçait lumineux.

13

Le fils de la comtesse n'avait peur de rien et franchissait tous les obstacles que Jens lui désignait. Il n'était pas très bavard. Quoi de plus normal pour un enfant qui passait le plus clair de son temps enfermé avec un précepteur ? Il poussait des cris de joie et talonnait les flancs dodus de son poney tandis que les rayons du soleil filtraient à travers les arbres.

— Alexeï ! lança Jens par-dessus son épaule, descendons vers la rivière !

— Je pourrai sauter par-dessus ?

— La dernière fois, tu es tombé.

— Je n'ai même pas eu mal !

Sa mère était furieuse car son fils avait eu une épaule violacée pendant quinze jours. Elle leur avait interdit de franchir à nouveau la rivière.

— Je ne tomberai pas ! assura-t-il.

— Promis ? insista Jens.

— Promis.

— Prends garde à tes talons, petit !

Ils filèrent dans les sous-bois vers le cours d'eau qui fendait la terre noire. L'enfant avait les joues rouges, ses petites mains crispées sur les rênes. Le poney prit son élan, mais au dernier moment, Alexeï tira sur les rênes, forçant l'animal à s'arrêter brusquement. Désarçonné, le garçonnet atterrit à genoux dans l'eau gelée.

— Sors de là ! ordonna Jens.

Il remarqua que l'enfant avait agrippé le corps immergé d'un chien marron. Alexeï lui maintenait la tête au-dessus de la glace pour lui permettre de respirer. Il caressait son museau humide, ôtant des herbes de ses yeux.

— Alexeï, laisse-le ! Il est mort.

— Non.

— Sors de l'eau ! Tu vas mourir de froid !

— Non.

C'était la première fois qu'Alexeï le défiait. Jens mit pied à terre et hissa la dépouille sans vie sur la rive. C'était un gros chien de chasse aux dents bien blanches. Alexeï refusait de lâcher son oreille ruisselante.

— Je veux le ramener à la maison !

— Pourquoi ?

L'enfant serra l'oreille contre son cœur.

— Si je mourais dans une rivière, je voudrais que quelqu'un m'enterre.

Jens ne put réfuter cet argument. Il attacha la dépouille sur le poney, puis fit monter Alexeï sur Héros et grimpa derrière lui pour envelopper l'enfant tremblant dans son manteau. Ils se mirent en route à vive allure.

— Oncle Jens, tu as déjà eu un chien ?

— Oui, quand j'étais petit. Un chien de traîneau très fort, avec un grand cœur et de longues dents. Il m'a laissé quelques cicatrices. Tous les petits garçons devraient avoir un chien.

Alexeï opina du chef, puis il se retourna vers Jens, plein d'espoir.

— J'en parlerai à ta mère, soupira-t-il.

14

Comme promis, Jens rendit visite à Valentina. Sur le seuil, il se trouva aussi intimidé qu'un jeune paysan monté à la ville. C'était ridicule. Lui qui fréquentait les élégantes de Saint-Pétersbourg, voilà que ce petit brin de femme parvenait à le mettre mal à l'aise d'un seul regard de velours. Elle avait une telle grâce !

Un valet en livrée l'introduisit dans le salon de réception. Très impressionné, Jens observa le lustre doré et les statues de marbre. Tels des paons faisant la roue, les Russes adoraient exposer leurs richesses.

— Mlle Valentina est occupée dans le salon bleu.

Jens remit sa carte au domestique, un homme maigre au visage émacié et aux longues mains.

— Veuillez l'informer de ma présence.

Le valet disparut. Ainsi, elle était occupée… avec une ancienne camarade d'école, peut-être ? Il était de coutume parmi les dames de Saint-Pétersbourg de déposer une carte de visite, le matin, avant de se voir dans l'après-midi, pour le thé. S'ensuivait une série de réceptions en soirée. Une femme pouvait changer de tenue six ou sept fois en une seule journée.

— Mlle Valentina va vous recevoir.

Jens entra dans le salon bleu. Sans doute les lieux étaient-ils superbes et décorés de différentes nuances de cette couleur, mais Jens n'avait d'yeux que pour Valentina. Assise sur un divan en brocard, les mains sagement posées sur ses genoux, le dos bien droit… trop droit. Il perçut un certain malaise. Était-ce son intrusion ? Néanmoins, elle lui sourit en lui tendant la main.

— C'est gentil de me rendre visite.

Elle réagissait comme si elle ne s'était jamais blottie contre lui sur une route verglacée, dans le noir.

— Comment allez-vous ?

— Très bien, merci, répondit-elle. Même s'il fait très froid, depuis quelques jours.

Elle soutint son regard un peu trop longtemps. Il décela une lueur badine dans les prunelles, puis elle baissa les paupières et se détourna dans un bruissement de soie.

— Permettez-moi de vous présenter le capitaine Tchernov.

Jens remarqua enfin la présence d'un tiers, un capitaine des hussards aux cheveux blonds et au visage avenant, plein de cette assurance coutumière aux militaires persuadés d'être invincibles après avoir survécu au combat. Ce jour-là, le capitaine était impressionnant avec son uniforme impeccable et ses bottes cirées. Jens s'inclina. Il avait envie de le mettre au travail dans l'un de ses conduits souterrains, histoire de le salir un peu.

Valentina sourit à Tchernov.

— Je vous présente Jens Friis. Il est ingénieur. Je crois que vous vous êtes croisés au bal du palais Anitchkov.

— Vraiment ? lâcha le capitaine. Je n'en ai aucun souvenir.

— Il semblerait. Il y avait un monde fou.

Jens lut dans le regard du militaire qu'il ne se rappelait que trop bien ce moment où il lui avait subtilisé Valentina.

Ils s'installèrent, puis une domestique vint leur servir du thé dans des tasses en porcelaine très fine à liseré d'or. *Une dînette*, songea Jens, qui redoutait de briser la sienne. La conversation demeura anodine. Valentina évoqua le nouveau restaurant de la perspective Nevski, puis le prince Félix Ioussoupov, héritier de la famille la plus fortunée de Russie, qui venait de regagner le palais de la Moïka après ses études à l'université d'Oxford. Manifestement, elle s'ennuyait. Aussi Jens fut-il étonné de la voir se tourner vers Tchernov pour s'enquérir en toute innocence :

— Dites-moi, capitaine, êtes-vous chasseur ?

Une question simple dont Jens perçut le sous-entendu. Le capitaine, lui, n'avait pas encore appris à décrypter les propos d'une femme. Il percha sa tasse ridicule sur son genou.

— Absolument, répondit-il avec un large sourire, certain de lui faire plaisir. J'ai participé à la partie de chasse du tsar, l'an dernier, avec l'ambassadeur américain.

— N'est-ce pas à cette occasion que la moitié des animaux de la forêt ont été massacrés ? s'informa posément Jens.

— C'est cela, confirma Tchernov très naïvement. Quatre-vingts cerfs et cent quarante sangliers ! Une journée faste. J'ai gardé les bois d'un cerf superbe que j'ai abattu en guise de trophée. Ils ornent un mur de mes quartiers.

— Très ingénieux ! commenta Valentina.

Le silence s'installa. Trop tard, le capitaine perçut qu'il venait de commettre un impair et s'en mordit les doigts. Jens se détendit et admira à loisir les boucles soyeuses de Valentina qui cascadaient sur ses épaules. Deux barrettes ornées de perles les retenaient en arrière, laissant entrevoir ses oreilles aussi délicates que des coquillages fragiles.

— Êtes-vous chasseur, monsieur ? demanda alors Tchernov, désireux d'entraîner Jens avec lui.

— Non, capitaine, répliqua Jens, ravi de clouer le bec au militaire. Je suis néanmoins curieux de savoir quel est votre fusil de prédilection.

Intriguée, Valentina se tourna vers Jens. Mais avant qu'ils ne puissent découvrir les préférences du capitaine, la porte s'ouvrit. Elizaveta Ivanova fit son entrée, très élégante dans sa robe en crêpe de Chine bleu. Les deux hommes se levèrent.

— Capitaine Tchernov ! Mon mari va vous recevoir dans son bureau. Je vous montre le chemin.

Le capitaine s'attarda.

— Avant de partir, et avec votre permission, j'aimerais inviter votre fille à assister à une démonstration d'escrime des hussards, vendredi après-midi.

Il s'inclina devant Valentina avec une telle emphase que Jens eut envie de l'étrangler.

— Votre présence serait un honneur.

— Non, je...

— Bien sûr qu'elle viendra ! s'exclama sa mère. Les démonstrations des hussards sont légendaires. Quel talent et... quel courage ! Je suis certaine que ma fille sera impressionnée.

— Non, Maman.

— Madame Ivanova, dit Jens en s'avançant.

Elle était aussi petite que sa fille, malgré ses tresses blondes relevées sur sa tête.

— Valentina a déjà accepté une invitation pour vendredi après-midi, déclara-t-il.

— Ah oui ? De quoi s'agit-il ?

— Je suis venu confirmer notre rendez-vous pour une visite d'inspection des travaux d'aménagement commandés par le tsar. Il sera présent, ainsi que le ministre Davidov et son épouse.

— C'est merveilleux ! s'extasia Valentina.

Sa mère fronça les sourcils.

— Ce n'est pas un divertissement convenable pour une jeune fille, objecta le capitaine en foudroyant l'ingénieur du regard.

— Vous préférez que je voie des hommes faire semblant de se trucider ? rétorqua Valentina.

— Souhaitez-vous contrarier le tsar Nicolas, madame ? demanda Jens. La prestation de votre fille au piano l'a enchanté et ce mérite vous revient.

Il la vit hésiter.

— Elle sera chaperonnée, bien sûr, ajouta-t-il.

Valentina retint son souffle.

— Très bien, concéda sa mère à contrecœur. Elle assistera à une prochaine démonstration d'escrime. Venez, capitaine Tchernov, mon mari vous attend. Je vous souhaite un bon après-midi, monsieur, ajouta-t-elle à l'adresse de Jens.

Elle escorta les deux hommes dans le couloir. Au moment où la porte se refermait, un rire leur parvint du salon bleu.

*

Sur le trottoir, Valentina leva les yeux vers l'hôpital Sainte-Isabelle. Il était plus grand qu'elle ne s'y attendait. La pierre pâle et noircie de la façade s'effritait comme une vieille peau. Et pourtant, même les barreaux rouillés de ses hautes fenêtres ne parvinrent pas à décourager la jeune fille. Elle glissa les mains dans son manchon pour les protéger du froid glacial.

Pour être infirmière, il faut être forte.

Elle se redressa fièrement et entra dans un vaste hall où flottait une odeur de désinfectant, ainsi qu'une autre qui lui retourna l'estomac. L'endroit était spacieux mais lugubre. De longs couloirs menaient vers des salles qu'elle distinguait à peine. Une femme était assise derrière un comptoir fermé par une vitre coulissante.

— Bonjour, dit Valentina avec un sourire que l'employée ne lui rendit pas. J'aimerais parler à quelqu'un à propos d'une formation d'infirmière.

— Vous voulez employer une infirmière diplômée ?

— Non. Je voudrais savoir comment devenir infirmière.

— Eh bien, il faut envoyer la jeune fille en personne et notre infirmière en chef s'entretiendra avec elle.

— C'est moi, précisa Valentina. Je suis la jeune fille en question.

— Vous voulez devenir infirmière ? Vous ?

— Oui.

L'employée s'affaira à remuer des documents. Valentina crut qu'elle cherchait un formulaire. Très vite, elle dut se rendre à l'évidence : elle riait sous cape.

— Y a-t-il quelqu'un à qui je puisse parler ? insista-t-elle, mortifiée.

— Prenez ce couloir, la troisième porte à gauche. Demandez Mme Gordanskaïa.

— Merci.

— Mon petit, je peux vous donner un conseil ?

— Bien sûr.

— Ne perdez pas votre temps. Ni celui de Mme Gordanskaïa.

— Votre nom ?

— Valentina Ivanova.

— Âge ?

— Dix-huit ans.

— Vous avez l'autorisation de vos parents ?

— Oui.

— Une expérience du travail d'infirmière ?

— Oui.

— Laquelle ?

— Ma sœur est paralysée et je participe à ses soins.

— Avez-vous déjà travaillé ?

— Oui.

— Où ?

— Dans un bureau.

— Pourquoi en êtes-vous partie ?

— Je trouvais cela ennuyeux.

— Vous pensez qu'être infirmière n'est pas ennuyeux ?

— Toujours moins que de passer ses journées à remplir des formulaires.

Margarita Gordanskaïa, l'infirmière en chef, posa son stylo à encre sur son bureau et s'adossa plus confortablement dans son fauteuil, dont le bois grinça. Elle plissa les yeux au point de les faire disparaître.

— Sortez d'ici !

— Pourquoi ? persista Valentina. N'avez-vous pas besoin d'infirmières ?

— Bien sûr que si. Nous en manquons cruellement. Mais vous n'avez pas le profil.

— Qu'est-ce qui ne va pas, chez moi ?

— Tout. Allez-vous-en !

— Je vous en prie, dites-moi pourquoi.

La femme rouvrit ses yeux d'un brun terne.

— D'abord, vous êtes une menteuse. Votre nom et la paralysie de votre sœur sont les seuls éléments de vérité, dans ce tissu de mensonges.

— J'apprends vite.

— Cela ne suffira pas.

— Expliquez-moi ce qui cloche.

L'infirmière en chef secoua la tête, faisant trembler son double menton.

— Regardez-vous, avec vos vêtements coûteux, vos airs de bourgeoise riche et oisive ! Vous ne tiendriez pas cinq minutes. Sur ce, j'ai déjà perdu assez de temps.

Valentina avait choisi sa robe la plus simple et un vieux manteau pour se présenter à l'hôpital.

— Je ne me lasserai pas.

— Pas question de sacrifier les maigres ressources de cet hôpital pour former des gens comme vous, expliqua l'infirmière en se levant.

Le tissu de son uniforme était tendu sur sa poitrine opulente.

— Pour la dernière fois, jeune fille, je vous demande d'emmener vos habits raffinés et vos idées fantasques hors de mon bureau.

Valentina baissa les yeux vers son manchon en fourrure, qu'elle torturait de ses doigts crispés, puis elle sortit sans un mot.

*

Allongé sur le ventre, sur le sol humide, Viktor Arkine scrutait l'horizon. Il avait amené trois apprentis de la fonderie Raspov, dont l'un tirait une charrette à bras. Ils étaient aussi enthousiastes et frétillants que de jeunes chiots. Il se réjouissait de leur présence. Si le boulot n'était pas difficile, il était périlleux. Le train devait ralentir au bon endroit pour larguer sa cargaison. Sinon, ils seraient repérés. La forêt de pins leur procurait une couverture de choix. Le vent tournoyait dans les branches, au-dessus de leur tête. De temps à autre, ils sursautaient quand des stalactites se détachaient et tombaient dans la neige.

En voyant un nuage de fumée au loin, Arkine sentit son cœur s'emballer. À son côté, le plus jeune des apprentis leva la tête et lui sourit. Arkine lui donna un coup de coude.

— Ne te relève pas, Karl. Patience !

— Et si c'était un autre conducteur ?

— Tout est prévu. Fais-leur confiance.

Karl acquiesça, pas vraiment convaincu. Âgé de dix-sept ans, il avait une crinière blonde. C'était son père qui conduisait la locomotive. Son enthousiasme était si contagieux qu'Arkine lui donna une tape affectueuse dans le dos.

— Ne t'inquiète pas. Ton père connaît son affaire.

— C'est sûr !

Le fracas de la locomotive à vapeur effraya une nuée de corbeaux dont les cris stridents et lugubres inquiétèrent Arkine. Ils semblaient scander : *Karl, Karl !* Viktor se ressaisit. Seuls les faibles d'esprit croyaient aux oiseaux de mauvais augure ! Le grondement de l'engin enfla au rythme des pistons. Soudain, il apparut, filant sur les rails. Arkine tourna la tête vers les apprentis restés un peu en retrait, dans les arbres, avec la charrette. Leurs visages juvéniles étaient pâles dans la pénombre. Il leur fit signe de se baisser. Il y eut un grincement de métal, puis un sifflement de freins lui fit serrer les dents. Il sentit un goût de suie dans sa bouche. Le long train s'immobilisa. Il ne fallut à Arkine que quelques secondes pour émerger, ouvrir la porte coulissante du dernier wagon et s'emparer de la caisse qu'on lui tendait.

Karl faisait le guet, au cas où un importun aurait l'idée de venir voir ce qu'il se passait. La caisse fut déposée dans la charrette, qui s'enfonça dans les bois sombres. La porte du wagon se referma avec fracas et le train s'ébranla. Soudain, une vitre du wagon de devant s'ouvrit et quelqu'un fit feu avant qu'Arkine ne puisse écarter Karl. Ils coururent se réfugier dans la forêt, laissant un sillage écarlate dans la neige.

— Tu es blessé ? demanda Arkine au jeune homme.

— Moi non, mais toi, si.

Alors seulement, Arkine ressentit une douleur et porta une main à son oreille. En voyant ses doigts maculés de sang, il s'esclaffa et s'essuya la main sur son pantalon.

— Ce n'est rien qu'une égratignure. À présent, je veux te voir déplacer cette charrette.

Le groupe fila parmi les arbres avec son précieux chargement. Arkine remercia le Dieu de Morozov car, cette fois, les corbeaux s'étaient trompés.

L'épaisse nappe de brouillard était imprévisible. Arkine montait une vieille carne qui n'en faisait qu'à sa tête et refusait d'accélérer. Comment s'en étonner ? C'était le cheval de Liev Popkov. Des maisonnettes en bois grises et fantomatiques s'élevèrent au bord de la route. Arkine entendit les eaux d'une rivière invisible en passant devant une forge dont le four crachait de l'air chaud. Il interpella l'homme au tablier de cuir.

— La maison du prêtre, s'il vous plaît !

— Tout au bout, répondit l'artisan en traçant une croix dans la terre de son tisonnier brûlant. Vous ne pouvez pas la rater.

Arkine repéra facilement un grand crucifix blanc, au-dessus de la porte.

— Oh ! Sale bête ! ordonna-t-il au cheval en tirant sur les rênes.

Pour une fois l'animal obéit. Arkine mit pied à terre, un sac de toile sur l'épaule, et frappa à la porte.

— Entrez ! dit une petite voix.

Une odeur de moisi mêlée à des effluves de cuisine et de pommes de pin brûlées envahit ses narines. Se rappelant son enfance rurale, il referma vivement la porte pour ne pas laisser entrer le brouillard.

Le logement était spartiate : des tapis artisanaux sur le plancher, quelques chaises rudimentaires, un panier en osier devant la cheminée, des piles de livres dans un coin… mais pas un signe de Morozov. Perchée sur un tabouret, devant le fourneau, une fillette d'environ cinq ans faisait frire des oignons. Elle agita la poêle avec adresse en posant sur le nouveau venu de grands yeux bleus plus interrogateurs qu'accueillants. Ses cheveux d'un blond presque argenté étaient tressés dans son dos.

— Bonjour, dit Arkine avec un sourire.

— Mon père est occupé, répondit-elle, la mine grave.

Elle prit un couteau bien trop grand pour sa petite main et entreprit de découper de l'ail sur une planche. Il était un peu dérangeant de voir une enfant si jeune effectuer ces tâches comme si elle en avait l'habitude. L'épouse de Morozov était morte et cette petite avait sans doute endossé son rôle.

— Je voudrais parler à ton père. C'est important.

De la lame de son couteau, elle désigna une porte, au fond de la pièce. Le chauffeur actionna le loquet et le regretta aussitôt. Au milieu de la chambre froide et dépouillée, un homme était agenouillé à terre, tête baissée, torse nu, et se flagellait le dos à l'aide d'un fouet. Chacune des cinq lanières de cuir se terminait par un nœud taché de sang. Le père Morozov.

— Pardon, fit vivement Arkine avant de se retirer.

Dans la première pièce, il s'assit sur une chaise et patienta.

— Je vous avais bien dit qu'il était occupé, déclara l'enfant.

— Oui, tu avais raison.

Quelle mouche avait piqué Morozov ? Lui qui, jour après jour, luttait pour atténuer la souffrance de ses semblables, s'infligeait de tels sévices ? C'était écœurant ! Enfin, le prêtre apparut, en soutane, affichant son sourire habituel. Arkine chercha dans son expression l'autosatisfaction induite par sa pénitence et n'en trouva aucune trace.

— Bonjour, Viktor ! J'ai pensé à toi. La livraison s'est bien passée ?

Il s'assit sans le moindre signe d'inconfort, ni même de gêne. Il avait pourtant dû entendre Arkine entrer dans sa chambre.

Le chauffeur sourit malgré lui.

— Oui, c'est pourquoi je suis là. Pour l'heure, la caisse est cachée dans le sauna, chez Sergueïev, mais ce n'est pas un lieu très sûr. Il est sûrement sous surveillance. Il faut la déplacer sans tarder.

— Et les grenades ? interrogea le prêtre, baissant la voix par habitude. Elles sont en bon état ?

Arkine glissa une main dans son sac de toile et en sortit un petit objet ovale doté d'une goupille métallique ainsi qu'une boîte de munitions. Il les tendit au prêtre, qui les inspecta avec soin.

— Le matériel militaire allemand reste le meilleur, commenta-t-il.

La caisse avait franchi clandestinement les frontières pour compléter leur arsenal. Quand ce serait l'heure, ils seraient prêts. Les armes réparties à travers la ville changeaient régulièrement de mains. Certaines se trouvaient dans les entrailles de Saint-Pétersbourg. Si une cachette était mise au jour, le reste des armes seraient en sécurité. À tout moment, des espions risquaient d'infiltrer leur mouvement.

Arkine ne put s'empêcher de penser à Valentina Ivanova. « Sortez-nous d'ici », avait-elle ordonné d'un ton impérieux. Ce « nous » demeurait gravé dans sa mémoire. C'était Katia, sa sœur invalide, qu'elle voulait sauver. S'il détestait les valeurs que la famille Ivanov incarnait, la fille aînée lui inspirait un certain respect. Ils partageaient la même détermination.

— Trotski a accepté de venir nous parler, annonça-t-il à Morozov.

— Parfait !

— Nous aurons besoin de la salle paroissiale.

— Je vais arranger cela.

— Je dois filer. Le ministre veut que je le conduise à la réception de sa maîtresse, ce soir.

Dehors, le brouillard s'intensifiait.

— Attendez !

La fillette sauta de son tabouret et lui tendit une épaisse tranche de pain noir recouverte d'oignons frits.

— Je m'appelle Sofia.

— Merci, dit-il, étonné.

Il prit une bouchée de la tartine savoureuse et parfumée.

— Délicieux ! Merci.

— Qu'est-ce que vous avez à l'oreille ? s'enquit-elle gravement.

La partie de son lobe arrachée par la balle de fusil était couverte d'une croûte sombre.

— Rien. Une égratignure. Je ne vais pas me plaindre d'un petit bobo.

Il regarda le prêtre d'un air entendu.

— D'après mon père, on apprend par la douleur.

— Dans ce cas, toute la Russie va apprendre, Sofia.

Il termina son pain aux oignons, puis il monta en selle et s'enfonça dans le brouillard. Une phrase hantait son esprit : *toute la Russie va apprendre.*

15

Le visage fouetté par le vent, Valentina traversa vivement la place du Palais.

Dans la vie, rien n'était facile. Elle s'était rendue dans trois autres hôpitaux, pour recevoir toujours la même réponse. « Vous êtes trop riche, trop instruite. Vous ne convenez pas. » Pourtant, elle savait faire un pansement les yeux fermés et le squelette humain n'avait pas de secret pour elle, de même que les points de compression et le système artériel. Elle convenait parfaitement au contraire !

Il faut être forte. Elle sortit la carte de visite de Jens de sa poche pour vérifier son adresse. Par deux fois, elle demanda son chemin, puis elle finit par s'égarer. Elle se retrouva dans une rue tranquille. Au loin se profilait une église blanche dont le dôme était surmonté d'une croix dorée. Son ombre s'étirait sur les pavés. Plusieurs hommes groupés autour d'un brasero paraissaient attendre quelque chose. Au moment où Valentina passait devant l'église, un jeune homme en surgit et prit deux sacs sur une charrette à bras garée devant l'édifice.

— Arkine ? Qu'est-ce que vous fabriquez ?

Stupéfié, il sursauta et vacilla sous le poids de ses sacs. L'un d'eux tomba à terre et se déchira. Deux pommes de terre s'en échappèrent.

Si Valentina regarda fixement le sac, le chauffeur avait les yeux rivés sur la jeune fille.

— Et vous, pourquoi êtes-vous ici ?

— Je me suis égarée.

— Vous semblez ne pas savoir où vous allez, en effet.

Elle lui trouva l'air arrogant et le regard dur, bien loin de son expression d'employé docile. Son commentaire resta en suspens dans l'air glacial. Elle aurait aimé le lui faire ravaler, mais elle s'accroupit pour ramasser les deux pommes de terre et les lui remit.

— Je crois que vous avez perdu ceci.

— Merci.

Elle désigna les deux sacs.

— Que faites-vous ?

— Je donne un coup de main au père Morozov.

— Le prêtre qui officie dans cette église ? s'étonna-t-elle en observant la façade.

— Oui. Il distribue des repas aux pauvres.

Il l'observait avec curiosité.

— Je cherche à regagner la rue principale. Dois-je rebrousser chemin ? demanda-t-elle.

— À vous de voir. Vous pouvez continuer ou regagner un terrain familier.

Elle eut la vague impression qu'il ne parlait pas de la rue. Toutefois, il pointa un index derrière elle.

— La grande artère se trouve par là.

— Merci, répondit-elle en faisant mine de tourner les talons.

Arkine prit un sac sous chaque bras et entra dans l'église sans se rendre compte qu'il laissait une traînée de pommes de terre dans son sillage. Valentina attendit qu'il ait disparu pour ramasser les tubercules, puis le suivit dans l'édifice. Il faisait encore plus froid dans le vestibule. Devant elle, une série de portes en bois donnaient dans la nef. À sa gauche, un étroit passage se terminait par un escalier de pierre menant au sous-sol. Elle vit une pomme de terre sur la première marche.

Elle descendit à pas de loup vers une cave sombre et voûtée où flottait une forte odeur de moisi. Un brouhaha de voix masculines s'en élevait. Plusieurs rangées de chaises étaient alignées devant une table inoccupée. Les hommes lui tournaient le dos.

— Tout ce qu'ils veulent, c'est parler. Ce ne sont que de belles paroles ! Je te suis sur ce point, Anton. On en a marre de leur baratin. Il est temps de passer à l'action.

— Arrête de râler ! intervint Arkine. On a tous envie d'un peu d'action. Ce soir, il vient nous parler et on saura quels projets il a…

Viktor s'interrompit. Il l'avait vue. Les autres suivirent son regard. Valentina devina des grommellements agacés.

— Vous avez oublié le reste des pommes de terre, déclara-t-elle en lui en tendant une poignée.

Les hommes la toisèrent. Certains masquèrent leur visage à l'aide de leur écharpe. Les sacs étaient posés sur la table. Sous les pommes de terre, elle remarqua autre chose. Des objets à la surface anguleuse emballés de toile noire. Arkine se précipita vers elle.

— Mademoiselle, laissez-moi vous soulager de ces pommes de terre, coupa une voix, derrière elle.

Elle fit volte-face et découvrit une silhouette sombre sur la première marche.

— Merci, bredouilla-t-elle en lui tendant les tubercules.

— Voici le père Morozov, dit Arkine. Que diable faites-vous ici ? Je vous croyais partie.

— Ce n'est pas une façon d'accueillir notre visiteuse, dit le prêtre d'un ton chaleureux pour atténuer la grossièreté de Viktor.

Il la dévisagea d'un air pensif, en caressant sa longue barbe pour mieux se concentrer. Il portait une soutane et un chapeau noir un peu déformé, avec un crucifix en cuivre épinglé sur son torse.

— Qui que vous soyez, joignez-vous donc à nous, ma chère. Nous sommes réunis pour prier pour notre pays, en cette période troublée, et pour demander à notre Père tout-puissant de nous guider vers la sagesse.

Les autres étaient muets, mais ils l'observaient à la dérobée. Ce prêtre au visage ridé comme une vieille pomme ne devait pas être plus âgé que son propre père. Elle lui adressa un sourire un peu figé.

— Je dois partir. Je voulais juste vous apporter les pommes de terre qui sont tombées du sac.

Cette phrase lui parut absurde. Elle tourna donc les talons et remonta l'escalier. Dans la rue, les hommes réunis autour du brasier s'écartèrent pour la laisser passer. Valentina était perplexe. Qui était cet orateur ? Et, surtout, quels étaient ces mystérieux projets ?

Le claquement de la porte d'entrée alerta Valentina. Un courant d'air froid balaya le palier. La jeune fille cessa de faire les cent pas et se pencha au-dessus de la balustrade. Ignorant sa présence, Jens gravit les marches quatre à quatre. La lueur de la lampe à gaz baigna sa chevelure flamboyante. Rentrait-il toujours chez lui avec cette énergie débordante ?

— Bonjour, Jens.

L'ingénieur s'arrêta au beau milieu de l'escalier qui menait à son appartement et leva la tête. Dès qu'il l'aperçut, son regard changea. Il ouvrit la bouche pour parler, mais se ravisa. Il finit de monter et s'approcha d'elle au point de pouvoir la toucher, en gardant toutefois ses distances.

— Quelque chose ne va pas ? s'enquit-il.

— Non. Je voulais simplement vous parler.

Il la scruta avec attention.

— Comment êtes-vous entrée ? Vous n'êtes pas apparue comme par enchantement devant ma porte…

Elle se mit à rire. Il garda les yeux rivés sur ses lèvres.

— Grâce à votre concierge. J'ai prétendu être votre cousine.

— Il vous a crue ? demanda-t-il, amusé.

— J'en ai l'impression. Il m'a permis de patienter ici, au chaud.

— Ce type est encore plus stupide que je le pensais.

— Pourquoi ?

— Parce que vous êtes bien trop belle pour être ma cousine.

Cette réflexion la prit au dépourvu. Ce n'était pas une boutade. Il passa devant elle pour ouvrir la porte de son logement. L'immeuble était ancien, orné de moulures et de sculptures baroques un peu extravagantes et fatiguées. Son heure de gloire était passée. L'atmosphère était désuète et presque pesante. Quel dommage qu'un homme aux idées si modernes ait choisi de vivre dans ce bâtiment démodé, constata Valentina en son for intérieur.

— Je vous en prie, entrez donc, dit-il avec emphase.

— Je ne devrais pas, répondit-elle en secouant la tête.

— Naturellement... Vous ne voulez pas compromettre votre réputation, n'est-ce pas ?

Sous ses bonnes manières, il se moquait d'elle, à présent.

— Ce pourrait être acceptable... en tant que cousine, suggéra-t-elle en rejetant ses cheveux en arrière.

Le vert des yeux de Jens s'intensifia.

— En tant que cousine, répéta-t-il.

Elle entra.

Jamais elle n'avait vu de tels meubles. Ils étaient en bois blond et présentaient des lignes si pures qu'elle crut un instant qu'ils n'étaient pas finis. Le plancher en pin était orné de tapis colorés. Devant la cheminée était étalée une grande fourrure d'un ton laiteux. Les tableaux figuraient des paysages enneigés peuplés de cerfs. Valentina ne put masquer sa fascination.

— Vous prendrez bien une tasse de thé, cousine ?

— Non merci. Je ne peux m'attarder.

Il prit ses mains gantées dans les siennes et les examina.

— Vous avez de si petites mains, commenta-t-il en caressant sa paume. Mais si talentueuses.

Elle secoua la tête, soudain oppressée.

— Très bien, dit-il sans la relâcher, de quoi vouliez-vous me parler ?

— Vous avez un ami médecin, je crois.

— Effectivement.

— J'ai besoin de son aide.

Il serra ses mains plus fort dans les siennes.

— Seriez-vous malade ?

— Non, ce n'est pas cela.

— Que peut-il faire pour vous ?

Elle lui relata ses échecs dans les hôpitaux, sans retenue, jusqu'aux regards méprisants des employés, les jugements négatifs sur son aptitude à être infirmière.

— Même mon médecin de famille refuse de me soutenir !

Elle lui confia sa colère, son envie de hurler sa rage. Au lieu de cela, elle avait traversé la ville à pied pour attendre le retour de Jens. Après l'avoir écoutée sans l'interrompre, il ne lui conseilla pas d'abandonner, comme elle le redoutait. Il ne l'incita pas à renoncer à l'avenir dont elle rêvait.

— Venez. Je vous emmène chez le Dr Fédorine.

— Merci.

— Il vous aidera, même si je dois pour cela le laisser gagner aux cartes pendant un mois. Néanmoins…

Il se pencha pour la dévisager à loisir.

— Êtes-vous sûre que c'est ce que vous voulez ?

— Certaine.

— Très bien. Allons donc voir ce vieux charlatan.

— Puis-je récupérer mes mains ?

Étonné, il baissa les yeux.

— Si vous insistez…

Il en porta une à ses lèvres avant de s'incliner galamment.

— À la future infirmière Ivanova !

Comment ne pas aimer cet homme ? songea Valentina.

Assis sur le sol de son salon, le Dr Fédorine jouait aux cartes avec sa fille de cinq ans. Très concentré, il se grattait le menton.

— Pardonnez-moi de ne pas me lever, mais ma petite Anna est en train de me battre.

L'enfant leur sourit en cachant son jeu.

— J'ai laissé Papa gagner une partie, dit-elle.

Lorsqu'il abattit sa dernière carte, elle s'en saisit triomphalement. Elle rassembla ensuite une poignée de pralines qui leur servaient de jetons. Jens s'esclaffa et posa une main affectueuse sur la petite tête blonde.

— Anna, ton père est le pire joueur de Saint-Pétersbourg et toi, tu deviendras l'une des meilleures.

Elle glissa une friandise dans la bouche de son père et lui tapota la joue pour le consoler, avant d'emporter ses gains vers un divan, près de la fenêtre. Le médecin commanda du vin, pour lui et ses visiteurs.

— Que puis-je faire pour vous ? s'enquit-il alors.

Jens se chargea des présentations.

— Voici Valentina Ivanova qui a besoin de ton aide, cher ami. Elle souhaite apprendre le métier d'infirmière. Hélas, les hôpitaux refusent de l'engager car ils la jugent inapte.

— L'êtes-vous ? demanda le médecin à la jeune fille.

— Quoi donc ?

— Inapte.

— Pas du tout !

— Ce n'est peut-être pas à vous d'en juger.

Elle trouva ces paroles un peu dures, mais n'objecta pas. Comment contredire un père de famille qui laissait son enfant le battre aux cartes ? Elle ignorait qu'un papa pouvait agir de la sorte.

— Je vais vous dire pourquoi je me sens apte à la profession d'infirmière, déclara Valentina d'un ton solennel. Depuis sept mois, j'assiste l'infirmière de ma sœur paralysée. J'ai étudié l'anatomie humaine et...

Elle chercha un argument susceptible de le convaincre.

— ... je joue du piano.

Le médecin parut intrigué.

— Je peux apprendre à votre fille à jouer la *Lettre à Élise.*

Au fond de la pièce, un piano droit croulait sous les livres. De toute évidence, il ne servait jamais. L'enfant abandonna ses pralines et se leva d'un bond.

— Ma femme jouait du piano, souffla le médecin. On n'y a pas touché depuis...

— Toutes mes condoléances, pour votre femme, docteur. Je serais honorée de jouer sur son piano et d'être le professeur de votre fille. Marché conclu ?

Fédorine posa un regard nostalgique sur le tabouret en acajou, puis il acquiesça de la tête sans un mot.

Anna se hâta de débarrasser l'instrument.

— Merci, Jens.

Il l'avait raccompagnée chez elle dans sa voiture. Ils n'avaient échangé que quelques mots. À la nuit tombée, les lampadaires des ponts s'allumèrent. À Saint-Pétersbourg, les journées d'hiver étaient courtes.

Dans l'allée de gravier menant à la maison, Jens et Valentina demeurèrent côte à côte, dans l'ombre, un peu gênés, incapables de prononcer un mot d'adieu.

— J'ai hâte de visiter vos canalisations, vendredi, dit-elle avec enthousiasme. Ce sera passionnant de voir ce que vous avez conçu.

Dans la pénombre, elle ne distinguait qu'une partie de son visage.

— Je m'en réjouis.

Quelque chose clochait dans le ton de sa voix.

— Il y a un problème ?

— Rien que je ne puisse résoudre.

Elle crut deviner le poids qui pesait sur ses épaules et les attentes dont il devait se montrer digne.

— C'est une sacrée responsabilité, n'est-ce pas ? murmura-t-elle.

— Vous vivrez la même chose quand vous serez infirmière.

— Je suis impatiente.

Enfin, il sourit.

— Et moi, j'ai envie de vous voir en uniforme.

Elle rit, mais demeurait persuadée que quelque chose n'allait pas.

— Quoi qu'il en soit, merci encore de me tirer de ce mauvais pas. Un après-midi à regarder des adultes jouer avec leurs sabres m'aurait fait mourir d'ennui.

— Leurs épées, vous voulez dire.

— Peu importe. Ils sont aussi rasoirs…

— Et pas les canalisations ?

— Non, pas du tout. Elles ont une utilité.

Jens fit un pas en arrière.

— Valentina…

Elle attendit, le cœur battant.

— Valentina, de quoi ce hussard voulait-il parler à votre père ?

— Le capitaine Tchernov ?

— Oui, le capitaine Tchernov.

— Il ne compte pas à mes yeux. Oubliez-le.

Elle esquissa un geste désinvolte.

— Il est facile de le deviner : il voulait lui parler de vous.

— Cet homme n'est rien, pour moi, persista-t-elle en s'avançant vers lui. Je ne m'intéresse absolument pas à lui.

Il la prit par le menton.

— Vous me le promettez ?

— C'est promis.

— Attention, je ne l'oublierai pas.

Si seulement il me prenait dans ses bras, songea-t-elle.

Le bruit d'un moteur de voiture rompit soudain le silence. Des pneus crissèrent sur le gravier. L'arrivée inopinée de son père venait de rompre le charme.

— Valentina, murmura Jens en s'écartant, ne laissez pas les autres décider de votre avenir à votre place.

La portière claqua et Nicolaï Ivanov s'approcha. Valentina croisa le regard du chauffeur en uniforme, qui l'observait avec attention. Elle se détourna.

— Bonsoir, monsieur, dit Jens en s'inclinant poliment.

Pour toute réponse, il reçut un vague hochement de tête. Enveloppé dans son épais manteau de fourrure, le général Ivanov ressemblait à un ours regagnant sa tanière. Il ouvrit la porte d'entrée avec un grognement de satisfaction.

— Rentre vite, Valentina. J'ai deux mots à te dire.

La jeune fille attendit que la voiture se soit éloignée en direction du garage situé derrière la maison. L'espace d'un instant, Jens et elle se retrouvèrent à nouveau seuls.

— N'oubliez pas ma promesse !

— Je n'en ai pas l'intention, répondit-il d'une voix basse qui lui donna la chair de poule. Restez à distance de lui.

Elle opina de la tête. Dans le rai de lumière provenant de la porte entrebâillée, elle devina l'esquisse d'un sourire. Elle le regarda s'éloigner à longues enjambées vers sa voiture. Son cheval l'accueillit d'un hennissement. Valentina ne put se retenir :

— Jens...

Il s'arrêta.

— Jens, en ferez-vous autant ?

— Que voulez-vous dire ?

— Cette femme en robe verte… celle qui marche comme si le monde lui appartenait.

— La comtesse Serova ? fit-il, les sourcils froncés.

— Ah… elle a tout d'une comtesse, en effet. Celle-là, oui.

— Eh bien ?

— Resterez-vous à distance ?

Elle l'entendit retenir son souffle.

— Le ferez-vous ? insista la jeune fille.

Il revint vers elle, une main tendue.

— C'est compliqué…

— Je vois, dit-elle, soudain crispée.

— Non, vous ne voyez rien. Je vous promets que je ne m'intéresse pas à elle dans le sens où vous l'entendez, mais je devrai lui rendre visite car… Valentina, non…

Trop tard. Elle avait disparu à l'intérieur, claquant la porte derrière elle.

C'est compliqué. Qu'entendait-il par là ? Comment pouvait-il envisager de poursuivre ses visites à la comtesse Serova ? Il devait se rendre compte que…

— Valentina, j'ai une bonne nouvelle à t'annoncer.

Son père allait-il accepter qu'elle devienne infirmière ? Plus détendue, elle lui sourit.

— Merci, Papa.

— Tu as rencontré le capitaine Tchernov, n'est-ce pas ?

— En effet.

— Un homme charmant, tu ne diras pas le contraire.

Valentina acquiesça, s'efforçant d'être agréable, car elle pensait au numéro quatre de sa liste : *Obtenir le pardon de Papa.*

— Son père n'est autre que le comte Tchernov, le chef de l'une des familles les plus distinguées de Saint-Pétersbourg. Le capitaine est extrêmement fortuné. Tu en es consciente ?

— Maman m'en a parlé.

— Je veux que tu l'épouses.

Ces paroles la frappèrent de plein fouet.

— Papa, continua-t-elle d'un ton posé, je vous ai déjà dit que je n'avais pas l'intention de me marier. Je veux m'occuper de Katia.

L'espace d'un instant, il refusa de la regarder.

— Le capitaine Stepan Tchernov m'a demandé l'autorisation de te courtiser. C'est un grand honneur, tu sais. Je ne tolérerai plus tes bêtises, Valentina. Ta mère et moi sommes formels. Je suis ton père et, tu peux me croire, je sais ce qui est bon pour toi. Plus tard, tu me remercieras.

Elle demeura immobile.

— Papa, loin de moi l'idée de vous fâcher, mais je ne veux pas épouser le capitaine Tchernov. Je vous ai expliqué que…

Incapable de masquer sa déception, le ministre s'empourpra de colère et fronça ses sourcils broussailleux. Il se sentait trahi.

— Je t'en conjure, ne me désobéis pas, Valentina !

— Sinon, quoi ? Que ferez-vous, Papa ? Vous me fouetterez ?

Ivanov la prit par les épaules et l'embrassa sur la tempe.

— Merci d'avoir sauvé Katia. À présent, j'ai besoin que tu acceptes ce mariage pour moi. C'est aussi simple que cela.

Ce soir-là, Valentina ne sentait pas le froid qui régnait dans sa chambre. Elle ôta ses vêtements, regrettant de ne pouvoir se dépouiller aussi de ses tourments. Elle se glissa dans son lit et releva l'édredon sur sa tête, puis elle se mit à trembler.

« C'est aussi simple que cela. »

Rien n'était simple, dans ses rapports avec son père et avec Jens.

Elle avait promis à Jens de ne pas fréquenter le capitaine Tchernov. Pourquoi ne s'engageait-il pas, lui, à cesser ses visites à la comtesse ?

Si elle se calmait, Jens viendrait peut-être lui murmurer sa réponse en pensée. Au bout de quelques minutes, aucune voix ne se fit entendre. Elle repoussa l'édredon.

— Que faites-vous là ?

Valentina sursauta.

— Rien.

Elle discernait à peine Liev Popkov dans la pénombre, adossé à un mur de la maison, à quelques mètres d'elle. S'il n'avait rien dit, elle n'aurait pas remarqué sa présence.

— Depuis combien de temps es-tu ici ? s'enquit-elle.

— Assez longtemps.

— Tu m'espionnes pour le compte de mon père ?

Il émit un grognement vague, puis elle l'entendit cracher.

Ils se trouvaient à l'arrière de la bâtisse, où la lumière du jour arrivait rarement à cette période de l'année. La nuit, il régnait ici un froid glacial. La neige et le verglas formaient des plaques glissantes. Valentina était en train de gratter le sol à l'aide d'un bâton, à la lueur de la fenêtre du salon de musique. Elle voulut demander à Popkov de l'aider, mais les paroles restaient coincées dans sa gorge. Elle poursuivit donc ses recherches seule et en silence. Pendant cinq minutes, nul ne dit mot.

— Vous cherchez quelque chose ? interrogea-t-il enfin.

— Oui.

— Quoi ?

— Ça me regarde.

— Il fait froid, ici.

Elle continua à racler la neige en silence.

— C'est ça que vous cherchez ? reprit Liev au bout de cinq minutes.

Elle leva vivement la tête. Le jeune homme lui tendait la main. Elle se dirigea vers lui avec précaution. Sa large paume contenait un objet métallique dont elle s'empara vivement. La clé du piano !

— Espèce d'ordure !

Il éclata d'un rire tonitruant.

Elle lui frappa le genou d'un coup de bâton, qu'elle jeta à terre, puis elle s'esclaffa à son tour. Leurs voix résonnèrent dans la nuit noire.

— Espèce d'ordure ! répéta-t-elle.

Sur ces mots, elle regagna la maison.

Viktor Arkine regarda Popkov regagner les écuries d'un pas lent. Le colosse était resté tapi dans l'ombre pendant des heures, sans se soucier de la neige et du vent, à attendre que la jeune fille vienne récupérer ce qu'elle avait perdu, comme s'il savait qu'elle se présenterait tôt ou tard. Arkine enviait la désinvolture de Popkov. Pourquoi diable avaient-ils ri ensemble quand elle l'avait traité d'ordure ?

Viktor était mal à l'aise avec les femmes. Il ne savait que leur dire. Il trouvait celles qui participaient aux réunions politiques agressives et braillardes. À ses yeux, elles voulaient être des hommes. Parfois, il avait envie de discuter avec Valentina et Elizaveta Ivanova, de découvrir ce qu'elles avaient dans la tête. Quelque chose l'interpellait, chez Valentina. Lorsqu'elle l'avait surpris en train de décharger les munitions, à l'église, il s'était demandé comment elle allait réagir. Manifestement, elle avait des soupçons. Allait-elle en faire part à son père ? L'inciterait-elle à appeler l'Okhrana, la police politique secrète ?

Il devrait se montrer plus prudent que jamais. Il retourna dans le garage et referma la porte derrière lui, les nerfs à fleur de peau. Personne ne venait dans le garage. Le lieu était sûr. Le feu qui le consumait, son impatience d'aller de l'avant vers des lendemains meilleurs ne le quittaient pas. Il se dirigea vers l'arrière de la voiture. Contre le mur, il avait disposé une pile de cartons contenant des pièces de moteur, des bidons d'huile, des peaux de chamois, des outils, ce que l'on trouvait dans un garage. Nul n'aurait de soupçons.

Il était le seul à savoir ce que recelait la caisse dissimulée sous les cartons.

16

L'infirmière Sonia était chargée de chaperonner Valentina pour l'après-midi. Assise à l'arrière de la Turicum, elle arborait son plus beau manteau noir. Son chapeau orné d'un ruban de velours rouge était neuf.

— C'est un privilège de voir le tsar, déclara-t-elle.

— Effectivement.

Valentina en était consciente et se demandait bien quelles pensées encombraient l'esprit prolétaire d'Arkine en cet instant.

L'automobile s'arrêta devant un lieu différent de ce à quoi Valentina s'attendait. Elle s'était imaginé une cabane près d'un énorme trou, avec une vieille échelle rouillée. Au cas où elle devrait descendre au fond, elle s'était dispensée de nombreux jupons pour avoir une plus grande liberté d'action. Pour faire plaisir à sa mère, elle portait un manteau et une toque en renard, car elle serait en présence du tsar. Elle avait choisi une robe simple en laine dont le col haut lui tiendrait chaud.

— Vous êtes impatiente ? demanda-t-elle à l'infirmière tandis qu'elles sortaient de la voiture.

— Rencontrer le tsar sera l'un des meilleurs moments de ma vie, répondit Sonia. Jamais je n'aurais cru avoir cet honneur.

À cet instant, Valentina leva les yeux vers Viktor, mais ne décela rien de particulier dans l'expression du chauffeur. Cependant, elle aurait parié qu'il avait écouté leur conversation.

— Arkine ?

— Oui, mademoiselle ?

— Quand vous aurez garé la voiture, vous pourrez revenir acclamer le tsar à son arrivée… si vous le souhaitez, ajouta-t-elle en plongeant ses yeux dans ses prunelles grises.

— Merci, mademoiselle Valentina.

Elle esquissa un sourire. C'était une petite victoire en représailles du coup de fusil.

Loin d'être une cabane en bois, le bâtiment était une imposante structure en briques de trois étages dont l'entrée était tout en pierre sculptée. La façade était étrangement arrondie, peut-être pour imiter les canalisations qui rampaient sous les rues de la ville. Il n'y avait pas une fosse en vue, pas un garde cosaque en uniforme pour protéger le tsar.

Soudain, la porte s'ouvrit. Le cœur battant, Valentina vit Jens sur le seuil. Impatient, il tendait déjà la main vers elle.

— Bonjour, mesdames ! J'avais peur que vous ne changiez d'avis, avec ce brouillard.

Pensait-il vraiment qu'elle ne viendrait pas ?

Il s'inclina d'abord devant l'infirmière.

— Vous illuminez ma journée, avec ce superbe chapeau. Je suis ravi de vous rencontrer.

Sonia s'empourpra.

— Cette vieille chose ? Son large bord me protégera des gouttes éventuelles.

— Vous êtes très perspicace, commenta-t-il en souriant.

Valentina eut envie d'arracher la main gantée de Sonia de celle de Jens. Quand il se tourna enfin vers elle, elle lui pardonna : il la regardait comme s'il attendait ce moment depuis longtemps. Il prit sa main et, l'espace d'un instant, elle crut qu'il allait la porter à ses lèvres, mais il se ravisa. Il s'inclina galamment. Au sommet du crâne, il avait des épis qu'elle eut envie de caresser.

— Bonjour, Jens, dit-elle doucement.

Leurs regards se croisèrent. Valentina était encore contrariée par la liaison de Jens avec la comtesse. Pour l'heure, elle chassa ces préoccupations. Elle replia les doigts sur les siens, puis ôta sa main.

— Tout est prêt pour l'arrivée du tsar Nicolas ? s'enquit-elle.

— Malheureusement, sa majesté impériale a été retenue de façon inopinée. Elle ne pourra nous accompagner lors de la visite du chantier.

— Oh ! soupira Sonia, incapable de dissimuler sa déception.

— Je suis désolé de ce changement de programme impromptu. Sa majesté impériale est très demandée. Le ministre Davidov et sa femme seront présents, néanmoins.

— Pas le tsar ? geignit l'infirmière.

— Hélas, non.

— Allons, Sonia ! gronda Valentina, c'est la prouesse technologique que nous sommes venues voir. Cet ouvrage atténuera votre déception.

— Êtes-vous déçue, vous aussi, Valentina ?

— Non.

— Vraiment pas ?

— Je suis venue voir les canalisations.

— Dans ce cas, je vous y emmène.

Il lui offrit son bras pour pénétrer un vestibule dont elle ne vit rien tant elle était concentrée sur la chaleur de son épaule contre la sienne.

Les tunnels, se rappela-t-elle. *Je suis là pour les tunnels.*

L'échelle rouillée qu'elle s'était imaginée n'existait pas. Ils empruntèrent un imposant monte-charge qui ressemblait à une cage. La porte en fer se referma avec fracas. Valentina sentit son estomac se soulever tandis qu'ils plongeaient dans les entrailles de la Terre. Elle avait salué Mme Davidova, qui était présente au bal, puis les autres visiteurs, mais n'avait retenu aucun nom – Jens et ses souterrains occupaient toutes ses pensées.

Ces conduits étaient très menaçants. Il y flottait la puanteur d'un animal crevé. De l'eau suintait des parois et les lampes qui jalonnaient le plafond voûté créaient des niches de pénombre.

Ils étaient douze invités, ainsi que quatre officiels du projet : un ingénieur, un géomètre, un contremaître et un hydrologue. Ces derniers se déplaçaient avec aisance, telles des taupes en terrain familier.

À l'entrée, Jens avait décrit ses objectifs et l'importance d'évacuer les eaux usées. L'année précédente, deux mille personnes étaient mortes du choléra dans les taudis.

Valentina avait vite cessé de l'écouter pour admirer les mouvements de ses lèvres, sa mâchoire étonnamment puissante. Elle aimait la façon dont l'assemblée semblait boire ses paroles, même le ministre Davidov à l'air morose.

— Mon discours vous a intéressée ? lui demanda-t-il ensuite.

— Oui, beaucoup.

— Vous avez peur ?

— Oui, beaucoup.

— Je ne vous crois pas.

Elle se mit à rire.

— Vous devez être très fier, ajouta-t-elle.

Il acquiesça, souriant, puis la dévisagea. L'infirmière Sonia était en grande conversation avec Mme Davidova sur les propriétés du camphre pour chasser l'odeur de renfermé d'une maison. Elle allait vanter les mérites de ce produit à Jens quand un grondement assourdissant retentit dans la galerie. Des fissures apparurent sous les pieds de Valentina.

Soudain, les lumières s'éteignirent et le noir se fit. Les cris des visiteurs furent vite étouffés par une pluie de pierres et de briques. Prise de panique, Valentina vacilla et aurait chuté si une main ne l'avait saisie par le poignet pour la projeter contre un mur. Elle tâtonna, la bouche fermée, toussant dans la poussière.

— Par ici ! lança Jens, furieux.

Il l'entraîna avec lui. Elle était incapable de respirer, de réfléchir. Elle avait mal aux oreilles. Elle baissa la tête quand il l'attira dans un autre tunnel plus étroit.

— Suivez-moi !

L'esprit embrumé, Valentina tendit la main et trouva celle de quelqu'un d'autre. Des cris ricochèrent sur les parois tandis qu'ils cheminaient. Plus rien ne faisait sens.

Devant elle, même dans le noir, Jens paraissait savoir où il allait. Ses doigts enserraient son poignet comme un étau. Il ne la lâcherait pas : elle devait s'accrocher à cette pensée.

Ce fut le silence. Ce silence qui n'existe que sous terre et que Jens connaissait bien. Un mal de tête lui vrillait les tempes. En allumant une bougie, il ne vit que le tremblement de sa main tandis que les autres soupiraient de soulagement. Il ne fallait jamais s'aventurer sous terre sans une bougie et des allumettes.

— Combien sommes-nous ? questionna-t-il.

Huit sur dix-sept. Seigneur ! Si le ministre Davidov était là avec sa femme, ainsi que Kroskine, le jeune géomètre, il n'y avait aucun signe de l'assistant ingénieur ni de Prutz, l'hydrologue. Jens leva sa bougie, projetant des ombres sur les parois dans l'air chargé de poussière.

Valentina était accroupie à terre. L'espace d'un instant terrible, il crut qu'elle était blessée. Mais non, elle aidait l'infirmière à s'occuper de Kroskine, étendu sur le sol humide. Une de ses jambes de pantalon était déchirée et son tibia luisait. Un parlementaire de la Douma et son épouse se tenaient debout devant lui. L'homme était secoué de sanglots et sa femme le berçait dans ses bras en lui murmurant :

— Arrête, Jakob. Ne pleure pas.

— On va mourir ici, hoquetait-il.

Valentina releva la tête. Elle n'avait plus de chapeau et ses cheveux bruns étaient maculés de poussière.

— C'est vrai ? demanda-t-elle en croisant le regard de Jens. Nous allons mourir ?

Tous les regards se portèrent sur l'ingénieur.

— Bien sûr que non ! Regardez, nous sommes dans un sas. Deux portes d'écluse contrôlent le débit d'eau grâce à cette vanne…

La cire chaude de la bougie lui coulait sur les doigts.

Continue à parler, à chasser leur peur en la noyant sous les mots.

— Là-bas, reprit-il, sur un crochet, il y a ceci.

Tel un magicien sortant un lapin de son chapeau, il brandit une lampe à huile dont il alluma la mèche. La lumière baigna les visages dans une lueur jaunâtre. Ils émergèrent de leur torpeur.

— Accordons aux techniciens à la surface le temps d'évaluer la situation. Pour l'heure, tout le monde est sous le choc. N'ayez crainte, nous sommes en sécurité.

— Comment savez-vous que le plafond ne va pas s'écrouler de nouveau ? s'enquit le ministre Davidov.

Maudit soit-il. Tous levèrent les yeux vers le sommet de la voûte, à un mètre au-dessus de leur tête. Jens sentit l'odeur de la peur se propager dans la cavité.

— La galerie est solide.

— Si solide qu'elle s'est écroulée, railla Davidov dont le visage émacié était tendu.

— Non.

— Que voulez-vous dire, Friis ?

— La galerie ne s'est pas écroulée parce qu'elle était fragile.

La silhouette de Valentina se redressa dans la pénombre.

— Il y a eu une explosion, intervint-elle. Je l'ai entendue.

— Ne dites pas de bêtises, jeune fille ! Le plafond était fragile et s'est écroulé sur…

— Elle a raison, coupa Jens.

— Que diable essayez-vous de… ?

— Pas maintenant, Andreï, objecta Mme Davidova en posant une main sur le bras de son mari, efforçons-nous de supporter au mieux cette situation, veux-tu ? Garde tes récriminations pour plus tard.

Elle regarda autour d'elle et afficha un sourire peu convaincant qui eut néanmoins un effet positif. La tension baissa d'un cran.

— Madame Davidova, vous êtes dans le vrai. Nous devons garder notre calme. Le plus important, dans l'immédiat, est d'évaluer les blessures.

Jens s'approcha de Kroskine, le géomètre, qui gisait à terre en se tenant la poitrine.

— C'est grave ?

— Je survivrai, gémit Kroskine avec une grimace.

— Nous survivrons.

— La peau est arrachée sous le genou, indiqua l'infirmière. Heureusement, il n'a pas de fracture.

Elle avait ôté l'un de ses volumineux jupons pour l'appliquer sur la blessure.

— Tenez, dit Jens en sortant un canif de son ceinturon.

Kroskine écarquilla les yeux.

— On ne va pas te couper la jambe, mon vieux ! assura Jens. Il faut bien découper des bandages.

Il posa une main sur l'épaule de l'infirmière.

— Faites au mieux, lui murmura-t-il. Davidov, venez nous aider à tailler des lanières de tissu.

Il tendit son canif au ministre.

— D'autres blessures ?

Nul ne dit mot. Il observa ses compagnons d'infortune et ressentit du respect pour leur courage, même pour cette ordure d'Andreï Davidov, qui lacérait le jupon avec adresse.

— Nous avons tous des plaies et des bosses, je sais, enchaîna Jens, mais…

Ils n'allaient pas apprécier la suite.

— … s'il n'y a rien de plus grave, je vais vous laisser.

— Non ! Ne partez pas, implora Valentina.

Il remarqua une égratignure dans son cou.

— Vous retournez là-bas, n'est-ce pas ? demanda-t-elle.

— Il le faut.

— Parce qu'il y a peut-être d'autres blessés ?

Des gens blessés, écrasés, coincés sous les gravats, qui se vidaient de leur sang, étaient agonisants ou même morts. Les mêmes images circulaient dans tous les esprits.

— Il est trop dangereux d'y aller seul. Emmenez quelqu'un avec vous.

Emmenez-moi, songeait-elle.

Il parcourut les lieux d'un regard et désigna le plus inquiet, afin que les autres ne soient pas contaminés par sa peur. Jens ne pouvait prendre le risque d'un mouvement de panique en son absence.

— Vous, dit-il au membre de la Douma, venez avec moi.

Valentina étouffa une plainte de déception. Toutefois, Jens se refusait à lui faire enjamber des cadavres éventuels. Il ralluma sa bougie et prit le parlementaire pétrifié par le bras pour l'entraîner vers l'entrée du conduit.

— Attendez ! s'exclama Valentina. Prenez la lampe, elle vous sera plus utile qu'à nous. Laissez-nous la bougie.

— Merci.

— Soyez prudent.

— Monsieur Davidov ! lança Jens. Je vous confie ces dames.

— Vous ignorez que ce sont les femmes qui veillent sur les hommes, Jens ? souffla Valentina.

— Donc je devrais vous emmener avec moi ?

— Vous devriez.

— C'est impossible.

— Je sais. Il n'y aura pas d'étoiles à contempler, cette fois.

Il ne put s'empêcher de sourire, puis il fut englouti par les ténèbres.

La force de Jens lui manquait. Sans lui, la caverne était plus sordide, l'air plus nauséabond et les captifs plus petits. Leur sauvetage qui, quelques instants plus tôt, était probable, lui paraissait de moins en moins plausible. Et s'il ne revenait pas ?

Pour la première fois, elle imagina ce que cet écroulement pouvait signifier, pour lui. Les plaintes du jeune géomètre la firent émerger de ses pensées. Elle s'était efforcée d'alléger la souffrance de Kroskine après que Sonia eut terminé de bander sa jambe, mais il n'y avait pas grand-chose à faire, hélas, à part le couvrir de son manteau de fourrure.

— Votre famille se trouve à Saint-Pétersbourg ? s'enquit-elle.

À l'agonie, il se contenta de hocher la tête.

— Moi, j'ai une sœur. Elle s'appelle Katia.

Katia, je ne suis pas morte. Ne les crois pas s'ils te disent que je suis morte. Et n'aie pas peur pour moi. Je reviendrai, je ne t'abandonnerai pas, c'est promis.

— Elle est blonde et elle adore jouer aux cartes. Vous avez une sœur ?

Encore un hochement de tête.

— Quel est son nom ?

Pas de réponse. Ses tremblements s'intensifièrent.

— Ils ont des procédures de sécurité, affirma-t-elle. Des procédures de sauvetage. Ils vont nous sortir d'ici.

— C'est vrai ? geignit-il en ôtant le bras de son visage.

— Naturellement.

— Elle ment, intervint Davidov. Comme elle mentait en affirmant avoir entendu une explosion.

— Pourquoi mentirais-je ?

— Pour protéger Friis. Si nous sortons d'ici vivants, il sera viré pour incompétence.

Valentina observa les visages autour d'elle.

— Quelqu'un d'autre a-t-il entendu une explosion ?

Sonia secoua la tête, Mme Davidova demeurait immobile à côté de la bougie. Sans doute redoutait-elle de s'en éloigner. Déconcertée, elle regarda son mari. Seule l'épouse du membre de la Douma, accroupie à terre, opina vivement du chef.

— Moi, je l'ai entendue. J'en ai encore mal aux oreilles. Pas vous ?

— Si, répondit Valentina en se tournant vers Mme Davidova.

Lentement, la femme du ministre hocha la tête à son tour.

— Une explosion, répéta Valentina. Une bombe.

Elle connaissait ce bruit, il hantait son esprit depuis l'attentat de Tesovo. Ce simple mot fissura le fragile abri sous lequel ils s'étaient réfugiés.

— À quoi bon faire exploser les égouts ? murmura Sonia, les joues inondées de larmes.

— Ce ne sont pas les égouts, rétorqua Davidov. Êtes-vous donc stupide au point de ne pas voir qui est la cible ?

— Le tsar, dit simplement Valentina. Ils voulaient tuer le tsar.

En observant la bougie qui formait une petite flaque de cire fondue, elle regardait le temps passer. Et Jens ne revenait pas. Réprimant son envie d'aller le chercher, Valentina se contenta d'écouter le flot perpétuel de l'eau. Pour se changer les idées, elle jaugea les cinq visages entourant la flamme.

L'infirmière Sonia tenait bon, en dépit de ses larmes. Le géomètre semblait aller de plus en plus mal. En nage, il ne supportait plus la douleur. Mme Davidova, elle, avait appris à maîtriser ses sentiments. Son léger froncement de sourcils lui rappelait sa mère, quand elle avait la migraine.

Maman, ne vous inquiétez pas pour moi.

Pour ce qui était de l'épouse du membre de la Douma, c'était une autre histoire. Elle ne cessait de se lever, s'asseoir, marcher de long en large, et tripotait ses vêtements, ses cheveux, son cou.

— Les hommes sont partis depuis longtemps, constata-t-elle.

— Ils cherchent d'autres rescapés, répondit Valentina. Cela prend du temps.

— D'autres pierres risquent de tomber…

— Nous les entendrions. Ne vous inquiétez pas, ils nous préviendraient.

Davidov s'interposa :

— Ne nous inquiétons pas outre mesure, car nous avons parmi nous la garantie d'être secourus.

— Qui donc ? demanda la femme.

Davidov se tourna vers Valentina.

— Moi ?

— Oui, vous.

— Pourquoi moi ?

— Parce que vous serez bientôt le diamant de Saint-Pétersbourg.

— Que veux-tu dire, Andreï ? s'enquit sa femme.

Il ne lui prêta aucune attention.

— N'est-ce pas le cas, jeune fille ? insista-t-il.

— Non.

— Valentina Ivanova, annonça Davidov, va entrer dans l'une des plus grandes familles de la ville.

— Pas du tout, répliqua Valentina en s'essuyant les mains sur sa robe sale. C'est faux.

— C'est votre père qui m'a informé de cette union. Félicitations, ma chère. La famille Tchernov remuera ciel et terre pour nous sortir d'ici. Ils enverront l'armée, si nécessaire.

Valentina perçut une lueur d'espoir chez les autres. Les yeux se mirent à pétiller et les cœurs s'emballèrent.

— Avez-vous des allumettes, monsieur le ministre ? demanda-t-elle.

— Oui, répondit-il, perplexe.

— La bougie fond à vue d'œil. Il faut l'économiser.

— Comment cela ?

— Il faut l'éteindre.

L'obscurité était totale, ce qui n'était pas pour déplaire à Valentina, car au moins pouvait-elle s'y cacher.

Jens, reviens-nous vite.

Ils étaient assis en cercle, sur le sol froid, leurs pieds se touchant pour garder le contact, ne pas se sentir à la dérive, à écouter les rats filer de canalisation en canalisation.

Valentina sentit le ministre se pencher vers elle.

— Vous êtes brillante et charmante, ma chère, souffla-t-il. Bien trop intelligente pour vous plier à la volonté des autres. Je vais vous donner un conseil de vieux briscard. Utilisez vos armes.

— Mes armes ?

— La meilleure de toutes, ma chère, est votre beauté.

— Vous savez quelle est la meilleure des armes ? Celle que je ne posséderai jamais ?

— Non.

— Naître de sexe masculin.

Il émit un rire rauque et acquiesça en silence.

Était-elle morte ? Arkine s'était posé la question des milliers de fois. Valentina était-elle morte ?

Il ne voulait pas qu'elle meure ni qu'elle soit blessée, qu'elle ait peur. Avant ce jour, il n'avait tué que des inconnus et uniquement pour servir la cause. Cette fois, c'était différent. Le visage de la jeune fille le hantait. Depuis l'explosion, il ne parvenait pas à le chasser de son esprit.

Viktor patientait dans le froid, à côté de la Turicum, devant la porte d'entrée. Il passait la moitié de son temps à attendre ! Enfin, Ivanov et sa femme descendirent les marches du perron, enveloppés dans d'épaisses fourrures, rigides et distants l'un envers l'autre. Ils s'installèrent sur le cuir bleu de la banquette sans dire un mot. Chacun regardait de son côté. Comme d'habitude. Même la disparition de leur fille ne parvenait pas à les réunir. Ne partageaient-ils donc plus rien ?

Dans les rues encombrées, Arkine songea à sa dernière conversation avec Sergueïev :

— Le tsar va visiter les nouveaux égouts, avait dit Arkine à son ami. C'est notre chance.

— Tu es sûr ?

— Oui. L'infirmière des Ivanov ne parle que de ça ! Elle est invitée en tant que chaperon de la fille aînée. C'est le piège idéal.

— Maudit bras cassé, avait grommelé Sergueïev. Je ne vous servirai à rien. Je n'ai pas encore repris mon travail.

Arkine lui avait donné une tape amicale dans le dos.

— Je sais, camarade, mais ton frère est d'attaque.

Ensemble, ils avaient distribué des fusils et, pour la première fois depuis des mois, il s'était saoulé. Sa passion le rongeait de l'intérieur, aussi féroce qu'un fauve aux griffes et aux dents acérées.

Le ministre Ivanov adressa un vague signe de tête à sa femme avant de pénétrer dans le ministère situé sur les quais. Arkine fit demi-tour et remonta la perspective Nevski. S'arrêtant devant une boutique de mode, il sortit pour ouvrir la portière de l'automobile et, contrairement à ses habitudes, offrit sa main à Elizaveta Ivanova pour l'aider à descendre. Il la trouvait hésitante, vulnérable. Elle accepta son aide et le remercia, avant de s'avancer sous l'auvent blanc et bleu du magasin.

— J'en ai pour une heure tout au plus, annonça-t-elle.

— Bien, madame.

Il acheta un journal qu'il lut dans la voiture. Il n'apprit pas grand-chose. La presse évoquait l'effondrement « accidentel » d'une galerie. Pas la moindre allusion à une bombe ni à une tentative d'assassinat. Les salauds ! Maudit soit Nicolas II et son inconstance ! Sans le tsar, ce régime corrompu s'écroulerait faute de soutien. Quand le ministre Ivanov lui avait révélé que sa majesté impériale était allée faire du patin à glace à Tsarskoïe Selo au lieu de visiter les égouts, il avait failli hurler de rage. Quand viendrait le soulèvement ? Quand naîtrait ce monde nouveau pour lequel Arkine avait vendu son âme au diable ?

Enfin, Mme Ivanova ressortit de la boutique et il mit le moteur en marche. Il laissa passer un tramway, puis déboucha devant une voiture ornée d'un monogramme. Ces boutiques de luxe, ces restaurants… Il avait vraiment cru qu'ils appartiendraient bientôt au peuple russe. Il accéléra, désireux de s'éloigner au plus vite.

D'abord, il crut avoir renversé un chat. Le son strident lui donna la chair de poule. Enfin, Viktor comprit qu'il provenait de derrière lui. En se retournant, il vit Elizaveta Ivanova penchée en avant, le visage dans les mains, qui gémissait.

Il arrêta la voiture dans une rue transversale.

— Êtes-vous souffrante, madame ?

La plainte se prolongea. Face à son corps recroquevillé, le chauffeur ressentit un malaise. Il culpabilisait, car c'était lui qui avait ordonné que la bombe soit placée dans la galerie. Il descendit de voiture et foula les pavés verglacés, le vent fouettant sa casquette.

— Madame ?

Le râle se tut. Elle était toujours penchée en avant, secouée de spasmes, laissant libre cours à ses sanglots. Sans réfléchir, Viktor s'assit à côté d'elle, ce qui allait à l'encontre de toutes les convenances. Peu lui importait. Il ne la toucha pas, ne lui parla pas. Quand les hoquets se calmèrent enfin, il posa une main sur celle de sa patronne, sur le siège. Gant contre gant. Un soupçon de réconfort. Ils restèrent ainsi pendant de longues minutes. Plusieurs passants les observèrent avec surprise. Il les ignora.

— Merci, murmura-t-elle.

Lentement, Elizaveta Ivanova se redressa et poussa un long soupir. Elle ne le regarda pas, n'ôta pas sa main, mais elle se tenait droite et ne pleurait plus.

— Elle est sûrement encore en vie, dit-il doucement.

— Je n'arrive pas à y croire.

— Ne perdez pas espoir.

Elle esquissa un semblant de sourire.

— J'ai perdu espoir depuis des années, ajouta-t-elle.

— Il ne faut pas. C'est l'espoir qui fait vivre.

— L'espoir en quoi ?

— De retrouver votre fille en vie, d'une existence qui vaille la peine d'être vécue.

Lorsqu'elle se tourna vers lui, il lut sa solitude dans ses yeux bleus. Sa toque en fourrure était de travers et une mèche de cheveux blonds s'était échappée de son chignon, formant une boucle sur sa joue. Viktor eut envie de remettre de l'ordre dans sa coiffure et dans sa vie.

— Votre existence vaut-elle la peine d'être vécue ? s'enquit-elle.

— Bien sûr.

Elle remarqua pour la première fois ses cheveux hirsutes, sous sa casquette, la ligne de sa bouche et la prudence qu'exprimait son regard. Il avait toujours une main posée sur la sienne.

— Merci, répéta-t-elle.

Elizaveta s'adossa plus confortablement et ferma les yeux. Sous la peau diaphane de ses paupières, il vit ses yeux s'agiter. Patiemment, il attendit qu'elle puise en elle ce dont elle avait besoin pour continuer. Lorsqu'il se mit à neiger, il ôta sa main de la sienne, regagna le siège avant et la reconduisit chez elle.

Après ce qui lui parut des heures, Jens Friis revint auprès des prisonniers de la galerie. Valentina fut la première à repérer la faible lueur de la lampe, la première à se lever, la première à l'accueillir et à remarquer que le Jens qui était de retour n'était pas le même que celui qui les avait quittés. Son visage était différent, presque déformé, comme si quelqu'un l'avait démonté et remonté sans le connaître. Il avait les yeux plus enfoncés et la bouche tombante. Il était brusque, distant. Il leur expliqua brièvement ce qu'ils avaient vu.

— La galerie est obstruée par les gravats, là-bas.

Valentina observa les mains de Jens, ses gants déchirés, le filet de sang qui serpentait sur son poignet.

— Il y en a trop pour qu'on puisse les déblayer. Le plafond est instable. Les sauveteurs ne passeront jamais par là de peur qu'une autre partie du plafond ne s'écroule sur eux.

— Vous avez trouvé quelqu'un ? s'enquit Sonia.

— Il y avait des corps, admit Jens, la gorge nouée.

Le membre de la Douma recula vers une rigole et vomit dans l'eau.

Nul ne voulut en savoir davantage.

— À présent, reprit Jens, il faut attendre.

Un peu plus tard, tandis qu'ils se tenaient tous deux d'un côté de leur prison de pierre, Jens demanda à voix basse :

— Vous savez nager ?

Valentina sentit son estomac se serrer.

— Oui. Oui, je sais nager.

Elle nageait dans la rivière, en été, à l'époque où sa sœur pouvait encore remuer les jambes.

— Tant mieux.

— En arrivera-t-on là ?

— C'est possible.

— Je ne crois pas que Sonia sache nager, ajouta-t-elle en imaginant l'eau froide.

— Dans ce cas, on la maintiendra à la surface entre nous deux. Ne prenez pas cet air affolé. Ce ne sera sans doute pas nécessaire.

— Je l'espère. Ce sera de l'eau sale ?

— Probablement.

Quand la lampe à huile était allumée, ils s'efforçaient de patienter calmement. Valentina faisait les cent pas dans le cercle lumineux, mais ne s'aventurait jamais dans la pénombre. Elle avait soif. Les femmes plus âgées restaient assises sur le sol humide et discutaient de l'agrément d'un bon bain chaud. Debout près de la rigole, Jens fumait cigarette sur cigarette. Ses cheveux roux étaient gris, plaqués sur son crâne. De temps à autre, il s'approchait du jeune géomètre, observait son visage écarlate et échangeait quelques mots avec Sonia.

Quand la lampe était éteinte, ils devaient affronter un monde peuplé de démons. Le groupe s'asseyait en cercle, les pieds en contact.

— Essayez de dormir, conseilla Jens.

Il s'accroupit près de Valentina et ôta son manteau pour en couvrir la jeune fille.

— Merci. Partageons-le, suggéra-t-elle.

Dans le noir complet, elle le sentit étaler le lourd manteau sur leurs genoux. Bientôt, les voix se turent et le flux incessant de l'eau envahit l'esprit de la jeune fille. Elle l'imagina qui montait, lentement, implacablement, jusqu'à la noyer dans son sommeil.

— Chut !

La voix de Jens dans son oreille, sa main sur son menton… Elle rouvrit vivement les yeux et ne vit que du noir.

— Chut, répéta-t-il.

Il se pencha sur elle.

— Vous gémissiez. Un cauchemar, peut-être ?

— Oui.

— C'est normal, étant donné la situation.

Elle l'entendit déglutir et sentit ses lèvres effleurer les siennes. Ce fut si furtif qu'elle n'en fut pas certaine. Hésitante, elle tendit la main vers son visage et trouva son front haut, la ligne d'un sourcil, puis elle descendit pour explorer sa paupière ourlée de cils soyeux. C'était la première fois qu'elle touchait le visage d'un homme.

— Ils doivent évacuer les canalisations qui nous permettront de sortir d'ici, les vider de leur eau, expliqua-t-il d'une voix douce.

Elle respira avec précaution l'air qu'ils partageaient.

— Vous savez de quoi j'ai envie, en ce moment ? demanda-t-il.

— Non. De quoi ?

— De quatre tranches d'ananas bien sucré, acidulé et rafraîchissant. Deux pour vous et deux pour moi.

Étonnée, elle se mit à rire.

— Dormez, maintenant, dit-il. Et plus de cauchemars. Ne vous inquiétez pas, je guette le bruit de l'eau.

Comme Jens l'avait prévu, l'eau finit par venir. Bien avant qu'elle ne les atteigne, il perçut un changement subtil dans le bruit, un décrochage soudain, puis un grondement lointain enfla dans les tuyaux et galeries : l'eau était déviée. Certaines canalisations devaient être purgées avant que le groupe ne puisse sortir. Et le bruit était de plus en plus fort.

— Gardez votre calme, ordonna-t-il aux autres. Dès que l'eau passera dans cette chambre, nous pourrons grimper dans la canalisation supérieure et marcher vers la sortie. Attention à ne pas vous cogner la tête car le plafond sera très bas. Restez groupés et accrochez-vous à la corde.

Ils avaient noué leurs ceintures les unes aux autres en guise de corde de sécurité.

— Ce sera profond ? s'enquit l'infirmière, qui claquait des dents.

— Très peu. Accrochez-vous.

Ils s'alignèrent derrière lui. Jens portait le géomètre blessé sur son dos, harnaché à l'aide d'une ceinture. Il ne pesait pas très lourd, mais les eaux sales risquaient d'infecter sa blessure. À côté de lui, l'infirmière priait en silence. Jens brandit la lampe et prit le bras de l'infirmière. Ensuite, venait Valentina, dont il aurait tant voulu tenir la main.

Hélas, il avait promis à l'infirmière de l'aider. Il ne quittait pas Valentina des yeux. Il avait posté Davidov derrière elle, puis l'épouse de celui-ci et le couple de la Douma.

L'eau arriva. Elle déborda de la goulotte et se répandit sur le sol de la chambre, noire comme du pétrole. Nul ne céda à la panique. Certains retinrent leur souffle lorsque l'eau froide couvrit leurs chaussures et monta vers leurs mollets, leurs genoux. En atteignant les cuisses de Valentina, elle fit tournoyer sa robe. Elle chercha le regard de Jens et crispa les doigts sur la corde et la main de Sonia. Un rat passa devant elle, se débattant dans les flots.

Jens évalua la situation.

— On y va ! cria-t-il.

Il leva sa lampe et se mit en marche. Ils le suivirent d'un pas lent, gravirent quatre marches de pierre menant au conduit supérieur où le flux n'était plus qu'un cloaque glacial à hauteur de genoux. L'atmosphère était suffocante et le plafond bas. Davidov se cogna la tête et lâcha un juron. Jens progressa le plus vite possible, tirant la corde de fortune derrière lui. La sortie n'était plus très loin.

— Tout le monde va bien ?

— Oui !

— On arrive.

— Dans combien de temps ?

L'ingénieur avait capté un son, un grondement. Par-dessus le clapotis de leurs pas, l'eau grondait au loin.

— Plus vite ! ordonna-t-il en hâtant le pas. On y est presque !

— Quel est ce bruit ? s'enquit Davidov.

La panique surgit de nulle part. Ils se mirent soudain à courir dans la boue, trébuchant et chutant, car ils savaient tous à quoi correspondait ce bruit. Ils abandonnèrent la corde. Le géomètre s'agrippa à Jens au point de l'étrangler. Celui-ci tenait encore la main de Sonia. Valentina entoura Mme Davidova de son bras. Son mari, lui, avait pris de l'avance.

— Passez dans cette ouverture, à droite. Vous verrez bientôt la lumière du jour ! lança Jens.

La lumière du jour. Ce n'étaient que des mots qu'il n'avait pas prononcés jusqu'à cet instant et qui leur donnèrent de l'espoir. Ils s'engouffrèrent dans la niche. Aussitôt, Jens entendit des cris. Il passa le dernier, traînant l'infirmière derrière lui, et vit ce à quoi il s'attendait. Une échelle en fer menant à une trappe métallique. La lumière du jour filtrait par les orifices, ainsi que de l'air pur. Les acclamations fusèrent et des larmes coulèrent sur les joues de Mme Davidova.

Juste derrière eux, le grondement de l'eau explosa en un rugissement.

— Montez ! tonna Jens.

Davidov passa le premier et souleva la trappe de ses épaules. L'air frais s'engouffra. Éblouis, les captifs plissèrent les yeux. Jens hissa vivement le géomètre sur l'échelle afin que Davidov puisse le tirer vers lui. Vinrent ensuite le membre de la Douma et sa femme. L'eau montait rapidement et arrivait déjà à la taille de Jens.

— Valentina, montez !

La jeune fille poussa l'infirmière vers le premier barreau. Celle-ci tremblait si violemment que ses mains parvenaient à peine à agripper le métal.

— *Bistro !* Vite ! hurla Jens.

Il leva Valentina vers l'échelle au moment où une cascade envahit la canalisation. Il prit le poignet de Mme Davidova et posa sa main sur le barreau. Ils y étaient presque.

C'est alors que le torrent s'abattit sur eux et leur fit perdre l'équilibre. Ils lâchèrent les barreaux de l'échelle. La lampe fut emportée. Ce fut le trou noir. Jens fut entraîné dans l'eau. Il goûta la crasse dans sa bouche. Sa tête heurta une paroi. Ses poumons le brûlaient tandis qu'il se débattait pour rejoindre le carré de lumière. Quelque chose ou quelqu'un le percuta et il sombra de nouveau.

Sous l'eau, il agrippa un bras et le ramena à la surface. L'espace d'un instant, il aperçut un visage terrifié qui disparut. Mme Davidova. Valentina hurlait. Sa silhouette sombre fila devant lui.

— Non ! cria-t-il. Valentina, non !

L'ingénieur but la tasse, mais parvint à agripper la longue chevelure de la jeune fille et y enfouit les doigts. Puis il la tira vers lui, luttant de toutes ses forces contre le courant. Malgré sa taille fluette, Valentina se débattait comme un beau diable.

Lorsqu'elle les entraîna vers le fond, il resserra son emprise. Plutôt mourir que de lâcher… Soudain, une main apparut près de l'échelle et jeta un manteau à la surface de l'eau. Jens saisit une manche et fut tiré vers les barreaux métalliques par le membre de la Douma.

— *Spassiba*, souffla l'ingénieur.

Il tenait fermement Valentina entre ses bras. Plus calme, elle fixait le torrent qui avait emporté Mme Davidova. Elle émit une plainte de chagrin, mais se laissa hisser sur l'échelle. Dans la lumière grise de ce matin d'hiver, ils restèrent groupés, trempés, épuisés au milieu d'une rue déserte. Davidov s'agenouilla et se prit le visage dans les mains. Jens n'était pas encore prêt à envisager l'ampleur de son propre échec. Ce moment viendrait quand il serait seul, loin des regards. Pour l'heure, il serrait le corps tremblant de Valentina contre lui, sa tête sur son épaule. Il lui caressait les cheveux pour en ôter la saleté.

— J'aurais pu la sauver, murmura-t-elle.

— Non. C'était impossible.

Au loin, il entendit les voitures approcher, alors que son avenir tout tracé s'éloignait, aussi indomptable que les eaux de Saint-Pétersbourg.

17

Blottie sous les couvertures, Valentina regardait les flocons de neige voleter derrière la fenêtre. Les traces de givre dessinaient des toiles d'araignées aussi indésirables que les pensées qui peuplaient son esprit.

Combien de semaines s'étaient écoulées ? Deux ? Trois ? Davantage ? La maladie lui avait fait perdre toute notion du temps. La fièvre trempait ses draps de sueur sous son corps meurtri. Dans ses moments de lucidité, elle savait qu'elle souffrait d'une infection respiratoire due aux égouts, mais dans ses moments de délire, elle y voyait un châtiment divin. Mme Davidova s'était noyée, le corps projeté contre une grille, alors que Valentina avait survécu parce qu'elle avait gravi l'échelle avant elle.

Parfois, la jeune fille voyait son doux visage en rêve. Parfois encore, surtout la nuit, Mme Davidova apparaissait telle une ennemie surgie de l'enfer, le regard méchant, et lui crachait des obscénités. Valentina se mettait à hurler. Pleine de sollicitude, l'infirmière Sonia la rassurait :

— Chut… *malichka*, du calme.

Elle sentait alors un contact frais sur son front, un liquide entre ses lèvres, le goût amer du laudanum.

La porte s'ouvrit doucement et un fauteuil roula sur le tapis.

— Tu es réveillée ?

— Oui. Bonjour Katia. Tu as l'air en forme.

C'était la vérité. Katia avait bonne mine, les cheveux soyeux et elle se tenait bien droite.

— Regarde, je t'ai apporté de l'ananas.

Sur la table de chevet de Valentina, elle posa une assiette contenant deux tranches jaune vif dont le parfum exotique envahit la chambre.

— Comment te sens-tu ? s'enquit Katia.

— Mieux.

— À la bonne heure ! Tu descends, aujourd'hui ?

Valentina ferma les yeux.

— Non. J'ai mal à la tête.

— Sonia te donnera un remède. Tu pourrais te lever et…

— Non. Pas aujourd'hui, Katia.

Un long silence s'installa. Le vent fit trembler les vitres. Valentina sentit que sa sœur lui prenait la main.

— Tu ne peux pas continuer ainsi, reprit Katia.

Encore un silence, plus lourd encore.

— Sonia m'a dit que ta fièvre était tombée.

— Je me sens faible, répondit son aînée, les yeux fermés.

— Trop faible pour descendre ?

Valentina hocha la tête.

Katia caressa ses doigts délicats.

— Je t'entends, tu sais. Je t'entends chaque nuit.

— Je ne vois pas de quoi tu parles.

— Bien sûr que si ! Tu passes devant ma porte à pas de loup, quand tu crois que la maison est endormie. Tu descends jouer du piano, parfois pendant des heures.

— Non.

— Si ! Tu remontes juste avant que les domestiques ne commencent leur travail. Admets-le.

Katia serra sa main plus fort, l'incitant à rouvrir les yeux.

— Maintenant, tu vas me regarder.

Valentina obéit. Ce n'était pas sa Katia, c'était quelqu'un d'autre qui s'était glissé dans sa peau. Ses yeux bleus étaient froids et pâles. Cette personne se faisait passer pour sa cadette sans y parvenir.

— Valentina, qu'est-ce que tu as ? Qu'est-ce qui te paralyse de la sorte ? Tu n'es pas blessée, ni malade. Tu n'as même pas voulu fêter ton anniversaire et tu restes terrée dans cette chambre. Où est passée ma sœur si pleine de vie ?

— Elle a été emportée dans les égouts.

— Tu es en vie. Tu n'as pas été écrasée, tu ne t'es pas noyée, tu n'as pas été amputée comme le géomètre.

— Il a perdu sa jambe ?

— En dessous du genou. Il marchera avec des béquilles.

— Mme Davidova ne marchera plus, elle…

— C'est vrai.

— Je l'ai vue mourir, Katia. J'ai vu cette femme si gentille se noyer !

Katia relâcha sa main et lui parla avec plus de douceur.

— Tu as le droit de la pleurer, mais ne cesse pas de vivre à cause d'elle.

Valentina s'écroula sur ses oreillers.

— C'est moi qui aurais dû mourir, persista-t-elle. C'est elle qui aurait dû se trouver sur l'échelle, pas moi.

— Eh bien, elle n'y était pas ! Elle est morte, pas toi. Tu dois continuer à vivre.

— Jens m'a hissée sur l'échelle.

— Qu'il en soit remercié ! En revanche, il n'aurait pas dû t'inviter dans les égouts.

— Arrête, Katia ! Il n'y est pour rien si ces maudits révolutionnaires ont fait exploser une bombe.

— Ah ! s'écria Katia, enfin une étincelle ! C'est à Jens que tu dois ton retour à la vie.

Valentina se cacha sous ses couvertures.

— Va-t'en !

Katia rabattit vivement les couvertures.

— Regarde-toi !

Valentina observa sa chemise de nuit défraîchie, ses cheveux emmêlés et ternes. Quand elle voulut fermer les yeux, elle reçut une gifle.

— Debout ! s'écria Katia. Sors de ce lit !

— Arrête !

— Tu comptes rester ici, à te décomposer ?

— Oui. Laisse-moi tranquille !

— Regarde-toi. Tu as tout pour être heureuse. Tout ! Tu n'as aucune raison de détester le monde entier.

Valentina se tut de peur d'en dire trop.

— La pauvre Mme Davidova paierait certainement très cher pour être à ta place, dit Katia en s'adossant dans son fauteuil. Et moi aussi, Valentina, ajouta-t-elle dans un murmure, je paierais cher pour être à ta place.

Elle quitta la chambre. Valentina émit une longue plainte et se tourna vers le mur.

Elle perçut un mouvement dans sa tête, quelque chose qui s'insinuait tel un serpent dans ses pensées pour les étouffer avec l'efficacité d'une corde autour du cou d'un condamné.

La culpabilité l'oppressait, la paralysait complètement. Katia, sa mère, son père, Mme Davidova. La jambe amputée du géomètre et même Dacha, son superbe cheval, qu'elle n'avait pas monté depuis l'explosion.

Une voix à peine perceptible ne cessait de murmurer à son oreille que, sans elle, Jens n'aurait pas organisé cette visite des égouts. S'il n'avait pas cherché à l'éloigner du capitaine Tchernov, ces victimes seraient peut-être encore en vie. Ce drame était-il de sa faute à elle ?

Fixant le mur, sa vue se brouilla peu à peu. Elle éprouvait les pires difficultés à se ressaisir.

Ce fut l'ananas qui l'incita à quitter son lit. Elle huma son parfum acidulé. Le souvenir de Jens s'insinua jusque dans ses poumons, dans ses veines. Lui seul aurait songé à lui apporter de l'ananas. Il était venu ! Elle repoussa son édredon et posa les pieds à terre. Elle ôta vivement sa chemise de nuit, puis elle porta un morceau de fruit à ses lèvres. Ce fut une explosion de soleil dans sa bouche. Elle se dirigea vers son secrétaire, ouvrit le tiroir et sortit sa liste. Puis elle écrivit :

11. Trouver un arrangement avec Papa.

*

Un vent marin violent balayait la route en terre battue, chassant les flocons de neige grisâtres qui tourbillonnaient. Jens arpentait le terrain, l'esprit en ébullition, notant ses calculs, si concentré qu'il ne vit pas la silhouette voûtée, drapée dans un manteau qui semblait appartenir à un homme plus corpulent. Jens rangea son calepin et son crayon dans sa poche, puis il tapa du pied pour ôter la glace de ses bottes en laine.

— Bonjour, monsieur le ministre.

Davidov ne feignit même pas d'avoir l'air content de voir Jens. Désormais veuf, il n'avait plus le goût à rien et ne se supportait plus lui-même.

— Nous progressons, annonça Jens.

— La vente du terrain est effective ?

— Les documents sont prêts à signer. Vous avez organisé les formalités bancaires ?

— *Da.*

Satisfait, Jens opina du chef. C'était ce qu'il voulait entendre. Cette parcelle de terrain vague et les huttes misérables qui le jouxtaient auraient bientôt changé de propriétaire et les travaux pourraient commencer. Il observa les cabanes à peine plus grandes que des niches pour chien.

— Quand tout sera signé, dit Jens, j'annoncerai l'extension des égouts vers ce quartier au printemps prochain.

Davidov glissa les mains dans ses poches et renifla. Que s'attendait-il à sentir ? Le parfum de l'argent ? Un paquet de roubles tapissant le sol ? Une femme portant un foulard et des chaussures en corde émergea d'une bicoque, avec à la main un seau de déchets qu'elle versa sur la route. Jens détourna la tête. Le quartier empestait l'urine. Les épaules voûtées, la femme les observa un instant.

— Alors ? demanda Davidov.

— Alors vous aurez convaincu le comité de voter, d'ici là, précisa l'ingénieur en s'avançant pour le dominer de sa hauteur.

Davidov grommela quelques mots que le vent emporta.

— Il y a un problème ? s'enquit Jens.

— J'en ai assez des égouts. Je ne veux plus avoir affaire aux égouts, ni au comité, après...

— Monsieur le ministre, nous étions d'accord. Il est de votre devoir de lever tout malentendu avec le comité.

Il sortit de sa poche un étui à cigarettes, cadeau de la comtesse Serova, un superbe objet en argent de Fabergé. Il offrit une cigarette à Davidov, en prit une pour lui et alluma les deux à l'aide de son briquet, créant une forme d'intimité.

— Monsieur le ministre, ce n'est pas le moment de flancher. C'est vous qui décidez pour le comité. Nous le savons pertinemment.

Davidov se rengorgea légèrement, comme si ce compliment l'étoffait un peu.

— L'idée du comité est de...

— Je n'ai rien à faire des idées du comité, coupa Jens.

Il se retourna et jeta son étui à cigarettes qui tomba aux pieds de la femme aux chaussures de corde. Elle sursauta, lâcha son seau vide et ramassa le coûteux étui. Puis elle regagna sa cabane tel un chien avec un os.

— Nous avons conclu un accord, poursuivit Jens. Quand le terrain sera à votre nom, vous ordonnerez un financement gouvernemental pour le prolongement des égouts, l'an prochain.

Davidov tira sur sa cigarette et contempla le terrain jonché de ferraille et de vieux sommiers.

— Ce n'est plus pareil, sans elle, soupira-t-il d'une voix lasse.

— J'ai appris... que ce n'était plus pareil, répondit Jens. Pour vous, je veux dire.

Le ton de sa voix alerta Davidov.

— Quoi ? fit-il. Qu'avez-vous appris ?

— Que le frère de votre femme avait d'énormes dettes de jeu et qu'elle lui avait légué par testament de quoi les rembourser. Que vous, monsieur le ministre, avez besoin d'investir pour compenser une telle perte. Quel choc vous avez dû ressentir...

Il faisait allusion à l'argent et non à la mort de sa femme. Il était incapable d'évoquer ce décès, qui le meurtrissait aussi violemment qu'un poignard en plein cœur.

Davidov cracha un nuage de fumée qui tournoya autour des flocons de neige.

— Vous êtes remarquablement bien renseigné, admit-il, un peu tendu.

— Monsieur le ministre, respectez notre accord. Vous pouvez imposer votre volonté au comité. Vous êtes habile.

Tout était dit. Jens se remit à arpenter le terrain en notant des chiffres de ses doigts engourdis par le froid.

*

— Va-t-elle mieux, aujourd'hui ? s'enquit Jens, en visite chez les Ivanov.

— Venez avec moi.

Katia fit pivoter son fauteuil avec adresse et longea à vive allure un couloir orné de tapisseries anciennes en soie. Les roues laissaient de fines traces sur le tapis vert et or. Katia ne pouvait se déplacer sans que quelqu'un ne repère ces empreintes ou n'entende les roues de son fauteuil. Toute discrétion, toute intimité lui étaient interdites.

— Katia, vous êtes rapide comme un chien de traîneau ! Vous devez avoir les poignets puissants. Je vais vous embaucher pour souder mes solives.

Elle se mit à rire et accéléra, de sorte qu'il dut presque courir pour rester à sa hauteur. En entendant la musique, il s'arrêta net. Les notes s'élevaient derrière la porte, une chanson russe traditionnelle rythmée, pleine d'énergie. Katia regarda par-dessus son épaule et lui sourit.

— Venez ! Elle ne mord pas.

— Je ne veux pas la déranger.

— Ce ne sera pas le cas, assura-t-elle en ouvrant la porte.

Aussitôt, Valentina se leva de son tabouret. Amaigrie, elle portait une robe d'un gris pâle presque argenté devenue trop grande pour elle. Elle lui tendit la main. Ses doigts dans les siens étaient légers comme des plumes. La gorge nouée par l'émotion, il ne dit rien, mais ne lâcha pas sa main.

— Jens, souffla-t-elle avec un sourire.

Ses yeux bruns semblaient immenses au-dessus de ses joues creuses et ses veines étaient visibles sous sa peau diaphane. En revanche, ses cheveux cascadaient en boucles soyeuses qu'il eut toutes les peines du monde à ne pas toucher.

— Bonjour, Valentina. Je me réjouis que vous ayez surmonté votre indisposition.

— Mon indisposition ? répéta-t-elle, surprise. Voilà donc de quoi il s'agissait. Je me posais la question !

Lorsqu'il lui sourit, elle le dévisagea longuement. S'il la prenait dans ses bras et posait sa tête fragile sur son torse, le giflerait-elle ? *Vous êtes bien présomptueux, monsieur le constructeur de canalisations danois, le noyeur d'épouses, l'admirateur d'étoiles. Bas les pattes !*

Était-ce ce qu'elle lui dirait ?

Et que dirait-elle s'il la soulevait de terre et l'emportait loin de cette maison, tel un voleur ? Lèverait-elle les yeux au ciel en riant ?

— Valentina, jouez-moi un morceau, voulez-vous ?

— J'ai besoin de ma main, pour cela.

Il posa les yeux sur leurs mains jointes, lui fit un baisemain du bout des lèvres et la relâcha.

— Que souhaitez-vous entendre ?

— À vous de choisir.

— Joue du Chopin, suggéra Katia.

— Je crois que ceci pourrait vous convenir, répondit son aînée.

Il prit une chaise et la plaça de façon à voir Valentina de profil. Katia se posta près de la fenêtre et contempla les arbres nus. La pièce était spacieuse et sobrement décorée, ce qui lui conférait une atmosphère intimiste, dominée par le piano à queue. Valentina demeura un instant immobile, comme si le silence faisait partie intégrante du morceau.

L'œuvre mélancolique et complexe était difficile à interpréter. Il ne l'avait jamais entendue. Les doigts de la jeune fille dansaient avec une assurance défiant l'entendement. Mille émotions se bousculèrent dans son esprit. Elle avait raison. Ce morceau reflétait son humeur sombre et grave, ces canalisations qui avaient failli enterrer Valentina vivante.

Que percevait-elle en lui ?

Soudain, elle s'interrompit. Au-dessus des touches, ses mains brûlaient de poursuivre.

— Vous lui avez dit ? s'enquit-elle.

Jens n'eut pas à lui demander à qui elle faisait allusion.

— Oui, j'ai parlé à la comtesse Serova.

— C'est donc réglé ?

— Oui.

— Tant mieux.

Elle le toisa longuement, comme si elle voyait tout à coup quelque chose de différent en lui, puis elle se remit au piano.

« Vous lui avez dit ?

— Oui, j'ai parlé à la comtesse Serova. »

Il avait parlé à la comtesse, dans son jardin, par une matinée froide et lumineuse. Tous deux marchaient dans l'allée, Natalia lui tenait le bras. Elle parlait trop. Elle semblait redouter le moindre silence. Depuis l'attentat, elle était tendue en sa présence. Jens avait les yeux rivés sur Alexeï qui foulait la neige en compagnie de son chiot. Leur bruit comblait les silences, ses rires chaleureux faisaient sourire Jens. Ces derniers temps, il ne trouvait guère de raisons de sourire. Les révolutionnaires y avaient veillé.

— C'est bon de voir Alexeï heureux, déclara-t-il.

— Tu avais raison, je le concède. Ce chiot est déjà son meilleur ami. Jens, quoi que tu sois venu me dire, parle ! Je n'en peux plus d'attendre.

Elle resserra son manteau de fourrure sur elle comme pour s'en servir de bouclier.

— Natalia, je suis désolé.

Il se montra d'une franchise presque brutale. C'était la seule solution avec une femme telle que la comtesse, habituée à décider de tout.

— Nous ne nous verrons plus.

Elle garda la main sur son bras, mais pendant une fraction de seconde, elle fut sidérée. Il entendit une plainte, puis elle se ressaisit et le foudroya du regard.

— Je vois, dit-elle. Ton attitude est si médiocre ! Qui est cette femme ?

— Comment cela ?

— Ne joue pas à ce petit jeu, Jens.

— Elle s'appelle Valentina.

— Ah, la petite maigrichonne de pianiste. Celle qui était avec toi dans les égouts. Cette Valentina-là ?

Il acquiesça sans piper mot. Il n'avait pas l'intention de parler d'elle. Doucement, il décrocha le bras de Natalia du sien et interpella Alexeï. Il lança des boules de neige au chien pour qu'il aille les chercher, et d'autres sur l'enfant, qui cria de joie. Il accorda à Natalia le temps de remettre son masque de comtesse. Lorsqu'ils atteignirent le perron de la maison, il s'arrêta.

— Tu n'entres pas prendre un grog ?

— Je ne crois pas.

— Très bien, répliqua-t-elle, impassible.

— Mais je reviendrai, si tu le permets.

— Pour l'enfant. Tu es plus attaché à lui qu'à moi, énonça-t-elle avec un soupçon d'hostilité. Certains affirment que tu es son père, à cause des yeux verts.

— Nous savons tous les deux qu'ils se trompent.

— Dans ce cas, pourquoi te soucies-tu de lui ?

Il la dévisagea franchement, s'attardant sur sa moue arrogante, son regard bleu si intelligent et la colère qu'il exprimait.

— Parce que personne d'autre ne le fera.

Emporté par la musique, Jens perdit la notion du temps. Quand elle se tut enfin, il respira profondément, comme s'il venait de chevaucher dans la forêt, exalté, vivant.

— C'était merveilleux, Valentina. Merci.

Immobile sur son tabouret, la jeune fille avait le souffle court.

— Comment va le géomètre ? lui demanda-t-elle sans le regarder.

— Il se remet doucement. Je l'emploie encore. Il peut tout à fait continuer à travailler derrière un bureau.

Enfin, Valentina se tourna vers lui. Qu'avait-elle perçu derrière ses paroles prudentes ? Impulsive, elle pivota vers le clavier et se lança dans un air russe très entraînant.

— Regardez ! s'exclama Katia en pointant un doigt vers l'extérieur.

— Bon sang, souffla Jens.

Dans la neige, un jeune Cosaque imposant se livrait à la danse traditionnelle. Accroupi, il tendait les jambes tour à tour, puis bondissait, cabriolait.

— C'est Liev Popkov ! expliqua Valentina en riant.

Au terme de sa démonstration, le Cosaque salua poliment l'assistance et se retira sous les rires et les applaudissements, laissant des traces de pas dans la neige.

Jamais le monde n'avait paru aussi lointain à Jens. Les joues roses, Valentina était radieuse. Soudain, la porte s'ouvrit avec fracas et Elizaveta Ivanova surgit dans la pièce.

— Ah, lâcha-t-elle d'un air guindé en posant les yeux sur l'ingénieur. J'ignorais votre présence.

— Bonjour, madame.

Il se leva et s'inclina poliment.

— Jens est venu prendre des nouvelles de la santé de Valentina, intervint Katia.

— Je me réjouis de son rétablissement, déclara-t-il. Elle est bien soignée.

Les joues rosies de sa fille aînée n'échappèrent pas à Elizaveta Ivanova.

— Tu as de la visite, annonça-t-elle.

— Veuillez informer cette personne que je suis occupée, Maman.

— Je n'en ferai rien. Il s'agit du capitaine Tchernov. Il t'attend au salon.

Valentina se crispa.

L'espace d'un instant, Jens crut qu'elle allait refuser car elle lui avait promis de n'avoir aucune relation avec Tchernov. Puis il décela dans ses yeux bruns qu'elle avait décidé de rompre sa promesse.

— Quelle bonne surprise, railla-t-elle.

Sur ces mots, elle quitta la pièce.

— Au fait, merci de m'avoir apporté de l'ananas ! lança-t-elle en sortant.

18

Il y avait parfois de bien sombres harmonies. En musique comme dans la vie. Valentina les sentait au bout de ses doigts, dans les recoins secrets de son âme. Des vibrations faites pour cohabiter, mais qui luttaient, se repoussaient. Perchée au bord de sa chaise, dans le petit salon, la jeune fille avait mal aux joues tant elle se forçait à sourire.

Oui, capitaine, non, capitaine, c'est intéressant, capitaine, c'est étonnant, vous êtes tellement intelligent, capitaine.

Votre intrusion dans mon existence est intolérable.

L'expression de Jens, quand sa mère avait évoqué le capitaine Tchernov, la hantait. Une expression affligée suivie d'un léger sursaut, comme s'il éprouvait le besoin de fuir, incapable de supporter plus longtemps sa présence. L'harmonie était rompue. Elle se mit à triturer nerveusement le tissu de sa robe.

— Vous sentez-vous mal ?

Le beau visage inquiet du capitaine Tchernov ne parvint pas à apaiser ses tourments.

— Non, je me porte beaucoup mieux, merci.

— À la bonne heure ! J'étais tellement inquiet quand...

— Je suis remise.

— Tant mieux.

Les mots manquaient au capitaine. Peut-être avait-il l'esprit peuplé de sabres, de fusils et de stratégies militaires au point qu'il ne restait plus de place pour les mots. Son uniforme était impeccable, avec ses boutons de cuivre rutilants, ses bottes étincelantes. Ses gants blancs étaient posés à côté de lui, sur son siège, comme une paire de mains de rechange. Il ne cessait de les toucher, visiblement mal à l'aise. Sa moustache blonde dissimulait son expression.

De longs silences ponctuaient leur conversation. La tension était palpable.

— Puis-je vous poser une question, capitaine ? Quand vous tenez absolument à obtenir quelque chose, comment procédez-vous ?

— C'est facile. Je suis déterminé. Je lance une offensive digne d'une charge militaire, sans me laisser distraire. Je suis un véritable tueur.

— Je l'imagine sans peine.

Il crispa les doigts sur un gant.

— Je ne voulais pas dire...

Elle sourit.

— Je comprends très bien ce que vous vouliez dire.

Du haut de ses vingt-trois ans, l'officier de la grande armée de Nicolas II rougit comme un adolescent.

— D'après vous, cela s'applique-t-il également aux femmes ?

Il éclata de rire et se frappa sur la cuisse.

— Non ! Quand une femme veut quelque chose, il lui suffit de le demander à un homme.

Valentina baissa les yeux.

— Y a-t-il quelque chose que je puisse faire pour vous ? reprit Tchernov avec empressement. Ce serait pour moi un honneur…

— Non, le coupa-t-elle en se forçant à le regarder. Il y a quelques semaines, j'ai vu des grévistes défiler sur Morskaïa.

— Une bande de fauteurs de troubles. Nous avons reçu l'ordre de les réprimer plus fermement. La prochaine fois, nous les écraserons. Ne vous tourmentez pas pour ces paysans ignares.

— Il y avait parmi eux un certain nombre de femmes, fit-elle remarquer.

— Il paraît, oui.

— Des femmes déterminées, qui ne se laissaient pas distraire, bien décidées à obtenir ce qu'elles voulaient.

Valentina s'exprimait posément. Enfin, il captait son intérêt. Elle s'assit plus confortablement.

— Elles ne font qu'obéir à leurs hommes. Ne soyez pas inquiète. Ces gens-là ne vous importuneront plus. Nous ne pouvons tolérer que l'anarchie menace la stabilité de notre nation. Jusqu'où iront les revendications de ces grévistes ? On leur a accordé leur propre Douma. Cela devrait suffire. Mon père affirmait que plus on en donne à ces gens-là, plus ils en réclament.

— Merci de me l'avoir expliqué, capitaine. Pour les réprimer, lors de leur prochaine manifestation, comptez-vous utiliser le sabre et le fusil contre les femmes également ?

Soudain, Tchernov afficha une mine grave.

— Cette conversation est inconvenante. Une jeune fille ne doit pas être exposée à ces questions. Une jeune fille doit se consacrer à des occupations plus plaisantes, reprit-il, et sa main desserra son emprise sur son gant. Je suis venu vous inviter à dîner.

— Capitaine, j'en serais honorée, répondit-elle sagement.

Quelques minutes plus tard, Valentina revint au salon de musique.

— Il est parti, l'informa Katia.

— Je pensais qu'il m'attendrait.

— Qu'est-ce qui te fait penser une chose pareille ? s'enquit sa sœur.

Valentina balaya le salon de musique du regard, comme si Jens pouvait se cacher derrière une chaise.

— Je voulais m'expliquer…

— Il fallait y penser avant.

— A-t-il dit quelque chose ?

— Il m'a chargée de te remettre cette lettre.

Valentina l'ouvrit vivement et lut les quelques lignes.

— Les nouvelles sont bonnes ? demanda sa cadette.

— Oui. Elle vient d'un ami médecin de Jens.

— C'est ce qu'il m'a confié, en effet.

— Je pensais que ce serait une lettre de Jens, murmura Valentina.

Elle s'écroula sur la chaise qu'il avait occupée, puis elle ferma les yeux.

Ce jour-là, Valentina était déterminée à faire plaisir à son père, aussi se rendit-elle dans son bureau. Assise face à lui, devant la table jonchée de dossiers, elle fixait les armoiries dorées du tsar Nicolas II imprimées en relief sur une grande enveloppe.

— Tu voulais me parler ?

— Oui, Papa.

— Sois brève, je t'en prie. Je suis occupé.

Il était toujours occupé.

— Puis-je faire quelque chose pour vous aider, Papa ? commença-t-elle prudemment. Je sais que vous avez vos assistants et vos secrétaires, au ministère. Cependant, je peux me rendre utile, ici, avec ces papiers…

Il leva les yeux de son document pour observer sa fille et tira distraitement sur le col de sa redingote. En voyant ses mains fines, elle ressentit un élan d'affection pour son père.

— C'est gentil, mais non merci. De quoi voulais-tu me parler ?

— Vous aimeriez sans doute savoir que le capitaine Tchernov m'a invitée à dîner.

Ravi, son père écarquilla les yeux et afficha un large sourire.

Il lâcha sa feuille de papier et joignit les mains comme en prière.

— Dieu soit loué ! s'écria-t-il avant de se ressaisir. Tu as accepté, j'espère ?

— Oui.

— À la bonne heure. C'est un jeune homme très en vue et son père est influent à la Cour. Ne commets pas de bévue, Valentina. Je tiens à ce que tu manœuvres avec précaution.

Elle esquissa un sourire sage et opina de la tête. « Utilisez vos armes », lui avait conseillé Davidov. En voyant le visage de son père se détendre, elle comprit qu'elle lui avait fait plaisir, ne serait-ce qu'un moment furtif.

— Je ne vous dérangerai pas plus longtemps, Papa, conclut-elle en se levant.

Juste avant de sortir, elle se retourna comme si elle avait oublié un détail.

— Encore une petite chose, Papa.

Il était à nouveau concentré sur son document, son stylo à encre à la main.

— Oui ?

— Je postule pour une formation d'infirmière à l'hôpital Sainte-Isabelle.

Voilà, elle l'avait dit.

— Non !

Il frappa du poing si violemment que plusieurs dossiers tombèrent à terre.

— Tu n'en feras rien !

— Papa, écoutez-moi, je vous en prie ! Ce projet me tient à cœur car...

— Valentina, je t'ai ordonné d'oublier ce projet insensé !

Son front était emperlé de sueur.

— J'espérais trouver un arrangement...

— Quel genre d'arrangement ?

Elle s'aventurait en terrain glissant.

— J'ai besoin de votre signature au bas d'un formulaire car j'ai moins de vingt ans. Je vous en prie, Papa, signez ! En échange, je vous promets de danser avec votre charmant et influent capitaine. Je m'engage à sourire, à rire, à battre les cils au-dessus de mon éventail telle une écervelée. Je ferai tout ce que vous voulez.

Dans le silence qui suivit, elle lui offrit son sourire le plus enjôleur.

— Si vous signez.

— Pas question !

— Papa ! Imaginez un peu : le jour, je serai discrète, invisible, une infirmière anonyme dans un hôpital inconnu. Le soir, je serai la coqueluche de Saint-Pétersbourg. Champagne, caviar, piste de danse, tout ce qui vous plaira.

Elle se mit à tournoyer, mimant une valse.

— Monsieur le ministre, reprit-elle, votre nom sera sur toutes les lèvres, à la Cour. Les gens vous envieront. N'est-ce pas ce que vous voulez ? C'est ce que je vous souhaite, ajouta-t-elle souriant toujours. Cet arrangement nous conviendrait à tous les deux. Vous êtes d'accord, Papa ?

Nicolaï Ivanov sortit un grand mouchoir et se tapota le visage.

— D'accord, céda-t-il au terme d'un court silence.

— Merci, Papa.

Elle se retira de peur qu'il ne change d'avis. Dans sa chambre, elle sortit sa clé et ouvrit le tiroir de son secrétaire. Elle relut sa liste et raya avec soin le numéro onze. Elle avait conclu un accord avec son père.

Il allait lui en vouloir, comme elle s'en voulait elle-même, mais c'était le seul moyen pour elle d'entrer à l'hôpital. Elle défit lentement les boutons de nacre de sa manche et releva le tissu en imaginant la main de Jens sur sa peau pâle.

Je t'en prie, Jens, je dois voir Tchernov, tu dois le comprendre.

Elle ne parvint pas à sourire. *Je veux cet emploi d'infirmière. J'en ai besoin. Je t'en prie, Jens, ne m'en prive pas.*

*

— Avez-vous déjà été cireur de chaussures ?

Cette question étonna Arkine. Elizaveta Ivanova était assise à l'arrière de la voiture et il passait devant la cathédrale Saint-Isaac. Son superbe dôme en or lui fit penser au père Morozov, un homme brillant, cultivé, condamné à vivre dans une bicoque humide et à porter des bottes cousues main pleines de trous.

— Alors, Arkine ? insista Elizaveta Ivanova.

— Non, madame.

Ils venaient de croiser une rangée de cireurs de chaussures, sur la place, avides de gagner quelques kopecks.

— J'ai grandi dans une ferme, ajouta-t-il.

Il entendit un soupir approbateur, comme si la vie de paysan était un sort enviable.

— Pourquoi êtes-vous parti ?

— L'attrait de la grande ville.

— Saint-Pétersbourg est magnifique, j'en conviens. Est-elle à la hauteur de vos attentes ?

— Oui, madame, mentit-il.

Mais elle avait l'ouïe fine et se mit à rire.

— J'espère que vous êtes heureux, ici, déclara-t-elle après un moment de réflexion. Et heureux de travailler pour mon mari.

— Bien sûr. Je ne pourrais souhaiter mieux.

— J'espère que c'est la vérité et que vous ne dites pas cela uniquement pour me faire plaisir.

— C'est la vérité.

Il pivota légèrement et jeta un coup d'œil sur sa patronne. Telle une panthère dans son manteau de fourrure noire, elle souriait. Étrangement, ce spectacle le contenta.

— J'ai un service à vous demander.

À son ton, Arkine comprit que cela n'avait rien à voir avec son travail de chauffeur.

— Je suis à votre service, madame.

— Arrêtez la voiture un instant, voulez-vous.

Il fit halte en face d'un étal de poisson dont l'odeur nauséabonde pénétra l'habitacle. Du coin de l'œil, il remarqua dans la main de Mme Ivanova un délicat mouchoir en dentelle dont elle se tapota le nez.

— Que puis-je faire pour vous, madame ?

Elle parut d'abord se demander jusqu'à quel point elle pouvait lui faire confiance.

— C'est… c'est un peu délicat…

Les joues empourprées, elle se détourna, agitant les plumes noires de son chapeau.

— Je ne sais à qui m'adresser…

— Je vous garantis la plus grande discrétion. Je vous aiderai dans la mesure du possible, madame.

Il songea à toutes les fois où il était allé chercher les jeunes maîtresses du ministre Ivanov et où il avait conduit ce dernier dans sa maison close préférée, la Pomme d'or, où il s'offrait les faveurs de Mimi la Gitane. Arkine savait tenir sa langue.

— Je voudrais que vous découvriez si ma fille aînée… fréquente quelqu'un.

Arkine faillit s'esclaffer. Elle voulait faire de lui un agent de l'Okhrana. Un comble !

— De qui s'agit-il ? s'enquit-il, sincèrement curieux.

— L'ingénieur danois avec qui elle s'est retrouvée coincée dans les égouts. Il se nomme Jens Friis.

C'était donc cela ! Arkine eut de la peine pour cette femme si fière qui en était réduite à espionner sa fille.

— Je vais me renseigner.

Aussitôt, elle leva les yeux vers son visage.

— Nous nous comprenons, n'est-ce pas, Arkine ?

— Parfaitement.

Elle lui sourit. Toutefois, Viktor n'oubliait pas qui elle était ni ce qu'elle incarnait. Il se refusait à l'apprécier.

— Puis-je démarrer, madame ? demanda-t-il avec une formalité soudaine.

— Oui.

Lorsqu'il se tourna vers la route enneigée, elle ajouta :

— Je vous suis reconnaissante, Arkine. Pour ceci… et pour l'autre jour, quand j'étais…

— Je vous en prie, madame, coupa-t-il.

Il préférait ne pas y penser. Avoir de la compassion pour la classe ennemie n'aiderait pas la cause. C'était même dangereux. Et pourtant, il ne pouvait s'en empêcher.

*

C'était une belle journée lumineuse, sans brouillard, au ciel bleu infini. L'odeur de la mer qui flottait dans l'air mettait Arkine à fleur de peau. Il attendait au bas des marches, près de la Turicum qui brillait de mille feux au soleil.

— Bonjour, Arkine.

— Mademoiselle Valentina.

Vulnérable et pâle, emmitouflée dans un manteau sobre, un foulard sur la tête, la jeune fille foula les graviers d'un pas énergique, comme si elle était pressée.

— Mademoiselle Valentina, je me réjouis de vous voir remise et en pleine forme.

Ce commentaire la prit au dépourvu.

— Merci, Arkine.

— J'espère que Mlle Katia vous a transmis mes vœux de prompt rétablissement.

— Absolument, merci.

Il demeura planté là, oubliant la voiture. Au moment où elle allait monter à bord, il leva une main pour l'arrêter.

— Oui, Arkine ?

— Les responsables de l'explosion dans les égouts ne vous voulaient aucun mal. Ils se sont fixé un objectif et vous vous trouviez sur leur chemin, voilà tout.

— Quel est donc cet objectif ?

Il baissa d'un ton.

— Leur but est de construire une société nouvelle et plus juste. Ils veulent renverser le tsar et non mettre une jeune femme en danger.

— Partagez-vous leurs convictions, Arkine ? Voulez-vous renverser le tsar ?

— Non, mademoiselle Valentina.

— Tant mieux car, dans ce cas, vous seriez jeté en prison.

Sur ces mots, elle s'installa sur le siège en cuir bleu, regardant droit devant elle. Arkine actionna la manivelle pour mettre le moteur en marche, puis il prit le volant. Nul ne dit mot.

Valentina fut soulagée de descendre de la Turicum à moins d'un kilomètre de l'hôpital avant de la renvoyer à sa mère qui en avait besoin. Lors de cette marche revigorante, elle s'efforça de réfléchir à ce qu'elle allait dire. À l'hôpital Sainte-Isabelle, elle se présenta au guichet d'accueil et foula le linoléum usé jusqu'à la porte mentionnant le nom GORDANSKAÏA.

— Entrez !

L'infirmière en chef lui sembla encore plus imposante que la dernière fois. Armée d'une paire de tenailles, elle n'accorda pas plus d'une seconde d'attention à la nouvelle arrivante.

— Ah, la petite aristocrate qui croit avoir la trempe d'une infirmière, railla-t-elle face au miroir posé sur son placard.

Son ton n'avait rien de gentil. Valentina se rendit compte qu'elle examinait une de ses dents qui était cassée.

— Bonjour, *medsestra* Gordanskaïa.

— Vous avez des connaissances dentaires ?

— Non, *medsestra*.

— Vous n'allez donc pas me servir à grand-chose.

— Je sais manier la pince.

— Prenez-la, ordonna l'infirmière en lui tendant l'instrument.

Soumettait-elle toutes les futures élèves au même exercice ? Dans ce cas, elle n'aurait plus une seule dent dans la bouche…

— Alors, on a des relations haut placées ?

L'infirmière en chef s'exprimait sans rancœur, d'un ton factuel.

— Naturellement. Il suffit de vous regarder, reprit-elle, puis elle éclata d'un rire guttural. Inutile de vous cacher derrière un foulard et des gants rapiécés de domestique. Je ne suis pas dupe.

— Je ne me cache pas.

— Vraiment ?

— Je veux être infirmière pour faire quelque chose de ma vie au lieu de boire du thé et de disposer des fleurs dans un vase. Je vous assure que je travaille dur et que j'ai étudié le traité d'anatomie de Dupierre. J'ai soigné ma jeune sœur et je sais changer un pansement.

— Vous parlez trop. Vous, les gens instruits, vous êtes trop bavards. Apprenez à vous taire.

— Oui, *medsestra*.

— Si vous postuliez dans l'armée, vous seriez de la chair à canon. Ici, vous serez une porteuse de bassin. Vous passerez le plus clair de votre temps à vider les bassins hygiéniques. Vous n'êtes toutes que des porteuses de bassin. Seigneur ! Pourquoi ne m'envoie-t-on pas des filles capables de travailler au lieu de ces chiffes molles pâlichonnes ?

Valentina ne sourcilla pas.

Mme Gordanskaïa prit une main de la jeune fille et inspecta sa paume de son pouce. Valentina eut l'impression d'être une bête de foire.

— Vous êtes aussi blanche que les fesses d'un porcelet, commenta l'infirmière en secouant la tête. Mais il y a du muscle. Que faites-vous donc de vos mains ?

— Je joue du piano.

Mme Gordanskaïa éclata d'un rire dur et méprisant.

— Que Dieu me vienne en aide !

Soudain, elle ouvrit grand la bouche et désigna une dent gâtée sur le point de tomber.

— Arrachez-moi ça !

D'un coup sec, Valentina déracina la dent tel un clou planté dans du bois pourri. Un filet de sang et une odeur de pus se dégagèrent aussitôt de la gencive. Soulagée, la responsable fit signe à Valentina de s'asseoir. Celle-ci prit place et posa la pince et la dent arrachée sur le bureau.

— Vous m'êtes recommandée par le Dr Fédorine. J'aurai besoin d'une autorisation parentale. À présent, lisez ce formulaire. Ensuite, faites-le signer. Je suppose que vous savez lire et écrire, ajouta-t-elle, d'un ton narquois.

— Je ferai tout ce qu'il faut, *medsestra* Gordanskaïa, affirma Valentina.

19

Un simple détail pouvait tout changer ! Valentina revint sur ses pas, puis descendit les marches de l'hôpital. Elle voyait les choses sous un nouveau jour, comme si, jusqu'alors, elle s'était trouvée face à un miroir déformant. À présent, la situation était limpide. Les battements effrénés de son cœur grondaient jusque dans ses oreilles.

Avant de sortir, elle s'était arrêtée devant la lourde porte d'une salle commune pour regarder par la vitre. Elle était plus spacieuse qu'elle ne l'imaginait. Jalonnée de lits faisant songer à de longs cercueils, la pièce semblait s'étendre à l'infini. La jeune fille avait été tentée de pénétrer dans ce monde inconnu de visages livides et d'oreillers blancs. Certains patients parlaient, d'autres gisaient sur leur couche, inertes, les yeux fermés.

— Chaud devant !

Une jeune infirmière surgit, tenant un récipient émaillé plein de bandages ensanglantés.

— Qu'est-ce que vous regardez ainsi ? Il y a votre amoureux, là-dedans ? lança la jeune fille en riant. Ne vous en faites pas ! Le soir, je les borde gentiment. Je suis l'infirmière Daria Spatcheva.

Plus grande que Valentina, elle avait le corps noueux, les pommettes saillantes et la peau mate d'une femme du Sud. Quelques mèches noires s'échappaient de sa coiffe. Elle avait de grandes mains agiles de paysanne et un visage avenant.

— Alors ? On a perdu sa langue ? demanda-t-elle.

— Je vais commencer une formation d'infirmière ici.

Daria brandit ses bandages souillés sous le nez de Valentina. Ils empestaient.

— Sens-moi ça, ma belle ! Quand tu travailleras ici, ce sera ton nouveau parfum.

— J'ai senti pire.

L'infirmière leva les yeux au ciel.

— Ne viens pas te plaindre, je t'aurai prévenue !

— Je ne me plaindrai pas, promit Valentina en souriant.

— C'est dur pour les jambes, aussi.

— J'ai les jambes solides. Si c'est si pénible, que fais-tu ici ?

Daria passa une main sur sa blouse tachée.

— C'est toujours mieux que de traire des garces de chèvres en pleine montagne.

Sur ces mots, elle s'éloigna avec ses bandages souillés.

Valentina n'avait jamais entendu une femme s'exprimer comme un charretier. Un sourire aux lèvres, elle dévala les marches du perron. C'est alors qu'elle aperçut Jens. Bien droit, à l'ombre d'un tilleul, les bras croisés, la mine grave, il l'attendait.

Ils marchèrent côte à côte sans se toucher. Elle dut accélérer le pas pour rester à sa hauteur, car il ne lui prêtait guère d'attention. Et pourtant, il était venu à l'hôpital à l'heure de son rendez-vous.

L'ingénieur avait une mine effroyable. Son manteau et la fourrure noire de sa chapka étaient maculés de poussière. Il y en avait même dans ses sourcils roux. Valentina ne se souciait guère de leur destination. En descendant la rue Zagorodnaïa, ils n'échangèrent que quelques mots. Elle percevait très fortement sa présence à côté d'elle, à sa portée. Les pans de son manteau lui battaient les mollets et son souffle formait des spirales de buée dans l'air glacial. Jens serrait les dents et regardait droit devant lui. Valentina se demanda s'il l'avait oubliée.

À la hauteur du canal de la Moïka, elle déclara :

— Il faudra remercier le Dr Fédorine de ma part.

— Vous le remercierez en personne. C'est chez lui que nous allons.

— Pourquoi ?

— Il veut vous donner des conseils et vous préparer à Sainte-Isabelle. Il vous expliquera ce que vous devrez savoir, vous indiquera où obtenir un uniforme et comment repousser les avances des patients. Fédorine est un homme bien. Il ne se limite pas aux salons raffinés des riches. Il se consacre également aux démunis et aux dispensaires.

Elle eut envie de lui lancer : « Vous voyez, vous vous souciez de moi. Vous ne feriez pas tout cela, sinon. » Elle se contenta de lui prendre le bras, les doigts crispés sur la manche poussiéreuse de son manteau.

— Jens, arrêtez.

Elle voulait qu'il retienne les paroles qui planaient entre eux, qu'il cesse d'éviter son regard, que la froideur de son ton ne lui noue plus la gorge. Au milieu du pont, elle s'immobilisa, sans lui lâcher le bras. Il ne la repoussa pas et, enfin, posa les yeux sur elle. L'expression qu'elle lut dans ses iris verts lui vrilla le cœur.

— Vous m'aviez promis de ne plus voir le capitaine Tchernov.

Valentina déboutonna lentement le manteau de Jens, puis elle glissa les bras autour de sa taille.

— Je te promets sur la vie de ma sœur que mon cœur n'appartiendra jamais au capitaine Tchernov.

Elle posa la tête sur son torse pour humer son parfum de terre humide. Elle savoura la chaleur de son corps tandis qu'il l'enveloppait de son manteau pour la serrer plus fort. En contrebas, sur l'eau gelée de la Moïka, un couple âgé portant des chapkas en castor assorties patinait lentement en direction du palais de Tauride. Valentina se lova contre lui.

Le médecin versa deux verres de vin de Géorgie pour Jens et lui, tandis que Valentina et Anna sirotaient du chocolat chaud devant la cheminée. La jeune fille appréciait ce père dévoué, généreux, et sa façon de toucher son épingle de cravate en diamant quand il parlait. Cet objet semblait avoir une grande importance pour lui.

— À présent, discutons un peu de ce qui vous attend.

— Je vous remercie, Dr Fédorine. L'infirmière en chef Gordanskaïa est persuadée que je vais échouer.

Il la prit par le menton et la dévisagea comme il le ferait avec sa propre fille.

— Vous y arriverez, assura-t-il, si c'est ce que vous voulez vraiment.

— Je suis déterminée. J'ai déjà étudié l'anatomie et…

— Ne brûlez pas les étapes ! Commençons par la façon de faire un lit, l'entretien de l'uniforme et le sale caractère de Mme Gordanskaïa.

Elle l'écouta énumérer une foule de détails et de chiffres sur l'hôpital, son histoire, ses règles. Il lui expliqua comment s'adresser à un médecin, quand rester en retrait, lui décrivit les traitements à l'étude, dont la morphine en tant qu'antalgique. Il souligna l'importance de l'hygiène et évoqua les interventions. Il lui posa des questions pour évaluer ses connaissances, sans cesser de se caresser la moustache ou de tripoter son épingle de cravate.

Ces questions lui ouvrirent des perspectives qu'elle n'imaginait même pas. À l'autre extrémité de la pièce, Jens et Anna jouaient aux cartes, assis sur une banquette, près de la fenêtre. Chaque fois qu'elle marquait un point, l'enfant poussait un cri de joie.

Enfin, le Dr Fédorine glissa les pouces sous son gilet avec un soupir de satisfaction.

— Elle y arrivera, Friis. Valentina s'en sortira très bien.

— Je sais, répondit Jens avec un sourire.

Quelque chose dans son ton déstabilisa la jeune femme. Elle eut l'impression qu'il s'éloignait. Elle eut soudain envie de se précipiter vers lui et de s'asseoir sur ses genoux pour l'empêcher de lui échapper. Elle brûlait de l'entendre dire, lui aussi : « Elle s'en sortira très bien. » Elle se leva et fit un pas vers lui.

— Jens…

— Anna, coupa Fédorine, il est temps que nous allions voir ta nurse.

L'enfant fit la moue, mais planta un baiser sur la joue de Jens, fit une révérence face à Valentina et suivit son père hors de la pièce.

— Jens…

Il lui fit signe de s'asseoir à côté de lui. Elle s'empressa d'obéir de peur qu'il tienne des propos qu'elle n'avait pas envie d'entendre. Elle sentit aussitôt la chaleur qui émanait de lui, sa cuisse contre la sienne, sa hanche contre le tissu de sa robe, son épaule… Il prit sa main dans la sienne.

— Jens, écoute-moi, commença-t-elle sans détacher les yeux de leurs mains jointes. J'ai conclu un arrangement avec mon père…

— Tu utilises Tchernov ?

— Oui.

— Pour négocier ?

— Oui. Je n'ai rien d'autre.

— Tu m'as, moi.

Elle posa la tête sur son épaule et demeura ainsi, rassurée par cette déclaration.

— Tu dois me faire confiance, murmura-t-elle. C'est le seul moyen pour moi de me former au métier d'infirmière. Mes parents ne me le permettront jamais si je ne fréquente pas le capitaine Tchernov.

— Comment ça, fréquenter ?

Elle frotta légèrement sa joue contre le tissu de sa veste.

— Quelques sourires, quelques danses, rien de plus.

Dès qu'il lâcha sa main, elle se sentit un peu perdue.

— Jens, cela ne durera pas longtemps. Il va vite se lasser de moi et de mes silences. Toi et moi pouvons toujours…

— Toujours quoi ?

— Toujours nous parler.

Il réprima une plainte et l'enlaça, avant de la hisser sur ses genoux, puis il l'inclina en arrière pour plonger dans son regard.

— Parlons maintenant, souffla-t-il.

Sur ces mots, il l'embrassa sur les lèvres. Elle enfouit les doigts dans ses cheveux.

— Tu vois, murmura-t-elle en sentant les lèvres de Jens dans son cou. Je suis comme tes canalisations.

— Sombre et compliquée.

Elle fit mine de lui tirer les cheveux.

— Pas facile à détruire.

*

Les révolutionnaires étaient organisés en cellules réparties dans la ville et réduisaient au minimum les contacts pour éviter toute trahison. Les groupuscules se réunissaient dans des caves ou des arrière-salles qui empestaient le tabac et l'amertume. Arkine était à bout de patience. La disette avait empiré, les prix augmentaient, les syndicats étaient démantelés et les rues s'emplissaient chaque jour davantage de malades et de sans-abri. La bourgeoisie intellectuelle appelait à la réforme sans comprendre qu'elle ne suffirait jamais. Seule la révolution pouvait procurer une vie décente au peuple russe.

À côté d'Arkine, Sergueïev se tenait le bras en fumant sa pipe. Ils étaient douze, confinés dans la réserve d'un fabricant de chandelles. L'air était lourd, chargé de suif ; Arkine en sentait le goût au fond de sa gorge. Au bout de la table trônait Krajkov, un homme à la barbe hirsute qui avait combattu dans l'armée impériale contre le Japon et qui crachait à la simple évocation du tsar Nicolas II. Plus âgé que les autres, il avait été amputé d'une jambe. Pour obtenir le silence, il frappa du poing sur la table.

— Arkine, grommela-t-il. Tu es bien silencieux, ce soir. Quoi de neuf ?

— Les représailles ont commencé.

— Les salauds !

— J'ai entendu le ministre Ivanov discuter avec un assistant, dans la voiture. Stolypine a ordonné à l'Okhrana de remplir les prisons jusqu'à ce qu'elles débordent.

La colère se propagea autour de la table.

Sergueïev rétablit le calme.

— Camarades ! Plus ils nous agressent, plus nous verrons de travailleurs se rallier à notre cause.

— Sergueïev a raison, renchérit Krajkov. Chaque fois que nous posons une bombe ou que nous lançons une grenade, l'Okhrana et le tsar – il cracha par terre, à côté de son chien – constatent notre force et ont peur de nous. Le prolétariat nous respecte. Les partisans vont affluer quand ils comprendront que nous sommes en mesure de renverser ces maudits Romanov.

— Notre problème, c'est que nous manquons cruellement de fonds, intervint Arkine. Sans argent, comment équiperons-nous cette armée prolétarienne ?

Krajkov ne se laissa pas distraire.

— Qu'as-tu entendu d'autre ?

— La police a l'intention de faire un exemple avec les dirigeants des syndicats, prévint Arkine. Le ministre a insisté sur ce point.

— Nous allons les alerter immédiatement, décida Krajkov. Il faudra en cacher certains.

Sergueïev tapota la table de sa pipe.

— Mon neveu Ioussev travaille à l'usine Tarasov.

Les frères Tarasov possédaient la plus grande manufacture d'outillage de Saint-Pétersbourg et roulaient dans une limousine étincelante pendant que leurs ouvriers mendiaient dans les rues.

— Il affirme que les apprentis sont prêts à se révolter. Hier encore, deux jeunes gars sont morts à cause de la défaillance d'une machine. L'un d'eux avait travaillé sur le train avec toi, Arkine.

— Karl ?

— Non. Le petit, Marat.

Arkine sentit monter une colère qui l'oppressa davantage encore que l'odeur du suif. Krajkov se pencha vers le chauffeur.

— Qu'est-ce que tu suggères, camarade Arkine ?

— Le tsar Nicolas est assez implacable pour envoyer la cavalerie exterminer son propre peuple s'il défile dans les rues, mais il ne massacrerait pas les enfants innocents de Russie. Il est temps d'utiliser les apprentis.

Ils quittèrent la réunion deux par deux, toutes les cinq minutes. Arkine et Sergueïev partirent les premiers et marchèrent d'un pas vif dans les ruelles sombres jusqu'à ce qu'ils soient assez loin pour ralentir le pas. Les flocons de neige voletaient doucement dans le ciel noir. Arkine apprécia leur caresse sur son visage. En sentant poindre une douleur familière dans sa tête, il sut qu'il ferait des cauchemars.

— Viktor, dit Sergueïev, ne t'en veux pas pour le danger qui plane au-dessus des dirigeants syndicaux en représailles à l'attentat contre Stolypine.

— Comment veux-tu que je ne me sente pas coupable ?

— Nous avons toujours su que nous aurions du sang sur les mains. Trotski nous avait prévenus.

— Nous a-t-il prévenus que…

Il s'interrompit ; son camarade avait assez de problèmes sans qu'il en rajoute.

— Quelles sont les nouvelles de ta femme ? Elle a accouché ?

— C'est imminent.

Face à la fierté de Sergueïev, Arkine ressentit un soupçon d'envie, comme un désir qui le tourmentait. *Un jour,* songea-t-il. *Un jour, tu auras une femme, toi aussi, et ton propre enfant.*

— Présente-lui mes vœux. Et dis-lui…

Il sentit soudain une main sur son épaule, puis il fut projeté contre un mur, le souffle coupé. Il riposta de son poing, puis donna un coup de genou dans un bas-ventre. Son assaillant grogna de douleur et la main qui lui enserrait l'épaule lâcha prise. Un corps s'écroula à terre. Une autre silhouette sortit de la pénombre.

— Ne bouge pas où je te loge une balle entre les yeux.

Arkine se figea. À sa droite, Sergueïev était déjà inerte. La neige s'accumulait sur ses épaules. Plié en deux, il se tenait le bras.

— Bande de salauds, qu'est-ce que vous voulez ? s'enquit Arkine.

— Des réponses.

— L'homme armé d'un Mauser était trapu et ventripotent. L'autre était allongé dans la neige, jurant, les deux mains sur son entrejambe. Ils portaient un manteau de cuir brillant et avaient le regard froid de chasseurs. Des agents de l'Okhrana.

— Tout dépend de vos questions, répondit poliment Arkine.

L'homme gisant à terre se leva péniblement et assena à Arkine un coup de coude dans le ventre.

— Empêche ce salaud de me toucher ou je lui arrache les couilles ! rugit Arkine.

— Recule !

— Alors, ces questions ? reprit Arkine.

— Qu'est-ce que vous faites dans la rue à cette heure matinale ?

Le chauffeur haussa les épaules.

— On a joué aux cartes. Rien d'illégal. Le problème, c'est que mon abruti de copain a perdu l'argent de son loyer et qu'il a peur de l'avouer à sa femme. Pas vrai, Mikhaïl ?

Sergueïev grommela dans sa barbe.

Arkine s'esclaffa et eut la satisfaction de voir les membres de la police secrète esquisser un sourire narquois. Le doigt posé sur la détente se déplia.

— Il est suffisamment dans la mouise, ajouta Arkine avec une tape dans le dos.

Il aida son ami à se redresser.

— Laissez-moi raccompagner cet idiot chez lui.

Il prit le bras valide de Sergueïev et l'entraîna.

— Bonne nuit, messieurs. Il fait trop froid pour traîner dehors.

— Attendez !

— Oui ?

— Contre le mur, les mains derrière la tête !

— Mais pourquoi… ?

— Contre le mur !

Arkine obéit. Sergueïev tremblait. Les agents de l'Okhrana les fouillèrent sans ménagement. Sergueïev garda une main sur son bras blessé. L'esprit d'Arkine tournait à plein régime. Quelque chose clochait.

— D'où venez-vous ? s'enquit l'homme armé.

— Je vous l'ai dit, on jouait aux cartes.

— Ce n'était pas une réunion de ces ordures de révolutionnaires ?

— Bien sûr que non ! Je travaille pour un ministre du gouvernement du tsar !

L'argument fit mouche. L'agent relâcha légèrement son emprise. Malgré le froid, Arkine sentit une goutte de sueur couler dans son dos. Dans le peu de lumière provenant d'une fenêtre, à l'étage, il décela le visage affligé de Sergueïev.

— C'est quoi, ça ?

Le plus petit des deux sortit le bras cassé de son attelle.

— Il cache quelque chose là-dedans, le salaud !

Il glissa les doigts sous la première couche de bandages et sortit un petit pistolet qui logeait dans sa paume. L'arme étincelait d'un éclat nacré sous la neige.

Nom de Dieu, Sergueïev…

Les hommes en noir sourirent. L'homme qui avait le pistolet frappa violemment le bras blessé. Sergueïev se plia en deux sans un bruit. Arkine le retint, puis le projeta contre les deux agents tel un bélier. Surpris, ils basculèrent en arrière et chutèrent lourdement sur le verglas. Arkine entendit un crâne heurter le sol. Sans s'arrêter pour vérifier lequel des deux avait la tête fracassée, il ramassa le pistolet et agrippa Sergueïev par son bras valide.

— Dépêche-toi !

Ils se mirent à courir dans les ruelles, sur les quais recouverts de gel, franchissant les balustrades, passant sous les arches, le cœur battant dans l'air glacial. Ils restèrent dans les rues mal éclairées. Arkine refusait de lâcher son ami, même s'il le retardait. Dans leur dos, ils entendaient les cris et les jurons de leurs poursuivants. Arkine risqua un coup d'œil par-dessus son épaule. Le plus petit était en tête, tel un chien de chasse. Le plus corpulent avait du mal à suivre, en dépit de ses efforts. Quatre coups de feu déchirèrent la nuit, sans atteindre leurs cibles.

Arkine entraîna Sergueïev sous un pont enjambant le canal. Le souffle court, ils s'accroupirent à l'abri. La glace risquait de céder au moindre mouvement.

— Où on est ? murmura Sergueïev à son oreille.

— Aucune idée, mais tais-toi.

Ils demeurèrent immobiles pendant une demi-heure, deux ombres que seul un chat vint déranger. Enfin, ils remontèrent sur la rive. Il neigeait plus fort à présent. Les flocons s'accumulaient sur leurs bottes. Ils foncèrent tête baissée dans les rues. En débouchant dans le quartier de Liteïny, ils s'arrêtèrent enfin.

À travers le rideau de neige, Arkine observa le visage tendu de son camarade.

— Comment va ton bras ?

— Toujours là.

— Ces salauds t'ont amoché ?

— L'Okhrana fait du mal où qu'elle aille.

— Tu n'aurais pas dû avoir ce pistolet sur toi. Qu'est-ce qui t'a pris ?

— Je l'ai échangé contre une bêche dans un bar. Je pensais être plus en sécurité. Je me trompais, admit-il en haussant les épaules.

Arkine glissa le minuscule pistolet dans la poche de Sergueïev.

— Vends-le, lui suggéra-t-il. Il risque de te faire tuer. Achète plutôt à manger pour ta femme.

— Non, répondit son camarade avec une moue désolée. Je préfère que tu le gardes.

Arkine accepta, ne serait que pour éviter les ennuis.

— Sois prudent, camarade. Et dis à ta femme que je lui adresse mes vœux pour le bébé.

— C'est pour eux que je me bats. Pour offrir un meilleur avenir à mon fils. Merci de m'aider, camarade, bredouilla-t-il, un peu gêné. Si je suis jeté en prison, ma femme mourra de faim.

Arkine s'éloigna dans la nuit, l'image du ventre arrondi de la jeune femme en tête. Il neigeait si dru que l'air était lourd. Dans sa poche, il replia les doigts sur la crosse en nacre du pistolet. Sergueïev avait raison : elle procurait un sentiment de sécurité.

20

— Alors ? De quoi ai-je l'air ?

— D'une bonne sœur, répondit Katia en toisant sa sœur d'un œil critique. À cause de la coiffe.

Valentina virevolta gaiement pour qu'elle puisse admirer son uniforme d'infirmière sous tous les angles. Le coton blanc et rêche lui donnait l'impression d'être une autre personne. Dans le miroir, elle observa la guimpe dont les plis tombaient sur ses épaules, dissimulant ses cheveux. Pour son premier jour, elle avait l'estomac noué. Elle lissa le tablier blanc amidonné qui couvrait sa robe et sourit à sa cadette.

— Regarde-moi bien.

— Pourquoi ?

— Parce que quand je rentrerai de l'hôpital, je serai différente.

Katia se mit à rire.

— Sale, nauséabonde et épuisée, c'est ça ?

— Exactement !

Elles échangèrent un long regard, sachant parfaitement que ce n'était pas ce que Valentina voulait dire.

L'hôpital Sainte-Isabelle était un véritable labyrinthe de couloirs, de salles pleines de courants d'air. Les murs en granite semblaient absorber les sons, créant une atmosphère feutrée. Là, les voix n'étaient que murmures, les plaintes et quintes de toux étaient étouffées. La vie était réduite à son état minimal. En tant que *sanitarka* Ivanova, Valentina n'était plus un individu, mais un rouage insignifiant d'une machine indifférente.

La journée commença par une inspection. Face aux infirmières alignées, Mme Gordanskaïa plissa ses petits yeux en quête du moindre défaut, qu'elle s'empressait de leur signaler : chaussures salies, cordon de tablier dépassant, manches élimées, ongles mal taillés… Valentina tendit les mains et entendit le grommellement contrarié de l'infirmière en chef quand celle-ci constata qu'elles étaient irréprochables.

Porteuse de bassin. Mme Gordanskaïa avait raison. Valentina ne sentait même plus les odeurs. Elle réussit à faire un lit au carré au terme de nombreuses tentatives et s'entraîna à retourner un patient pour changer un drap souillé.

Elle fut affectée à un service de femmes peuplé de regards tristes et de cheveux emmêlés. Les malades faisaient preuve de résilience et de courage. Valentina apprit à marcher à pas mesurés, à observer. Les patientes passaient le temps à des tâches insignifiantes. Elles jouaient aux cartes, cousaient, se coupaient les ongles, songeaient au prochain repas. Les corps inertes aux yeux fermés, en revanche, la rendaient nerveuse. Une jeune femme hirsute se redressa soudain dans son lit en criant qu'un ver était en train de s'insinuer dans son cœur. Elle entreprit d'arracher sa chemise de nuit, révélant ses seins nus et écorchés. Valentina se mit à crier et courut chercher de l'aide, un moment d'égarement qui lui valut les foudres de Mme Gordanskaïa.

— On ne court pas. On ne crie pas. On ne cède pas à la panique. On ne fixe pas un malade. On ne montre pas à quel point on est une gourde. On ne fait pas honte à l'hôpital.

Valentina regardait droit devant elle, sans sourciller. Les joues rouges, les mains dans le dos, elle répondit :

— Je vais m'améliorer.

— Vous avez intérêt !

À la fin de la journée, elle avait les mains à vif et les pieds en compote, mais elle avait réussi à ne tuer aucun patient, ce qui était déjà un exploit. Elle drapa une cape sur son uniforme, enfila ses bottines et sortit dans la nuit enneigée. Rien n'avait changé, à Saint-Pétersbourg, au cours de cette journée, alors que sa propre existence était bouleversée à jamais. Les voitures passaient dans les rues, les cochers s'interpellaient, les tramways avançaient en cliquetant, de jeunes gens poussaient des traîneaux chargés de marchandises et les lampadaires scintillaient sous la neige. Rien n'avait changé sauf elle.

Relevant sa capuche, Valentina descendit vivement les marches de l'hôpital.

Fidèle à sa parole, Jens l'attendait au coin de la rue, sous un réverbère. Elle se lova dans ses bras et, aussitôt, ses douleurs, sa honte à la suite de sa bévue s'envolèrent. Elle posa le front sur la laine humide de son manteau et sentit son odeur, sa lassitude bien plus intense que la sienne.

— La journée a été bonne ? s'enquit-il.

— Il aurait mieux valu que je me fasse arracher une dent !

Il rit et la serra plus fort.

— Et toi ?

— Maintenant, ça va. Ma journée commence enfin. Le reste est oublié. Infirmière Ivanova, tu as l'air fatigué.

— Non, je suis exaltée, au contraire... et heureuse.

Bras dessus bras dessous, ils marchèrent dans les rues de Saint-Pétersbourg, insouciants, le visage caressé par les flocons de neige.

— Parle-moi de ta journée, dit la jeune fille.

— Tu préfères la bonne nouvelle ou la mauvaise ?

— La bonne.

— J'ai appris que la construction de la nouvelle usine de traitement de l'eau pour le nord de la ville va démarrer cette année. Le financement est enfin signé.

— Comment rend-on l'eau potable ?

— Tu veux la version longue ou la courte ?

— La courte.

Il éclata d'un rire joyeux.

— L'eau est traitée à l'aide d'un coagulant. Tu brûles certainement de savoir lequel, alors je vais mettre fin à ta souffrance : du sulfate d'aluminium. Ensuite, elle part vers des bassins de sédimentation.

— C'est tout ?

— Oh non, loin de là ! Nous sommes en 1910. Nous utilisons une technologie moderne.

— Que se passe-t-il ensuite ?

— C'est la partie la plus palpitante.

— Je suis tout ouïe.

— L'eau passe dans des filtres à sable et…

Il marqua une pause pour ménager son effet.

— Continue !

— Elle est ozonisée. J'espère que tu y penseras la prochaine fois que tu boiras du thé dans ton coquet petit salon.

— Je te promets de ne plus jamais regarder un samovar du même œil. Je penserai aux filtres à sable.

Elle posa la tête sur son épaule et ils déambulèrent dans les rues sombres, pressés l'un contre l'autre. Elle était si petite et fluette à côté de lui qu'elle s'étonnait qu'ils aillent si bien ensemble.

— À présent, raconte-moi comment s'est vraiment déroulée ta journée, dit-il en se tournant vers elle, des flocons de neige dans les sourcils.

— D'abord, je veux entendre ta mauvaise nouvelle.

Il secoua la tête et esquissa une moue contrariée. Valentina fut parcourue d'un frisson qui n'avait rien à voir avec le froid qui régnait dehors.

— Parle-moi, Jens, murmura-t-elle, prise d'un sentiment de malaise.

Il hésita et, l'espace d'un instant, elle crut qu'il allait lui mentir, mais il n'en fit rien. Il s'arrêta et l'entraîna dans la lueur d'un réverbère. Il glissa les mains sous la capuche qui dissimulait sa guimpe pour ôter les épingles qui la retenaient. Il put alors lui caresser les cheveux.

— Un jour, j'aimerais brosser cette chevelure magnifique.

Il enfouit ses mains puissantes dans ses boucles.

— Valentina, j'ai peur pour toi, avoua-t-il d'une voix douce.

Elle prit son visage entre ses mains gantées.

— Pourquoi, Jens ? Pourquoi aurais-tu peur ?

— Infirmière Ivanova, tu n'es donc pas au courant ?

— Au courant de quoi ?

— Le choléra est de retour.

— Alors ? Comment s'est déroulée cette journée ? s'enquit Elizaveta Ivanova quand Valentina rentra chez elle.

— Très bien, Maman, merci. J'ai beaucoup appris.

Elle avait été étonnée de trouver sa mère sur le pas de la porte du petit salon de lecture. Elle portait une robe du soir bordeaux et des rubis dans les cheveux.

— Approche, Valentina, je te prie.

— Je suis fatiguée, Maman. J'aimerais faire ma toilette et me changer.

— Je regrette, Valentina, j'ai à te parler.

— Qu'y a-t-il donc de si urgent ? Il ne s'agit pas de Katia, j'espère ?

— Non, ce n'est pas à propos de ta sœur, répondit Elizaveta, mal à l'aise. Il faut que tu respectes ta part du contrat. Je sais que tu es fatiguée, mais…

Valentina devina la suite.

— Tu as une heure pour te préparer, ma fille.

— Me préparer à quoi ?

— À sortir. Tu n'as pas oublié que le capitaine Tchernov vient te chercher pour t'emmener dîner ?

— Maman… pourriez-vous prier le capitaine de repousser ce dîner ? Je serais de très mauvaise compagnie, ce soir. Je suis incapable de suivre la moindre conversation.

— Valentina, poursuivit sa mère d'un ton impassible, nous avons conclu un accord. Tout est organisé.

— Je vous en prie, pas ce soir !

La perspective de voir Tchernov lui était insupportable.

— Tu nous as donné ta parole. C'est important. Tu as compris, Valentina ?

— Oui, Maman.

Sa mère sourit, mais demeura méfiante.

— Merci, dit-elle en l'embrassant avant de prendre congé.

Valentina ferma les yeux pour chasser ces paroles. Lentement, elle huma sa cape humide. Était-ce le parfum de Jens ? Il avait quelque chose de nouveau… À moins que ce ne soit l'odeur de l'hôpital.

Les jambes endolories, elle gravit les marches quatre à quatre. En entrant dans sa chambre, elle sortit sa liste et raya le cinquième point : *Obéir à Maman.*

Esquissant un sourire, elle barra également le point numéro trois : *Trouver un emploi.*

Elle fit ce qu'il fallait, mangea ce qu'il fallait, parla quand il le fallait. Rien de plus.

Le capitaine Stepan Tchernov se présenta dans une voiture d'un noir étincelant, tiré par deux paires de chevaux parfaitement assortis, dont les portières étaient ornées des armoiries familiales. Il l'emmena au Donon, un restaurant français en vogue. En apprenant qu'il avait réservé un salon privé, elle s'alarma. Ses inquiétudes se révélèrent infondées. Le capitaine se montra d'une courtoisie exemplaire. Il semblait même hésitant, comme s'il ne savait que lui dire en tête à tête. La jeune fille se garda bien de venir à sa rescousse.

Ils dégustèrent des huîtres et du caviar dans un silence pesant qu'elle ne chercha pas à briser. Elle avait les paupières si lourdes qu'elle crut s'assoupir devant son assiette d'esturgeon rôti aux olives. Au moment du café, il écrasa sa cigarette au filtre doré avec impatience.

— Je vous ennuie ? demanda-t-il.

Cette question était si superflue qu'elle rit malgré elle. Peu à peu, elle ne put contenir son fou rire. C'était sans doute dû à la fatigue. Et à l'absurdité de sa présence, à la stupidité de son père, s'il croyait lui imposer un mariage forcé uniquement parce que cet homme était riche. Le capitaine Tchernov l'observait. Elle porta une main à sa bouche pour réprimer son hilarité, en vain. Des larmes coulèrent sur ses joues.

— Valentina, je vous en prie, arrêtez...

Elle hocha la tête, toujours en pleurs.

Il alluma une autre cigarette en la regardant à travers la fumée.

— Donc je vous amuse… en plus de vous ennuyer.

Elle décela une lueur étrange dans ses prunelles bleues. Était-il intrigué ? Abasourdi ? Ou simplement furieux face à ce comportement déplacé ?

— Bon, dit-il.

D'un geste spectaculaire, il balaya ce qui se trouvait sur la nappe. La vaisselle se brisa avec fracas, projetant des éclats de cristal autour d'eux.

— Nous avons fait table rase. Repartons sur des bases nouvelles. À vous de poser dessus ce que vous voulez.

Il la dévisagea en fumant sa cigarette nauséabonde. Les rires se turent et l'ennui s'envola. Elle souleva un coin de la nappe damassée et se sécha les yeux.

— Instaurons quelques règles, proposa-t-elle.

— Lesquelles ?

— Si vous avez quelque chose à dire, adressez-vous à moi et non à mes parents.

— D'accord, répondit-il, un peu étonné.

— Je sais que vous avez parlé à mon père, mais je ne veux rien conclure. Pas avant un an.

— Un an ! C'est un peu… inconsidéré.

— J'y tiens.

C'était un moyen pour elle de gagner du temps.

— Dans ce cas, j'accepte.

— Merci.

— À mon tour, Valentina.

Elle acquiesça sans rien dire.

— Je n'aurai qu'une seule règle.

— À savoir ?

— Il n'y aura pas d'autre homme que moi. S'il y en a d'autres, je les tuerai.

Elle baissa les yeux vers les vestiges de leur repas qui gisaient à leurs pieds telles les plumes arrachées à un oiseau. Un serveur s'était présenté. Tchernov l'avait chassé d'un geste impatient.

— Vous n'hésitez pas à tout casser pour obtenir ce que vous voulez, n'est-ce pas, Stepan ?

Il s'empourpra violemment.

— Je suis un soldat.

Comme si cela expliquait son attitude.

— Stepan…

Il avait les yeux rivés sur sa bouche.

— Si je parle à d'autres hommes, si je me promène ou même si je danse avec un autre, je ne voudrais pas les retrouver morts.

— Naturellement, dit-il avec un haussement d'épaules gêné. Je ne voulais pas dire…

— Je sais ce que vous vouliez dire, coupa-t-elle avec un sourire.

— Et maintenant, si nous allions danser ? À l'Aquarium, par exemple. Vous allez aimer. Il y a des aquariums autour de la piste.

— Maintenant, je vais rentrer chez moi et dormir.

Les jours suivants, Valentina apprit à remarquer les menus détails, les signaux alarmants, une mâchoire tombante, un ongle noirci, une rougeur soudaine, un souffle court. Et même un changement d'odeur de ces maudits bassins hygiéniques. Elle apprit à les chercher.

Son premier décès intervint à la fin de sa première semaine, une femme aux cheveux clairsemés, partie aussi discrètement qu'elle avait vécu. Valentina fut submergée d'un chagrin disproportionné. Furieuse contre elle-même, elle se cacha dans la salle de soins. Elle connaissait à peine cette malheureuse, mais elle pleura toutes les larmes de son corps. Si Mme Gordanskaïa la voyait dans cet état…

Ce soir-là, lorsqu'elle descendit les marches de l'hôpital, Jens comprit.

— Valentina, ce ne sera jamais facile.

— Je sais.

Ils marchèrent d'un pas lent. Avait-il ralenti pour elle ou pour lui ? Peut-être cherchait-il à retarder le moment de la séparation. À présent, l'hiver était plus clément et une fine bruine tombait d'un ciel sombre, chargée de sel marin qui apportait une touche de fraîcheur après les couloirs sordides de l'hôpital. Néanmoins, l'odeur du désinfectant persistait dans les narines de la jeune femme.

— Comment s'est comportée la redoutable *medsestra* aujourd'hui ?

— Comme une esclavagiste ! Elle m'a fait retourner les matelas et lessiver les sols.

— Elle a raison. Il faut vous dresser, vous, les jeunes fainéantes.

Valentina lui donna un coup de coude dans les côtes.

— Si tu continues, je te fais une injection pour t'anesthésier.

— Oh, je suis impressionné ! Tu fais déjà des piqûres ?

— Non, pas encore. Je pourrais m'exercer sur toi…

Jens rit et glissa le bras de la jeune femme sous le sien.

— Tu peux t'exercer sur moi autant que tu voudras.

Ils croisèrent un homme à cheval qui leur souhaita une bonne soirée, comme s'ils étaient un couple ordinaire rentrant à la maison pour préparer le dîner avant de lire au coin du feu. Cette pensée fit battre le cœur de Valentina. Ressentait-il cette plénitude, lui aussi ?

— Katia va bien ? demanda l'ingénieur à brûle-pourpoint.

— Elle est très en colère.

— Pourquoi ?

— Parce qu'elle se sent mieux, en ce moment. Elle souffre moins.

— Ne devrait-elle pas s'en réjouir ?

— Non, car cela signifie que son précepteur peut venir chaque jour lui enseigner les mathématiques, une matière qu'elle déteste.

Il s'esclaffa. Elle aimait tant ce rire ! Il faisait autant partie de lui que ses cheveux roux et son corps dégingandé. Parfois, la nuit, elle en rêvait et se réveillait. Elle se rappelait son bras autour de sa taille. Dans ses rêves, il était assis au pied de son lit, ses cheveux luisant au clair de lune. Il lui parlait. Chaque matin, ces paroles s'envolaient dès qu'elle ouvrait les yeux.

— Comment progresse le dossier de la galerie effondrée ? questionna-t-elle alors qu'ils franchissaient un pont.

— Trop lentement.

— Ce doit être frustrant.

Il haussa les épaules d'un air indifférent, mais elle n'était pas dupe.

— C'est l'occasion d'exploiter la colère de la Douma pour récolter des fonds et remplacer un autre tronçon des anciennes canalisations en bois.

Ils étaient arrêtés à un carrefour pour laisser passer deux lourdes charrettes attelées. La pluie faisait briller la robe des chevaux.

— Jens, pourquoi tiens-tu autant à tes canalisations ?

— C'est mon travail.

Elle rit si fort que sa capuche glissa sur sa tête. Elle avait enlevé sa guimpe, mais avait gardé son uniforme.

— Certes, mais il est évident que ces galeries ont plus d'importance que cela, à tes yeux.

Elle serra son bras pour le retenir sur le trottoir alors que la voie était libre. La pluie de plus en plus intense transperçait la pénombre, inondant les toits et la chaussée.

— Qu'est-ce qui te pousse à construire des canalisations et non des ponts, comme ton fameux Isambard Kingdom Brunel ? C'est à lui que l'on doit le superbe pont suspendu de Clifton, en Angleterre, n'est-ce pas ?

— Je suis impressionné !

Elle se hissa sur la pointe des pieds et l'embrassa. Sa barbe naissante lui piqua les lèvres.

— Tu sais ce que je pense ?

— Révèle-moi ce qui se passe dans les méandres de ton esprit.

— Je crois que tu aimes mettre de l'ordre dans le chaos.

— En voilà une théorie !

— D'un tas de briques, tu fais naître une galerie. Pour une ville qui a besoin d'égouts, tu calcules les dénivellations. À une rangée de maisons insalubres aux sous-sols inondés, tu procures un système d'évacuation. N'est-ce pas remettre de l'ordre dans le chaos ?

La mine impassible, il avait les yeux rivés sur elle, puis il les leva vers les toits de la ville. De gros nuages les privaient du spectacle des étoiles.

— Saint-Pétersbourg a besoin d'un grand nettoyage et pas seulement d'un approvisionnement en eau.

— Viens avec moi, Jens. Je voudrais te montrer quelque chose.

Elle le prit par la main et ils traversèrent la rue en courant.

Viktor Arkine s'écarta lentement du mur, près de la porte de la boutique, et émergea de l'ombre au moment où les phares d'une voiture éclairèrent Valentina et son ingénieur. Ils couraient, comme s'ils sentaient qu'ils étaient observés, même si cela semblait peu probable. Il était trop prudent.

La pluie jouait en sa faveur. Les habitants de Saint-Pétersbourg se hâtaient sur les trottoirs, sous leurs parapluies qui formaient une barrière de protection. Il les suivait dans leurs déambulations et patientait dans un coin sombre chaque fois qu'ils s'arrêtaient dans une boutique. Que diable transportaient-ils dans ces paquets ?

Il en avait vu plus qu'il ne l'espérait. Leur façon de se toucher, de se regarder… Leurs corps restaient en contact en permanence, reliés par quelque fil invisible. Rien n'échappait à Viktor Arkine. Surtout, ils marchaient vite dans des rues mal éclairées, ce qui facilitait la filature.

21

Valentina mit un certain temps à retrouver le chemin, mais au détour d'une rue, elle reconnut les lieux. Le vent s'était levé et la pluie leur fouettait le visage.

— C'est cette maison.

Jens ne semblait guère enclin à frapper à cette porte. En fait, il l'avait suivie à contrecœur dans les ruelles sordides.

— Ce n'est pas un endroit pour toi, Valentina. Ton uniforme d'infirmière n'est pas un déguisement, tu sais. Il ne dissimule en rien ce que tu es. Tu n'es pas en sécurité, par ici.

Le rire insouciant de la jeune fille le perturba.

— Bien sûr que je suis en sécurité puisque tu es avec moi ! Regarde, c'est ici.

La porte s'ouvrit en grinçant. Jens franchit le seuil le premier. Ils furent assaillis par une odeur si nauséabonde que Valentina porta son mouchoir à son nez. Il n'y avait plus d'enfants. Elle alla cogner à la porte de gauche, mais n'obtint pas de réponse. Jens glissa ses paquets sous un bras et actionna la poignée. La pièce était glaciale, éclairée par une simple bougie à la lueur vacillante. Valentina se méfiait, car la femme à la cicatrice ne l'avait pas bien accueillie la dernière fois.

— Varenka ?

Lorsque ses yeux se furent accoutumés à la pénombre, elle dressa l'oreille. Pas de cris d'enfants ou de vagissements de bébé. Seul un souffle saccadé rompait le silence. La puanteur était encore plus insupportable que dans le couloir.

— Varenka ? répéta Valentina.

Elle perçut un mouvement sur le lit. Une main repoussa la couverture, révélant un visage plus gris que la cendre et deux yeux plissés. Varenka ne portait pas de foulard, de sorte que la longue cicatrice sur son crâne était visible dans la pénombre. Elle se redressa péniblement.

— Sortez, persifla-t-elle. Laissez-moi tranquille !

Valentina posa son fagot de bois sur le lit, ainsi que l'épaisse couverture en laine qu'elle avait apportée. Jens la prit par le bras et l'éloigna vivement.

— Attention !

— Quoi ?

— Ne la touche pas.

— Qu'est-ce qui te prend ?

La femme émit un rire rauque et douloureux.

— Il la sent, marmonna-t-elle. Il l'a déjà sentie.

— Senti quoi ? demanda Valentina.

— La mort, intervint Jens. Je vais allumer du feu et nous partirons.

Valentina se libéra vivement de son emprise.

— Non ! Puisque je suis là, je veux lui préparer des œufs et…

— Allez-vous-en, geignit la femme en se recouchant.

Elle n'avait pas d'oreiller, uniquement un matelas nu et souillé et une couverture rapiécée qui empestait le vomi et pire encore.

— Je suis infirmière, à présent, affirma Valentina. Je peux l'aider.

Elle n'avait jamais allumé de feu de cheminée ni fait cuire un œuf, mais elle était déterminée. Elle se mit en quête d'ustensiles pendant que Jens s'affairait à répartir le petit bois et les sacs en papier qui avaient contenu les victuailles dans le poêle, puis il les enflamma à l'aide de son briquet. À la lueur des flammes, Valentina frémit d'effroi. Dans un coin, un seau d'aisance débordait d'excréments et le sol était maculé de vomi séché. Valentina refréna une nausée.

— Jens, murmura-t-elle, je pensais lui remettre les vivres et la remercier d'avoir aidé Katia, avant de repartir. Nous aurions été quittes. À présent…

Elle balaya la pièce du regard.

Jens scruta la femme alitée et sa mine se durcit.

— Elle est malade, Valentina. Cela se sent. En t'attardant ici, tu prends un risque. Bon sang, on ne sait pas de quoi elle souffre et tu pourrais attraper…

Elle le fit taire en posant un index sur ses lèvres.

— Rien que quelques minutes. Nous ferons très vite.

— Je te connais. Tu ne quitteras pas plus cette inconnue que tu ne quitteras Katia.

Sans se soucier que la malade les observe, il enlaça Valentina et l'embrassa sur le front. Elle cessa aussitôt de claquer des dents.

— Nous ferons vite, promit-elle.

— Tu es infirmière.

Son sourire avait le don de la troubler jusqu'au plus profond d'elle-même.

Ils se hâtèrent, un foulard sur le nez et la bouche, les mains protégées par des gants, respirant le moins possible dans l'air vicié. Ils attendraient d'être dans la rue pour inspirer enfin à pleins poumons l'air nocturne, qui embaumait en comparaison, malgré les fumées âcres des usines.

Le moment le plus dur fut quand Valentina s'approcha du lit et demanda :

— Où est le bébé ?

Varenka sembla prise de convulsions. Ses membres se crispèrent.

— Morte, répondit-elle simplement.

— C'est terrible...

— Les autres dorment.

Valentina plissa les yeux dans la pénombre et décela trois silhouettes si frêles qu'elles ne semblaient guère plus que des replis de la couverture, de l'autre côté du matelas.

— Ne vous approchez pas ! Vous allez les réveiller.

Valentina jeta un coup d'œil aux petits visages bleutés et se détourna.

— Je vais chercher de l'eau, annonça-t-elle. Il doit bien y avoir une pompe, dans cette rue.

Elle saisit un pot en terre cuite sur une étagère. À peine sortie de la pièce, elle fut prise d'une violente nausée. Ensuite, elle s'essuya la bouche sur sa manche et demeura immobile, sous la pluie battante, le visage vers le ciel. Ces enfants qui avaient accepté ses pièces avec tant d'enthousiasme gisaient désormais près de leur mère, inertes et rigides. Tous morts. Le temps de trouver une pompe et de regagner la maison, elle vit un chien errant en train de manger son vomi.

La porte s'ouvrit violemment alors que Valentina faisait bouillir de l'eau croupie sur le poêle.

— Qui êtes-vous ?

Un homme vêtu d'un manteau militaire dont les insignes avaient été arrachés entra en trombe. Même s'il n'avait pas chancelé, elle aurait remarqué qu'il était saoul. Il jeta sa calotte en toile à terre, révélant un crâne rasé et une peau grêlée de taches brunes qui évoquaient une coquille d'œuf.

— Qu'est-ce que vous fichez chez moi ? Écartez-vous de ma femme !

Jens intervint immédiatement. Il prit le seau des mains de Valentina et lui mit sa cape sur les épaules.

— Nous partions, dit-il en posant une poignée de roubles sur la table. Trouvez un médecin pour votre femme et enterrez décemment vos enfants.

— Vous...

L'homme s'efforçait de se concentrer sur Valentina, mais il ne cessait de cligner les yeux.

— Qu'est-ce qu'un joli brin de femme comme toi fait dans...

— Elle s'en va, coupa Jens d'un ton aussi glacial que l'atmosphère ambiante.

— Nous nous occupons de votre femme, expliqua Valentina. À votre place...

— Ferme ta gueule ! hurla l'homme en se précipitant vers elle.

Elle l'esquiva aisément. Sans lui laisser le temps de retrouver l'équilibre, Jens le plaqua contre le mur, un avant-bras sur sa gorge.

— Tu joues avec le feu, grommela Jens.

— Ivan, gémit la femme alitée. Je vous en prie, ne faites pas de mal à mon mari.

Jens le relâcha.

— Vous ne présentez aucun intérêt à mes yeux, poursuivit-il amèrement, votre femme a aidé mon amie ici présente, un jour, et elle est venue la remercier, rien de plus.

— Bande de parasites assoiffés de sang !

Jens haussa les épaules et s'éloigna en prenant soin de s'interposer entre Valentina et l'homme. Il alluma une cigarette et en lança une à Ivan, qui la glissa entre ses lèvres.

— Vous travaillez ? s'enquit Jens.

— Ouais, je me tue au boulot chaque jour…

— Où ?

— À la fonderie Raspov.

— Un dur labeur, admit Jens.

— Je suis dur, moi aussi.

— Ivan, reprit la femme, ces gens m'ont aidée. Regarde le feu dans le poêle.

Pour la première fois, les yeux injectés de sang d'Ivan balayèrent la pièce. Il remarqua le sac de provisions, sur la table, et la chandelle neuve, sur l'étagère. Plus calme, il alla allumer sa cigarette et aspira la fumée avec un soupir d'aise, puis il tendit ses mains calleuses vers la chaleur du poêle.

— Vous rentrez d'une réunion, n'est-ce pas ? demanda Jens en désignant le tract qui dépassait de la poche du manteau d'Ivan.

— Et alors ? En quoi ça vous regarde ?

— Qu'est-ce qu'ils racontent, en ce moment ?

— Qu'on va se débarrasser de vous autres. La justice pour le prolétariat est si proche qu'on en sent déjà le parfum. Nous sommes unis et organisés.

— Encore des grèves ?

— *Da.*

— J'ai entendu dire que les bolcheviques et les mencheviques étaient à couteaux tirés.

— Vous êtes mal renseigné.

Jens était captivé. Il avait menti en prétendant ne pas s'intéresser à ces gens. Valentina le lisait dans son regard.

— Jens ?

Il hocha la tête mais garda les yeux rivés sur Ivan, ce membre des comités, ce gréviste dont la femme était malade, dont la maison venait d'être nettoyée par Valentina, dont le seau d'aisance avait été vidé et dont les enfants morts étaient abandonnés sur le lit pendant qu'il buvait jusqu'à l'ivresse.

— Il est temps de partir, décréta Valentina.

Toujours pas de réaction.

— Ce n'est pas une nécessité, Ivan, lança l'ingénieur. Il y a au sein du gouvernement des gens qui œuvrent pour le changement, des hommes tels que Gariatan et Kornov. La commission pour le développement industriel consulte les directeurs d'usine en vue d'imposer de meilleures conditions pour les travailleurs.

— Ce ne sont que des mensonges !

— Pas du tout !

— Ils vous mentent. Les directeurs d'usine versent des pots-de-vin à vos commissions de corrompus. Rien ne change, affirma Ivan, au désespoir. Rien ! Vous êtes des imbéciles si vous espérez régler les problèmes par la discussion.

— La solution, camarade, ce sont les bains de sang sur la perspective Nevski ?

— C'est ainsi.

Valentina alla ouvrir la porte.

— Et vous, qui êtes-vous ? cracha Ivan. Une délicate petite fille de riche. Je parie que votre père est quelqu'un d'important. Pourri, bon à rien, mais important.

— Comment osez-vous ?

Elle eut envie de le gifler pour effacer le rictus sur son visage.

— Mon père est le ministre Ivanov, reprit-elle. Un homme droit et honnête.

Sans crier gare, Jens la prit par l'épaule et l'entraîna dans la rue. L'air glacial lui fouetta les joues.

— Valentina, maugréa-t-il en l'emmenant loin du taudis, tu n'aurais pas dû dire ça.

— C'est pourtant la vérité. Mon père est intègre.

— Tu n'aurais pas dû lui indiquer ton nom.

Arkine les regarda s'éloigner. L'ingénieur tenait la jeune fille par la taille et elle avait posé la tête sur son épaule. Dès qu'ils eurent disparu, le chauffeur traversa la rue vers la bâtisse que le couple avait quittée. Depuis un porche, il avait assisté à leurs allées et venues avec des seaux puants et de l'eau. Il avait vu la jeune fille vomir tripes et boyaux sous la pluie, avec une plainte de mourante.

D'un coup d'épaule, il défonça la porte et resta un instant immobile dans le noir, l'oreille dressée, le temps que ses yeux s'accoutument à la pénombre. Que diable était-elle venue faire dans ce taudis ? Que dirait sa mère quand elle rentrerait à la maison infestée de poux et de puces ?

La porte de gauche s'ouvrit d'elle-même et Arkine entra.

— Dehors !

Un colosse au crâne rasé avachi à une table le foudroya de ses yeux injectés de sang. Une femme alitée posa sur lui un regard sans vie qui le fit frémir d'effroi.

— Je viens discuter, camarade. Rien de plus, expliqua Arkine.

Le mot « camarade » mit Ivan en confiance.

— De quoi ? grogna-t-il d'un air soupçonneux.

— De tes visiteurs.

— Ah, ceux-là !

De ses doigts sales, il porta un morceau de pain noir à ses lèvres.

— Qu'est-ce que tu veux savoir ?

— Qu'est-ce qu'ils faisaient chez toi ?

— Ils ont apporté du pain et des couvertures à ma femme. Ce dont on a vraiment besoin, c'est un salaire décent pour acheter nous-mêmes à manger.

Il posa la tête sur ses bras croisés.

Arkine fit quelques pas vers le lit nauséabond.

— Ils ont dit quelque chose ? demanda-t-il à la femme malade.

— *Niet.*

— Ils ont juste apporté ces cadeaux ?
— *Da.*
— Pourquoi ?
— C'est mon amie, murmura Varenka.
Viktor faillit s'esclaffer. Cette femme et Valentina, amies ? Cependant, la compassion de Valentina semblait sincère.
— Qui êtes-vous ? interrogea-t-elle.
— Je travaille pour son père.
— Le ministre ?
La jeune fille avait donc dit vrai.
— Elle était déjà venue, marmonna la malade. Avec sa sœur.
Arkine comprenait enfin. Ce devait être le lieu où Popkov les avait débusquées le jour de la manifestation sur Morskaïa. Valentina n'avait pas oublié. Il n'aurait pas imaginé qu'une personne de son rang social se soucie de telles choses.
— Où travaille ton mari ?
— Chez Raspov.
La fonderie se dressait à la lisière de la ville. Il retourna vers la table, alluma une cigarette pour lui-même, une autre pour l'homme avachi, qu'il secoua.
— Tiens.
Ivan prit la cigarette de mauvaise grâce et se redressa, le regard vague.
— Tu es toujours là, toi ?
— Tu travailles à la fonderie Raspov.
— Et alors ?
Soudain, la femme eut des haut-le-cœur. Arkine se leva d'un bond afin de poser une cuvette devant elle. En tendant la main pour prendre la

couverture, il eut un mouvement de recul face aux trois petits visages gris comme la pierre.

— Laisse-les, chuchota la femme.

Un élan de commisération accabla Arkine.

— Je connais un prêtre, dit-il. Je peux vous l'amener ?

Elle hocha la tête. Viktor prit congé, non sans avoir posé une main compatissante sur l'épaule d'Ivan.

— Repose-toi, camarade. Je reviendrai te parler des apprentis de chez Raspov.

— Pourquoi ?

— J'ai du boulot pour eux.

22

Valentina ne rentra pas directement chez elle. Elle en était incapable. Jens la fit monter dans un *drojki* et la conduisit chez lui, conscient de l'inconvenance de la situation. Une jeune fille sans chaperon, après la nuit tombée... Aucun des deux n'était de force à affronter les regards dans un lieu public tant Valentina était échevelée et souillée.

— Laisse-moi te sécher les cheveux...

Elle était assise dans un profond fauteuil qui semblait engloutir sa frêle silhouette. Lorsqu'il s'approcha avec une serviette, elle leva enfin vers lui ses yeux sombres. Il respecta son silence tout en lui ôtant ses épingles pour caresser ses longues mèches humides qui soulignaient la forme parfaite de son crâne. Il descendit jusqu'aux pointes qui s'enroulèrent autour de ses doigts.

Ce moment était plus intime qu'un baiser. De temps à autre, les mèches s'écartaient pour révéler son cou pâle et gracile. Il prit la jeune fille par le menton. Elle ne dit pas un mot et se laissa faire sans protester.

Quand elle eut les cheveux secs, il se pencha pour déposer un baiser sur la peau laiteuse de son cou.

— Comment peuvent-ils vivre ainsi ?

Elle parlait enfin. Pour la distraire, l'extirper de son mutisme et sa tristesse, il lui avait servi des *pirojki* et du chocolat chaud. Assis sur le divan, en face d'elle, les jambes tendues, il buvait un verre de vin rouge.

— Savais-tu que la moitié du vin produit en France est exporté vers la Russie ? N'est-ce pas incroyable ? Nous buvons plus de vin que toute autre nation.

Il disait souvent « nous » en parlant des Russes, comme s'il était originaire de Perm ou de Tver.

— J'en serais incapable, admit-elle, les yeux rivés sur les flammes, dans la cheminée.

— Chacun fait de son mieux, répondit-il doucement.

— Je préférerais mourir.

— J'en doute. De toute façon, je viendrais chaque jour t'allumer du feu, te sécher les cheveux en cas de pluie et les démêler par grand vent. En été, au lieu d'aller au bal au palais Anitchkov, de dîner chez Donon ou d'assister à un spectacle de danse dans une robe ornée de diamants, tu m'accompagnerais vers un coin tranquille, au bord de la Neva, où nous mangerions des œufs durs, les pieds dans l'eau.

Elle tourna la tête et croisa son regard.

— Et la musique ? demanda-t-elle d'un ton solennel. Dans votre monde nouveau, y aurait-il de la musique ou bien plus de piano, ni d'opéra ou de ballet ?

— Bien sûr qu'il y aurait de la musique, assura-t-il avec un sourire. Tu chanterais pour moi tandis que l'eau caresserait nos chevilles et je t'accompagnerais au violon.

— Tu joues du violon ? s'étonna-t-elle.

— Jouer, c'est un grand mot. Disons que je parviens à gratter quelques notes qui évoquent les cris d'un chat. Mais je ferais des progrès, c'est promis.

Elle rit. Il avait envie de l'entendre rire.

— Tu m'as mise en garde contre les eaux polluées de la Neva, déclara-t-elle.

— C'est l'avantage d'être avec un ingénieur spécialisé capable de t'indiquer les bons endroits. Je connais les recoins secrets protégés des courants souillés.

— Elle est sale à ce point ?

Jens ne souhaitait pas poursuivre cette conversation.

— Elle pourrait être plus propre, répondit-il en haussant les épaules.

— Dis-m'en davantage.

— Je préférerais te jouer du violon.

Elle écarquilla les yeux à tel point qu'il en fut gêné. Personne ne l'écoutait jamais jouer.

— Joue, ordonna-t-elle.

Il se leva, s'inclina avec emphase, comme s'il saluait l'une des grandes-duchesses Romanov et déclara :

— Je suis votre dévoué, mademoiselle.

Jens était sincère, même s'il n'était pas certain qu'elle en soit consciente.

— Arrête ! protesta Jens.

— Je ne peux pas m'en empêcher !

— C'est méchant.

— Je sais, avoua Valentina, incapable de maîtriser son hilarité. Méchant pour mes oreilles !

— Ce n'est pas ce que je voulais dire.

Jens fronça les sourcils, tapota de son archet le manche de son instrument en feignant l'impatience. Au milieu de la pièce, son violon sous son menton, il lui avait interprété un extrait du *Toréador* de Bizet, un air entraînant qui l'avait fait sourire. Pour lui, c'était l'essentiel. Elle riait avec abandon, telle une enfant, ses yeux inondés de larmes.

Il ne devait pas oublier qu'elle était jeune et vulnérable.

Vexé, il posa brièvement le violon sur la table et alla s'asseoir sur le divan, les bras croisés. Elle ne fut pas dupe une seconde. Elle se leva d'un bond et, avec la grâce d'un félin, s'installa à côté de lui.

— Il faut muscler ces doigts ! déclara-t-elle, prenant sa main gauche et la portant à ses lèvres. Apprends à tes doigts à savoir ce qu'ils font.

Et elle, savait-elle ce qu'elle faisait ?

— Je te trouverai un professeur, décida-t-elle.

— Tu ne peux pas t'en charger ?

— Oh, non ! Nous finirions par nous disputer.

— Cela pourrait être amusant, insista-t-il en lui pinçant le bout du nez.

— Je ne gronde jamais Anna Fédorine, lors de nos leçons de piano. Il faut dire qu'elle est très sage.

Leurs regards se croisèrent. En entendant un soupir franchir les lèvres de la jeune fille, il sut que ce moment avait duré un peu trop longtemps. Il se détourna.

— Valentina, il est temps que je te ramène chez toi.

Elle baissa légèrement les paupières. S'il ne se levait pas immédiatement, il ne partirait jamais. L'expression de la jeune fille le pétrifia. Sans la moindre ambiguïté, elle affichait son désir pour lui, un désir vif et désespéré.

— Jens, murmura-t-elle en le regardant droit dans les yeux. J'ai peur de te perdre.

— Tu ne me perdras pas, mon amour. Toi et moi, nous sommes faits l'un pour l'autre.

Il la prit dans ses bras. Elle se blottit contre lui, la tête sur son torse comme pour écouter les battements de son cœur. Ils restèrent ainsi, dans un silence que seul rompait leur souffle léger, à contempler les flammes qui projetaient des ombres sur les murs. Il déposa un baiser sur le sommet de sa tête.

— Jens, fit-elle d'une voix rauque, parle-moi de toi, dis-moi qui tu es.

Personne ne lui avait jamais posé cette question. Il réfléchit un instant, puis lui narra son enfance passée sur les bateaux et les plages du Danemark, ses constructions à partir de galets, de pierres, de bois flotté, un projet de pont qui lui avait valu une récompense, un naufrage durant lequel il avait failli se noyer avec son chien. Il lui avoua sa passion pour les moteurs, les machines, la mécanique. Il lui parla des frères Wright, aux États-Unis, et de Louis Blériot, en France.

— L'aéroplane, c'est l'avenir, tu verras.

Il la sentit sceptique. Elle ne le croyait pas.

— Et tes parents ?

Il s'en tint à l'essentiel : l'imprimerie de son père, à Copenhague, leurs querelles quand Jens avait souhaité suivre des études d'ingénieur au lieu de reprendre l'affaire familiale, la déception qu'il avait lue dans le regard de sa mère. S'il leur écrivait toujours une fois par mois, il n'avait pas remis les pieds au Danemark depuis cinq ans.

— Je suis russe, désormais.

— Aussi russe qu'une girafe, oui !

Il évoqua ses espoirs pour la Russie, son souhait d'une stabilité obtenue par le dialogue et le compromis et non par la violence. Il ne parla toutefois pas de la guerre qu'il jugeait inévitable. Il garda ses craintes pour lui. Peu à peu, la tête de la jeune fille se fit plus lourde sur son torse.

— Parle-moi du fils de la comtesse.

— Alexeï a six ans. Il te plairait, Valentina. Il est si intrépide !

Il lui caressa distraitement l'épaule.

— Comme toi, souffla-t-il. Mon amour, tu dois comprendre que je ne peux abandonner Alexeï. Son père, le comte Serov, ne s'intéresse qu'à lui-même et à la maîtresse qu'il entretient dans un appartement luxueux du quai des Anglais. La comtesse est furieuse. Elle en veut à l'enfant car…

Sa voix s'éteignit. Les émotions de Natalia Serova étaient trop complexes. Il posa les lèvres sur la joue de Valentina, humant l'odeur d'hôpital qui persistait sur ses vêtements, puis il enroula ses bras autour d'elle et la berça.

— Sois généreuse, Valentina, murmura-t-il. Laisse-moi Alexeï. Je me suis attaché à lui et il n'est pas responsable des erreurs que j'ai commises avec sa mère. Elle et moi, c'est terminé, tu n'as pas à en douter une seconde.

À sa grande surprise, elle n'insista pas et l'embrassa avec passion pour effacer le souvenir d'autres lèvres, prendre possession de lui. Elle défit les boutons de la chemise de Jens, un peu maladroitement, d'abord, puis ses doigts hésitants effleurèrent sa peau. Il glissa une main dans son dos, palpant ses formes délicates sous son uniforme. Alors, elle s'enhardit à caresser son torse, les lèvres sur son cœur.

Il l'embrassa dans le cou, goûta la saveur de sa peau, savoura le contact de ses cheveux soyeux sur ses flancs, son parfum musqué, celui de la femme ardente qu'il dissimulait. Il sentit son propre désir bouillonner dans ses veines, si intense qu'il dut se forcer à se lever.

— Non, Valentina, dit-il d'une voix rauque. Non, mon tendre amour, tu es trop jeune. Il faut rentrer à la maison.

Ses yeux noirs étaient rivés sur lui, exprimant un désir presque violent.

— À quel âge as-tu fait l'amour pour la première fois ? voulut-elle savoir, à la fois douce et taquine.

— Ce n'est pas le problème.

— Je crois que si, au contraire. Tu as pris ta décision, à l'époque. À présent, j'en fais autant.

Elle se leva lentement et, sans hésitation, entreprit de dégrafer les nombreux boutons de son chemisier, sans le regarder, concentrée sur sa tâche.

Il demeura immobile, dos à la cheminée, à l'observer. Il vit un bras émerger d'une manche et découvrit, à la lueur des flammes, la pâleur laiteuse d'une épaule.

Valentina dénoua les cordons de son corset, ôta ses bas de laine et les fit rouler sur ses cuisses nacrées. Jens en eut le souffle coupé. Pendant un long moment, il se trouva incapable de faire autre chose que l'admirer.

Lorsqu'elle pencha la tête, sa crinière soyeuse masqua son expression tandis qu'elle se débarrassait de ses dessous. Elle se retrouva nue devant lui. Un désir ardent s'empara de lui.

— Tu es belle, murmura-t-il.

Elle leva les yeux vers lui et lui sourit, les joues empourprées, les yeux plus sombres que jamais, les lèvres entrouvertes, brûlantes.

— Je t'aime.

Sa franchise, sa simplicité le submergea davantage encore que la beauté de son corps nu. Elle avait confiance en lui. Il alla chercher la cape et s'approcha de la jeune fille au point de déceler la sueur qui perlait entre ses seins dressés.

— Valentina, si tu ne te drapes pas immédiatement dans cette cape, dit-il d'un ton grave en posant le vêtement sur ses épaules, je te prends devant la cheminée.

Il refusa de croiser son regard.

— À présent, rhabille-toi pendant que je nous sers à boire.

Il gagna la cuisine pour s'asperger le visage d'eau froide. Puis il remplit un verre de vodka et le but d'une traite.

— Valentina, murmura-t-il, comment peut-on aimer à ce point une femme ? Qu'est-ce que tu m'as fait ?

Il lui accorda le temps de se rhabiller. Au bout de cinq minutes, quand les battements de son cœur se furent apaisés, il remplit à nouveau son verre de vodka et prépara une citronnade. Un verre dans chaque main, il regagna le salon. Dans la pénombre, Valentina était étendue sur la peau de bête, devant la cheminée. Les flammes dessinaient des ombres sur sa peau nue, auréolée d'une lueur dorée. Elle l'accueillit d'un sourire.

— Tous les Vikings sont-ils aussi lents à ravir leurs femmes ?

Jamais Valentina n'aurait imaginé des sensations aussi enivrantes. Ce fut comme si chaque parcelle de son corps prenait enfin vie. Il suffisait que les lèvres de Jens l'effleurent pour qu'elle exulte. Le creux de sa gorge, le pli de son bras, la peau délicate de ses côtes... De sa langue humide et chaude, il suivit les contours de ses mamelons dressés. Son corps était en feu.

Elle lui ôta sa chemise et caressa son torse, puis son dos, ses mains explorèrent ses muscles saillants, les courbes de son corps, ses moindres replis, la chaleur qui émanait de lui. Son sang bouillonnait dans ses veines.

Avec sa langue, elle entreprit de tracer un sillon brûlant de la ceinture de Jens jusqu'à son cou. Il émit un son rauque, puis se débarrassa vivement de ses vêtements et, dans un grondement bestial, la porta vers son lit.

Valentina n'avait aucune envie de partir, mais Jens l'obligea à quitter les draps, le parfum de sa peau, son oreiller. Son corps vibrait encore de plaisir lorsqu'elle monta en voiture. En arrivant chez elle, elle eut la certitude que le valet décela un changement en elle, qu'il perçut son odeur.

— Valentina !

Elle se figea, un pied sur la première marche de l'escalier, consciente de son apparence échevelée. Elle qui espérait regagner sa chambre en toute discrétion…

— Oui, Papa ?

Le visage rubicond, Nicolaï Ivanov se tenait sur le seuil du salon, en costume de soirée. En brandissant sa coupe de champagne, il renversa quelques gouttes dorées sur son gilet blanc.

— Tu rentres tard.

— Oui, Papa.

— Où étais-tu ?

— À l'hôpital Sainte-Isabelle.

— À cette heure tardive ?

— Il y a eu une urgence, un accident dans une usine.

Elle mentait mal. Ivanov détailla son uniforme avec dégoût.

— Apparemment, tu as fait le ménage, aussi.

— Non, Papa.

Elle ne voulait pas le fâcher davantage. Son sourire béat ne lui était pas destiné, mais il ne devait pas le savoir. Il s'approcha d'elle d'un pas mal assuré.

— J'ai quelque chose pour toi, déclara-t-il en sortant une lettre de sa poche. De la part du capitaine Tchernov.

Elle eut envie de gravir les marches quatre à quatre pour se jeter sur son lit. Il n'y avait pas de place pour Tchernov dans son esprit. Elle garda les bras ballants.

— Prends-la, ma fille.

— Je n'en veux pas.

— Prends cette fichue lettre !

Laissant l'enveloppe pâle flotter entre eux, Valentina ne broncha pas.

— Je la lirai demain. Ce soir, je suis trop fatiguée.

— Je veux que tu la lises sur-le-champ. Devant moi.

Elle n'osait pas regarder son père de peur de se trahir. Elle tendit la main.

— Lis-la, je te prie.

Lentement, elle déplia la feuille de papier. Les mots tracés à l'encre noire étaient flous. Elle refusait de les voir.

— Alors ?

Elle secoua la tête.

Son père s'en empara et la lut à voix haute :

— « Ma très chère Valentina… »

— Je ne suis pas sa « très chère », grommela-t-elle d'un ton vague.

Son père ne lui prêta aucune attention.

— « Ma très chère Valentina, j'ai pris la liberté de vous rendre visite, aujourd'hui, mais vous étiez absente. J'espère que vous allez bien et que la présence militaire qui patrouille en ville ne vous contrarie en rien. Les soldats démantèlent les barricades et dispersent les rassemblements qui sèment le désordre. Ne vous inquiétez pas, chère Valentina. Je veille sur votre sécurité en ces temps troublés et troublants. J'en fais une affaire personnelle.

Mercredi soir, un grand bal impérial est organisé au palais d'Hiver et je serais très honoré si vous m'y accompagniez.

J'ai apprécié votre charmante compagnie, chez Donon.

Avec mes hommages,

Stepan Tchernov. »

Satisfait, le ministre Ivanov se rengorgea. À l'évidence, il était content de sa fille.

— Bien joué, Valentina.

— Tous les pères veulent voir leurs filles épouser un beau parti.

— Et comment ! s'exclama-t-il en levant sa coupe de champagne.

— Je comprends donc que vous ne pensez qu'à mon intérêt.

— Tu es une bonne fille.

Il la prit par les épaules. Aussitôt, elle entrevit sa liste. Comme il serait facile d'obtenir enfin le pardon de son père en cet instant…

— Cependant, Papa, je vous en prie, ne me forcez pas à…

Il se mit à rire et lui effleura la joue.

— Chut, mon petit, ne dis rien, coupa-t-il en l'embrassant.

— Papa, insista-t-elle en reculant. Veuillez informer le capitaine Tchernov que je suis désolée…

— Nicolaï ! Où as-tu disparu ?

La voix de femme légèrement traînante provenait du salon, suivie d'un rire et du tintement d'une bouteille contre un verre. Ce n'était pas sa mère, mais le ministre ne montra aucune gêne. Ses yeux sombres se mirent à pétiller d'amusement face à sa fille aînée. Il lui tapota la main avec une tendresse toute paternelle.

— Ne prends pas cet air choqué, Valentina. C'est ainsi que fonctionne le mariage. Quand Stepan Tchernov et toi serez mariés, tu t'y feras, comme ta mère. Non, ne…

Elle était partie. Gravissant les marches quatre à quatre, elle voulait s'éloigner au plus vite de son père, de cette lettre et de cette femme.

Ses vêtements sales gisaient à terre, là où elle les avait laissés des milliers de fois afin que sa femme de chambre les ramasse. Elle fronça les sourcils, puis ramassa ses affaires et les plia sur une chaise afin qu'Olga les trouve en entrant. Ces petits détails faisaient la différence. Elle s'en rendait compte, à présent.

Une fois recroquevillée dans son lit, elle accorda à son esprit le luxe de vagabonder. En pensée, elle se retrouva sur un autre oreiller, dans un autre lit, une autre vie. Son corps se languissait de Jens. Sa souffrance était telle qu'elle ne put réprimer une longue plainte. Son désir se propagea dans ses veines et fit palpiter ses cuisses encore frémissantes. Elle le sentait encore en elle.

Jamais elle n'aurait imaginé que ce serait ainsi. Le souvenir de ses lèvres si tendres sur ses seins, de ses mains qui la caressaient jusqu'à prendre possession de son corps, cette envie de lui donner du plaisir, de le savourer, de le posséder. Elle avait l'impression de n'être que la moitié d'elle-même.

— Jens, murmura-t-elle dans le noir. Je ne renoncerai pas à toi.

Pas même pour Katia.

23

La neige formait un rideau blanc qui explosait parfois en tourbillons violents avant de battre en retraite telle une armée préparant la prochaine offensive. La ville surgie des marais grâce à Pierre le Grand, tant d'années plus tôt, scintillait, aussi élégante et gracieuse que les cygnes du tsar.

Cette splendeur échappait totalement à Viktor Arkine. Seuls les uniformes des policiers retenaient son attention. Ils étaient postés par deux ou trois au coin des rues, à l'affût. Il ne s'attendait pas à ce qu'ils se déploient si vite. Les apprentis de chez Raspov étaient en marche, défilant dans les rues comme une meute de chiens fous. Ils scandaient les slogans qu'il leur avait appris et agitaient leurs banderoles fabriquées à la main.

— Justice pour tous !

— Unis dans le combat et la victoire !

— Des salaires décents !

— Victoire aux travailleurs !

À l'unisson, ils clamèrent les mots chers à leur cœur :

— On veut du pain !

Ils n'avaient que la peau et les os sous leurs manteaux trop fins pour l'hiver russe. Si jeunes et résignés face à leur destin… Arkine en avait le cœur gros. Il avait dû mobiliser toute sa force de persuasion pour convaincre les ouvriers qu'ils pouvaient changer les conditions inhumaines dans lesquelles ils travaillaient à la fonderie s'ils œuvraient ensemble. Karl l'avait aidé à allumer le feu dans leurs ventres affamés. À dix-sept ans, il avait déjà compris.

— Camarades, le changement est possible ! avait déclaré Arkine.

Debout sur une caisse, dans la cour glaciale de la fonderie, il avait senti leur enthousiasme sous la neige qui fouettait leur visage.

— Vous avez le pouvoir de tout changer ! C'est vous, les travailleurs, qui détenez le véritable pouvoir, si seulement vous aviez le courage de l'exercer.

— Frères ! avait hurlé Karl, il faut écouter notre camarade ! Nos patrons nous traitent comme des rats. Hier, Pachine a perdu la moitié d'une main. La semaine dernière, Grigoriev s'est arraché la peau du cou. Qui sera le suivant ?

— Nos cadences sont inhumaines ! avait renchéri Arkine.

— Aucune sécurité au travail ! avait lancé Karl.

— Pas le droit de se plaindre !

— Pas d'eau, alors qu'il fait une chaleur infernale !

— Et nos patrons s'en soucient-ils ? avait scandé Arkine en brandissant le poing.

— Non ! avaient répondu les jeunes gens en chœur.

— Alors apprenons-leur à s'en soucier ! avait rugi Karl.

Ils s'étaient mis en marche. Aux grilles de la fonderie, Ivan Sidorov l'avait observé avec respect, très différent de l'ivrogne écroulé sur une table. Il pourrait être utile à Arkine. C'était lui qui avait réuni les apprentis dans la cour.

La nouvelle se répandit comme une traînée de poudre. En passant devant l'usine de chaussures de Strechka Ulitsa, ils virent surgir un groupe de jeunes garçons portant encore leur tablier de cuir. Ceux-ci intégrèrent la délégation de Raspov en hurlant. Des apprentis de l'usine d'outillage Tarasov vinrent en renfort, de sorte qu'ils se retrouvèrent bien plus de trois cents à défiler. Sergueïev fermait la marche, le bras en écharpe.

— Bon travail, lança-t-il à Arkine, qui le salua d'un hochement de tête.

— Comment va ta femme ?

— Elle s'inquiète de la tournure des événements d'aujourd'hui.

— Dis-lui que la mobilisation fait boule de neige et que rien ne peut nous arrêter.

Sergueïev crispa le poing en signe de solidarité, mais il avait le teint blafard.

— Rentre chez toi. Tu as mal au bras, c'est évident. Ces apprentis n'ont plus besoin de nous maintenant qu'ils sentent la victoire.

— Ah ! Ils ne voient pas les batailles qui les attendent.

— Ce n'est que le début, Sergueïev. Qu'ils profitent de leur jour de gloire. Rentre vite et occupe-toi de ta femme.

— Bonne chance, camarade.

Puis il disparut. Aussitôt, la silhouette dégingandée de Karl prit sa place, un large sourire sur son visage juvénile.

Ils envahirent le dépôt des chemins de fer, un espace sans âme, balayé par les vents, où les wagons étaient laissés à l'abandon. Les bottes foulèrent le sol gelé. Arkine sentit son sang pulser dans ses veines. C'était le son de la Russie en marche. Même le tsar n'oserait pas massacrer ces gamins innocents. L'espoir s'empara de lui. Il songea à l'avenir son pays.

— Arkine, tu as réussi à embraser leurs jeunes esprits. Tu es un homme bien.

C'était le père Morozov. La neige s'était figée sur son haut chapeau en forme de losange qui contrastait avec son manteau miteux.

— Voici mon camarade Karl, de la fonderie Raspov. Il a déjà démontré qu'il était des nôtres, un atout précieux pour la cause.

Le prêtre lui tendit la main en guise de bienvenue. L'adolescent s'inclina pour baiser la main gantée.

— Mon père, murmura-t-il avec respect.

Ce simple geste agaça Arkine, qui n'en montra rien. C'était exactement le genre de soumission machinale que les bolcheviques s'efforçaient d'éradiquer. Dans l'avenir de la Russie, il n'y avait pas de place pour la religion, car l'égalité régnerait en maître. Pas d'obéissance ni de genoux à terre. Pas même de Dieu.

— Ils vont venir ? s'enquit vivement Arkine.

— *Da*, répondit Morozov avec un sourire.

— Quand ?

— Ils sont en route.

— Tant mieux. Ils ont tenu leur promesse.

— Qui ça ? demanda Karl en regardant tour à tour les deux hommes.

— Les cheminots, expliqua Arkine. Le dépôt est en grève pour soutenir les apprentis.

— Ça commence, pas vrai ? fit doucement Karl.

— Oui.

En dépit de sa maigreur, Karl se rengorgea.

— Camarade Arkine, camarade prêtre, je suis fier de prendre part à ce grand…

— Les voilà ! s'écria quelqu'un dans la foule. Les cheminots sont là !

Des cris d'enthousiasme fusèrent. Une centaine d'hommes en bleu de travail et coiffés d'une casquette affluèrent sur les côtés de la colonne, poing en l'air.

— Mon père, vous remercierez votre Dieu de ma part, souffla Arkine.

Morozov ferma les yeux et s'adressa à son Seigneur. L'un des cheminots, un colosse à la voix tonitruante, grimpa sur une charrette et se lança dans un discours de ralliement qui mit les apprentis dans un état de frénésie. Même la neige glacée ne parvint pas à atténuer la ferveur ambiante ni la colère qui grondait chez ces hommes. Arkine était satisfait de sa matinée de travail.

— Les chevaux arrivent ! cria un apprenti, à l'arrière du cortège.

Ils envoyaient l'armée. Si les apprentis et cheminots furent lents à réagir, Arkine se précipita sur le marchepied d'une voiture délabrée.

— Préparez-vous ! Les soldats arrivent !

Les hommes sortirent des barres de fer de sous leurs manteaux. Le bruit des sabots était de plus en plus fort. Puis le rideau de neige s'ouvrit comme la mer Rouge pour révéler une section entière de cavaliers en uniforme rouge dont la cape voletait. Ils s'arrêtèrent et se mirent en ligne pour barrer la route, bloquant toute échappatoire.

La panique se propagea parmi les jeunes, qui se mirent à crier, mais qui suivirent les cheminots. Tendus, les yeux écarquillés, ils virent les soldats dégainer leurs sabres, dont les lames se dressèrent vers le ciel.

— Dispersion immédiate !

L'ordre venait d'un capitaine assis sur un superbe étalon qui piaffait d'impatience dans la neige. Le cavalier avait le regard rivé sur le cheminot perché sur charrette.

— Dispersion immédiate ! répéta-t-il.

Arkine se fraya un chemin parmi les manifestants et s'approcha des soldats.

— Ces garçons ne font aucun mal, dit-il calmement.

Le capitaine le regarda.

— Qui êtes-vous ? demanda-t-il, intrigué.

— Un camarade des apprentis, capitaine, répondit-il sèchement. Ne provoquez pas de troubles. Nous ne voulons pas d'effusion de sang.

Le capitaine esquissa un rictus arrogant.

— Vraiment ? railla-t-il.

— Oui. Ces garçons sont…

— Dangereux.

— Non. Ils ne font qu'exprimer leur mécontentement et exiger d'être écoutés.

— Nous voulons la justice, intervint Karl, à son côté, tenant une barre de fer à deux mains.

— Jeune fauteur de troubles, tu vas l'avoir, la justice !

Sans crier gare, le capitaine se pencha en avant et agita son sabre. La lame siffla. Arkine ne réagit pas assez vite. Il tira l'adolescent en arrière. Au lieu de l'égorger, le capitaine lui fendit simplement une narine. Un filet écarlate coula sur son menton.

Les cheminots s'avancèrent en insultant les cavaliers. La colère monta d'un cran. Les hommes brandirent barres de fer et outils. La manifestation risquait de déraper. Si Arkine avait impliqué les apprentis, c'était justement pour éviter ce genre de violence. Il entraîna Karl vers l'arrière et examina sa blessure. Les doigts ensanglantés, le jeune homme se tenait le nez. Ce n'était pas de peur qu'il tremblât, mais de fureur.

— Reste derrière les cheminots, lui ordonna Arkine. Prépare les apprentis à apporter leur soutien.

Karl disparut sous la neige qui tombait dru. L'offensive des hussards fut rapide comme l'éclair. Les chevaux s'élancèrent, les sabres fendirent l'air en silence, des cris stridents s'élevèrent. La neige se teinta de rouge sous les sabots. Les barres de fer s'abattirent sur les soldats, leur brisant les os. Elles arrachèrent des bottes de leurs étriers jusqu'à ce que les uniformes disparaissent sous celles des ouvriers. Les sabres frappèrent avec précision, encore et encore, lacérant un dos, une joue, une gorge. Les soldats chargeaient, puis se groupaient. Même la neige qui voletait dans les airs était écarlate.

Le chauffeur sortit le petit pistolet de Sergueïev de sous son manteau et visa avec soin. Par six fois, il logea une balle dans un torse en uniforme.

Les grévistes ripostèrent avec rage. Des chevaux tombèrent à genoux, des casques roulèrent à terre. Viktor se jeta dans la bataille, évitant les sabres, parant les coups, en se frayant un chemin vers le capitaine blond perché sur son étalon noir. Arkine trouva le corps ensanglanté de Karl, les yeux écarquillés, sans vie. Des flocons posés sur ses cils fondaient telles des larmes. Arkine brisa le cou du soldat qui était penché sur l'adolescent, son sabre dégoulinant de sang, puis il s'agenouilla pour fermer les yeux de Karl. Rien n'était sacré, en ce bas monde, pas même l'innocence. Il ramassa le sabre et, avec un cri de rage, chargea les militaires.

*

C'étaient les femmes qui travaillaient le plus dur. Valentina ne tarda pas à s'en rendre compte. À l'hôpital Sainte-Isabelle, elles en faisaient davantage et étaient moins bien payées. Et pourtant, elles ne se plaignaient pas. Elles traitaient les infirmiers avec une déférence que, selon Valentina, ils ne méritaient pas. Les médecins, eux, étaient de véritables dieux.

Concentrée sur ses tâches, elle ne parlait guère. Peu lui importait de passer le plus clair de son temps à nettoyer la salle de soins et stériliser les instruments. Elle les maniait avec respect, trouvant un plaisir inattendu à toucher le métal acéré aux formes incroyables, pinces, sondes, seringues... Chaque jour, elle suivait une heure de formation en compagnie des autres novices. Elle se concentrait comme pour jouer un nouveau morceau de piano. Lors des soins, elle posait des questions précises et se montrait attentive aux explications.

— Vous savez écouter, lui dit un patient.

Fondé plus de cent ans auparavant sur l'insistance de Catherine la Grande, Sainte-Isabelle accueillait les nécessiteux. Les lits manquaient face au flot incessant des malades et des mourants qui franchissaient le seuil de l'hôpital. Beaucoup étaient renvoyés sans le moindre espoir d'être soignés. Les gens aisés n'allaient pas à l'hôpital. Les médecins se déplaçaient chez eux, plusieurs fois par jour, au besoin.

Valentina plongea les mains dans de l'eau savonneuse et se mit à frotter un spéculum. Au bout d'une minute, elle inspecta ses mains rouges et craquelées. Elle avait désormais des mains d'infirmière et non de pianiste et elle s'en voulait de s'en soucier.

Derrière elle, une porte s'ouvrit.

— Ah, tu es là ! On a besoin de toi.

Valentina fit volte-face. C'était Daria Spatcheva qui, ce jour-là, ne souriait pas.

— Tu as le cou taché de sang, constata Valentina.

— Il faut que tu viennes, et vite !

En entrant dans la salle commune des hommes, Valentina fut assaillie par l'odeur de la peur et du sang. Des corps gisaient un peu partout, sur les lits, sur des matelas à même le sol, des couvertures, des planches. Ils étaient bien trop nombreux.

— Que s'est-il passé ? s'enquit Valentina.

— Les hussards.

— Une offensive ?

— Ils ne maniaient pas leurs jolis sabres étincelants pour rien.

Valentina vit de jeunes hommes dont les rêves venaient d'être réduits en lambeaux. Ils saignaient de la tête ou souffraient de plaies béantes aux épaules. Des hommes à pied contre des cavaliers...

— *Chyort !* jura Valentina.

Le capitaine Tchernov avait tenu sa promesse.

— Daria, par où dois-je commencer ? demanda-t-elle, le cœur battant.

— Infirmière Ivanova, prenez ceci, vite !

La *medsestra* Gordanskaïa lui tendit une paire de ciseaux et s'éloigna vers l'extrémité dans la salle. Daria avait toutes les peines du monde à empêcher un blessé aux yeux bandés de ramper vers la porte. Valentina posa une main apaisante sur le patient allongé devant elle.

— Bonjour, je suis la *sanitarka* Ivanova, dit-elle d'un ton ferme et rassurant.

Elle découpa le tissu de sa veste jusqu'au col, puis fit de même avec sa chemise. Deux longues balafres parallèles dessinaient comme des rails de tramway sur sa peau. Elle les badigeonna d'antiseptique, mais les plaies saignaient abondamment. La tête de côté, il ne cessait de lever vers elle un regard affolé.

— Le docteur ne va pas tarder, assura-t-elle. Il vous faudra quelques points de suture.

Elle appliqua des compresses en appuyant pour faire cesser l'hémorragie.

— Vous pourrez bientôt reprendre le travail.

— Ils nous attendaient, déterminés à nous achever, cette fois.

— Vous manifestiez ?

— Non. C'était un rassemblement dans la cour, avec les autres apprentis.

— Les soldats vous ont attaqués dans la cour de l'usine ?

— Non.

Il se mit à battre les paupières. Un filet de vomi coula de ses lèvres.

— Nous sommes allés près des voies ferrées pour discuter avec les cheminots. Leur contremaître a été...

Il se mit à sangloter et à gémir comme une bête.

— Chut... vous ne risquez rien, ici.

Elle caressa ses cheveux maculés de sang, puis sa joue.

— Infirmière, murmura-t-il, les yeux fermés. Je n'arrive plus à bouger les bras.

— Vite !

Un médecin en blouse blanche l'appelait. Toute la journée, de jeunes hommes étaient arrivés sur des charrettes, les épaules d'un ami, des civières de fortune. Valentina s'endurcit. Elle apprit à poser la main d'un homme sur son propre cou parce que son pouls leur donnait une raison de s'accrocher. Elle apprit à les laisser pleurer, crier. Elle écrivit de brefs messages de leur part à leurs proches, les aida à boire un peu d'eau et fit tant de pansements que les bandes de tissu lui parurent devenir un prolongement d'elle-même.

— Dépêchez-vous !

— Oui, docteur ?

— Deux doses de morphine.

— Bien, docteur.

Un jeune homme brun à peine plus âgé que Katia était allongé sur le dos, les bras croisés, la peau trempée de sueur, priant en silence. Il sourit à Valentina. Elle versa deux doses de morphine dans un verre et souleva la tête du blessé pour lui faire absorber le liquide. Ses pupilles n'étaient que deux petits points noirs.

— Merci, souffla-t-il. *Dasvidania.* Au revoir.

— Il a été piétiné par les chevaux, murmura le médecin.

— Il y a un prêtre, ici ? demanda vivement Valentina.

— Dans la salle voisine, soupira le médecin épuisé. Il est débordé.

Il leva enfin les yeux vers l'infirmière.

— Valentina ! Ma chère enfant, j'ignorais que c'était vous ! Votre uniforme…

— Je sais, Dr Fédorine. Toutes les infirmières se ressemblent.

— Vous et Mme Gordanskaïa n'avez pas grand-chose en commun, ajouta-t-il, espiègle.

Elle sourit, si soulagée qu'elle faillit enrouler un bras autour de son cou.

— Vous devriez vous reposer, docteur.

Il secoua la tête.

— En vous écrivant une lettre d'introduction à Sainte-Isabelle, je n'imaginais pas vous voir effectuer ces tâches.

Il dévisagea la jeune femme. Valentina se demanda ce qu'il voyait.

— C'est votre baptême du feu, reprit-il.

Le jeune blessé leva une main et fit un signe de croix.

— Un baptême du sang, plutôt, corrigea-t-il.

— Je vais chercher le prêtre, dit-elle en serrant sa main dans la sienne avant de s'éloigner.

Ne trouvant pas de prêtre dans la salle voisine, elle décida d'enfreindre le règlement et, soulevant le bas de sa robe, se mit à courir dans les couloirs en quête d'une silhouette en noir. Elle refusait de laisser ce garçon mourir sans les derniers sacrements.

En sentant une main ferme sur son épaule, elle sursauta et recula d'un bond.

— N'ayez pas peur, mon petit.

L'homme surgi de nulle part avait l'air d'un religieux. Il était imposant et large d'épaules, avec sa tunique noire. Ses grands yeux ronds d'un bleu très pâle saisissant, largement enfoncés dans leurs orbites, étaient rivés sur elle, sans sourciller, si ardents qu'elle ressentit le besoin de se détourner.

— J'ai besoin d'un prêtre !

— Petite… dit-il d'une voix grave qui résonnait dans le couloir froid. Petite, l'humanité entière a besoin qu'un prêtre lui montre la voie. Je vous vois troublée. Laissez le Seigneur vous purifier.

Elle faillit s'esclaffer face aux propos étranges de cet homme à l'hygiène douteuse. Avec sa longue barbe hirsute et souillée, sa tunique tachée et ses mains crasseuses, il empestait. En revanche, son crucifix serti de pierres étincelait au bout d'une chaîne.

— Vous devriez peut-être vous faire purifier également, rétorqua-t-elle. Venez vite ! On a besoin de vous dans...

Il tendit ses grosses mains sales et les posa sur la tête de la jeune femme en la fixant durement.

— C'est vous qui avez besoin de moi, *malichka*, mon petit. Je peux vous apporter la paix dont vous avez tant besoin, au nom du Seigneur.

Il se pencha comme pour l'embrasser sur le front, mais, au dernier moment, il posa les lèvres sur les siennes. Prise au dépourvu, Valentina sentit sa bouche énorme et caverneuse engloutir la sienne. Ulcérée, elle le gifla violemment. Hélas, sa barbe fournie amortit le coup. Valentina déversa alors sa colère pour toutes les épreuves de cette journée.

— Vous n'avez rien d'un homme de Dieu ! Vous n'êtes qu'un imposteur ! Un monstre lubrique répugnant et...

Il éclata d'un rire hystérique, à croire qu'elle venait de le couvrir de louanges ! Valentina eut envie de le gifler de nouveau. Malheureusement, le toucher lui était insupportable. Elle s'essuya la bouche de sa main et garda ses distances.

— Un mourant a besoin de vous.

— Ce n'est pas lui qui a besoin de moi, c'est vous.

— Vous n'êtes pas vraiment prêtre, n'est-ce pas ?

— Je ne suis qu'un pauvre *starets*, un pèlerin. Je me donne humblement aux âmes en peine telles que la vôtre, aux âmes égarées qui cherchent leur voie.

— Mon âme ne regarde que moi, répliqua-t-elle. Vous n'êtes pas un *starets.* Ce pauvre garçon doit voir un véritable prêtre.

Il soutint son regard de ses yeux pâles. Valentina sentit sa gorge se nouer et son esprit se mit à vagabonder. Au prix d'un gros effort, elle se détourna de la silhouette sombre et fila le long du couloir, l'image de ce sinistre personnage gravée dans son esprit.

— Infirmière ! lança-t-il de sa voix grave. *Malichka,* nous nous reverrons et, ce jour-là, vous m'offrirez un baiser en échange de votre âme.

Valentina trouva un prêtre, un vrai, avec une soutane un peu élimée, un châle de prière et un haut couvre-chef noir ayant connu des jours meilleurs. Sans doute un prêtre venu de la campagne en apprenant l'ampleur du carnage. Il priait pour un blessé. Dès qu'il releva la tête, elle le reconnut : c'était le prêtre qu'elle avait rencontré le jour où elle avait surpris le chauffeur en train de livrer des sacs de pommes de terre dans une église.

— Mon père, j'ai besoin de votre aide.

— Oui, infirmière ?

— Pour un jeune homme mourant.

S'il affichait un calme apparent, il frappa le sol d'un coup de pied rageur.

— Père, savez-vous ce qui s'est passé ?

— Les apprentis travaillent dans des conditions effroyables, répondit-il d'un ton mesuré. Ils s'étaient réunis car l'un d'entre eux avait perdu un bras coincé dans une machine. Hélas, les espions de la police sont partout.

Il secoua la tête et leva une Bible.

— Que le Seigneur ait pitié de l'âme de ces soldats car je n'en trouve pas dans mon propre cœur. Je les enverrais volontiers brûler en enfer pour l'éternité. Ces apprentis ne sont encore que des gosses.

— Ils se sont ralliés aux cheminots, paraît-il.

— Effectivement.

— Cela signifie que la manifestation était bien organisée.

Lorsqu'elle ouvrit la porte à double battant menant à la salle, le prêtre se figea.

— Qui êtes-vous donc ? demanda-t-il.

— Rien qu'une infirmière qui essaie de sauver la vie de vos apprentis.

« Rien qu'une infirmière », des mots simples qui semblèrent le calmer, car il afficha une expression plus douce et se remit en marche.

— Je suis affligé, bien sûr. Personne ne devrait voir ce dont j'ai été témoin aujourd'hui, ces coups de sabre meurtriers…

Il serra sa Bible contre son cœur telle une armure.

Valentina effleura la croix en relief qui ornait sa couverture.

— Vous y étiez ?

— Oui.

— Père Morozov, Viktor Arkine était-il présent, lui aussi ?

Il se figea.

— Qui êtes-vous ? répéta-t-il.

— Est-il blessé ?

Il secoua imperceptiblement la tête.

— Dites-lui de déplacer la caisse qu'il a cachée au fond du garage avant que l'Okhrana ne vienne l'arrêter.

24

— *Sanitarka* Ivanova.

Mme Gordanskaïa intercepta Valentina alors qu'elle quittait la salle commune. L'infirmière en chef avait les yeux cernés comme si cette journée avait épuisé ses dernières forces.

— *Sanitarka* Ivanova, vous avez bien travaillé, aujourd'hui. Vous avez l'étoffe d'une infirmière.

Ses traits s'adoucirent et elle ajouta :

— J'avoue que vous m'avez étonnée.

— Merci, *medsestra.*

— À présent, rentrez chez vous et prenez un bon bain chaud et une rasade de vodka. C'est ce que vous avez de mieux à faire.

— Bien, *medsestra.*

« Vous avez l'étoffe d'une infirmière. » Elle posa sa cape sur ses épaules. « Vous avez l'étoffe d'une infirmière. » Sur les marches, devant l'entrée de l'hôpital, elle croisa Daria.

— Tu connais le prêtre qui était là aujourd'hui ?

— Le père Morozov ? Oui, il vient souvent. Personnellement, je ne supporte pas ces histoires de religion, répondit-elle en ôtant sa guimpe. Mais il apporte à manger aux patients, en plus de son réconfort. Ils l'adorent.

— Non, pas lui. Un autre. Sale, repoussant, avec des yeux bleus hypnotiques et un crucifix très coûteux autour du cou.

— Ce salaud ? Oh non ! Il ne t'a pas touchée, j'espère ?

— Non, mentit Valentina.

— Ne t'inquiète pas, il ne vient que quand il a envie de se rappeler quel effet cela fait d'être pauvre.

— Qu'est-ce que tu racontes ? Où passe-t-il le reste de son temps ?

— Seigneur, Valentina ! Tu n'as donc pas deviné qui était ce pouilleux ?

— Il prétend être un *starets*, un pèlerin pauvre.

— Tu parles ! Il est loin d'être pauvre.

— Qui est-ce ?

— C'est Grigori Raspoutine, le soi-disant guérisseur mystique qui ne quitte pas notre impératrice d'une semelle. Dis-moi que tu ne l'as pas laissé poser ses sales pattes sur toi.

— Un guérisseur, vraiment ?

— C'est ce qu'il prétend.

— Jens, quel genre de femme est l'impératrice ? demanda Valentina un peu plus tard ce jour-là.

— Pourquoi cette question ?

— Je me demandais…

— La tsarine Alexandra est plutôt froide, impassible. Elle se comporte comme la princesse allemande arrogante qu'elle est. J'ignore si elle est réellement ainsi.

Il glissa la main sur la courbe délicate de sa hanche nue, puis fit courir ses doigts sur ses côtes. Il aimait la contempler à loisir. Quand elle n'était pas avec lui, ses yeux se languissaient d'elle. Aucune femme n'avait jamais produit sur lui un tel effet. Pourquoi cet intérêt soudain pour la tsarine ?

— Je crois qu'en réalité, elle masque sa timidité. En dépit de son rang, elle est incapable de mener une conversation banale, alors elle fuit les mondanités et les gens lui en veulent. Quoi qu'il en soit, c'est une femme déterminée.

— Comment cela, déterminée ?

— La plupart du temps, elle garde le tsar Nicolas enfermé avec elle au palais Alexandre, à Tsarskoïe Selo. Ce n'est qu'à une trentaine de kilomètres de Saint-Pétersbourg, mais c'est trop loin, compte tenu de la situation politique. Son devoir est d'être en ville.

Elle opina du chef comme si elle avait réfléchi à la question.

— Leurs quatre filles, les grandes-duchesses, sont enfermées, elles aussi ?

— Oh oui ! On raconte qu'ils ont tout d'une famille heureuse, qu'ils font du cheval, du bateau, sans oublier les jeux de société. Ils adorent le tennis. Naturellement, ils s'occupent du garçon, qui est le centre de l'univers.

— Ah oui, le tsarévitch Alexis…

Il se pencha pour l'embrasser. Elle enfouit les doigts dans ses cheveux et l'attira vers elle.

— Qu'est-ce que tu regardes ? demanda-t-elle, les sourcils froncés.

— Toi. Je veux savoir comment tu es faite.

— Tu as l'intention de me disséquer ?

— En tant qu'ingénieur, le défi serait intéressant, plaisanta-t-il.

Elle enroula les jambes autour de sa taille. Aussitôt, il posa les mains sur ses fesses pour la tirer vers lui. Il perçut un léger parfum de savon phénolique.

— Parle-moi de Raspoutine, le religieux, dit-elle.

— Pour l'amour du ciel, Valentina ! En quoi ce sale type peut-il t'intéresser ?

— Dis-moi ce que tu sais de lui, insista-t-elle.

Elle posa le front sur son épaule pour lui cacher son visage, mais il sentait son souffle chaud sur son torse nu.

— Il est venu à Sainte-Isabelle, ajouta-t-elle.

— Garde tes distances. Il a déjà fait assez de mal.

— Comment cela ?

— Grigori Raspoutine est en train de séparer le tsar de son peuple.

— Jens, mon amour, ne sois pas fâché. Parle-moi de lui.

Elle effleura sa peau du bout de la langue.

— Il affirme être un homme de Dieu envoyé par le Christ pour guider le peuple russe, notamment la tsarine et, à travers elle, le tsar lui-même. Le tsar Nicolas n'est qu'un imbécile. Raspoutine se mêle de politique et monte sa majesté impériale contre ses conseillers et…

Il s'interrompit.

— Et quoi ? interrogea Valentina.

Il haussa les épaules.

— Oublie ce sale type. Ne parlons plus des problèmes de Saint-Pétersbourg. Les batailles feront rage bien assez vite.

— Tu es sûr qu'on en arrivera là ?

Il l'allongea sur le lit.

— On ne peut avoir de certitudes, alors...

— Ne m'épargne pas, Jens. Je ne suis plus une enfant.

Le ton de sa voix lui glaça le sang. Elle avait vu trop d'horreurs, au cours de cette journée, dans son maudit hôpital. Où était passée la jeune fille qui admirait les étoilcs, par une froide nuit d'hiver, dans les bois ? Il lui caressa lentement l'épaule et s'adossa aux oreillers. Puis il prit une cigarette sur la table de chevet et l'alluma.

— Valentina, mon amour, la Cour du tsar est un nid de vipères corrompues, un antre dissolu, expliqua-t-il d'un ton impassible. Raspoutine est un religieux raté qui a eu un coup de chance. La tsarine Alexandra a peu d'amis à part la discrète Anna Vyroubova et il a une emprise sur elle. Selon certains, il aurait des pouvoirs de guérison qui soulagent le tsarévitch. On dit qu'il hypnotise la tsarine et même qu'il couche avec elle.

— Qui peut avoir envie d'un homme aussi répugnant ?

— Tu serais étonnée. Les femmes de la Cour se crêpent le chignon pour lui.

— Il pue !

Jens lâcha un rire amer.

— Un *moujik* rustre qui ne se lave pas, ne change pas de vêtements, ne peut être que l'envoyé de Dieu !

— Jens, reprit-elle en inhalant une bouffée de sa cigarette, crois-tu qu'il possède vraiment des pouvoirs de guérisseur ?

Il lui reprit la cigarette et l'écrasa.

— Non. Alors ne songe même pas à lui emmener Katia.

— Loin de moi cette idée.

Ce mensonge plana entre eux dans un silence pesant.

*

Varenka n'était pas morte. La rue n'avait pas changé et la porte d'entrée demeurait défoncée, sans oublier la puanteur qui régnait dans le couloir sombre, mais au moins, Varenka n'était pas morte.

— J'ai apporté à manger, déclara Valentina en posant un sac sur la table, ainsi qu'un porte-monnaie.

— Je vois ça, répondit Varenka en souriant.

C'était en réalité un rictus forcé, mais elle s'en contenterait.

— Et si je préparais du thé ? suggéra Valentina.

La femme au crâne balafré était recroquevillée à terre, près du poêle où brûlait encore une pauvre flamme, enveloppée dans une couverture élimée, tête nue, le teint verdâtre.

— Tenez, dit Valentina en lui tendant un fagot de petit bois.

Varenka prit vivement trois brindilles et les disposa avec soin au-dessus de la flamme. Lorsqu'elles crépitèrent, elle leur sourit comme si elles étaient ses amies. Pendant ce temps, Valentina fit bouillir de l'eau et y jeta les feuilles de thé. Les délicats biscuits provenant de la cuisine de sa mère semblaient déplacés dans un tel cadre. La jeune femme rejoignit Valentina à table et en dévora trois avant de prendre la parole :

— Pourquoi êtes-vous revenue ?

— Pour m'assurer que vous étiez toujours là.

Varenka éructa un son étrange.

— Où voulez-vous que je sois ?

— Vous travaillez ?

— Avant, oui, dit-elle en secouant la tête. Dans une fabrique. J'ai été virée quand j'ai pris une journée parce que mon fils était malade.

Elle avait le regard dur, les yeux secs.

— Je connais une couturière qui cherche une femme de ménage. Si ce travail vous intéresse, je peux lui parler de vous.

— Bien sûr que ça m'intéresse.

Un silence gêné s'installa entre elles. Valentina fut la première à le rompre.

— Je lui parlerai de vous. Mais il faudra être propre.

Varenka observa ses mains sales.

— La pompe à eau a encore gelé. Quand j'ai besoin d'eau, je fais fondre de la neige.

Valentina baissa les yeux vers sa tasse à moitié vide et réprima un haut-le-cœur.

— Les chiens urinent dans la neige, objecta-t-elle.

Une fois encore, Varenka émit un rire rauque et observa la jeune fille.

— Qu'est-ce que vous me voulez, au juste ? Vous ne venez pas seulement m'apporter à manger.

Valentina sortit un pot de confiture d'abricot de son panier, ainsi qu'une miche de pain. Si Jens savait qu'elle était venue seule, il serait furieux.

— Je veux que vous me préveniez.

— Vous prévenir de quoi ?

— Que vous m'avertissiez si le danger est proche.

— Quel danger ?

— Votre révolution.

Ce fut comme si elle avait prononcé un mot magique. Les yeux de Varenka, sa peau, sa bouche, reprirent vie. Valentina s'étonna qu'un seul mot puisse avoir un tel pouvoir.

— Voici mon adresse, enchaîna-t-elle en faisant glisser une feuille de papier sur la table.

Varenka n'y jeta même pas un coup d'œil.

— Je ne sais pas lire. De toute façon, jamais je ne m'approcherais du genre de manoir où vous devez habiter. Même vos domestiques me cracheraient dessus. Trouvez autre chose.

— J'ai vu un panneau près de l'arrêt de bus, place Saint-Isaac. Accrochez-y un foulard pour m'avertir.

— Un foulard rouge ?

— Si vous voulez.

Varenka acquiesça.

— Quoi qu'en disent les hommes, elle n'est pas pour demain, leur révolution, marmonna-t-elle.

— Un jour, j'ai vu une nuée de fourmis grouiller sur un campagnol et le tuer, répondit Valentina. Vos fourmis ne sont peut-être pas encore prêtes.

— Pourquoi vous avez les doigts aussi forts ?

— Je joue du piano.

Varenka palpa ses phalanges comme si elle cherchait à en faire sortir de la musique.

— Je n'ai jamais entendu quelqu'un jouer du piano

À ces mots, Valentina eut envie de pleurer.

Jens n'avait pas l'intention de rendre visite à Katia. Il avait passé une soirée à jouer au poker chez un ami. Le Dr Fédorine se trouvait là également et, entre deux parties, il lui avait parlé d'un traitement des lésions de la colonne vertébrale en phase d'essai dans la ville thermale de Carlsbad. Il en avait eu des échos favorables. Si Fédorine songeait aux apprentis mutilés par les sabres, Jens, lui, avait aussitôt pensé à Katia. Le lendemain matin, en se promenant à cheval, il avait vu le Cosaque des Ivanov chevaucher une jument dans le brouillard et jugé bon de se fendre d'un commentaire sur sa monture.

— Belle bête, très élégante, Popkov ! Elle n'est pas vraiment votre style, non ?

— Elle n'est pas pour moi.

— Ah ! Une surprise pour Mlle Valentina, peut-être ?

— *Niet.*

Jens avait talonné son cheval, mais la jeune jument de la couleur du blé semblait apprécier Héros. Elle avait accéléré pour rester à sa hauteur. Le Cosaque avait relâché les rênes pour lui permettre d'agiter sa crinière et de danser avec grâce.

Jens n'avait pu s'empêcher d'en rire. Même Popkov avait esquissé un rictus tandis qu'ils parcouraient les rues humides, enveloppés d'un manteau de brouillard durant tout le trajet vers la demeure des Ivanov.

Popkov frictionnait la robe d'Héros. Il s'occupait à merveille du grand étalon. Jens appréciait sa connaissance des chevaux.

— Je n'en ai pas pour très longtemps, annonça-t-il au Cosaque, qui lui répondit d'un grommellement.

Jens remplit un seau d'eau pour Héros, qui y plongea le museau avec plaisir. Puis il s'attarda un moment, les yeux rivés sur l'animal.

— Popkov, vous occupez une place privilégiée, dans ce foyer, déclara-t-il avec sourire désabusé. Comment un Cosaque pur jus peut-il avoir accès à la maison et approcher les demoiselles Ivanova ?

Jens flatta l'encolure musclée de l'étalon.

— Votre charme naturel, sans doute.

Le Cosaque afficha un large sourire, révélant ses dents blanches et cracha :

— Allez vous faire voir !

— Je n'ai jamais vu Valentina aussi heureuse.

Jens sourit à Katia et posa sa délicate tasse de thé en équilibre sur son genou.

— Son travail à l'hôpital l'épanouit. Elle a trouvé un sens à sa vie.

— C'est ce que raconte Maman.

— Votre mère a raison.

— Maman ne la connaît pas aussi bien que moi.

— Et que savez-vous que votre mère ignore ? demanda Jens avec précaution.

— Je n'ai peut-être plus l'usage de mes jambes, mais je ne suis pas aveugle, Jens.

— Et que voyez-vous donc ?

Elle se mit à rire.

— Je vois son teint rose alors qu'il devrait être blafard, après ces longues heures de travail à l'hôpital. Je la vois traîner les pieds quand elle est obligée de rester à la maison. Je vois ses sourires pleins de mystère quand elle croit que nul ne l'observe. Je vois son souffle court, quand elle s'interrompt au milieu d'une phrase. Sans doute à l'évocation de quelque chose…

La jeune fille eut l'air nostalgique.

— De quoi ?

— D'un souvenir qui envahit son esprit.

— Katia, vous êtes très perspicace.

— C'est ma sœur et je l'aime.

Leurs regards se croisèrent.

— Moi aussi, avoua-t-il doucement.

— Je sais, dit-elle en hochant la tête, faisant danser ses boucles blondes.

— Comment le savez-vous ?

— Je connais Valentina. Elle est amoureuse et elle est aimée.

— Je prendrai grand soin d'elle, Katia.

— Je vous crois, répondit-elle avec un sourire, mais prenez garde. Si Papa découvre qu'elle vous préfère au capitaine Tchernov, il vous interdira l'accès à cette maison.

— Me voilà prévenu.

Cela ne devait pas non plus être facile pour Katia de lui confier sa sœur.

Jens entendit le vacarme provenant des écuries avant même de les atteindre. Inquiet pour Héros, il hâta le pas. Des cris et des bruits de bagarre s'élevaient de derrière les parois en bois. Cinq hommes étaient en train de battre Popkov comme plâtre. Le colosse se débattait tel un ours blessé. Le sang coulait d'une entaille au-dessus de son œil. Les autres palefreniers s'étaient enfuis, ce qui ne pouvait signifier qu'une chose : ils savaient qui étaient ces hommes au manteau noir et aux bottes étincelantes. Cinq contre un, c'était un peu beaucoup pour Jens.

Il empoigna un agresseur par l'épaule, le fit pivoter, mais reçut un poing dans le ventre. Il gémit et s'empressa de lui assener un coup de tête qui le déstabilisa. En se redressant, Jens brisa la mâchoire de son agresseur qui poussa un cri. Affolés, les chevaux s'agitèrent dans leur box et se mirent à piaffer. Sous les volées des barres de fer accompagnées d'une bordée d'injures, Popkov fut mis à terre, entraînant deux hommes dans sa chute. Les coups de bottes fusèrent.

— Pour l'amour du ciel ! cria Jens, arrêtez ! Vous allez le tuer ! Qu'est-ce qui se passe ?

Un homme aux traits épais, avec une tache de naissance sur le visage, pivota dans sa direction et le foudroya d'un regard noir, ivre de violence.

— Va te faire foutre ! Tu veux qu'on te fasse la même chose ?

Un pied-de-biche apparut, menaçant de briser le crâne de Jens. Il ignorait les raisons de cette agression et s'en moquait éperdument. Il saisit un fouet clouté sur une patère et l'agita.

Le premier claquement lacéra le dos d'un homme, le deuxième arracha une bande de chair dans le cou d'un autre. Le sang coula dans le foin. Les deux hommes qui tenaient encore debout abandonnèrent leur proie pour s'en prendre à Jens.

D'un geste agile, celui-ci fit tournoyer la lanière de cuir cloutée. Les hommes reculèrent. Trop tard, ils remarquèrent l'homme blessé, debout derrière eux. Le pied-de-biche qu'il avait ramassé s'écrasa sur un crâne, puis sur l'autre. Ils s'écroulèrent lourdement.

— Qu'ils aillent au diable ! éructa Popkov.

— Vous aussi, marmonna Jens, le souffle court. Qu'est-ce qui vous a pris de démarrer cette bagarre ?

Ils se dévisagèrent en chiens de faïence, s'efforçant de ne pas sourire. Étonnamment, ils se rendaient compte qu'ils étaient frères de sang.

— Bon Dieu, reprit Jens. Dans quoi viens-tu de m'embarquer ?

Une voix posée s'éleva derrière eux. Elle n'avait rien de menaçant. Ce n'était qu'une déclaration.

— Pose ce fouet. Et toi, le plouc, lâche ce pied-de-biche. Sinon, je te tire une balle dans la tête.

25

La peur revêt des formes multiples. Pour Jens, ce fut le stylo à plume que tenait l'homme qui l'interrogeait. Quand il s'énervait, l'objet s'agitait au rythme des battements frénétiques du cœur de Jens.

— Demandez au ministre Ivanov, répéta l'ingénieur pour la vingtième fois. C'est sa maison, pas la mienne. Je venais simplement récupérer mon cheval.

— Que faisait votre cheval chez lui ?

— Je vous l'ai dit. Je rendais visite à la fille du ministre.

— Avez-vous invoqué cette excuse pour avoir accès aux écuries ?

— Non.

— Pour récupérer la caisse de grenades là où vous l'aviez cachée ?

— Non.

— Qui vous a chargé d'aller les chercher ?

— Personne. Je ne sais rien de cette affaire.

— Vous avez agressé mes agents à coups de fouet.

— Ils étaient en train de massacrer le Cosaque.

— Donc vous admettez que ce Liev Popkov est votre complice dans un complot contre le gouvernement.

— Non ! Je le connais à peine. Il est domestique chez les Ivanov. C'est tout ce que je sais de lui.

— Vous mentez !

— Non.

Ils tournaient en rond. Jens feignait l'indifférence en répondant inlassablement aux mêmes questions. L'entretien était étrangement courtois. Pas de salle d'interrogatoire sordide, pas de lumière vive ni de menottes meurtrissant la peau. Il était assis dans un fauteuil aux accoudoirs rembourrés. On lui avait même offert une cigarette qu'il avait refusée.

Il avait été conduit dans un bureau ordinaire, avec des dossiers et une plante verte dans un coin, un tapis immaculé sur le sol, sans taches de sang. Son interlocuteur était un petit homme au crâne dégarni et aux grandes oreilles. Chaque fois que Jens lui disait de consulter le ministre Ivanov, un fidèle serviteur de sa majesté impériale, il se touchait un lobe d'oreille, en plein doute. Cet homme avançait avec précaution, comme s'il marchait sur la glace.

Quel imbécile, ce maudit Cosaque ! Rien n'échappait à l'Okhrana. Si Popkov croyait que les écuries d'un ministre constituaient une cachette de choix pour des armes antigouvernementales, il se leurrait.

Et pourtant, Jens avait du mal à voir en Popkov un bolchevique. Il frémit en imaginant Valentina à proximité de ces armes.

— Où est Liev Popkov ? demanda-t-il soudain.

— Le révolutionnaire est interrogé en ce moment même.

Interrogé. Ce terme glaça le sang de Jens.

— Je ne crois pas qu'il soit un révolutionnaire. N'importe qui a pu placer ces grenades là-bas pour mettre le ministre en danger.

— Y compris vous-même.

— Non, pas moi.

— Ce que vous croyez n'a aucune importance.

L'homme avait une lueur avide dans le regard. Il mourait d'envie de massacrer Jens. Toutefois, quelque chose le retenait. Jens comprit que c'était le titre qui suivait son nom sur la couverture du dossier posé sur son bureau.

Jens Friis, ingénieur de sa majesté le tsar.

Il pourrait se targuer de ce titre. Son sang pulsa à ses oreilles quand il songea à la centaine de cellules, avec leurs chaînes et leurs murs souillés par les prisonniers politiques.

— Où est Liev Popkov ? répéta-t-il d'un ton très calme. Je veux le voir.

Il était manifeste que cette requête agaçait l'homme, mais il s'efforça de n'en rien montrer. Après un long silence durant lequel son stylo à plume s'agita furieusement, il se leva et ouvrit la porte avec une telle force qu'elle heurta le mur.

— Venez.

La puanteur, la sueur, le sang.

Jens contint sa fureur. Il crispa les poings pour ne pas marteler la porte métallique, il se retint d'empoigner son escorte par la peau du cou et de lui enfoncer la tête dans la trappe. Devant la cellule, il appela Popkov.

À l'intérieur, il décelait un dos large. Du sang coulait de blessures récentes. À travers le rectangle de la trappe, il vit le Cosaque enchaîné au mur par les poignets, nu, debout, le visage contre le mur crasseux. Ses fesses musclées étaient tuméfiées. Des électrodes reliaient ses parties génitales à une batterie. Des excréments maculaient ses jambes.

La puanteur, la sueur, le sang.

*

Les bruits de la ville étaient assourdis. En fin de soirée, Jens atteignit l'imposante résidence des Ivanov, s'attendant presque à la trouver fermée, avec des gardes postés devant la porte. La maison était éclairée, ce qui était bon signe. Un valet au regard fuyant l'accueillit, visiblement nerveux. Ce qu'il s'était passé entre le ministre Ivanov et la police après qu'il eut été arrêté avec Popkov avait eu des conséquences.

Jens n'en était pas sorti indemne non plus. Son épaule droite le faisait souffrir à la suite d'un coup de crosse de fusil. Le valet l'accompagna vers le salon bleu. Il ne s'attendait pas à voir Valentina, ce soir-là. Son père avait dû l'enfermer pour ne pas entacher sa réputation après le scandale survenu dans ses écuries.

— Jens Friis, annonça le domestique.

En pénétrant dans la pièce, Jens mit un certain temps à s'accoutumer à la lumière vive. À sa grande surprise, ils étaient tous là. Le général Ivanov, particulièrement guindé dans sa redingote vert foncé, dos à la cheminée, les sourcils broussailleux froncés. Elizaveta Ivanova était assise, figée comme une poupée, sur l'ottomane, les mains sur les genoux, un verre d'eau posé près d'elle.

Jens la remarqua à peine, car il n'avait d'yeux que pour Valentina. Installée à côté de sa sœur, sur le divan, elle était vêtue d'une robe crème assortie à celle de Katia. Le visage inondé de larmes, Katia sourit, rassurée par sa présence. Il ne reçut pas le même accueil de la part de Valentina, dont les yeux bruns étaient presque noirs de colère. Ce n'était pas à son père qu'elle en voulait, c'était à lui. Il ne fut pas frappé par sa beauté, mais par sa force. Jamais elle n'avait été aussi flagrante. Au lieu de lui expliquer pourquoi il s'était battu contre les agents de l'Okhrana, il se tourna plutôt vers son père.

— Monsieur le ministre, je me réjouis de vous voir sains et saufs.

— Friis, que diable faisiez-vous dans mes écuries, à frapper des agents de police à coups de fouet ? Je m'étonne qu'ils vous aient libéré.

— La police s'est méprise, répondit Jens d'un ton ferme, sans regarder Valentina. Ils étaient en train de tuer un de vos domestiques. Cela vous laisse indifférent ?

— Nom de Dieu ! Ce qui m'importe, c'est qu'une caisse de grenades soit cachée dans mes écuries. Elles auraient pu exploser et nous tuer !

Ivanov se mit à marcher de long en large devant la cheminée, les poings crispés.

Jens demeura près de la porte. Il ne fut pas invité à s'asseoir, ce qui était préférable, car il n'aurait eu d'autre possibilité que de prendre place à côté de Valentina.

— Liev n'est pas le seul à avoir échappé à la mort, déclara cette dernière d'un ton neutre. Vous avez pris de gros risques.

— Je ne pouvais pas laisser ces hommes le massacrer sans intervenir.

— Je sais. Où est Liev ?

Jens s'adressa au ministre :

— Il croupit au fond d'une cellule sordide. C'est la raison de ma venue. Popkov a besoin de votre aide. Sinon, je vous garantis qu'il ne passera pas la nuit.

— Papa ! Vous devez le sauver ! implora Katia.

Ignorant ses filles, Ivanov garda les yeux rivés sur Jens.

— Pourquoi vous ont-ils relâché ?

— Parce que je n'ai rien à voir avec ces grenades, et parce que…

Il s'interrompit pour jauger les limites du ministre.

— … j'ai des amis à la Cour. Cher ministre, nous savons que tout est question de relations et d'influence, dans cette ville.

Ivanov réfléchit aux implications de ces propos. Désireux de prendre ses distances, il sortit un cigare d'un coffret en argent posé sur la cheminée sans en offrir un à l'ingénieur.

— Savent-ils qui a caché ces grenades ? s'enquit Jens.

— C'est Viktor Arkine, déclara Valentina. Notre chauffeur.

— Il a avoué ?

— Non, grommela Ivanov. Ma fille a vu la caisse au fond du garage, la semaine dernière. Sans imaginer ce dont il s'agissait, naturellement. Il a dû la déplacer au cas où l'Okhrana vienne fourrer son nez chez nous. S'ils débusquent ce traître, je le ferai fusiller.

— Il a disparu ?

Le ministre aspira longuement la fumée de son cigare.

— Il s'est enfui. Maudit révolutionnaire ! J'espère que la Neva rejettera son cadavre sur la rive, les yeux dévorés par les crabes !

— C'était un bon chauffeur. Je l'aimais bien.

Tous les regards se portèrent sur Elizaveta.

— Jamais insolent, reprit-elle, au contraire de ce Cosaque. Et moins sale.

— Papa ? dit Katia en tendant une main pâle.

Son père se précipita vers elle.

— Qu'y a-t-il, mon petit ?

— Faites ce que Jens vous demande, je vous en prie. Venez en aide à Liev !

Jens remarqua le dilemme du ministre, tiraillé entre son désir de choyer sa cadette en épargnant un domestique sans valeur et l'esprit stratégique implacable dont il faisait preuve en politique. Jens perçut un autre sentiment : de la peur. C'était étrange. Que redoutait à ce point ce ministre du tsar ?

— Katia, ma chérie, tu ne comprends pas, bredouilla Ivanov d'un ton conciliant. Je sais que tu es habituée à la présence de ce Cosaque ignorant, mais…

— Habituée ? coupa Valentina. C'est un peu plus que cela, Papa. Ce Cosaque ignorant, comme vous dites, travaille pour vous depuis toujours. Il a vu son père mourir à cause de ce que vous êtes et parce qu'il est parti à ma recherche, ce fameux jour. Liev Popkov déteste cette prolifération de bolcheviques autant que les rats qui infestent ses écuries. Et pourtant, vous allez le laisser mourir dans une cellule de l'Okhrana ?

— Oui.

— Vous ne pouvez pas !

Le souffle court, elle se leva d'un bond.

— Vous devez appeler le chef de la police pour exiger sa libération immédiate ! lança-t-elle d'une voix tremblante. Sinon je…

Lorsqu'elle se tourna vers Jens, une lueur, dans son regard, alerta son père, qui vint se poster face à lui.

— Sortez de chez moi, Friis ! Je vous interdis de remettre les pieds chez moi ! hurla Ivanov.

Jens s'adressa à Valentina :

— Tu viens avec moi ? Quitte tes parents et viens avec moi !

Ce n'était qu'un murmure, mais il résonna dans la pièce comme un coup de tonnerre. À ses mots, un déclic se produisit en elle. Son corps se détendit soudain, tandis qu'elle soutenait son regard. Sa rage fit place à une langueur, une tendresse qu'elle ne montrait que dans l'intimité de sa chambre à coucher. L'espace d'un moment de folie, il crut qu'elle allait le suivre.

Elle entrouvrit les lèvres et il la prit par le poignet.

— Viens avec moi, répéta-t-il.

Elle ne se dégagea pas de son emprise, regardant son père au prix d'un gros effort.

— Papa, si vous n'exigez pas la libération de Liev immédiatement, je demanderai à quelqu'un d'autre qui acceptera.

— Qui donc ?

— Le capitaine Tchernov.

— Non ! gronda Ivanov. Valentina, écoute-moi. Je ne tolérerai pas que nous soyons redevables aux Tchernov. Ils te trouveraient faible et indigne du mariage convenu.

Le mariage convenu. Ces mots s'insinuèrent douloureusement dans l'esprit de Jens. Ils en étaient donc au stade du mariage convenu ! Il lâcha brutalement le poignet de Valentina, s'inclina brièvement devant Elizaveta et quitta la pièce.

— Attends !

Jens montait en selle, s'efforçant de ne pas entendre la voix de la jeune femme. Il avait besoin de chevaucher, de chasser l'image de ces lèvres traîtresses de sa mémoire. « Mon cœur n'appartiendra jamais au capitaine Tchernov », lui avait-elle promis sur la vie de sa sœur. Son cœur, peut-être pas, mais…

— Jens !

Elle surgit dans la pénombre de la cour et agrippa sa cheville, au-dessus de l'étrier. S'il s'éloignait, il l'entraînerait dans son sillage. Il baissa les yeux vers son visage implorant, son corps frémissant dans sa robe crème, et sentit son cœur se serrer.

— Au revoir, Valentina.

— Ne pars pas !

— Je n'ai aucune raison de rester.

— Jens, je t'aime.

Des larmes se mirent à couler sur ses joues.

— Je n'aime que toi, ajouta-t-elle.

Il lui sourit tristement, puis se pencha pour lui embrasser le sommet du crâne.

— Il semble que l'amour ne te suffise pas.

Sur ces mots, il talonna son étalon si vivement que Valentina lâcha prise et il partit sans se retourner.

Le bureau de son père était le même, avec ses dossiers épars, son coffret à cigares. Dans le couloir, elle entendait le frottement d'un balai sur le sol en marbre, la toux d'un valet, le craquement d'une marche. Les sons familiers, comme si rien n'avait changé, comme si son univers ne venait pas de s'écrouler dans la cour des écuries. Elle s'efforçait de se concentrer sur ce que lui disait son père. Hélas, elle n'entendait que les terribles paroles de Jens : « Je n'ai aucune raison de rester. » Elle ne voyait plus que son regard, sentant encore son puissant mollet sous ses doigts. Elle n'avait plus de lui que cet unique contact.

— Papa, coupa-t-elle, il n'y a pas de mariage convenu.

Il posa les mains à plat sur son bureau.

— Valentina, je t'en prie, ne m'impose pas plus de problèmes que je n'en ai déjà, déclara-t-il avec un calme qui la déstabilisa davantage.

— Très bien, Papa, mais d'abord, occupez-vous de Liev. Je vous en prie, passez cet appel.

Sans discuter, il se dirigea vers le téléphone noir fixé au mur de la pièce et demanda à l'opératrice de lui passer son correspondant. Il se contenta de quelques ordres brefs. Valentina entendit les mots « chef de la police », rien de plus. Ensuite, il revint s'asseoir derrière son bureau et posa sur sa fille un regard désabusé.

— C'est fait. À présent, file !

— Papa, nous ne pouvions pas laisser Liev aux mains de l'Okhrana.

Il se mit à grommeler et se prit la tête dans les mains, exposant son crâne dégarni. Soudain, elle eut de la peine pour lui.

— Papa, comprenez que je n'épouserai pas le capitaine Tchernov. Rien ne me fera assister avec lui au bal impérial du palais d'Hiver.

Il grogna de plus belle.

— J'ai besoin que tu y ailles.

— Je regrette, Papa.

Elle se dirigea vers la porte du bureau.

— Valentina, il n'a pas d'argent !

— Qui ça ?

— Ton ingénieur.

Le cœur de la jeune femme se serra. Elle posa une main sur la poignée de la porte.

— Il en a suffisamment.

— Suffisamment pour toi, peut-être, mais pas assez pour moi.

Il la dévisageait avec attention.

— Papa, pourquoi voudriez-vous de son argent ? s'étonna-t-elle en balayant la pièce du regard, ses objets d'art, ses tableaux, ses livres reliés de cuir. Je ne comprends pas.

Le regard du ministre se voila. Il blêmit soudain et sa bouche esquissa un étrange rictus.

L'espace d'un instant, elle crut qu'il avait une crise cardiaque.

— Papa ?

Un silence pesant s'éternisa entre eux.

— Papa ?

Elle s'approcha de lui. Enfin, il se redressa.

— Très bien. Je vais te dire pourquoi j'ai besoin de cet argent, Valentina. C'est simple. Je suis ruiné. Ne prends pas cet air ahuri. Je suis criblé de dettes. Envers des banques, des créanciers et même des usuriers. Envers quiconque a bien voulu accepter mes reconnaissances de dette.

Il s'interrompit un instant.

— Écoute, si tu n'épouses pas le capitaine Tchernov, j'irai en prison pour détournement de fonds. À sa mort, ta mère sera jetée dans la fosse commune et ta sœur bien-aimée se retrouvera à la rue.

Il poussa un long soupir plein d'amertume qu'il semblait retenir depuis des mois, et plongea dans le regard de sa fille.

— Est-ce là ce que tu veux, Valentina ?

*

Arkine était allongé par terre, sur un lit de fortune constitué de quelques sacs de toile, l'habit sacerdotal d'un prêtre en guise de couverture. Il avait allumé une bougie dans un couvercle en métal. Ironie du sort, il avait cherché refuge dans la maison de ce Dieu qu'il méprisait et avait du mal à ne pas ressentir de la gratitude, comme sa mère, autrefois. Il imaginait l'église, ses icônes, toutes ces prières, au-dessus de lui, qui le protégeaient. Il ne put s'empêcher de murmurer le « merci » qui brûlait de franchir ses lèvres.

Un rat furetait dans l'ombre, grattant le sol en pierre de ses griffes. Des pointes de sabres hantaient Arkine en permanence. Sa douleur à l'épaule s'estompait. Sa blessure commençait à guérir. En revanche, la souffrance qui lui tenaillait le cœur allait grandissant. Il fixa les poutres noires, au-dessus de sa tête. Il faisait si froid qu'il était impossible de dormir. Il n'en avait aucune envie, étant donné les cauchemars qui le menaçaient.

— *Spassiba,* dit-il à voix haute. Merci.

Il ne s'adressait pas à Dieu, cette fois, mais au père Morozov qui l'avait recueilli. Morozov affirmait être un serviteur de Dieu. Il se trompait ! En réalité, c'était le peuple russe qu'il servait.

Contre sa hanche, il sentait la chaleur du petit pistolet à crosse de nacre. Il était chargé. Et Arkine ne pouvait pardonner une trahison.

*

— Viktor, entre donc !

L'épouse de Sergueïev le gratifia d'un sourire de bienvenue. Elle semblait… Arkine chercha ses mots. Métamorphosée. Chenille grise et informe devenue papillon aux couleurs chatoyantes. En dépit de ses cheveux sales et ses vêtements en loques, elle était radieuse. La naissance d'un enfant constituait-elle un tel épanouissement ? Dans l'intérêt de la jeune femme, il eut envie de s'en aller, mais il n'en fit rien.

— Salut, Viktor. Je suis content de te voir.

Sergueïev tendit une main qu'Arkine ne parvint pas à prendre. S'approchant de la table, il se pencha sur un tiroir qui faisait office de berceau pour contempler un nourrisson rose. Ses doigts, son nez, son menton pointu, ses oreilles duveteuses et ses cils dorés, tout était minuscule. Arkine en eut le cœur serré.

— Elle s'appelle Natacha.

— Elle est belle.

— Merveilleuse, tu veux dire.

— Félicitations.

Il posa sur la jeune maman un regard plein de respect. En voyant ses seins gonflés, malgré sa silhouette malingre, il ressentit un élan de désir pour elle et se tourna vivement vers Sergueïev.

— Je peux te parler en privé ?

Ils vivaient dans une seule pièce exiguë, avec un lit et une table autour d'un poêle. Le logement était propre. Si les carreaux colorés du sol sentaient le pin, les murs étaient fissurés du sol au plafond et le plâtre s'effritait par endroits.

— Tu peux parler en présence de Larissa, tu sais. Il fait trop froid pour sortir.

Pour souligner ses propos, Sergueïev s'assit.

— Elle est au courant de nos activités, ajouta-t-il.

— Ah bon ?

— Bien sûr.

Sergueïev paraissait tendu et peu désireux d'être seul avec lui.

— Comment va ton bras ? s'enquit Arkine.

— Il me fait mal.

Larissa se tenait près du tiroir, indifférente à leur échange, une main posée sur le bois, incapable de le lâcher. Elle affichait un sourire béat. C'en était trop.

— Tu as de la chance, camarade, dit doucement Viktor. Tu as échappé à la bataille entre les apprentis et l'armée.

— Je le regrette. J'ai entendu dire que ça avait été dur.

— Pire encore.

— Je suis désolé, assura Sergueïev, les yeux rivés sur le tiroir. Tu as été blessé ?

— Quelques plaies, rien de grave.

— On n'aurait jamais cru que l'armée s'attaquerait à des garçons aussi jeunes, hein ?

— Non. On se trompait.

Un silence pesant s'installa.

— Pourquoi tu as fait ça ? reprit Arkine.

— Quoi ?

— Les trahir.

Larissa sursauta.

— Retire ce que tu viens de dire, camarade Arkine ! s'exclama-t-elle.

Sergueïev demeura silencieux, les yeux rivés sur sa fille.

— Pourquoi ? répéta Arkine. Les soldats nous attendaient, prêts à charger. Pourquoi ?

— À cause du bébé, murmura Sergueïev.

Larissa porta une main à sa bouche, mais son mari ne la regardait pas.

— L'Okhrana m'a repris, ce soir où on a croisé ces agents. Quand nous nous sommes séparés, ils m'ont acculé comme un rat et m'ont tabassé au point de me briser le bras en mille morceaux, une fois de plus. Ils ont menacé de me jeter en prison et de m'y laisser croupir. J'ai pensé à Larissa, à notre bébé qui allait naître. Je n'avais pas le choix.

Il affronta enfin le regard d'Arkine.

— Mon ami, continua-t-il, tu ne sais pas ce que c'est que d'aimer quelqu'un plus que ta propre vie, plus que tes propres convictions. Je ne pouvais laisser ma femme et mon enfant à la rue où ils seraient morts de froid.

Larissa sanglotait en silence. Percevant son angoisse, le bébé se mit à pleurer.

— Camarade, dit Arkine d'un ton sec, poursuivons cette discussion dehors. Ta femme et ton enfant n'ont pas à entendre.

Il fit lever Sergueïev et l'entraîna tandis que Larissa prenait sa fille dans ses bras pour calmer ses pleurs. Arkine tourna le dos à cette scène qui était déjà gravée dans sa mémoire. Dans la rue, les deux hommes marchèrent longtemps sans piper mot. Il ne neigeait plus, mais les toits étaient couverts d'un épais manteau blanc qui menaçait de tomber sur les passants imprudents. La Russie était ainsi. Elle se jetait sur vous, vous engloutissait et vous détruisait si vous n'y preniez pas garde.

— Mon ami…

— Je ne suis pas ton ami, coupa Arkine.

— Viktor, je t'en prie, je…

— Tu as trahi les apprentis. Ils nous faisaient confiance et ils en sont morts. Et tu m'as trahi, moi. Tu as informé l'Okhrana que j'avais caché les grenades dans le garage des Ivanov.

— Non, pas toi, Viktor. Je voulais que les Ivanov soient incriminés.

— Ne m'embrouille pas, camarade.

Ils passèrent devant une ruelle sombre, jonchée de détritus et de rats crevés, qui serpentait entre les cours des bâtiments. Viktor s'arrêta. Impassible, il sortit son petit pistolet de sous son manteau, posa le canon sur la tête de Sergueïev et appuya sur la détente.

Abandonnant le corps inerte, il s'éloigna, emportant avec lui l'image de Larissa berçant son bébé.

26

Valentina gravit les marches de l'escalier du Jourdain en agitant un éventail en plumes de cygne. C'était officiel : elle était une prostituée et serait vendue au plus offrant. Vous avez de l'argent ? Prenez-la, elle est à vous !

Le bal impérial du palais d'Hiver était une démonstration parfaitement orchestrée de grandeur et de richesse, le clou de la saison à Saint-Pétersbourg. En ville, on se disputait âprement les invitations ornées de l'aigle à deux têtes imprimé en or et en relief. La lumière des centaines de lustres et de chandeliers se reflétait dans les miroirs et dorures. Valentina était venue au bal, comme son père le lui avait demandé. À son côté, Maria, la nièce de la comtesse Serova, s'extasiait en traversant le salon Nicolas. Elle lui murmura que les orchidées avaient été acheminées depuis la Crimée par trains spéciaux, mais Valentina ne parvenait pas à s'y intéresser.

— Valentina, j'ai l'impression que nous sommes mortes et montées au paradis !

— Je suis morte et descendue en enfer.

— Ne sois pas ridicule ! Regarde tous ces séduisants officiers qui n'attendent que nous !

La foule des invités chatoyait sous les yeux de Valentina. Les citronniers et orangers luxuriants, les hauts palmiers se mirent à tourbillonner dans sa tête. Elle s'éventa de plus belle sans prêter attention à la parade des princes et princesses, des ducs et comtes, des évêques en robe pourpre et longs voiles blancs.

Je préférerais être morte qu'être ici, songea Valentina. Cette soirée lui rappelait la nuit où Katia s'était entaillé les veines. En dépit de la chaleur ambiante, elle frémit.

— Tu es anxieuse ? interrogea Maria en la prenant par le bras.

— Non. Pourquoi le serais-je ?

— Parce que ton Stepan sera là, ainsi que ses parents, le comte Tchernov et sa femme.

— Mon Stepan, railla Valentina.

— Pourquoi ce ton ?

— Je m'efforce de faire rentrer cette idée dans ma tête.

Maria la regarda d'un air étrange.

— Est-il arrivé ? demanda-t-elle.

Les militaires en tenue d'apparat, officiers de divers régiments, Cosaques en rouge, lanciers en bleu, se pavanaient dans les prestigieux salons. Pas un signe du capitaine Tchernov.

— Maria, j'aimerais boire quelque chose.

Le cocktail lui fit du bien. Les airelles qui flottaient dans son verre l'amusèrent. Elle avait eu le choix entre plusieurs types de vodkas : aromatisée à l'écorce de citron, au poivre, aux airelles ou à l'herbe de bison. Elle aurait volontiers goûté à l'herbe de bison, mais s'était ravisée car le valet avait failli tout renverser sur sa livrée quand elle l'avait arrêté pour se servir sur le plateau d'argent. Maria, qui dégustait un sirop de citron vert, dévisagea son amie d'un air ahuri.

— Valentina ! persifla-t-elle. Tu vas te couvrir de honte !

Valentina s'esclaffa, étonnée d'en être encore capable.

— C'est déjà le cas !

Elle alla s'adosser négligemment contre une imposante colonne en marbre italien, un privilège d'ordinaire réservé aux hommes. Elle se contenta d'effleurer le marbre blanc de son soulier de satin et d'un coude, histoire de se tenir droite. Sa tendance à vaciller l'inquiétait un peu.

Maria l'avait quittée et bavardait avec un officier. Valentina était devenue experte dans l'art de repérer les plateaux d'argent qui circulaient et d'interpeller les serveurs d'un haussement de sourcil. Elle se sentait étonnamment bien, détendue, pas vraiment éméchée, mais presque. L'abîme de noirceur qu'elle avait perçu à son arrivée semblait peu à peu se dissiper. Pour l'heure, elle ne songeait qu'à Jens, son sourire, son torse nu, les battements de son cœur qui s'étaient insinués dans sa tête.

— Valentina, je vous cherchais !

— Bonsoir, capitaine Tchernov.

Elle lui tendit la main. L'officier déposa un chaste baiser sur sa paume. Comme si elle lui appartenait. Elle entendit de la musique, l'air de la danse des petits cygnes de Tchaïkovski. Dans une galerie, un orchestre jouait des notes qui ravivèrent une sourde douleur qu'elle croyait avoir noyée dans la vodka.

— Valentina, ma chère, vous êtes ravissante, ce soir.

Le visage du capitaine irradiait. Que ressentirait-elle à voir ce visage chaque jour pour le reste de sa vie ?

— Capitaine…

— Je vous en prie, appelez-moi Stepan.

— Stepan, si nous nous promenions dans les salons jusqu'à l'arrivée du couple impérial ?

Il lui offrit son bras.

— J'en serais honoré.

À regret, elle s'écarta de sa colonne et prit le bras du capitaine. Cette promenade était une bonne idée, car elle n'aurait pas à regarder le visage du jeune homme.

Stepan Tchernov était courtois et attentionné. Pendant une demi-heure, elle lui permit de la guider dans les salons. Il ne cessait de lui faire part de son opinion sur des questions militaires.

— Le tsar devrait limoger le général Levitski. Il est trop vieux il perd la mémoire. Il faudrait le remplacer par…

Lassée, Valentina ne l'écouta plus. Il lui présenta Makarov, le ministre de l'intérieur, et Stolypine, le Premier ministre, un homme imposant au crâne chauve et bombé. Il avait une barbiche bien nette et un regard pétillant d'intelligence. Lorsqu'elle lui sourit, il ne se sentit plus de joie.

— C'est un diamant que vous avez là, Tchernov ! Prenez grand soin d'elle.

Comme si elle n'était qu'un accessoire à exposer au regard des autres ! Lorsque Stepan l'entraîna vers ses parents, elle crispa les doigts sur son bras et esquissa une révérence à contrecœur. Elle ne retint guère plus de cette rencontre. Sur les coups de vingt et une heures, le comte Vladimir Frederick, grand maréchal de la cour, annonça le tsar Nicolas et la tsarine Alexandra, empereur et impératrice de toutes les Russies. Lorsqu'il frappa trois coups de son bâton d'ébène, Valentina sursauta.

— Leurs majestés impériales !

Le capitaine Tchernov sourit à la jeune femme et caressa la main qu'elle avait posée sur son bras. Elle se réjouit de porter de longs gants blancs.

Le cortège avança lentement, ruisselant de joyaux et de médailles. Ils étaient au moins une centaine de grands-ducs et grandes-duchesses à parader comme si le monde leur appartenait. Ils possédaient au moins la Russie. Les Romanov s'y accrochaient si fort que ce n'était pas un groupe de malheureux ouvriers qui parviendraient à la libérer de leur emprise. Valentina fut impressionnée malgré elle. La Russie était en sécurité. Les révolutionnaires en maraude n'avaient aucune chance de prendre les rênes du gouvernement.

— Vous n'avez pas besoin de ces bijoux, souffla Tchernov à son oreille. Vous êtes plus belle qu'un diamant.

Elle lâcha son bras.

— Que savez-vous de ce dont j'ai besoin ?

Ils dansaient depuis des heures, mais Valentina ne voulait pas s'asseoir. La torpeur induite par l'alcool commençait à se dissiper telle la mer qui se retire, ne laissant que des rochers escarpés derrière elle.

Comment son père avait-il pu être si inconséquent ? Elle avait envie d'arracher sa robe en soie crème ornée de perles. À elle seule, elle avait coûté des milliers de roubles. Et les autres tenues de sa garde-robe ? Et celles de sa mère ? Financées par des emprunts, à n'en pas douter. Une expression la hantait jusqu'à lui donner des palpitations : « détournement de fonds ». En tant que ministre des finances du tsar, son père avait les clés du coffre des Romanov.

— Pourquoi cet air sérieux ? interrogea Tchernov en serrant sa main dans la sienne.

Il l'enlaçait d'un air possessif en dansant une valse.

— J'observais les différents uniformes. Nous sommes décidément une nation très martiale.

Il lui adressa un sourire plein d'indulgence.

— Ma chère, vous devez comprendre que la Russie est restée unie, non pas grâce à ses lois ou sa civilisation, mais grâce à son armée.

— Je pensais que nous avions dépassé ce stade. Qu'en est-il de notre commerce, notre agriculture ?

Il rit, faisant fi de son opinion.

— La Russie est et sera toujours un État militaire, affirma-t-il.

Il dansait bien, évoluant sur le parquet avec souplesse et maîtrise. La jeune femme n'en avait pas terminé. Elle revint à la charge :

— J'ai entendu dire que des apprentis avaient été agressés, l'autre jour, près des dépôts ferroviaires.

— Agressés, non. Disons qu'ils ont reçu une leçon.

— De quelle faute étaient-ils coupables ?

— Valentina, pas maintenant..., la réprimanda-t-il un peu sèchement.

— Stepan, étiez-vous parmi les hussards qui ont agressé ces apprentis ?

Un peu tendu, il croisa son regard.

— Oui. J'y étais.

Il la dévisagea longuement avant d'ajouter :

— Avez-vous un commentaire à ce propos ?

— Non. Pas de commentaire.

À minuit, un souper fut servi sous la forme d'un buffet. Valentina ne mangea presque rien. Des tables rondes étaient disposées dans la salle de concert, couvertes de nappes blanches damassées, brodées de l'aigle des Romanov. À chaque table, une chaise demeurait vide pour le tsar qui circulait parmi ses invités. Incapable de supporter cette abondance de *zakouskis* et de faisans rôtis, Valentina s'excusa et gagna une antichambre. Une silhouette féminine en robe pâle se tenait près de la haute fenêtre, à contempler le ciel nocturne. Valentina s'approcha d'elle.

— Bonsoir, comtesse Serova.

Quand la comtesse fit volte-face, la jeune femme remarqua son verre de cognac.

— La pianiste, je crois... Que faites-vous ici ?

— J'avais trop chaud.

La comtesse but une gorgée d'alcool et esquissa un sourire.

— Vous avez soif ?

— Oui.

Valentina suivit l'élégante comtesse vers une longue table dressée dans la pièce voisine. En son centre, un dauphin sculpté dans la glace semblait jaillir des eaux, mais Valentina lui accorda peu d'attention. Il était entouré de verres. Les boissons sans alcool à droite, les vins et spiritueux à gauche.

— Un verre de vin ? suggéra la comtesse. Ou quelque chose de plus fort, peut-être ?

— Un nectar de pêche, répondit la jeune femme en sélectionnant un verre qu'elle porta aussitôt à ses lèvres. C'est rafraîchissant.

Les yeux bleus de la comtesse exprimèrent son agacement. De toute évidence, elle espérait saouler Valentina. Se mordillant les lèvres, elle s'éloigna, lassée de ce petit jeu. Valentina ne broncha pas. Il faisait plus frais, dans cette pièce. Elle prit un glaçon et le passa sur sa tempe tout en buvant son jus de fruit. Sans le finir, elle en sélectionna un autre et le versa dans le reste de jus de pêche.

— Vous vous êtes absentée longtemps, l'admonesta Stepan Tchernov, les sourcils froncés, lorsqu'elle se rassit. Seriez-vous souffrante ?

— Nullement, affirma-t-elle avec un sourire. J'ai croisé la comtesse Serova et nous nous disputions pour savoir quel uniforme était le plus seyant.

— J'espère que vous avez défendu celui des hussards.

— Naturellement…

Elle glissa une main le long de son cou et vit ses yeux bleus suivre son mouvement.

— Comme si je pouvais en remarquer un autre, ajouta-t-elle.

Il se mit à rire et se lança dans le récit d'un combat de coqs dont Valentina perdit vite le fil.

— Je vais chercher une autre boisson, annonça-t-elle.

— Je demande à un serveur de s'en charger.

— Merci, mais j'ai besoin de me dégourdir les jambes.

— Dépêchez-vous, dit-il en désignant le tsar, attablé non loin d'eux. Nous aurons bientôt l'honneur de la compagnie de sa majesté impériale.

Tandis qu'elle franchissait le seuil de la pièce, une pensée lui vint : Tchernov aimait lui donner des ordres.

27

Jens fumait une cigarette ornée du monogramme de Nicolas II. Que ressentait-on à voir ses initiales imprimées, brodées ou gravées un peu partout ? Impossible d'oublier qui l'on était, dans ces conditions. Jens n'était venu au bal que pour faire plaisir au ministre Davidov et il n'était pas d'humeur à festoyer. Cependant, il avait parlé aux hommes que Davidov avait réunis dans un petit salon privé. Ils avaient négocié jusqu'à ce que l'atmosphère soit totalement enfumée, puis s'étaient serré la main. Jens ne leur faisait pas confiance. À Saint-Pétersbourg, on ne pouvait se fier à personne.

Pas même à une paire d'yeux rieurs et sombres. Il fit la moue et éteignit sa cigarette.

— Qu'est-ce que vous avez, ce soir ? s'enquit Davidov. Vous semblez à cran.

— Je suis venu, j'ai discuté avec vos maudits financiers, vous n'espériez tout de même pas un sourire, en plus !

Le ministre Davidov ricana en faisant tournoyer son cognac dans son verre. Chose rare, son visage aquilin exprimait une certaine satisfaction.

— Une histoire de femme, sans doute.

— Qu'est-ce qui vous fait penser cela ?

— Je vous ai vu travailler et risquer votre vie dans une de vos canalisations. Je vous sais colérique, implacable. Regardez-vous, à présent ! Je ne vous ai jamais vu dans cet état.

Si les deux hommes portaient une redingote noire à revers dorés, celle de Jens était fripée. Il était avachi sur sa chaise tapissée de brocart.

— Je suis là pour affaires, grommela l'ingénieur. Rien de plus.

Au moment où il allumait une autre cigarette, il vit une femme entrer dans la pièce. Au bal de l'empereur, les femmes devaient être vêtues de blanc ou de crème. De prime abord, elle n'était qu'une élégante parmi tant d'autres. Ce fut sa démarche qui l'alerta, son port altier, une détermination farouche.

— Comtesse Serova, dit-il en se levant pour se pencher sur sa main tendue.

— Jens, pourquoi te caches-tu ici ? demanda-t-elle d'un ton glacial. Tu ne sais donc pas que ta petite pianiste joue pour sa majesté impériale ? Dépêche-toi. Elle fait un tabac.

Il lui était impossible de l'aider. Il avait l'impression de voir un chaton de noyer. Ses mains qui s'agitaient fébrilement, sa bouche qui cherchait son souffle, les regards dédaigneux de l'assemblée, les commentaires moqueurs… D'abord, il avait cru que Valentina taquinait son auditoire, qu'elle cherchait à faire rire avec ses fausses notes. Mais non, elle ne plaisantait pas, perchée au bord de son tabouret, devant le piano à queue.

C'était un désastre. Au bord des larmes, Valentina avait envie de s'enfuir en courant. Elle tint bon, les dents serrées, et joua l'*Ode à la joie* de Beethoven. Le titre n'aurait pu être plus inapproprié. Il n'y avait pas la moindre joie dans cette salle. Sur des sièges dorés, le tsar et la tsarine étaient entourés de l'élite de Saint-Pétersbourg, dans une pièce où s'était produit un peu plus tôt un orchestre de balalaïka. Des murmures parcouraient l'auditoire.

Valentina, mon amour, si seulement je pouvais te prêter mes doigts…

Agacé, le tsar tirait sur sa barbiche, la mine de plus en plus soucieuse. Enfin, sans un mot, il se leva, offrit son bras à sa femme et quitta les lieux. Quelques invités leur emboîtèrent le pas, parmi lesquels la comtesse.

Quelle grossièreté ! Elle n'a pas fini de jouer. D'essayer…

Au premier rang, le capitaine Tchernov était aussi écarlate que son uniforme. Jens fut envahi par un profond dégoût. Le père de Valentina avait sans doute dit vrai. Le mariage était prévu. Le capitaine la considérait déjà comme sa propriété et ressentait personnellement cette humiliation. Jens lui en voulut pour cela. Le militaire n'avait pas de peine pour Valentina, pas de compassion. Il n'avait aucune envie de tout sacrifier pour la sortir de cet enfer. Il avait simplement honte d'elle.

La musique s'arrêta brutalement et Jens déclencha des applaudissements avant de s'avancer vers elle.

— Valentina Ivanova ! s'exclama-t-il. C'est très généreux d'avoir accepté de jouer pour nous alors que vous êtes souffrante !

Elle leva les yeux vers lui et se redressa fièrement. Elle se mit debout avec sa grâce coutumière, une main sur la tempe pour exprimer un léger mal de tête. Puis elle lui sourit et prit le bras qu'il lui offrait. Sans se presser, ils se frayèrent un chemin au milieu de l'auguste assemblée en direction de la porte, sans un regard pour le capitaine Tchernov.

Jens l'enlaça, huma le parfum de ses cheveux et sentit sa tristesse dans son souffle. Il la garda contre lui jusqu'à ce que ses tremblements cessent.

— Valentina, oublie-les, lui conseilla-t-il en l'embrassant sur la tempe. Ces gens-là ne sont pas dignes de ta détresse.

Il l'embrassa encore et l'entraîna vers une alcôve, derrière une colonne en marbre.

— Tu as été merveilleuse.

— J'ai été mauvaise.

— Non, tu étais sublime ! Ivre morte, certes, mais encore capable de faire en sorte que Beethoven ressemble à du Beethoven.

— Mes doigts ont commis un millier d'erreurs, les imbéciles !

— Personne ne s'en est aperçu.

— Vraiment ? demanda-t-elle en le fixant.

Elle remarqua son sourire taquin et elle se mit à rire.

— Le tsar n'a rien remarqué d'anormal, d'après toi ?

— Absolument rien !

— Ouf !

Son corps chaud et souple enveloppé de soie crème était lové contre lui. Il lui enserrait la taille et la maintint lorsqu'elle rejeta la tête en arrière, pleine de cette joie qui avait tant manqué à sa musique. Son rire fut superbement libérateur.

— Menteur… souffla-t-elle d'une voix rauque.

Il effleura son cou de ses lèvres.

— Pars avec moi, murmura-t-il. Maintenant.

Il la prit par le menton pour plonger dans son regard sombre. Elle avait les yeux mi-clos, mais il percevait leur brillance sous ses longs cils.

— Épouse-moi, dit-il.

— Embrasse-moi d'abord.

Jens s'empara avidement de ses lèvres. Elle réagit avec la passion, la fureur et la joie qu'elle destinait à sa musique.

— Jens, sortons contempler les étoiles. Redemande-moi de t'épouser sous les étoiles.

Le ciel était couvert, ce qui n'avait aucune importance. Il lui décrirait chaque constellation imaginaire, chaque univers lointain.

Elle se hissa sur la pointe des pieds, un peu chancelante, et l'embrassa.

— Demande-moi encore, Jens Friis…

Soudain, il reçut un coup et ressentit comme une morsure sur sa joue. Il empoigna le bras en uniforme qui l'agressait et en arracha un gant blanc. En découvrant son propriétaire, son sang ne fit qu'un tour.

— Capitaine Tchernov, vous m'insultez !

Il jeta le gant à ses pieds.

— Ne la touchez pas ! persifla Tchernov, ivre de rage. Ôtez vos sales pattes de Mlle Ivanova ou je vous tue ici même, à mains nues, devant le tsar !

— Essayez donc !

— Arrêtez ! s'écria Valentina. Arrêtez !

Elle saisit Jens par le bras. Il n'osa la repousser.

— Au secours ! poursuivit-elle. Aidez-moi à les retenir !

D'autres uniformes apparurent. Davidov faisait grise mine. Un flot de jurons et d'invectives s'éleva, mais Jens n'y prêta aucune attention.

— J'exige réparation ! lança Tchernov, tandis que deux officiers en bleu le forçaient à reculer. Mes témoins vous verront dès demain.

— Volontiers.

— Non, intervint Valentina, la mine pâle. Si vous vous affrontez en duel, je n'épouserai ni l'un ni l'autre, je vous le garantis !

Jens sentit que la jeune femme lui filait entre les doigts. Il refusait de renoncer à elle, pas ainsi, pas maintenant... Il se tourna vers le capitaine Tchernov, claqua les talons et s'inclina, avant de lui tendre la main. Tchernov hésita, regarda brièvement Valentina comme s'il jaugeait sa valeur, puis il se dégagea de l'emprise des officiers et serra la main de Jens. Nul ne dit mot.

— Dieu soit loué, soupira Valentina. Pourquoi les hommes deviennent-ils si facilement des machines de guerre écervelées ?

Faute de réponse, elle s'éloigna avec toute la dignité dont elle était capable.

— Demain, marmonna Jens dès qu'elle fut trop loin pour l'entendre. J'attends de vos nouvelles demain.

*

La lumière, le moindre mouvement transperçaient le cerveau de la jeune femme. Le lendemain matin, elle gravit les marches avec précaution, les mains sur les murs, les yeux plissés dans la pénombre. Si elle parvenait à garder la tête droite, elle avait une chance de parvenir au sommet de l'escalier. À mi-chemin, une souris fila sur sa chaussure, si vivement que la jeune femme perdit l'équilibre et trébucha.

— *Chyort !* maugréa-t-elle. Nom de Dieu !

— Qui est là ? lança une voix, à l'étage.

Les oreilles de Valentina se mirent à bourdonner.

— Ne crie pas !

Elle se hâta de gravir les dernières marches de peur de basculer en arrière et de tomber dans l'écurie. En haut, elle balaya les lieux d'un regard curieux. C'était la première fois qu'elle s'aventurait dans les quartiers des palefreniers. Un long couloir donnait sur une série de chambrettes. Une seule porte était fermée. Elle frappa.

— Dehors !

Elle jura de plus belle :

— Je refuse d'être montée jusqu'ici pour rien.

Elle entra. La pièce était plongée dans la pénombre et l'unique petite fenêtre était crasseuse. Il flottait une odeur de cheval et de sueur.

— Tu es encore en vie, Liev. Ils n'ont pas réussi à t'abattre.

— La mauvaise graine est increvable.

— Je t'ai apporté quelque chose.

D'un châle noué autour de sa taille elle sortit une bouteille de vodka et un paquet de cigarettes. Les yeux cernés de noir de Popkov se mirent à pétiller d'envie. Assis sur une chaise, près du lit, le malheureux faisait peine à voir. Il avait le visage tuméfié, le nez tordu, le front et les lèvres lacérés de plaies et, lorsqu'il tendit la main vers la bouteille, elle remarqua qu'un ongle lui avait été arraché. Il n'en restait qu'une croûte de sang séché. La colère enfla en elle.

— C'est une excellente vodka qui provient de la réserve de mon père, expliqua-t-elle avec un sourire forcé. Pas ton tord-boyaux habituel.

Il sourit et but une gorgée d'alcool avec un soupir d'aise.

— Le seul médicament qu'il me faut.

— Liev, comment te sens-tu ? Je veux dire… tu as très mal ?

— Je survivrai, répliqua-t-il en brandissant la bouteille. Vous en voulez ?

— Non, merci.

— On dirait pourtant que vous en avez besoin.

Il se mit à rire et grimaça aussitôt de douleur en se tenant les côtes. Tentée par l'alcool, Valentina se détourna.

— On ne peut pas dire que tu vis dans un palais, déclara-t-elle.

— Ça me suffit.

Il se contentait d'un lit, une chaise, une étagère et quelques patères ? À vingt-deux ans, Popkov était un homme. Il n'avait que quatre ans de plus qu'elle et était déjà résigné à ce logement de misère.

— Tu as de l'eau ?

— Dans la cour.

— Je vais t'en chercher.

— Ne vous donnez pas cette peine.

À la pensée de l'escalier étroit, elle sentit monter une nausée.

— Ce n'est pas un problème. Quelqu'un doit s'occuper de toi.

Sa tâche lui prit un certain temps. Elle finit par lui monter une cuvette d'eau chaude et une assiette de pain noir et de fromage. Elle avait glissé sous son bras un paquet de pansements et de bandages que l'infirmière Sonia avait rechigné à lui donner, car elle ne voulait pas les gaspiller pour ce « Cosaque crasseux ». Popkov grommela de douleur tandis que la jeune femme soignait ses blessures. Elle redressa au mieux sa cloison nasale, pansa ses plaies. En revanche, il refusa d'enlever autre chose que sa chemise.

— Ne sois pas bête, gronda Valentina. Je suis infirmière. Je suis habituée à...

— Vous êtes une fille.

Elle sourit et se garda bien d'insister. En enroulant un bandage autour de son torse pour couvrir ses traces de fouet, elle lui demanda :

— Tu les détestes, les hommes qui t'ont fait ça ?

— L'Okhrana ! maugréa-t-il avant de cracher par terre.

Il y avait du sang dans sa salive.

— J'ai toujours détesté les flics, reprit-il. C'est pareil avec ces assassins de bolcheviques.

— Liev, si tu détestes les deux côtés, sur qui peux-tu compter ? En qui vas-tu croire ?

— En moi, naturellement ! répondit-il, l'air étonné.

— J'aurais dû m'en douter.

En riant, elle eut soudain le tournis. Elle dut attendre de recouvrer ses esprits pour terminer ses soins. Ensuite, elle s'attarda sur le seuil, sa cuvette à la main, adossée au chambranle. Elle avait posé un pot de pommade sur le lit.

— Tu te sens mieux ?

Il avala une autre gorgée de vodka.

— Votre homme, cet ingénieur, il m'a sauvé la…

Il s'interrompit. Les mots ne sortaient pas.

— Je sais, dit-elle doucement. Je sais. Jens Friis est heureux que tu sois toujours en vie.

Popkov hocha la tête.

— Il ne fera pas de vieux os si vous ne faites pas quelque chose.

— De quoi parles-tu ? demanda-t-elle, alarmée.

— Du duel.

— Non, ce n'est pas vrai !

— Des rumeurs circulent, sur vous, sur la rixe. Ce blanc-bec blond, il a le goût du sang. L'an dernier, il a tué deux hommes en duel.

— Non, Liev. Tu dois te méprendre. Ils ne vont pas se battre. Ils me l'ont promis !

Popkov secoua négativement la tête d'un air désolé.

— Vous êtes une fille ! Ils vous ont menti, bordel !

En entendant le tintement métallique du monte-charge, Valentina eut la chair de poule. C'était la première fois qu'elle revenait dans les tunnels de

Jens. Elle portait sa cape d'infirmière dont elle serra les pans contre elle pour chasser les souvenirs que ce bruit lui évoquait.

Dans le bureau de Jens, elle préféra rester debout, devant la fenêtre, à observer la cour qui grouillait d'activité. Les ouvriers coiffés de casquettes surgissaient du sous-sol en clignant des yeux, éblouis par le soleil. Les femmes poussaient des wagonnets de gravats sur des rails. Maigres, le teint grisâtre, en uniforme brun, la tête couverte d'un foulard, il était impossible de les différencier. Était-ce le spectacle auquel Jens assistait quotidiennement ? Un coursier était allé le chercher.

— Du thé ? lui proposa un employé.

— Non, merci.

L'employé retourna à ses dossiers, tandis que Valentina patientait. Dehors, dans le ciel d'hiver bleu pâle, un oiseau solitaire volait au gré du vent, au-dessus de la ville. La jeune femme entendit les pas vifs de Jens et, avant même de le voir, sentit son cœur s'emballer. En découvrant sa présence, il la rejoignit en quelques enjambées.

— Quelque chose ne va pas ?

— En effet.

D'un geste, il congédia l'employé qui sortit sans un mot.

— Que se passe-t-il ?

Inquiet, il se pencha vers elle, mais elle recula.

— Tu m'as menti ! lança-t-elle, furieuse.

— À quel propos ?

— Le duel.

— Ah, ça...

— Oui, ça !

Jens se dirigea vers son bureau parfaitement ordonné. Il s'assit et observa la jeune femme d'un air prudent qu'elle eut envie d'effacer de son visage.

— Tu comptes te battre ?

— Oui.

— Non, Jens. Non ! Ne fais pas ça ! Tu m'entends ? Aurais-tu perdu la raison ? Il va te tuer ! Il…

Elle était déterminée à ne pas pleurer, à ne pas se conduire en « fille », même si la perspective de le perdre lui déchirait le cœur. Elle se détourna vers la fenêtre. Elle tremblait tant qu'elle dissimula les mains sous sa cape.

— Je t'en prie, Jens, ne te bats pas en duel. Je veux que tu restes en vie.

C'était mieux, assez mesuré pour qu'il l'écoute. Hélas, le silence s'éternisa entre eux, aussi morne que ses maudites canalisations. Elle comprit qu'elle ne l'emporterait pas. Pire encore, il la contemplait fixement, derrière son bureau, comme si c'était la dernière fois.

— Fais-moi confiance, dit-il à voix basse, d'un ton las.

— Il risque de te tuer.

— À moins que je ne l'élimine avant.

— Il a abattu deux adversaires, l'an dernier.

— Je suis différent.

— Jens, ne fais pas ça ! Ne serait-ce que pour moi… implora-t-elle.

Il esquissa un sourire qui étonna la jeune femme tant il était résigné.

— Pourquoi, Jens ? Pourquoi ? Il te suffirait de passer ton chemin.

L'ingénieur secoua la tête.

— Ne fais pas ça, nom de Dieu ! s'emporta-t-elle en frappant du poing sur le bureau. Et n'essaie pas de me raconter que les hommes doivent s'affronter pour défendre ce qui leur appartient, pour marquer leur territoire ! Rassure-moi, tu n'es pas aussi stupide ? À moins que je ne me méprenne. Tu es peut-être aussi abruti que les autres, en quête de gloire comme ces héros de pacotille dans leurs uniformes d'apparat. Je te croyais différent, je te croyais...

Elle se tut en le voyant se lever et contourner le bureau. Soudain, il l'enlaça et la serra dans ses bras, la tête sur son épaule. Même si elle l'avait voulu, elle n'aurait pu prononcer un mot de plus.

— Écoute, je ne recherche pas la gloire. J'ai envie d'une vie entière avec toi, ici, à Saint-Pétersbourg.

Elle sentait son souffle chaud sur ses cheveux.

— Le capitaine Tchernov m'a provoqué en duel. Si je ne relève pas le défi, je serai considéré comme un lâche et c'en sera fini de ma vie et ma carrière dans cette ville. Je serai éliminé du projet d'égouts, méprisé par le tsar et ses courtisans, chassé de tous les salons respectables. Je serais un paria.

Il embrassa son front pâle.

— Quelle vie aurions-nous ? Personne ne me donnerait du travail.

— Nous pourrions nous enfuir, suggéra-t-elle.

— Pour aller où ?

— Dans une autre ville. À Moscou. N'importe où.

— Ma réputation me suivrait partout, hélas. La Russie a beau être vaste, Valentina, les nouvelles se répandent plus vite que la peste. En tant qu'ingénieur, je vis de ma réputation.

— Je préfère te voir souillé et vivant qu'abattu dans une forêt.

Il ne dit plus rien, mais la garda dans ses bras.

— Je n'en vaux pas la peine, reprit-elle enfin.

— Qui affirme une telle chose ?

— Moi.

— Dans ce cas, tu ignores ce qu'est l'amour.

Elle s'écarta pour retourner vers la fenêtre afin de ne pas lui monter ses larmes. Si Tchernov mourait, la situation financière de son père empirerait.

— As-tu déjà tué un homme ? demanda-t-elle tout en regardant un enfant ôter le verglas des rails à l'aide d'une pelle.

— Non.

— Sais-tu manier un pistolet ?

— Bien sûr. Ne t'inquiète pas, je suis assez bon tireur.

— Tchernov est militaire. Il passe ses journées à s'exercer au tir.

— Et il tourne autour de ma femme, également, ce salaud.

Elle ne parvint pas à sourire.

— Quel homme peut abattre un autre homme de sang-froid ?

— Nul ne sait ce dont il est capable avant d'être confronté à la situation. Et toi, Valentina ? De quoi es-tu capable ?

Elle fit volte-face. Il se tenait juste derrière elle, l'air grave.

— Je t'aime, Jens Friis, murmura-t-elle en caressant son visage, avant de poser la main sur son cœur. Ne sous-estime pas ce dont je suis capable.

28

Viktor Arkine se remit en marche sur la perspective Nevski qui grouillait de monde. Il avait attendu pendant plus d'une heure. Le ciel couvert aux tons pourpres donnait à la ville un aspect fragile. Les badauds allaient et venaient dans les boutiques sans lever les yeux. Une voiture conduite par un cocher en livrée bordeaux et or s'arrêta au bord du trottoir. Le conducteur disparut dans une boutique dont l'enseigne figurait une feuille de vigne. Arkine avait effectué la même tâche bien des fois.

Se mêlant aux piétons, il s'approcha du véhicule. Elle était là, seule, comme d'habitude. Derrière la vitre il découvrit Elizaveta Ivanova et son petit sourire impatient. Chaque jeudi, après ses visites dans les salons huppés, il arrêtait la Turicum à cet endroit pour aller lui chercher une tasse de vin chaud géorgien qu'elle sirotait en silence. Un rituel immuable.

Il y avait toujours la queue au comptoir. Il disposait de plusieurs minutes avant le retour du cocher. Il savait aussi qu'il était fou de prendre un tel risque, même pour elle. Il monta à bord et s'assit en face d'elle. Le cuir bordeaux orné de pampilles dorées de la banquette portait le parfum de Mme Ivanova. Il avait préparé un discours au cas où elle aurait crié ou appelé à l'aide. Mais, pour toute réaction, elle écarquilla ses yeux bleus et demeura bouche bée l'espace d'une seconde, puis elle afficha un sourire chaleureux si sincère que la douleur qui oppressait Viktor depuis son entrevue avec Sergueïev, dans la ruelle, s'atténua un peu.

— Arkine, vous m'avez manqué, déclara-t-elle simplement.

— Merci, madame.

— Je redoutais que la police ne vous ait...

Sa voix s'éteignit.

— Ils ne m'ont pas encore arrêté, comme vous pouvez le constater.

— Je sais que vous ne voulez pas de mal à ma famille, reprit-elle, la mine soucieuse. N'importe quel domestique a pu cacher la caisse de grenades dans le garage.

Il ne la contredit pas. Elle portait une tenue d'un rose nacré et une étole grise ourlée de renard argenté. Le spectacle de ses bijoux et de son opulence ne le fit pas autant enrager qu'il l'aurait dû.

— Madame Ivanova, je dois faire vite. Il y a quelque chose que vous devez savoir.

Il s'avança, frôlant ses genoux avec les siens.

— Une rumeur circule dans les bars de la ville et je crains que vous ne soyez pas au courant.

— De quoi s'agit-il ?

— Le capitaine Tchernov doit se battre en duel avec cet ingénieur, Jens Friis.

Il s'attendait à l'étonner, mais elle blêmit. Ses lèvres prirent la couleur d'un parchemin ancien.

— Pourquoi ? murmura-t-elle.

— À cause de votre fille.

— Valentina ?

— Oui.

— Seigneur… non !

Un son rauque jaillit de sa gorge.

— Mon mari est ruiné, gémit-elle en se balançant d'avant en arrière, une main sur sa bouche.

Comment cela, ruiné ? Que voulait-elle dire ? Elle réagissait de façon si excessive qu'Arkine regretta de lui avoir fait part de cette information. Il n'avait pas pris ce risque pour rien. Sergueïev était mort, ainsi que de nombreux apprentis. Si leur opération à venir était un succès, les jours du Premier ministre Stolypine étaient comptés. Le sol tremblait sous les rues de Saint-Pétersbourg et les édifices allaient bientôt s'écrouler un à un. Il voulut s'assurer qu'Elizaveta Ivanova serait en sécurité.

— Madame, chuchota-t-il comme s'il s'adressait à une enfant apeurée. Le capitaine Tchernov est un tireur émérite. Il va tuer l'ingénieur. Vous n'avez rien à craindre…

— Non, non, non ! Si Tchernov tue l'ingénieur, elle ne l'épousera jamais. Je connais Valentina.

Folle d'angoisse, elle se mit à claquer des dents.

— Est-ce si important qu'elle épouse Tchernov ?

Elizaveta ne répondit pas et approcha son visage si près du sien qu'il distingua le cercle bleu foncé qui entourait ses pupilles et les nuances pourpres de ses iris. Il perçut un léger parfum mentholé dans son souffle.

Elle prit une de ses mains dans les siennes et la posa sur ses genoux.

— Aidez-moi, je vous en prie ! implora-t-elle.

Sous le tissu gris de ses gants, elle avait les mains glaciales, comme si toute la chaleur de son corps était passée dans le sien. Il avait la nuque brûlante.

— En quoi puis-je vous aider ?

— Vous êtes un homme plein de ressources, Viktor.

Elle l'avait appelé Viktor… Lui qui pensait qu'elle ne connaissait même pas son prénom. Il regarda par la fenêtre pour vérifier que le cocher n'était pas encore sorti de chez le marchand de vin, mais elle le prit par le menton pour l'obliger à lui faire face. Ses lèvres frémissantes lui lancèrent un appel tacite.

Il embrassa ses lèvres et savoura leur douceur. Elle insinua furtivement sa langue dans sa bouche.

— Aidez-moi, souffla-t-elle.

Sans savoir pourquoi, il allait secourir cette épouse de ministre.

*

Un *drojki* déposa Valentina devant la caserne du régiment des hussards. Lorsqu'elle traversa la cour en direction du salon de réception, les têtes se tournèrent vers elle. Elle avait choisi sa tenue avec soin, une robe en soie fleurie et un chapeau rouge orné de plumes d'autruche qui voletaient au vent. Son manteau crème à boutons rouges marquait sa taille fine sous un col en fourrure noire. Sa mère lui avait commandé ce manteau aux couleurs des hussards. Ce jour-là, il lui serait utile, car elle devait subjuguer le capitaine.

La pièce était très masculine : meubles en noyer sombre, parquet en chêne, ainsi que deux portraits de militaires en tenue d'apparat, la mine sévère. Valentina fronça les sourcils. Combien d'hommes avaient-ils tués ? Elle n'eut pas à patienter très longtemps pour entendre les pas déterminés de Tchernov dans le couloir. Il s'approchait à longues enjambées. Le cœur de la jeune femme s'emballa. Était-ce ce que ressentait un soldat avant la bataille ? Il entra en trombe, un sourire aux lèvres, puis il s'inclina sur son gant et garda sa main en otage.

— Valentina, ma chère, quel plaisir inattendu ! Vous êtes radieuse.

Il entendait sûrement par là qu'elle ne semblait ni accablée d'ennui ni à moitié saoule à force de boire de la vodka.

— Je vais très bien, merci, Stepan.

— Et vous êtes ravissante, ajouta-t-il en la toisant.

Lorsqu'il revint enfin à son visage, elle l'entendit réprimer un soupir de contentement.

— Excusez mon apparence négligée. Je viens de terminer mes exercices sur le champ de Mars.

— Le champ de Mars, un nom très approprié.

— Nous sommes des guerriers, Valentina. L'armée est ainsi. Que voulez-vous que nous fassions ?

Elle baissa les yeux.

— Le peuple de Russie vous est reconnaissant.

Pour toute réponse, Tchernov baisa sa main. Il portait une chemise blanche impeccable au col ouvert et le pantalon noir à bande rouge des hussards. Ses cheveux étaient lissés en arrière et ses boucles dorées scintillaient sur sa nuque.

— J'espère que je ne vous dérange pas, Stepan.

— Absolument pas ! Dites-moi donc ce qui vous amène ici... sans chaperon.

Elle perçut un léger reproche dans sa voix.

— Je voulais vous parler en privé.

— De quoi ?

— De Jens Friis.

Il souriait toujours, mais son regard se fit dur et glacial. Elle posa une main sur la manche de sa chemise.

— Je voudrais que vous renonciez à votre duel, énonça-t-elle doucement. Cette histoire n'a aucune importance et... je ne supporterais pas que vous soyez blessé.

Elle décela une lueur de triomphe dans son regard, ainsi qu'un autre sentiment qu'elle ne parvenait à identifier, un sentiment sombre dans ses prunelles bleu pâle. Il resserra son emprise sur sa main.

— Valentina, à quoi bon jouer à ces petits jeux ?

— Quels jeux ? demanda-t-elle, le cœur battant.

— Vous faites mine de ne pas vous intéresser à moi et vous essayez de susciter ma jalousie en flirtant avec un autre homme. Ne prenez pas cet air choqué. Regardez-vous donc ! Je devine votre détresse sous votre joli chapeau à plumes et j'en connais la raison.

Elle ne sourcilla pas.

— Vous avez peur pour moi, n'est-ce pas ? reprit-il.

Valentina acquiesça.

— Ne vous inquiétez pas. Je remporte toujours mes duels.

Elle ne put étouffer une plainte.

— Rien d'étonnant à cela, ma chère. Je suis un tireur de premier ordre et je compte montrer à cet ingénieur ce qui arrive à quiconque veut me voler ce qui m'appartient.

— Stepan, hier soir, je vous ai prévenu que je refuserais de vous épouser si vous persistiez à vous battre en duel.

Il s'esclaffa et l'attira vers lui en la tirant par la main.

— Encore un de vos petits jeux !

Il reprit soudain son sérieux.

— Assez joué. Ce duel aura lieu. J'ai défié Friis, point final. Et il n'y survivra pas.

— Stepan, non !

Il parut étonné.

— Quoi encore ?

— Si vous renoncez à ce duel, je vous épouserai.

C'était dit. Aussitôt, il fondit sur elle et l'embrassa brutalement. Elle sentit sur sa langue un relent de bière. De ses mains, il lui écrasa les seins, mais elle ne broncha pas. Quand elle fut incapable d'en supporter davantage, elle s'écarta et le regarda dans les yeux. Il avait les joues empourprées et les pupilles dilatées par le désir.

— Alors c'est d'accord ? demanda-t-elle.

— D'accord.

Il l'attira de nouveau vers lui et l'embrassa encore.

— Attendez-moi ici.

Il quitta la pièce. Valentina porta une main à sa bouche pour dissimuler son dégoût. Quelques minutes plus tard, il réapparut avec un petit écrin en velours. Il s'agenouilla avec emphase et le lui tendit.

— Un cadeau de fiançailles, dit-il d'un air grave.

Elle ouvrit le coffret et, le cœur serré, découvrit un collier niché dans la soie blanche, avec un solitaire entouré d'or au bout d'une chaîne. Le diamant était gros comme une noix. Il y avait aussi une paire de boucles d'oreilles en diamant. Telle était donc sa valeur de prostituée...

— C'est superbe.

Il se releva d'un bond et lui glissa le collier autour du cou après avoir dégrafé le premier bouton de son manteau. Ensuite, seulement, il lui sourit tel un homme qui tient son chien en laisse.

— Il appartenait à ma grand-mère quand elle avait votre âge, expliqua-t-il.

Il effleura le diamant, puis sa peau claire.

— Magnifique, murmura-t-il.

Il l'avait achetée et payée.

— Merci, Stepan.

— C'est tout ? dit-il en se penchant pour l'embrasser.

— Donc vous ne vous battrez pas en duel ?

— Soyez sans crainte, mon ange, je m'en tirerai sans une égratignure.

Ses lèvres effleuraient déjà celles de Valentina.

— Vous venez pourtant d'accepter de ne pas vous battre !

— J'ai accepté de vous épouser, rien de plus, répondit-il en haussant les épaules. Je dois me battre en duel ! C'est une question d'honneur.

— Non ! s'exclama-t-elle en se dégageant de son emprise, furieuse. Je ne vous épouserai pas si vous persistez ! Ce duel est absurde.

— Valentina, ne racontez pas de sornettes. Nous sommes fiancés.

— Non !

Ses doigts tentèrent de défaire le fermoir pour se débarrasser de cette chaîne, mais il la saisit par les poignets et tenta de l'embrasser à nouveau.

— Nous sommes fiancés, répéta-t-il froidement. Vous ne pouvez rien y changer.

Elle cessa de lutter et posa la tête sur son épaule.

— Je vous en prie, Stepan. Pas de duel…

Il relâcha un de ses poignets pour la prendre par le menton et ficher son regard dans le sien. Il la serrait si fort qu'il lui faisait mal.

— C'est ce maudit ingénieur, n'est-ce pas ? C'est lui que vous voulez épargner ?

— Je vous en prie, renoncez à ce duel. Ne le tuez pas, Stepan ! J'ai accepté de vous épouser, cela ne vous suffit pas ?

Il l'embrassa brutalement sur les lèvres.

— Valentina, je prendrai un grand plaisir à lui loger une balle en plein cœur.

Valentina se mordait les doigts d'avoir ignoré trop longtemps le numéro neuf de sa liste : *acheter une arme.* Elle se retrouvait contrainte de se faufiler dans le bureau de son père pour dérober le fusil de chasse accroché au mur. Dans un tiroir, elle prit une poignée de munitions et les emporta aux écuries.

— Tiens, dit-elle en jetant l'arme sur le lit de Liev Popkov. Apprends-moi à m'en servir.

Avachi sur sa chaise, au milieu d'un nuage de fumée de tabac, le Cosaque passa une main sur sa joue mal rasée.

— Vous avez déjà tiré ?

— Liev, si tel était le cas, je ne te demanderais pas des leçons de tir !

— Avec un fusil de cette taille, vous allez casser votre épaule de maigrichonne. Il vous faut une arme plus petite.

— C'est la seule que j'aie trouvée. S'il te plaît, Liev, apprends-moi vite à la charger et à toucher une cible.

Le Cosaque ne broncha pas. Il s'empara de l'arme qu'il posa sur ses genoux.

— Un fusil anglais, commenta-t-il.

Il en caressa la surface lisse avec respect, de la base de la crosse à l'extrémité du canon, en hochant la tête comme si l'objet lui parlait. Il but une gorgée de vodka et déclara :

— J'ai une meilleure idée.

*

Valentina secoua les rênes et la jument trapue s'ébranla, les oreilles dressées. C'était la première fois qu'elle conduisait un attelage. Dans la rue Bolchaïa Morskaïa, l'animal réagit promptement lorsqu'elle le mit au trot. *Merci, Liev,* songea-t-elle. *Tu as fait le bon choix.* C'était une vieille voiture délabrée à deux places avec une capote arrondie. Elle ignorait où il l'avait dénichée, mais elle était idéale, légère et facile à manœuvrer. Liev et elle étaient montés sur le banc étroit, puis Popkov lui avait tendu les rênes.

— C'est vous qui conduisez, avait-il grommelé.

Elle avait observé son visage tuméfié et saisi les rênes avec un claquement de langue.

— Liev, tu as mal. Arrête ! Je continuerai seule. Retourne te coucher jusqu'à ce que tu sois guéri.

— Ne gâchez pas mon plaisir, avait-il rétorqué.

Elle n'avait pas insisté.

La forêt bruissait autour d'eux. De frêles squelettes de bouleaux scintillaient sous les derniers rayons du soleil. Une brume s'élevait de la terre pour envelopper les troncs. Les animaux nocturnes poussaient des cris dans les sous-bois, se préparant pour la nuit. Valentina et Popkov étaient restés immobiles si longtemps qu'ils faisaient presque partie du décor. La jeune femme huma la terre humide et vit une martre enfoncer ses griffes dans l'écorce d'un arbre couché pour chasser des scarabées.

Le froid était si mordant que son souffle semblait former une couche de givre sur les feuilles mortes. Elle avait attaché la jument et la voiture bien en retrait et prit deux épaisses fourrures. Le fusil en main, Popkov avait marché si lentement qu'il faisait peine à voir. Elle ne lui avait offert ni aide ni compassion car il n'en voulait pas. En atteignant la clairière, au sommet d'une pente, Popkov avait enfin pris la parole.

— C'est là.

— La crête des pistolets ?

— Oui.

Comment avait-il su que le duel aurait lieu en cet endroit précis ? Elle n'en avait pas la moindre idée. Il avait disparu pendant quelques heures, engourdi par l'alcool. À son retour, il avait annoncé :

— La crête des pistolets !

Sans doute avait-il effectué la tournée des bars fréquentés par les hussards et délié les langues à l'aide de vodka.

Elle lui avait proposé de la morphine provenant de l'armoire à pharmacie de Katia, mais il avait refusé. Cette clairière était le lieu le plus prisé des messieurs désireux de se battre en duel, assez proche de la ville et à l'abri des regards. Combien de jeunes gens y avaient versé leur sang au nom de ce qu'ils appelaient l'honneur ?

Enveloppée dans sa fourrure, elle était couchée sur le ventre, près de Popkov, à l'ombre des sous-bois, au pied des bouleaux. Ils avaient une vue dégagée sur la clairière, à une quarantaine de pas. Le brouillard se levait. Une heure s'écoula, puis une autre. Popkov était si immobile que Valentina crut qu'il s'était endormi. Elle avait mal aux bras mais ne bougea pas, même quand elle entendit le bruit sourd des roues d'une voiture sur le chemin de terre.

— Ils arrivent, murmura-t-elle.

— Je les entends.

— Ne le tue pas, Liev, dit-elle, le cœur battant.

Elle le lui avait déjà demandé et il s'était contenté d'un haussement d'épaules. Cette fois, il ne prit pas la peine de lui répondre. Il se mit en position de tir. Valentina était étonnée d'avoir à ce point envie de tirer.

D'abord, une voiture noire apparut à l'entrée de la clairière, suivie d'une autre, quelques minutes plus tard. Quatre hommes descendirent de la première, des hussards, Tchernov en tête. Elle le reconnut à sa façon de bomber le torse. Du second véhicule émergèrent trois hommes, deux en manteau, le troisième vêtu d'une cape noire. Ils échangèrent quelques mots, puis l'homme à la cape s'éloigna en direction des hussards. Valentina constata avec effroi qu'il s'agissait du Dr Fédorine. La présence du médecin la ramena à la réalité. Sa gorge se noua.

Popkov lui donna un coup de coude. Elle avait soupiré en voyant Jens. Il se tenait sous les derniers rayons de soleil. Même de loin, elle devinait son souffle régulier à la buée que formait sa respiration. Il n'exprimait aucune peur. Elle eut envie de crier, de l'implorer de renoncer à ces idées suicidaires d'honneur et de réputation. Mais il était trop tard. Elle sentait au fond d'elle-même que Jens voulait tuer Tchernov et que c'était la raison de sa présence. Elle effleura la main de Liev sur le fusil.

— Contente-toi de blesser le hussard, lui rappela-t-elle.

De son pouce, il caressa la plaque métallique gravée comme s'il s'agissait de l'oreille d'un cheval.

— Où voulez-vous que je lui loge une balle ? souffla-t-il. Dans le cuisseau ?

Il émit un petit rire.

— La cuisse, ça saigne bien, ajouta-t-il.

— Non. À l'épaule gauche, pour qu'il ne puisse pas tenir une arme.

Popkov opina du chef sans un mot.

Valentina avait peine à croire à cette conversation. Qu'était-elle en train de devenir ? La présence du Dr Fédorine la rassurait un peu. Les hommes firent cercle autour de l'un des hussards, qui tenait un coffret en acajou. Jens y choisit un pistolet.

Soudain, les adversaires se mirent dos à dos au milieu de la clairière. Si Jens était le plus grand, l'assurance de Tchernov était flagrante.

Ils étaient lents et précis dans leurs mouvements. Trente pas. Valentina sentit l'épaule de Popkov se contracter. *Maintenant,* songea-t-elle. *Maintenant. Tant que Jens est encore debout, avant qu'ils ne se retournent. Maintenant, Liev.*

Un coup de feu retentit, mais il ne provenait pas de l'arme de Popkov. Tchernov chuta comme si ses jambes venaient de se dérober. Aussitôt, une nouvelle détonation se fit entendre. Jens tomba à son tour.

La jeune femme eut l'impression que son univers s'écroulait. Les deux hommes gisaient au cœur de la clairière, dans l'herbe gelée qui se teintait déjà de rouge. À l'orée des bois, dix silhouettes sombres étaient alignées tels des anges de la mort et visaient les autres membres de l'assemblée.

— Jens ! s'écria Valentina d'une voix étranglée.

Rejetant sa fourrure, elle voulut se lever. Popkov la plaqua aussitôt au sol.

— Jens, gémit-elle, en proie à un vertige.

Elle voyait son corps inerte dont la vie s'échappait alors qu'elle s'était promis de le protéger.

Popkov se mit à jurer comme un charretier.

— Ne bougez pas, nom de Dieu !

— Il faut que j'aille le voir. Il a besoin…

— Qui sont ces types ? demanda-t-il.

— Des assassins, répondit-elle. S'il est mort, je…

Si Jens Friis était mort, son propre cœur l'était aussi. Ses veines, ses os, ses muscles fonctionnaient encore, mais sans but, sans raison.

— Jens, ne me quitte pas, murmura-t-elle dans l'espoir de le ramener à elle.

— Ils ne sont pas là par hasard, poursuivit le Cosaque en visant l'un de ces hommes.

— Liev, regarde celui-là ! dit-elle en tendant un doigt tremblant. Le premier…

Le tireur de tête avait détourné son attention du groupe de hussards pour observer les deux corps gisant à terre. Il se dirigea d'abord vers Jens d'un pas prudent. Le brouillard se leva, révélant son visage, malgré sa casquette bien enfoncée sur sa tête.

Valentina reconnut Viktor Arkine, l'ancien chauffeur de son père. Avec un cri de rage, elle se libéra de l'emprise de Popkov et se mit à courir vers la clairière.

29

— Jens, ne bouge pas.

Agenouillée dans la neige, Valentina appuyait sur le torse de Jens pour arrêter l'hémorragie. *Pourvu qu'il vive. Pourvu qu'il vive.* Elle ôta son foulard et le plaça sous le manteau du blessé, sur la chemise blanche imbibée de sang. La jeune femme serra les dents, refusant de le laisser partir.

— Jens, Jens, reste avec moi…

Elle glissa une main sous sa nuque pour soulever sa tête et la protéger de la neige. Il avait perdu sa casquette.

— Je t'en prie, ne meurs pas.

Son souffle forma comme un voile sur les lèvres du blessé. Il ne broncha pas. Elle appuya plus fort sur son torse, cherchant un battement de cœur.

— Nom de Dieu, Jens, ne t'avise pas de me quitter !

Elle observa ses lèvres et ses paupières en quête d'un signe de vie, puis se mit à hurler :

— Docteur ! Dr Fédorine ! Venez vite !

Elle entendit du bruit derrière elle et de vagues éclats de voix, mais elle n'avait de place dans son esprit que pour Jens et son corps inerte, son léger souffle de vie. Elle embrassa ses paupières closes.

— Jens, je t'entends, souffla-t-elle en posant ses lèvres chaudes sur la bouche glaciale de l'ingénieur. Je t'aime. Si tu meurs, tu emporteras ma vie. Reviens-moi, Jens !

Elle perçut quelque chose plus qu'elle ne le vit, une sensation de chaleur dans sa paume qui retenait la tête du blessé, un sursaut de vie qui disparut aussitôt.

— Jens, ouvre les yeux !

Aucune réaction.

— Fais-le pour moi, Jens !

Une fente à peine perceptible, un éclat de vert sous une paupière… ce fut suffisant.

— Dr Fédorine ! s'écria-t-elle encore.

Elle posa le front sur la joue de Jens, comme si ce contact physique pouvait le maintenir en vie.

— Merci, murmura-t-elle.

Sous son foulard, elle sentit les côtes de Jens se soulever. Elle lui murmura des mots d'amour.

— Valentina ! Qu'est-ce que vous faites ici ? s'emporta le médecin dont la moustache était givrée.

Visiblement inquiet, il observa son ami gisant dans la neige.

— Il est vivant, dit-elle. Il saigne abondamment de la poitrine.

Le Dr Fédorine posa sa sacoche, s'agenouilla près de l'ingénieur et sortit des compresses. Enfin, Valentina leva les yeux, mais elle assimila à peine ce qu'elle vit : les semelles des bottes du capitaine Tchernov, le dos des hussards groupés autour de son corps, plusieurs nuances de rouge, du noir. Était-ce la raison pour laquelle leur uniforme était écarlate ?

Le médecin ôta la main de la jeune femme de la blessure de Jens. Dans un accès de colère, elle se rappela Arkine. Il l'observait depuis l'orée des bois, une main sur la hanche, l'autre sur son fusil, l'air satisfait. Si elle avait eu une arme, en cet instant, elle aurait tiré une balle entre ces yeux gris et froids. Lentement, elle se mit debout et se dirigea vers le chauffeur. Dans une main, elle tenait un scalpel dérobé dans la sacoche du Dr Fédorine.

— Arkine !

Elle concentra son attention sur la parcelle de peau visible entre la mâchoire d'Arkine et le col élimé de son manteau.

— Si le capitaine Tchernov meurt, l'armée fouillera chaque ruelle de la ville pour vous retrouver et vous écartèlera sans pitié !

Elle peinait à marcher dans la neige plus profonde.

Viktor la toisait. De toute évidence, il ne voyait pas en elle une menace. Ses camarades avaient leurs armes braquées sur les hussards, et non sur elle. Il ne recula même pas à son approche. La jeune femme sentit sa rage monter d'un cran face à tant d'arrogance, cet orgueil indécent. Elle crispa les doigts sur le métal de l'instrument dissimulé sous son manteau et s'avança encore.

— Pourquoi les avoir abattus ? cracha-t-elle. Pourquoi tous les deux ?

— Ce sont des ennemis du peuple.

Elle fit deux pas de plus.

— Vous vous trompez. Jens Friis vous aide, vous et vos ouvriers, en vous apportant l'eau courante.

Soudain, il plissa les yeux, percevant enfin le danger alors que la jeune femme allait frapper. Un coup de feu retentit, Arkine se baissa mais fut projeté en arrière. Un filet de sang se mit à couler sur son front. La balle avait tracé une ligne rouge partant de la naissance de ses cheveux. Valentina ne mit qu'une fraction de seconde à comprendre ce qu'il venait de se passer. Elle enfonça son scalpel dans son torse, à travers les couches de vêtement. Il grogna et chancela, puis il arracha le scalpel et le jeta aux pieds de la jeune femme.

— Vous ne savez pas ce que vous faites, maugréa-t-il, les dents serrées.

Avant qu'elle ne puisse lui demander ce qu'il entendait par là, il disparut dans la pénombre des arbres. Ses hommes filèrent avec lui.

Valentina repartit vers l'autre extrémité de la clairière. Liev Popkov souriait, le fusil de son père sur l'épaule.

Ils se réfugièrent dans la maison du docteur. Au bout de la pince, luisante de sang, la balle semblait trop petite pour provoquer de tels dégâts. Elle tomba dans une cuvette en émail.

— Beau travail, infirmière Ivanova.

Le Dr Fédorine se lava les mains pendant que Valentina badigeonnait la plaie d'une solution d'acide borique, puis d'iode. Elle l'avait regardé manier l'aiguille pour recoudre la plaie, l'assistant avec calme et méthode, comme on le lui avait enseigné à l'hôpital. Elle avait épongé le sang, passé les instruments, pris le pouls du blessé en s'assurant qu'il respirait normalement. Légèrement anesthésié, il râlait de douleur. Lorsqu'elle avait soulevé une paupière pour vérifier la dilatation de sa pupille, il l'avait regardée et, malgré la pince qui fouillait ses côtes brisées en quête d'un projectile, il avait esquissé l'ombre d'un sourire.

— Je vais le veiller, décréta-t-elle ensuite en approchant une chaise du lit.

Ce qu'elle voulait dire, c'était : laissez-nous, je vous en prie. J'ai besoin d'être seule avec lui.

Le Dr Fédorine voulut protester, mais face à l'expression de la jeune femme, il se ravisa. Il posa une main sur son épaule et quitta la pièce, emportant son plateau d'instruments pour les stériliser dans la cuisine. Dès qu'il eut refermé la porte, Valentina posa la tête sur l'oreiller, près de l'épaisse tignasse rousse de Jens qu'elle effleura d'une caresse. Elle contempla son torse nu entouré d'un large bandage, le grain de sa peau, les poils roux remontant vers les clavicules, les taches de rousseur qui grêlaient sa gorge.

— Jens, murmura-t-elle à son oreille. Au prochain duel, je t'abattrai de mes mains.

Un sourire apparut à la commissure de ses lèvres. Elle l'enlaça et se blottit contre lui, pour écouter son souffle, ses plaintes de douleur. Dehors, la nuit s'installait sur la ville. Lorsqu'elle sentit que son cœur battait régulièrement, elle se mit à lui chantonner le *Nocturne no. 2 en mi bémol majeur* de Chopin.

— Maman, j'aimerais vous parler.

Au beau milieu de la nuit, elle trouva sa mère dans le salon bleu. Drapée dans un superbe kimono que Valentina n'avait jamais vu, elle faisait une réussite sur une table de bridge, près de la cheminée. Ses cheveux tombaient sur ses épaules. Elle leva vers sa fille un regard pénétrant.

— Pourquoi rentres-tu si tard ?

Valentina s'attendait à des réprimandes plus virulentes.

— Je soignais quelqu'un.

Elle ôta son manteau et se posta devant la cheminée. Parviendrait-elle un jour à se réchauffer ? Le devant de sa robe était maculé de sang. Les deux femmes observèrent les taches en silence.

— C'est le sang de l'ingénieur ? s'enquit Elizaveta.

— Vous êtes au courant ?

— Oui, dit-elle sans la regarder. Je suis au courant du duel.

Valentina ne lui demanda pas de précisions.

— Maman, le capitaine Tchernov a survécu à l'attaque, même s'il est gravement atteint. Vous devez comprendre que c'est fini, avec lui. Je refuse de poursuivre cette mascarade, d'être fiancée à cet homme une seconde de plus. Tchernov est responsable de cette tragédie.

Elizaveta rassembla ses cartes et les mélangea de ses mains moins assurées qu'elle l'aurait souhaité.

— Ton père sera furieux.

— Je tiens à le lui apprendre moi-même.

— Pas maintenant.

— Est-il à la maison ? Au lit ?

— Non, il n'est pas là, répondit Elizaveta avec un sourire triste.

Valentina s'accroupit devant la cheminée et tendit les mains vers les flammes.

— Je voudrais que Papa et vous compreniez que je ne peux plus l'épouser. Je ne veux pas vous nuire, à tous les deux, mais c'est…

Elle eut envie de dire que ce mariage la tuait, qu'il tuait Jens.

— C'est mal, reprit-elle. Il doit y avoir un autre moyen de régler les problèmes financiers de Papa.

— Je comprends, affirma Elizaveta en alignant ses cartes sur la table.

Un long silence s'installa. Les flammes dessinaient des ombres sur les murs tandis qu'elles étaient plongées dans leurs pensées. Au bout d'un moment, Valentina sortit un écrin en velours de sa poche et le posa par terre, le plus loin possible d'elle.

— Je donnerai ceci à Papa.

Elizaveta jeta un coup d'œil vers le coffret bleu recelant la parure en diamants. Valentina préféra ne pas l'ouvrir.

— Un cadeau de Tchernov, expliqua-t-elle. Il servira de gage à Papa auprès des banques.

Sa mère poussa un soupir.

— Merci, Valentina. Je t'en suis reconnaissante.

— Il vous plairait, Maman. Il est superbe.

— Est-ce ainsi que tu me vois ? Comme une femme facile à attirer avec de beaux objets ?

Elle garda les yeux rivés sur ses cartes.

— Pourquoi l'avez-vous épousé, Maman ?

Elle vit une main tressauter.

— Quand j'étais un peu plus âgée que toi, dit-elle lentement, j'aimais un homme que mes parents ne jugeaient pas digne d'eux. Ils l'ont payé pour qu'il quitte Saint-Pétersbourg.

— Ils l'ont acheté ?

— Oui. Il est parti sans me dire au revoir. Après cela, peut m'importait l'homme que j'épouserais. Ils ont choisi ton père. C'était un beau mariage.

Valentina demeura devant la cheminée, à regarder fixement sa mère, jusqu'à ce que celle-ci ose enfin croiser son regard.

— Je suis désolée pour vous, Maman. Je suis désolée pour tout.

Sa mère haussa les épaules, concentrée sur les cartes. Valentina se dirigea vers un meuble en acajou faisant office de bar et servit deux verres de vodka. Elle en posa un sur la table de jeu, puis revint vers la cheminée pour siroter sa vodka en observant les flammes.

— Vous auriez pu m'en parler plus tôt. Pourquoi ce secret ?

— J'ai mes raisons.

— Quelles raisons ?

— D'abord, sache que les hommes sont rarement tels qu'on les imagine. Ne l'oublie jamais. Ensuite…

Elle retourna trois cartes rapidement, cherchant ses mots.

— … ce soir, tu es partie.

— Partie ?

— Tu t'es éloignée de nous. Je le lis dans tes yeux, dans ta façon de te déplacer. Je l'entends dans ta voix. Ce soir, tu as grandi et tu es partie.

— Je suis encore là, Maman.

Sa mère se redressa et vida son verre d'une traite.

— Je présume qu'il est vivant… ton ingénieur ?

— Oui, répondit vivement Valentina.

Elle ne pouvait imaginer qu'il en soit autrement. Comme sa mère, elle vida son verre. Elle avait administré à Jens une dose de morphine suffisante pour assommer un bœuf. Dans la chambre d'amis du Dr Fédorine, il avait crispé la main sur son poignet, refusant de la laisser partir. Elle l'avait embrassé lui murmurant de lui faire confiance. *Fais-moi confiance, Jens,* songea-t-elle en cet instant. *Et j'aurai confiance en toi. Parce que Maman a tort, tu es tel que je t'imagine. Tu me l'as prouvé.*

— Tu souris, constata Elizaveta. Tu souris parce que tu penses à lui.

— Ne souriez-vous jamais quand vous pensez à l'homme que vous aimez ?

Sa mère écarquilla ses yeux bleus.

— Si, admit-elle.

Elle ouvrit la bouche pour en dire davantage, mais se ravisa soudain et rassembla ses cartes. Des larmes coulèrent sur ses joues.

— Maman, dit Valentina en se précipitant vers elle.

— Valentina, je t'envie tellement…

La jeune femme la prit dans ses bras et la berça doucement à la lueur des flammes.

Valentina était impatiente de voir le jour se lever. Dès que les domestiques commencèrent à s'affairer dans la maison, elle s'emmitoufla dans son manteau et sortit dans la pénombre. L'air glacial lui emplit les poumons. Le ciel clair comme parsemé de diamants lui rappela sa promenade en traîneau avec Jens, son rire quand elle lui avait fait part de son intention de devenir infirmière. Déjà, il lisait en elle.

Aux écuries, les palefreniers étalaient de la paille, s'occupaient des chevaux en sifflotant et brisaient la glace qui s'était formée à la surface des seaux d'eau. L'air sentait l'avoine et le foin. La petite jument trapue qu'elle avait conduite la veille était de retour dans son box. Quand elle gravit les marches de l'étroit escalier, un employé leva les yeux au ciel. Elle l'ignora.

— Liev ! s'exclama-t-elle en poussant la porte. Quel piètre tireur tu fais !

Popkov était allongé par terre, dans la même tunique crasseuse que le jour précédent. Il ne fit aucun effort pour se lever et posa sur la jeune femme un regard vitreux.

— Il s'est baissé, ce salaud, grommela-t-il.

— Tu as seulement égratigné le cuir chevelu d'Arkine !

— Je visais la tête.

— Qu'est-ce qu'il fabriquait ?

— Il voulait se venger, sans doute.

— La vengeance est à double tranchant.

Le Cosaque afficha un rictus qu'elle ne parvint pas à déchiffrer. Sourire ou mépris ? Valentina s'assit sur la paillasse et observa Liev de plus près.

— Et le fusil ? Tu l'as rangé dans le bureau ?

— Bien sûr.

— Merci.

— Votre ingénieur est vivant ?

Elle acquiesça.

— Tu veux de la morphine, Liev ?

— *Niet.*

Elle sortit de sous son manteau la bouteille de vodka subtilisée dans le salon bleu. Aussitôt, les prunelles sombres du jeune homme se mirent à pétiller. Elle lui remit son offrande.

— Essaie de la faire durer, lui conseilla-t-elle. Au moins jusqu'au déjeuner.

Il éclata d'un rire tonitruant qui fit trembler les cloisons et déboucha la bouteille.

Quand elle lui rendit visite ce matin-là, Valentina remarqua aussitôt que le capitaine Stepan Tchernov était sous l'emprise de substances. Ses pupilles n'étaient plus que deux petits points noirs au centre de ses iris bleus un peu voilés. Ses lèvres avaient perdu de leur dureté et semblaient appartenir à quelqu'un d'autre.

Elle attendit patiemment à son chevet en écoutant pleurer la mère du capitaine. La comtesse Tchernova, une femme frêle ornée de plusieurs rangées de perles, était assise de l'autre côté du lit. Elle sanglotait dans un mouchoir en dentelle que Valentina trouva inadapté. Elle n'éprouvait aucune compassion pour la mère d'un homme ayant juré de tuer Jens. Elle n'était venue que pour faire plaisir à ses parents. C'était la dernière fois qu'elle jouait le rôle de la fiancée ! Et pas question de le toucher. Il avait la main droite posée sur la courtepointe. Elle aurait préféré la lui couper plutôt que de la prendre dans la sienne, cette main qui avait tenu un pistolet avec tant de jubilation !

— Valentina, murmura Tchernov, venez avec moi.

Il voulut sourire, mais c'était au-dessus de ses forces. Il avait perdu beaucoup de sang et avait passé la nuit entre la vie et la mort. Son état s'améliorait, d'après le comte Tchernov, des mots qu'elle n'avait pas envie d'entendre.

— C'est impossible, répondit-elle en articulant avec soin afin qu'il ne se méprenne pas. Ma sœur est malade. Je ne peux quitter Saint-Pétersbourg.

Les parents du capitaine avaient annoncé leur intention d'emmener leur fils dans leur datcha, au bord de la mer Noire, où le climat plus clément était propice à la guérison. Valentina revit son sang, aussi écarlate que son uniforme, et, face à ce visage livide, elle décida de lui offrir un soupçon de réconfort.

— À votre retour, nous nous reparlerons, dit-elle en se levant. Peut-être même vous jouerai-je du piano.

Elle ne parvint pas à dissimuler l'esquisse d'un sourire tandis qu'elle prenait congé.

30

Jens était en proie à des cauchemars. Au cours des heures sombres de la nuit, quand la vie semblait s'étirer à l'infini, les loups venaient le tourmenter. Il savait qu'il se trouvait chez le Dr Fédorine et qu'aucune bête sauvage ne rôdait sur les tapis, au cœur de Saint-Pétersbourg. Et pourtant, les loups étaient là. D'abord, il perçut leur odeur, cette puanteur qui planait dans la maison où cette femme était au lit avec ses enfants morts.

Quand il voulut les chasser, ils lui sautèrent à la gorge en grognant et enfoncèrent leurs crocs dans sa chair. Il sentit leur langue chaude et lisse laper son sang. Il se répéta encore et encore que c'était un cauchemar. Mais comment était-ce possible ? Il distinguait leurs yeux rouges, respirait leur souffle. Au prix d'un immense effort, il en frappa un à la mâchoire et l'entendit grogner. Cela leur apprendrait à garder leurs distances ! Satisfait, il se rallongea.

À son réveil, il faisait jour. Une lumière éclatante s'insinua sous ses paupières. Le cerveau embrumé de Jens mit un certain temps à se rappeler où il était et pourquoi il était couché dans un lit inconnu. Dès qu'il vit Valentina, les éléments se remirent en place.

Assise près du lit, elle avait les yeux rivés sur lui, sans doute depuis longtemps. Le voyant réveillé, elle écarquilla les yeux et lui adressa un sourire qui lui réchauffa le cœur.

— Comment te sens-tu ? demanda-t-elle doucement.

— J'ai l'impression d'avoir été piétiné par un éléphant.

— Ne dis pas cela au Dr Fédorine. Les éléphants n'ont pas le droit de monter à l'étage.

Il rit et eut aussitôt l'impression que sa poitrine allait exploser. Il se mit à tousser et cracha un peu de sang. Quand il se calma enfin, elle lui essuya les lèvres à l'aide d'un gant de toilette.

— Ne parle pas. Ne ris pas, non plus.

Il cherchait son souffle tout en contemplant la jeune femme vêtue d'une robe aux tons verts et roux, comme si une nymphe de la forêt s'était faufilée dans sa chambre par erreur. Le haut col de sa robe était fermé par des boutons de nacre sur le devant. Il les dénombra, désireux de passer un doigt sur leur surface lisse. Elle avait les cheveux décoiffés par le vent, à moins qu'elle n'ait simplement glissé la main dans ses mèches soyeuses.

— Tu as très mal ? Ne parle pas. Fais-moi signe de la tête.

Il lui indiqua que non.

— Tant mieux, dit-elle.

— Embrasse-moi, murmura-t-il.

— Dors.

— Embrasse-moi.

Il déplaça une main vers le bord du lit, mais elle ne la prit pas dans la sienne.

— Ne bouge pas, ordonna Valentina. Tu risques une déchirure interne.

— Embrasse-moi ou je saute de ce lit et je te pourchasse à travers la pièce.

— Tu ne mérites pas un baiser, répliqua-t-elle, la mine grave, le regard féroce. Tu as failli mourir.

Grimaçant sous l'effort, il se redressa et la saisit par le poignet pour l'attirer vers le lit.

— Arrête ! s'exclama-t-elle. Tu vas te faire mal ou arracher tes points !

Il l'embrassa de ses lèvres douces et avides. Furieuse, elle garda les yeux ouverts.

— Valentina, il ne t'aura pas.

Elle frémit et enfouit le visage dans son cou.

— J'ai toujours été à toi. Depuis le jour où je t'ai vu pour la première fois. À présent, recouche-toi.

Il la laissa le réinstaller sur les oreillers et essuyer le filet de sang qui coulait sur son menton, mais ne lâcha pas son poignet. Lorsqu'elle s'assit sur le lit, il remarqua une ecchymose violacée sur la joue de la jeune femme. Il l'effleura du bout des doigts, puis caressa ses cheveux, son oreille, et défit deux boutons de son col.

— Qu'est-ce que tu t'es fait ?

— Oh, j'ai dérapé sur le verglas.

Il la connaissait trop bien. Il songea aux loups.

— Approche…

Elle se pencha pour lui permettre de l'embrasser. Le parfum de sa peau remua les entrailles de Jens. Enfin, elle sourit, le regard espiègle, et déposa un baiser furtif sur ses lèvres.

— Jens, si tu continues à me regarder ainsi…

— Comment ?

— Comme si tu allais me dévorer.

— Tu es délicieuse.

— Si tu n'arrêtes pas, je vais perdre mon sang-froid d'infirmière et me glisser avec toi sous le drap.

Il rabattit un coin de l'édredon.

— Séduis-moi.

Elle soutint longuement son regard et devina les sentiments qu'il ne voulait pas lui montrer. Il n'était pas de force à lutter. Doucement, elle remonta l'édredon sur lui.

— Je vais te distraire en te jouant quelque chose, dit-elle.

— Comment ça ? souffla-t-il, un peu groggy. Tu vas siffler ?

— Attends, tu verras.

Elle s'éloigna. Bientôt, une musique lui parvint de l'autre extrémité de la chambre et atténua la douleur qui vrillait son torse. Debout au pied de son lit, sa nymphe des bois jouait du violon. Il ne put détacher les yeux des mouvements gracieux de son archet.

— Dors. Dors, mon amour, murmura-t-elle.

À contrecœur, il ferma les yeux et se retrouva en train de flotter dans les airs embaumés, hors d'atteinte des loups. Elle jouait comme un ange.

Au bout de quelques jours, au grand dam de la jeune femme, Jens la renvoya à l'hôpital.

— Je n'ai pas besoin d'être bichonné, déclara-t-il. Retourne travailler et laisse-moi me reposer. Quand tu es là, je ne peux pas…

— Chut, mon Viking bougon…

Elle posa un index sur les lèvres de l'ingénieur pour l'empêcher de mentir davantage. Elle le comprenait. Il la chassait parce qu'il ne voulait pas qu'elle perde son poste à l'hôpital. Mme Gordanskaïa ne tolérerait pas une absence prolongée, tous deux en étaient parfaitement conscients.

Ainsi, Valentina portait son uniforme amidonné durant la journée et, le soir, elle regagnait la maison du Dr Fédorine. Elle surgissait dans la chambre et se jetait sur Jens avec fougue. La journée, elle manquait d'air, au milieu de ces visages inconnus. Le soir, les yeux verts de Jens lui disaient qu'il n'attendait qu'elle.

— Je t'ai manqué ? demanda-t-elle en l'embrassant vivement.

— Non ! railla-t-il. J'ai dormi la journée entière, puis la petite Anna est venue me faire la lecture. La cuisinière du docteur m'a préparé du bouillon de poule.

— Tu es en train de devenir un de ces tyrans paresseux qui se font servir par un bataillon de femmes. La prochaine fois, je viendrai avec une plume d'autruche pour t'éventer.

— Je n'imagine rien de mieux.

— Moi si, dit-elle avec un sourire coquin.

Il leva la tête et elle dut s'écarter pour ne pas être prise au piège de ses bras.

— Tu es malade, objecta-t-elle.

— Et toi, tu es mon médicament. J'ai besoin de toi.

Il affichait un sourire, mais son regard sincère serra le cœur de la jeune femme. Elle en fut troublée. Une sourde angoisse ne la quittait pas depuis ce jour, dans son bureau, où il lui avait affirmé qu'il préférait se battre en duel que s'enfuir avec elle. Lentement, elle s'allongea sur l'édredon, près de lui, humant son parfum musqué, et le serra si fort qu'il gémit de douleur.

*

La porte s'entrebâilla.

— Ah, c'est encore vous…

Elle aurait pu se montrer plus enthousiaste. Valentina n'était pas venue jusque-là sous la neige pour la mine boudeuse de Varenka.

— Oui. C'est moi.

Elle suivit la jeune femme à l'intérieur. Varenka semblait aller mieux. Elle était plus propre, plus vive. Le feu crépitait dans le poêle et un fumet de soupe s'élevait d'une marmite posée sur la table. Elle portait un foulard coloré.

— Vous avez obtenu le poste ? s'enquit Valentina.

— Oui.

— Tant mieux.

Elle attendit un sourire, voire un remerciement. Valentina avait tenu sa promesse et recommandé Varenka pour le poste de femme de ménage chez Mme Angélique. Quel manque de savoir-vivre…

— Qu'est-ce qu'elle fait là, celle-là ?

Sur le lit, Ivan était couché, torse nu, le pantalon défait. Gênée, Valentina comprit qu'elle tombait mal.

— Bonsoir, Ivan, dit-elle en rougissant.

À l'hôpital, elle avait l'habitude de voir des hommes dévêtus, et même entièrement nus. Cette fois, c'était différent. Il y avait quelque chose d'agressif dans ces muscles saillants. Quelque chose de profondément viril dans la toison brune de son torse et dans ses yeux furibonds…

— C'est vous que je venais voir, justement, reprit-elle.

Il s'assit au bord du lit sans se soucier de sa braguette ouverte.

— À quel propos ?

— Je cherche quelqu'un. Vous le connaissez peut-être.

— Comment il s'appelle ? questionna Ivan, intéressé.

— Viktor Arkine.

— Jamais entendu parler.

Mais il avait hésité une fraction de seconde, le temps de décider s'il devait mentir ou non.

— Voulez-vous un peu de soupe ? proposa Varenka, gênée.

— Et vous, Varenka ? Vous connaissez un dénommé Arkine ?

— Non.

— Vous mentez mal.

— Laissez-la tranquille ! lança Ivan en se levant, les poings crispés.

Aussitôt, la pièce parut plus petite.

— Je suis prête à payer pour obtenir ce renseignement.

— Vous autres, vous pensez que l'argent est la solution à tous les problèmes, n'est-ce pas ? fit-il avec dédain. Vous croyez pouvoir nous acheter ? On n'est plus au temps du servage, quand vous nous traitiez comme des chiens !

Il s'avança d'un air menaçant.

— Je vais te dire une chose, sale petite richarde, les temps ont changé ! J'en veux pas, de ton argent pourri !

— Vous l'avez pourtant accepté quand cela vous arrangeait.

— Ne le provoquez pas, implora Varenka.

Valentina était furieuse. Elle n'était pas un de ces patrons d'usine qui exploitaient leurs ouvriers, ni un propriétaire terrien qui maltraitait ses paysans. Elle avait aidé ce couple, lavé son sol crasseux, vidé son seau d'aisance. De quel droit la traitait-il de sale richarde ? Elle le gifla si fort que sa tête fut projetée en arrière, malgré son cou de taureau. Au lieu de riposter, il se mit à rire. Elle reçut son haleine fétide en plein visage.

— Tu as du cran, admit-il, mais tu manques d'intelligence. Sinon, tu prendrais tout ce qui a de la valeur à tes yeux et tu quitterais la Russie comme si le diable était à tes trousses.

— La Russie est mon pays bien-aimé autant que le vôtre. Je ne vous laisserai pas m'en déposséder.

— Attends un peu que la révolution…

— Arrêtez, avec votre révolution ! Elle n'arrivera pas. Le peuple parle beaucoup, mais n'agit pas.

— Et la marche des apprentis, ce n'était pas de l'action ?

Ils avaient haussé le ton et la tension était palpable. L'évocation des apprentis réduisit Valentina au silence.

— Vous direz à Viktor Arkine de ma part que je ne renoncerai pas à le retrouver, énonça-t-elle froidement.

Affolée, Varenka lui effleura la main et hocha la tête. Ivan grommela dans sa barbe.

Valentina se dirigea vers la porte. Avant de partir, elle jeta une bourse pleine de pièces sur la table. Le tintement de la monnaie attira l'attention du couple.

— Je veux que vous me procuriez une arme, conclut-elle.

Soudain, le vent tourna et un courant d'air chaud venant du sud apporta de la pluie. La ville se départit de sa neige et de son verglas pour briller de mille feux à la lueur des lampadaires. Les rues noires luisaient et les toitures évoquaient des lames acérées. Jens était assis dans son lit, appuyé sur des oreillers blancs, ce qui était un progrès. Il tenait une serviette dans une main et une brosse dans l'autre. Son sourire de bienvenue réchauffa le cœur de la jeune femme.

— Approche...

Elle se blottit contre lui et lui permit de la sécher lentement. Toute tension s'envola de ses membres fourbus.

— Que s'est-il passé ? s'enquit-il.

— J'ai réfléchi. À propos du duel.

Ils en avaient à peine parlé. Aucun des deux n'avait osé s'aventurer sur ce terrain glissant. Un silence s'installa entre eux.

— Ce duel est terminé, Valentina. Il faut songer à notre avenir, pas au passé, dit enfin Jens en lui caressant une pommette.

— Pourquoi a-t-il tiré sur toi et pas seulement sur les hussards ?

Il émit un soupir à peine audible, mais chargé d'un profond chagrin.

— Ils nous considèrent tous comme des oppresseurs, répondit-il. Tchernov dirige les soldats contre les grévistes et moi je suis à la tête de chantiers sur lesquels des ouvriers s'échinent douze heures par jour, parfois quatorze. Et pour quel salaire ? Pour moins d'argent que tu n'en dépenserais dans un salon de thé avec Katia. Ils sont en droit de nous détester.

— Je ne suis pas d'accord.

— Naturellement, mon amour, dit-il en écartant quelques mèches de ses cheveux. Nous ne pouvons que nous réjouir que cet homme soit un piètre tireur.

— J'y ai pensé, moi aussi.

Il s'appuya sur ses oreillers.

— Et tu es parvenue à quelle conclusion ? Celle que les révolutionnaires n'arriveront à rien tant qu'ils n'apprendront pas à tirer ?

— Non. Mais c'est le même homme qui nous a tirés dessus sur le traîneau, le soir du bal au palais Anitchkov.

— Comment cela ?

— C'est la vérité, Jens. Je l'ai vu clairement.

Jens eut un sursaut et grimaça de douleur, sans cesser de lui caresser les cheveux.

— Il m'a tiré dessus deux fois, marmonna-t-il. Et par deux fois il a échoué.

— Je le connais.

— Qui est-ce ?

— Viktor Arkine, l'ancien chauffeur de mon père. C'est lui qui a caché les grenades dans le garage.

— Ce qui m'a valu une arrestation, rappelle-toi.

— C'est vrai.

— Donc… reprit-il, le souffle court, cet Arkine est déterminé à nous nuire.

— Je l'ai poignardé.

— Quoi ?

— Avec un scalpel du Dr Fédorine. Mais je n'ai pas frappé assez fort et il a réussi à s'enfuir.

— Valentina !

Il la prit dans ses bras, la tête sur son épaule, et remonta l'édredon sur elle. Elle le sentit trembler, comme si les mots qu'il refusait de prononcer luttaient pour sortir.

— Jens, quand j'étais plus jeune, on nous a appris que le peuple de Russie aimait le tsar. Où est passé cet amour ?

— Quatre-vingts pourcents des Russes sont des paysans qui, par tradition, sont dévoués au tsar, même s'ils détestent les propriétaires terriens. Beaucoup pensent encore ainsi, malgré les troubles. Pense au dimanche rouge de 1905, quand ils ont marché sur le palais d'Hiver avec Gapone. Ce n'était pas à proprement parler une révolte. Ils voulaient faire part au tsar de leurs préoccupations. Ils étaient persuadés que s'il était informé de leurs souffrances, il leur procurerait une vie meilleure. Ils ignoraient quel genre d'homme est en réalité le tsar Nicolas Alexandrovitch

Romanov ! ajouta-t-il avec un grommellement de rage.

Valentina posa une main sur son pansement.

— Jens, il est temps que tu prennes ton médicament.

Elle s'écarta de lui et se leva. Tandis qu'elle dégrafait les boutons de sa robe, elle vit pétiller les prunelles vertes de l'ingénieur.

Comment la protéger ?

Il savoura le parfum de sa peau, la douceur de ses lèvres dans son cou, puis sur son flanc, tandis qu'elle s'efforçait de chasser sa douleur de ses baisers. Et pourtant, cette question lancinante le hantait. *Comment la protéger ?*

Et que voulait Viktor Arkine ?

Lorsqu'elle vint s'asseoir à califourchon sur lui, il glissa lentement les mains le long de ses cuisses nues, puis sur ses hanches et ses fesses rondes qu'il garda dans ses paumes. Il aimait chaque courbe de son corps, sa peau de porcelaine. Le souffle court, il écouta ses plaintes, ses ronronnements de plaisir.

Elle se mit à murmurer à son oreille, ses cheveux formant un rideau autour de leurs visages. Elle parvenait à toucher des recoins secrets de son âme dont il n'avait pas conscience. Son désir pour elle était si puissant que son corps blessé exultait. C'était inexplicable.

Il y avait une certaine férocité dans leurs ébats. Il couvrit ses seins de baisers, titillant ses mamelons dressés de ses lèvres brûlantes. Ils ne formaient plus qu'un seul corps. Jamais il ne se lasserait d'elle. Une vie entière ne lui suffirait pas pour être rassasié.

*

Arkine était prudent. Il faisait sombre dans les rues animées de Saint-Pétersbourg. En se rendant à l'Hôtel de Russie, il revint plusieurs fois sur ses pas, se faufila dans des entrées d'immeuble, puis fila dans des ruelles transversales. Il n'entendit aucun pas derrière lui, ne vit aucun agent en imperméable noir rebrousser chemin. Si le mauvais temps lui permettait de traverser la ville en toute discrétion, il ne se montrait pas raisonnable pour autant.

Il avait déjà suivi la jeune femme et savait exactement où elle se rendait, chaque jour, après son service à l'hôpital. Elle pénétrait dans une élégante demeure, sur une avenue bordée d'arbres, protégée par une grille en fer forgé surmontée d'un blason. Le genre de maison où la mère d'Arkine avait rêvé d'être domestique. Il avait appris qu'elle appartenait à un médecin, le Dr Fédorine, l'un de ces odieux intellectuels de l'élite libérale qui faisaient partie de la classe supérieure, mais se targuaient de s'occuper des pauvres. Comme s'ils pouvaient soigner la blessure qui meurtrissait le cœur de la Russie !

Quand viendrait la révolution, ces gens-là seraient piétinés par les masses populaires. Dans le chaos qui s'ensuivrait, les Romanov seraient renversés, ce médecin et ses semblables ne comprendraient pas qu'ils avaient perdu le pouvoir, qu'un paysan sibérien ou un ouvrier de l'usine Poutilov avait désormais le droit de donner des ordres. Ces gens-là, qu'ils soient médecins, avocats ou professeurs, seraient toujours des traîtres à la cause socialiste parce que leur esprit était incapable de croire en leur propre obséquiosité.

Une colère sourde monta en lui. Qu'en était-il des femmes de la classe supérieure ? Elles avaient l'habitude d'être dominées, dirigées. Leur mari ou leur père leur disait que faire, que penser. Y avait-il de l'espoir pour elles ?

Au diable ces pensées ! Il s'en voulait de vouloir répondre à cette question par l'affirmative. Oui, elles pouvaient changer, apprendre à se rendre utiles, comme la fille Ivanova.

Mais sa mère ? Elle s'accrochait à ses colliers de perles et à ses préjugés. Serait-elle un jour utile à la cause ? Elle s'était fâchée quand il lui avait raconté la façon dont il avait interrompu le duel. Elle lui avait fait des reproches, prononcé des paroles amères. Ses joues d'ivoire s'étaient empourprées et ses yeux avaient scintillé de rage. Il s'était étonné que cette femme ait une telle fougue. Elle l'attirait malgré lui.

Dans la Turicum, il avait pris sa main tremblante dans la sienne. Cette fois, il avait dégrafé les boutons de son gant en agneau si fin qu'il semblait être en soie et non en cuir. Le passage des ans n'avait laissé aucune trace sur sa peau nacrée qui reposait entre ses doigts épais. Jamais il n'aurait imaginé qu'une main puisse être aussi douce.

Lorsqu'il traversa la place Mikhaïlovski, une voiture passa près de lui, dans le noir, l'aspergeant d'eau sale. Il jura. Il était irrité, ce soir-là. Ses pensées le tourmentaient. Il aurait dû tuer ce hussard, dans la forêt. Il aurait suffi de viser un peu plus haut. Il le devait à Marat, dont la jeune vie avait été fauchée au dépôt ferroviaire. Au lieu de cela, il avait obéi à Elizaveta Ivanova.

Maudite soit sa faiblesse !

Il s'ébroua comme un chien mouillé. L'Hôtel de Russie se dressait à l'angle de la place. Il s'engagea dans une ruelle transversale et franchit sans difficulté l'entrée de service de l'établissement. Il parcourut les cuisines et gravit les marches du grand escalier. À l'étage, il longea le couloir en silence et frappa à une porte.

— Entrez !

Le cœur battant, il ouvrit la porte. Dans la lueur rose des appliques, Elizaveta Ivanova, sans ses perles ni ses gants, l'attendait, drapée dans un kimono de soie, ses cheveux cascadant sur ses épaules. Face à ce spectacle, Viktor oublia Tchernov.

31

Avec les premières chaleurs du printemps, la ville se dépouilla de son brouillard comme d'un vieux manteau en lambeaux. Les coupoles dorées des églises étincelaient dans le ciel limpide et les palais reprenaient vie. Les fenêtres s'ouvrirent pour laisser entrer le soleil qui dardait ses rayons sur les fauteuils et les tapis. Le dégel de la Fontanka et de la Moïka permit aux bateaux de charrier à nouveau le charbon et le bois vers les usines. Les rues s'animèrent. Sur les marchés, les marchands haranguaient les passants, proposant pommes, cannelle, chaussures ou pinceaux. Saint-Pétersbourg renaissait, fraîche et souriante.

Valentina souriait, elle aussi, car Jens l'attendait. Comment ne pas s'en réjouir ? Il affirmait que marcher jusqu'à l'hôpital soignait ses poumons, mais la jeune femme n'en était pas si sûre. Il avait toujours du mal à respirer et émettait parfois un son sifflant en gravissant une marche.

En voyant sa silhouette anguleuse, ses cheveux cuivrés dans la lumière de cette fin de journée, elle se sentit renaître. Il faisait les cent pas, tête baissée, l'air pensif. Quand elle était près de lui, son existence prenait tout son sens. Ce jour-là, elle avait participé à son premier accouchement. La vie débutait dans la violence et dans une telle beauté, aussi ! L'enfant était si parfaitement constitué qu'elle en avait pleuré.

Pourtant, cette expérience semblait insipide comparée à ce qu'il se passait en elle chaque fois qu'elle retrouvait son ingénieur danois. Elle avait envie de se précipiter vers lui, de se jeter à son cou et de le dévorer de baisers. Comme chaque jour, elle marcha à sa rencontre d'un pas tranquille, lui sourit et prit ses mains dans les siennes.

Lorsqu'ils atteignirent la rue dans laquelle se trouvait l'appartement de Jens, le ciel se teintait déjà d'un voile pourpre. Jens la tenait par les épaules, peu loquace, pour économiser son souffle. Elle lui racontait comment Mme Gordanskaïa et l'infirmière Daria en étaient presque venues aux mains pour une histoire de stéthoscope égaré.

Il rit, mais se tendit soudain et la serra plus fort contre lui. En suivant son regard, elle vit une élégante voiture ornée d'un blason doré garée devant chez lui, avec un chauffeur en livrée.

— Qui est-ce ? interrogea-t-elle, presque certaine de déjà connaître la réponse.

— La comtesse Serova, dit-il en ralentissant le pas pour plonger dans son regard. Je vais lui demander de partir immédiatement.

— Pourquoi est-elle venue ?

— Alexeï est peut-être malade.

Valentina fut parcourue d'un frisson d'appréhension. La comtesse Natalia Serova était habile et capable d'utiliser son fils. La voiture et le vestibule étant déserts, Jens gravit les marches quatre à quatre. À mi-chemin, il dut s'arrêter et porta une main à sa poitrine, hors d'haleine. Valentina se précipita vers lui pour le soutenir. Elle le prit par la taille et, dans un silence glaçant, maudit la comtesse.

— Quel spectacle touchant !

Valentina leva les yeux vers la voix qui provenait de l'étage. La comtesse se tenait sur le palier, superbe dans sa robe verte et drapée dans une cape noire, coiffée d'un haut chapeau surmonté de plumes émeraude. Un petit garçon d'environ sept ans l'accompagnait. Il avait de manifiques yeux verts bien trop graves.

— Jens a eu des soucis de santé, déclara Valentina en évitant le regard de la comtesse.

— Tonton Jens ! s'exclama Alexeï en se précipitant vers lui.

— Merci, murmura Jens à Valentina. Bonsoir, comtesse !

Arrivé sur le palier, il parvint à s'incliner poliment.

— Qu'est-ce qui me vaut le plaisir ?

— Alexeï était inquiet. Depuis que nous avons appris que tu étais blessé, il insiste pour te voir.

Elle affichait un sourire doucereux. Jens ébouriffa les cheveux de l'enfant.

— Je vais bien, assura-t-il en ouvrant la porte de son appartement.

À l'intérieur, un malaise s'installa. Jens ne fit rien pour le dissiper. Il se pencha vers le fils de la comtesse.

— Qu'est-ce que tu as apporté ?

— Un cadeau pour toi, répondit l'enfant avec un sourire.

— C'est lui qui en a eu l'idée, précisa Natalia avec une moue.

Alexeï tenait un coffret de la taille d'une boîte à chaussures qu'il remit à Jens. Celui-ci souleva délicatement le couvercle et, aussitôt, éclata de rire.

— Eh bien ! Voyez-vous cela !

La boîte contenait un lit de paille sur lequel était blottie une grosse souris blanche qui agitait sa moustache. Ses petits yeux exprimaient un agacement intense.

— Comme tu es malade, elle te tiendra compagnie. Elle s'appelle Attila.

— Attila ? répéta Jens en s'esclaffant de plus belle.

Aussitôt, il fut pris d'une quinte de toux qui provoqua la colère de la souris.

— Elle est splendide. Un cœur de Hun dans un minuscule manteau de fourrure. Merci, Alexeï. Nous allons devenir de bons amis, tous les deux.

Lorsqu'il embrassa le petit garçon, celui-ci enroula les bras autour de son cou.

— Ne sois pas collant, ordonna sa mère.

Il s'écarta à regret, mais Jens l'emmena vers la table où ils passèrent un moment à contempler Attila. Les deux femmes restèrent à se jauger avec un intérêt voilé.

— J'ai entendu qu'il s'était battu en duel pour vous, fit la comtesse à voix basse.

— Pas tout à fait.

— Donc il est blessé par votre faute.

— Il est blessé par la faute de l'homme qui a appuyé sur la détente, rétorqua Valentina sèchement.

— Il paraît que ce n'est pas le capitaine Tchernov, qui demeure en convalescence sous le climat enviable de la mer Noire. Savez-vous qui a tiré ?

— C'est une véritable inquisition !

La comtesse afficha un sourire froid sans daigner la regarder.

— Je suis curieuse. Vous savez ce que c'est, à Saint-Pétersbourg… les rumeurs malveillantes vont bon train.

— Les personnes malveillantes, plutôt.

L'air de défi de Valentina déplut à Natalia, qui se détourna. Valentina en profita pour se rapprocher de Jens et, une main sur son épaule, se pencher vers la souris. Elle s'amusa de ses facéties. Alexeï riait à gorge déployée de la taille des attributs du rongeur. La comtesse et son fils ne s'attardèrent pas. Avant leur départ, Jens embrassa l'enfant en lui promettant de construire un véritable palais pour la souris, puis il serra l'enfant contre lui.

— Tu reviendras nous voir quand tu seras guéri ? demanda timidement Alexeï. On ira se promener à cheval ?

Jens hésita. Plusieurs secondes s'écoulèrent, durant lesquelles la comtesse ne broncha pas. Enfin, Valentina s'avança avec un sourire et tapota l'épaule de l'enfant en costume marin.

— Bien sûr qu'il viendra. De toute façon, il voudra te montrer le palais d'Attila.

Jens hocha la tête.

— Bien sûr, dit-il.

La comtesse se retira dans un bruissement de soie, une lueur de triomphe dans son regard glacial.

Le lendemain, Valentina poussa la lourde porte de l'église, désormais habituée à l'odeur d'humidité et à la coupole oppressante.

— Père Morozov ! appela-t-elle.

La haute silhouette en noir allumait un cierge sous une icône de la Vierge. Il se tourna avec un sourire doux.

— Vous revoici.

— Me revoici.

Elle se tenait au milieu du sol en marbre, entourée de fresques et d'icônes, de bougies votives qui luisaient solennellement. Les yeux tristes des saints l'observaient comme si c'était elle la pécheresse, la menteuse et non cet homme en longue soutane noire. Sous ce sourire et ces belles paroles, Morozov mentait plus souvent qu'il ne donnait l'absolution.

— Vous l'avez vu ? s'enquit-elle.

— Je vous dirai aujourd'hui ce que je vous ai déjà dit les autres jours : Viktor Arkine ne vient plus ici. Vous êtes la bienvenue dans cette église, mon enfant, mais c'est un lieu de paix et de prière, pas de persécution.

— Quand l'avez-vous vu pour la dernière fois ?

— Je vous le répète, cela fait des semaines.

— Savez-vous où il est ?

— Non.

— Vous êtes sûr ?

— Certain.

Ses paupières un peu tombantes se plissaient quand il souriait.

— Je ne vous mens pas.

— Avez-vous des nouvelles ?

— Je sais seulement qu'il est blessé.

— Gravement ?

— Je l'ignore. On m'a rapporté qu'il était parti pour Moscou. Quant à savoir si c'est vrai…

Il effleura le crucifix qu'il portait autour du cou.

— Vous lui direz de la part de Valentina Ivanova qu'il ne peut se cacher éternellement.

Il afficha son sourire de prêtre et souffla le cierge qu'il avait dans la main.

— C'est la maison du Seigneur, mon enfant. Qu'il apaise ce sentiment qui vous incite à chercher Viktor Arkine avec autant de détermination.

Il fit un signe de croix.

— Merci, mon père, mais je préférerais qu'il me fournisse l'information dont j'ai besoin.

— Je ne peux rien faire pour vous.

Valentina remarqua son regard perçant, l'esprit vif qui refusait de l'aider. Elle tourna les talons et quitta précipitamment l'église. La voix du prêtre résonna dans son dos dans le vaste espace vide :

— Dieu vous bénisse, mon enfant !

— Elle est partie ?

Le père Morozov acquiesça.

— Mais elle reviendra, camarade.

En bas, dans l'atmosphère étouffante de la sacristie, Arkine était attablé près d'une montagne de tracts imprimés en rouge. Il les pliait un par un afin de les distribuer lors de la prochaine réunion.

— Pourquoi insiste-t-elle ? grogna Arkine, irrité.

— Elle est tenace, celle-là.

Morozov tapota la pile de tracts proclamant : SOLIDARITÉ ! LE POUVOIR AUX TRAVAILLEURS !

— Comme toi, ajouta-t-il.

Dans un coin, un samovar bouillonnait doucement. L'assiette de *pirojki* était intacte. Le prêtre l'observa et fronça les sourcils.

— Viktor, il faut manger si tu veux que ta blessure cicatrise.

— Pas maintenant.

— Quand, alors ?

Arkine leva les yeux. Il avait maigri. Son visage était émacié et le gris de ses yeux était plus foncé. Elizaveta Ivanova avait fait un commentaire à ce sujet. Elle aimait contempler longuement ses prunelles, y déchiffrer les profondeurs de son âme.

— Quand la mission sera accomplie, quand les Romanov seront enterrés six pieds sous terre, je mènerai à nouveau une vie normale.

— Il sera peut-être trop tard, alors, répliqua le prêtre, la mine soucieuse. Tu auras oublié comment vivre.

*

Une lettre du capitaine Tchernov arriva. Le seul fait de voir l'enveloppe portant le sceau familial donna envie à Valentina de la déchirer en mille morceaux. Elle l'emporta dans le bureau de son père et la lui tendit sans l'ouvrir.

Il la lut en silence.

— Le capitaine est en Suisse, déclara-t-il. Il est en cure et n'envisage pas de rentrer à Saint-Pétersbourg avant la fin de l'été.

Elle perçut son soulagement, puis ils échangèrent un regard entendu.

— Le temps presse, Papa. L'argent que vous avez emprunté en mettant le collier de Tchernov en gage devra être remboursé avant que je lui rende le bijou, cet automne.

— Si tu te souciais un tant soit peu de ta sœur, tu épouserais cet homme, dit-il en froissant la lettre d'un poing rageur.

— Je vous en prie, Papa ! Il doit y avoir un moyen de trouver cet argent. Vendez vos biens, notamment la propriété de Tesovo.

Son père s'enfonça dans son fauteuil, derrière son vaste bureau encombré de piles de dossiers qui menaçaient de s'écrouler sur lui.

— Les banques possèdent déjà tous nos biens, mais j'essaierai, marmonna-t-il, les joues empourprées.

32

Malgré mon père.

Malgré la disparition d'Arkine de la surface de la Terre.

Malgré les blessures que je panse à l'hôpital et les patients que j'ai vu mourir.

Malgré le fait que ma mère n'est que rarement à la maison et qu'il règne sur la ville la pire chaleur que j'aie connue.

Malgré le fait que mes mains ont l'air d'appartenir à quelqu'un d'autre.

Malgré tout cela, c'est le plus bel été de ma vie.

L'été approchait timidement, telle une jeune fille lors de son premier bal. D'abord pâle, hésitant. Les feuilles des arbres rechignaient à se déployer. Le soleil restait caché derrière les nuages. Saint-Pétersbourg était grise et fatiguée. La fumée des usines planait au-dessus des toits, trop lasse pour s'éloigner. Au moment où Valentina se résignait aux vents froids venant du golfe de Finlande et renonçait aux pique-niques avec Katia, l'été fondit sur la ville pour la transformer en une cité étincelante et dorée.

C'était la première année qu'ils ne se rendaient pas dans leur domaine de Tesovo pour l'été. Son père était préoccupé et passait son temps soit au ministère, soit enfermé dans son bureau avec un groupe d'hommes en redingote bien coupée et coiffés de haut-de-forme en soie. Ils allaient et venaient avec de lourdes mallettes. Valentina avait décidé qu'elle ne remettrait plus les pieds à Tesovo. Comment le pourrait-elle, après les derniers événements ? Et surtout, elle était incapable de quitter Jens.

C'était un été de promenades, de caresses, tandis que sa blessure cicatrisait. Sa force ne cessait d'étonner la jeune femme quand il la soulevait pour l'aider à franchir un ruisseau ou quand il lui enserrait la taille pour lui permettre d'approcher une coccinelle dans un étang. C'était un été de crèmes glacées et de libellules, d'exploration d'une ville qu'elle voyait sous un nouveau jour car ils étaient ensemble.

Elle emmena Jens à des concerts de Tchaïkovski et Stravinsky, au théâtre Alexandrinski. Il la conduisit à la gare Nikolaïevski pour lui montrer la merveille architecturale de son plafond et lui décrire en détail le fonctionnement des locomotives à vapeur. Elle préférait contempler le grain de sa peau, le vert de ses iris, et écoutait plus volontiers le son de sa voix que le souffle haletant des locomotives.

Un jour, ils s'assirent au bord de la rivière, les pieds dans l'eau, pour humer le parfum de l'herbe fraîchement coupée. Il lui expliqua ses projets de dragage de la baie de la Neva. Ils partagèrent une pomme qu'ils mordirent tour à tour.

Ils emmenèrent Katia en forêt où une biche vint lui manger dans la main. Ensuite, devant la cathédrale Saint-Isaac, Katia se mit à pleurer face à tant de beauté.

Une autre fois, Jens embrassa Valentina sur les marches de l'Hermitage, comme si ce baiser pouvait effacer tous les autres.

Un jour, elle et sa mère regardèrent par la fenêtre Jens et Katia, dans le jardin. Il était en train de redresser une roue de son fauteuil. Elle avait une main posée sur son épaule.

— Tu te rends compte à quel point ta sœur l'aime ? souffla sa mère à son oreille.

Lorsque l'été fit place à l'automne, ils se promenèrent dans une voiture ouverte, sous le ciel nocturne et velouté, pour compter les étoiles. Là, elle lui annonça qu'elle était enceinte.

— Veux-tu m'épouser ? demanda Jens.

Valentina entendait son propre cœur pulser jusque dans ses oreilles. Il prit sa main et la porta à ses lèvres, puis il embrassa son poignet. Le clair de lune sculptait le visage de Jens comme du marbre, mais son regard était brûlant.

— Me feras-tu l'honneur de m'épouser, Valentina Ivanova ?

— Oui.

— Demain ?

Elle éclata d'un rire insouciant.

— Dès que tu le voudras.

— Maintenant.

Elle ferma les yeux et, quand elle les rouvrit, il était toujours là, sa main dans la sienne.

— Jens, j'ai juré à Katia que je ne la quitterais jamais.

— Dans ce cas, elle viendra vivre avec nous. Mes transactions avec Davidov m'ont rapporté bien plus que prévu. Je nous achèterai une superbe maison neuve, avec une chambre pour ta sœur.

À l'entendre, c'était une broutille.

— Merci, mon amour.

Il prit le visage de la jeune femme entre ses mains.

— Je t'aime, murmura-t-il en l'embrassant.

— Je ne suis pas en sucre, tu sais ! s'esclaffa-t-elle.

Il l'attira vers lui et la serra si fort qu'il faillit l'étouffer.

— Je parlerai à ton père dès demain.

— Il ne va pas apprécier.

— Il devra pourtant s'y faire.

Il posa une main sur son ventre encore plat.

— Ce sera un garçon, murmura-t-elle. Un ingénieur qui construira un nouveau Saint-Pétersbourg.

— Une fille. Je veux une fille.

— Qui aura mes cheveux et tes yeux, dit Valentina.

— Et ton talent de musicienne, une fille pleine de courage et d'ambition, une fille à l'esprit vif, comme sa mère.

Une brise fit voleter une mèche de cheveux sur son visage. Elle frémit.

— Tu as froid.

— Non. Je suis exaltée.

Il l'enveloppa soigneusement dans l'épaisse couverture.

— Je te ramène chez toi. Il ne faut pas que tu prennes froid.

— Jens, je ne suis pas malade, je suis enceinte.

Il lui sourit avec une tendresse infinie, puis il fit claquer les rênes sur la croupe du cheval.

— Jens, c'est l'anniversaire de mon père, demain. Il a acheté des places de théâtre pour toute la famille et réservé À l'ours pour le souper. S'il te plaît, accorde-lui une journée de répit. Tu lui parleras après-demain…

— Bon sang ! s'emporta-t-il en se tournant vivement vers elle. N'ai-je pas patienté assez longtemps ? Rien qu'un jour et pas plus !

Durant le trajet, elle se blottit contre sa chaleur. Ses rêves se mêlèrent à ceux de Jens.

Le lendemain, une bruine mit fin à la chaleur qui étouffait la ville. Dans la salle de théâtre qui pétillait de mille feux, la famille Ivanov prit place dans sa loge aux sièges en velours. Le brouhaha des conversations leur parvint. L'élite de la ville exhibait ses bijoux et ses médailles. Les sourires étaient figés sous les diadèmes en diamant. Beaucoup s'étaient endettés pour s'offrir de telles parures. Les usuriers pouvaient se frotter les mains : au sein de la haute société, se montrer au spectacle sans ruisseler de bijoux était trop avilissant.

Si Valentina détestait ces mondanités, la musique avait le don de l'apaiser. Les lumières se tamisèrent et les premières notes du *Conte du tsar Saltan* retentirent. Les yeux fermés, Valentina se laissa entraîner par les airs de Rimski-Korsakov. Le souffle plus léger, elle imagina la chambre de Jens, une peau de cerf devant le poêle à bois. Elle sentait le contact de la fourrure sur son dos nu, les lèvres de Jens sur son ventre, s'adressant à l'enfant qui grandissait en elle.

— Valentina, ma chère, vous êtes radieuse, ce soir ! Vous éclipsez les lustres.

Elle rouvrit vivement les yeux.

— Capitaine Tchernov !

Il était assis juste à côté d'elle, dans son uniforme écarlate. Abasourdie, elle se rendit compte que c'était l'entracte et que les autres, y compris Katia dans son fauteuil roulant, s'étaient retirés dans le petit salon pour boire du vin, déguster du caviar et saluer des invités. Il n'avait pas changé. Tant de souffrance et il n'avait pas changé ! Un peu plus mordant, peut-être, le regard un peu plus féroce…

— Vous n'avez pas répondu à mes lettres, Valentina.

— Je suis ravie de vous revoir, capitaine. J'ignorais que vous étiez de retour à Saint-Pétersbourg.

— Je vous ai écrit pour vous l'annoncer.

Elle n'avait lu aucune de ses lettres.

— Je vous ai écrit une fois, déclara-t-elle, pour vous informer de la rupture de nos fiançailles.

Il éclata d'un rire tonitruant et prit la main gantée de blanc de la jeune femme dans les siennes.

— Les jeunes femmes sont taquines.

— Non, répliqua-t-elle en essayant en vain de se libérer de son emprise.

Lentement, il porta sa main à ses lèvres. Elle sentit le picotement de sa moustache à travers le cuir très fin.

— Lâchez-moi.

Ils étaient penchés l'un vers l'autre, presque comme des amants, si proches qu'elle décelait une cicatrice rose sur sa joue. En contrebas, les spectateurs regagnaient leurs places dans un brouhaha grandissant. Soudain, elle ressentit sans l'ombre d'un doute la présence de Jens. Il se trouvait au fond de la salle. C'était bien son Viking, grand et fier, les cheveux ébouriffés, sans doute venu uniquement pour la voir. Et il la voyait, en cet instant, avec une main sur les lèvres de ce capitaine des hussards, le visage empourpré, si proche de celui de Tchernov. Elle se leva d'un bond.

— Jens ! lança-t-elle sans se soucier des regards offusqués de certains spectateurs.

Hélas, il avait disparu.

— Soyez maudit, Stepan ! s'exclama-t-elle avant de s'enfuir de la loge.

Elle le trouva au bar, en train de fumer une cigarette, adossé à une colonne en marbre, indifférent à la foule qui l'entourait.

— Jens, j'ignorais que tu étais là.

— À l'évidence.

— Le capitaine Tchernov me saluait, rien de plus.

— De façon très chaleureuse.

— Non, répondit-elle, une main sur sa manche. Ce n'est pas ce que tu crois, Jens. Je t'en prie…

Un cri retentit dans la rue. Un homme portant une cape et un chapeau haut-de-forme scintillant de pluie apparut sur le seuil.

— Le Premier ministre s'est fait tirer dessus ! cria-t-il. Le Premier ministre s'est fait tirer dessus !

La foule retint son souffle. Jens prit Valentina par la taille et se fraya un chemin parmi les spectateurs.

— Que s'est-il passé ?

— Mon Dieu ! Il était au théâtre, à Kiev, ce soir. L'un de ces révolutionnaires sanguinaires a sorti une arme et a tiré sur Stolypine en pleine poitrine. Il n'avait pas de gilet pare-balles.

Des larmes ruisselaient sur les joues de l'homme.

— Il est mort ? Parlez ! ordonna Jens.

— Il paraît qu'il est mourant.

— Stolypine mourant. Dieu vienne en aide à la Russie !

— Vite ! s'exclama l'homme aux personnes présentes dans la salle enfumée. Vite ! On dit que les révolutionnaires sévissent dans tous les théâtres, ce soir. À Kiev, à Moscou. Ils veulent nous massacrer ! Même ici, à Saint-Pétersb…

Il ne put terminer sa phrase. La foule émergea de sa torpeur et céda à la panique. Lâchant leurs verres, les personnes réunies dans le bar filèrent sans demander leur reste.

Valentina n'avait jamais été témoin d'une telle scène de panique. Autour d'elle résonnaient les cris, les appels, les pleurs. Devant le théâtre, sur le trottoir luisant de pluie, gisaient des chapeaux piétinés. Les gens jouaient des coudes pour rejoindre leur voiture en appelant leur cocher, sans se soucier des ordres de la police. Alors qu'elle sortait, Valentina fut bousculée par un agent.

— Jens, ce n'est pas possible !

Ils cherchaient les membres de la famille Ivanov sur les pavés, mais les parapluies masquaient les visages et les hauts-de-forme se ressemblaient tous, dans le noir.

— Que Stolypine soit mort ?

— Non. Que les révolutionnaires s'attaquent à tous les théâtres. Ce ne peut être vrai.

— Il s'agit sans doute d'une rumeur destinée à semer le chaos et la peur. Cependant, ne prenons aucun risque. Reste près de moi.

— Pourquoi ?

Valentina s'arrêta net, obligeant Jens à en faire autant et à la regarder droit dans les yeux.

— Pourquoi ? répéta-t-elle. Qu'ont-ils à gagner à provoquer le chaos ?

— Trouvons ta voiture.

— Non, insista-t-elle en secouant le bras de Jens. Dis-moi de quoi tu as peur ?

Il la fixa d'un air grave.

— Je redoute que quelqu'un n'ait monté cette histoire et provoque de la panique pour faire autre chose.

— Quoi donc ?

— Je l'ignore. Avance, maintenant.

Il l'entraîna dans son sillage.

— C'est la voiture de Papa ! lança-t-elle en tendant la main.

Jens se fraya un chemin dans la foule. Ils rejoignirent les parents de la jeune femme sous la pluie, à côté du véhicule. Le fauteuil roulant était vide.

— Où est Katia ? s'enquit aussitôt Valentina.

— Elle a disparu.

— Qui aurait pu enlever ?

Jens dut répéter sa question. Elizaveta Ivanova était tendue, les yeux dans le vague. Elle porta la main à sa bouche, incapable de prononcer un mot. À l'inverse, son mari pestait, piaffant de colère et d'impatience en s'adressant aux policiers groupés autour de lui :

— Activez-vous donc ! Retrouvez ma fille ! Elle a été enlevée !

Ils avaient tous regagné le théâtre et patientaient sous la pluie devant une porte latérale, celle que les Ivanov avaient empruntée pour sortir, Katia dans son fauteuil.

— Madame Ivanova, racontez-moi une fois de plus ce qu'il s'est passé.

Elle évitait son regard. Ses lèvres frémirent, mais aucun son ne sortit de sa bouche.

— Elizaveta ! s'emporta son mari.

Jens se posta devant elle et la prit par les bras.

— Katia a-t-elle été blessée lors de la bousculade ? s'enquit-il.

Elle secoua la tête.

— Non, murmura-t-elle. Elle n'a pas cédé à la panique. Elle s'accrochait au fauteuil.

Elle fronça les sourcils en revivant la scène.

— Elle…

Sa voix s'éteignit. Jens se pencha vers elle.

— Que s'est-il passé ?

— Mon mari est parti chercher notre voiture et la princesse Maria et son mari sont arrivés derrière moi.

— Vous leur avez parlé ?

— Oui, dit-elle en frémissant. C'était la panique. Quand je me suis retournée vers le fauteuil, il était vide…

— Maman, intervint Valentina, qui s'exprimait pour la première fois, d'une voix lointaine. Katia était-elle effrayée par les cris ?

— Non, non. Elle était exaltée, au contraire.

Valentina opina de la tête et prit Jens par la main pour l'entraîner à l'écart.

— Viens avec moi.

— Où vas-tu ? demanda son père. Et ta sœur ?

— Papa, je vais la trouver.

La pluie ruisselait sur ses joues. Les lampadaires et les lanternes des voitures dessinaient des ombres sur sa peau, modifiant la forme de son visage. Ses yeux avaient la couleur du charbon.

Elle monta avec Jens sur son cheval, qui serait plus rapide qu'un fiacre. Les rues étaient encombrées et il pleuvait plus fort. Les esprits échauffés provoquaient des accidents, ajoutant à la confusion ambiante.

Héros, le cheval de Jens, contourna les obstacles avec aisance, jusqu'à ce que la circulation soit plus fluide. Jens sentait la chaleur de la jeune femme contre son torse, humant le parfum de ses cheveux mouillés. Emmitouflée dans la cape de Jens, elle le réchauffait, agrippée à la crinière de l'étalon, le corps tendu.

Ils s'étaient querellés :

— Jens, ce sont les révolutionnaires qui l'ont enlevée.

— Mais non ! Réfléchis. Il peut s'agir de ravisseurs cherchant à extorquer de l'argent à ton père.

Pourvu que ce ne soient pas les révolutionnaires, avait-il songé. Ils avaient tendance à égorger les membres de la classe supérieure, hommes ou femmes, comme ils tueraient une poule.

— Non ! avait-elle insisté. Ce sont eux, je le sais ! Ils en veulent à ma famille et ne seront satisfaits que quand nous seront tous morts.

Un silence pesant s'était installé entre eux.

Il l'avait emmenée avec lui parce qu'il ne supportait pas de la laisser seule dans les ruelles de Saint-Pétersbourg. C'était de la folie.

L'ouvrier de la fonderie et sa femme, celle qui avait dormi avec ses enfants morts dans son lit, étaient chez eux. En entrant dans la pièce, Jens balaya les lieux du regard. Au moins, la maison était plus propre que la dernière fois. Ils le toisèrent avec méfiance, les bras croisés derrière la table sur laquelle étaient posées deux chopes de bière. Arrosaient-ils un succès ?

— Il est mort, annonça Ivan d'un air suffisant. Le Premier ministre Piotr Stolypine est mort.

— Pas encore, corrigea Jens. Il est blessé, d'après mes informations.

La femme regardait fixement Valentina.

— Qu'est-ce qu'elle a ? demanda-t-elle.

— Ma sœur, dit Valentina. Où est-elle ?

— La fille en fauteuil ?

— Oui. Elle a été enlevée. Je crois que vos révolutionnaires l'ont capturée. Je veux que vous alliez voir vos amis pour savoir où elle est détenue.

Ivan et Varenka secouèrent la tête. Jens s'avança et frappa du poing sur la table.

— Je vous verserai à chacun six mois de salaire.

Leurs yeux se mirent à pétiller d'intérêt.

— Seulement si vous découvrez où se trouve sa sœur, ajouta Jens.

— Pourquoi des révolutionnaires voudraient-ils l'enlever ? s'enquit Varenka.

— Pour faire pression sur son père, le ministre Ivanov.

— Et si on refuse ? dit Ivan en bombant le torse d'un air provocateur.

— Je serai contraint d'insister, répliqua Jens.

Jens se montra moins patient que Valentina. La pièce aux murs humides et au plafond fissuré était étouffante. Chaque fois que Varenka jetait une bûche dans le poêle, de la fumée jaillissait et se déposait sur les meubles et dans leurs poumons. La vérité était aussi nébuleuse.

Or il y avait souvent un gouffre entre les propos d'une personne et ce qu'elle croyait vraiment. Dans leur lutte pour le pouvoir, bolcheviques et mencheviques s'affrontaient tels des chacals se disputant une carcasse. Ils réclamaient la justice et l'égalité à grands cris. En quoi était-il juste d'enlever une jeune fille handicapée ? Où était la justice quand les faibles se faisaient dévorer par les forts ?

Valentina, mon amour, sois prudente.

Ils s'attablèrent. Jens tenait la main de Valentina dans la sienne sous l'œil attentif de Varenka. Accroupie près du feu, elle sirotait sa bière. Pendant deux heures, ils attendirent ainsi. Il percevait la tension de Valentina, imaginait le cheminement de ses pensées, sa peur pour sa sœur. Soudain, elle serra sa main dans la sienne et le regarda droit dans les yeux. Il veillait sur elle, mais pas assez, visiblement.

Quatre hommes déguenillés, la casquette trempée, surgirent dans la pièce, derrière Ivan. L'air froid de la nuit s'engouffra avec eux dans la pièce. Jens se leva. Valentina ne tourna pas la tête vers les nouveaux venus, comme si elle savait déjà ce qu'ils allaient dire. Ivan alla se réchauffer près du feu.

— Alors ? demanda-t-elle, les yeux toujours rivés sur Jens.

— Toi, fit Ivan en pointant un index sur Valentina, tu viens avec nous. Et toi, dit-il à Jens, tu restes ici.

— Hors de question ! s'exclama-t-il.

Elle se leva d'un bond et prit son visage entre ses mains.

— Je suis désolée, mon amour, murmura-t-elle en effleurant ses lèvres d'un baiser.

Soudain, le sol parut se soulever sous les pieds de Jens et une explosion retentit dans sa tête. Son cerveau se brisa en mille morceaux. La douleur du coup le projeta dans un trou noir sans fond.

33

La pluie tombait inlassablement. De froides rigoles infiltraient le toit de l'isba, mais Viktor Arkine remarquait à peine le bruit lancinant. Il arpentait le plancher pourri, l'esprit hanté par des questions dont il cherchait les réponses.

Allaient-ils venir ?

Que savait-elle, au juste ?

Qu'avait-elle vu ?

La jeune fille était-elle un appât de l'Okhrana pour le débusquer ?

En qui pouvait-il avoir confiance ?

C'était toujours ainsi quand on se sentait traqué. C'était le prix à payer.

Il avait préparé la pièce. Au contraire de l'invalide, la jeune femme constituerait un danger constant ; il devrait manœuvrer avec prudence. Face à ses grands yeux sombres et son teint de porcelaine, il se sentait vulnérable. Malgré son jeune âge, elle était sans doute capable de l'écarteler s'il lui en donnait l'occasion. Cependant, il était prêt.

Il cessa de marcher de long en large et regarda par la petite fenêtre poussiéreuse. Qu'espérait-il voir, à trois heures du matin ? Il faisait nuit noire et le bruit des éléments déchaînés couvrait les autres sons nocturnes. La fermette était exiguë et isolée, au cœur de marécages que coupait une unique route de terre surélevée pour éviter les inondations.

Pendant une heure il demeura ainsi à la fenêtre, dressant l'oreille à l'affût de l'arrivée d'une charrette. Il ne parvenait pas à chasser la mère des deux filles de son esprit. Elle le hantait, avec sa peau pâle, ses courbes voluptueuses, la toison blonde qui ondulait au bas de son ventre, sa saveur et ses yeux bleus qui ne lui laissaient aucun répit. Il entendait encore sa fureur quand elle avait crié son nom, en le voyant s'enfuir du théâtre, sous la pluie, sa fille cadette dans ses bras. Pour se libérer d'elle, il n'avait d'autre choix que de la pousser à le détester.

Une heure plus tard, comme ils ne venaient toujours pas, Arkine prit la lampe à pétrole et déverrouilla la porte de la chambre. La lumière jaunâtre rampa jusqu'au plafond et fendit les ténèbres. La fille était recroquevillée sur le lit. Dans son esprit, elle était « la fille » et jamais « Katia ». C'était mieux ainsi. Il pouvait ainsi la regarder sans s'émouvoir. La fille. Jamais Katia.

Il brandit sa lampe. Elle posa sur lui ses grands yeux pleins de reproche, les lèvres tremblantes.

— Allez-vous-en, murmura-t-elle.

— Vous avez froid ?

Elle secoua la tête.

— Mal ?

Elle fit signe que non. *Menteuse*, songea-t-il.

— Allez-vous en, répéta-t-elle.

S'il s'en allait, les ténèbres reviendraient. Il ne pouvait prendre le risque de lui laisser ne serait-ce qu'une bougie. Il s'appuya donc au chambranle de la porte, posa la lampe par terre et alluma une cigarette. Il souffla la fumée avec bruit pour couvrir le halètement de la jeune fille.

— N'allez pas mourir, hein, lança-t-il.

Elle remonta sa fine couverture sur son visage.

— Allez-vous en.

Cette fois, sa voix sortit comme un sifflement étouffé. Pendant une longue minute, Arkine observa la silhouette immobile, attendant qu'elle se mette à crier. Elle n'en fit rien. Il reprit donc la lampe et quitta la pièce en fermant la porte à clé. C'était plus facile ainsi.

Ils firent descendre l'aînée de la charrette et l'amenèrent sans ménagement à l'intérieur. Arkine eut envie de les frapper. Il avait choisi ces trois hommes parce qu'ils lui semblaient moins fougueux et colériques que les autres et qu'ils ne la toucheraient pas. Ils avaient roulé sous la pluie pendant trop longtemps, à emprunter des voies détournées à travers bois pour semer d'éventuels poursuivants. À présent, trempés et de mauvaise humeur, ils se défoulaient sur elle.

Elle paraissait bien plus frêle que dans ses souvenirs. Les cheveux plaqués sur le crâne, elle claquait des dents, mais s'efforçait de ne rien montrer. Cette fille plus que toute autre ne supportait pas qu'il devine sa peur. Ils la firent asseoir à table, les yeux bandés, les mains liées derrière le dos à l'aide d'une lanière de cuir qui meurtrissait sa peau.

Il s'attabla en face d'elle.

— Je sais qui vous êtes, déclara-t-elle avant qu'il ne prononce un mot. Ne croyez pas que vous pouvez vous cacher.

Il patienta, imaginant ses pensées, dans une pièce où flottait une odeur d'homme. Elle écouta leur souffle pour déterminer combien ils étaient. Ses paroles étaient ses seules armes. Elle avait perdu son manteau et se doutait que sa robe en soie pâle presque diaphane soulignait ses formes, faisant d'elle un jouet potentiel.

— Je sais qui vous êtes, répéta-t-elle en s'efforçant de maîtriser sa rage. Viktor Arkine, l'ancien chauffeur de mon père.

À quoi bon le préciser ? Elle voulait lui faire comprendre qu'il ne valait rien. Il lui arracha son bandeau et la regarda cligner les yeux. Quelques mèches de ses cheveux lui collaient aux joues.

— Vous avez vu juste, dit-il aimablement. Vous êtes très perspicace.

Quand ses yeux se furent accoutumés à la lumière, elle afficha un air de dédain.

— Ce n'était pas très difficile.

— Estimez-vous heureuse d'être en vie après m'avoir enfoncé une lame dans la peau.

— Où est-elle ?

— Qui ça ?

— Où est-elle ? répéta Valentina, fulminante.

— Elle dort.

— J'en doute, répliqua-t-elle en se levant.

Aussitôt, deux des hommes la soulevèrent par les bras. Ils n'auraient eu aucun mal à les lui briser.

— Je veux la voir.

— Quand nous aurons bavardé.

— Je vous en prie, Arkine !

Elle tremblait de rage, mais sa voix demeurait posée.

— Je vous en prie, emmenez-moi auprès d'elle. Nous parlerons demain, quand je me serai séchée et que vous aurez dormi.

Était-il donc si évident qu'il n'avait pas fermé l'œil depuis trois jours ? Il désigna la porte fermée à clé d'un signe de tête. Elle traversa la pièce en un éclair, le front posé sur le battant de bois avant même qu'il ait eu le temps de donner l'ordre à ses hommes :

— Laissez-la entrer !

Il se rendit dans l'autre pièce et s'allongea sur un matelas nu, dans le noir. Sans trouver le sommeil.

— Katia !

Valentina étreignit sa sœur sur le lit étroit. Elle avait la peau glaciale.

— Je vais bien.

Son aînée connaissait cette voix et savait qu'elle serrait les dents, en grande souffrance.

— Bien sûr, dit-elle en remontant une couverture qui empestait l'urine.

— Qu'est-ce que tu fais là ? s'enquit Katia. Ils t'ont enlevée aussi ? Tu te rends compte ? C'est Arkine, le chauffeur ! Qu'est-ce qu'il va nous infliger ? Papa est au courant ? Valentina, tu es trempée ! Enlève cette robe. Il ne faut pas…

— Chut… murmura-t-elle en lui prenant la main. Calme-toi. Nous sommes ensemble, désormais. Tu n'as rien à craindre. Arkine ne nous fera aucun mal.

— Si.

— Non. Je lui parlerai demain matin, quand il fera jour. Ce soir, il n'était pas…

— Pourquoi nous ?

— Katia, je ne sais pas ! Je pense qu'il cherche à faire pression sur Papa.

— Papa ne fera jamais rien contre le tsar, même pour nous, grommela Katia.

— Tais-toi. Nous ne savons rien. Attendons demain. Essaie de dormir.

— Enlève cette robe. Tu trembles.

— Non, pas avec ces hommes à côté.

La pièce était plongée dans le noir, mais un rai de lumière filtrait sous la porte et entre ses panneaux de bois, par endroits. Valentina alla tambouriner sur la porte de ses poings.

— Ouvrez ! s'écria-t-elle.

Pas de réponse.

Elle frappa encore.

— Je veux vous parler !

— Ferme-la, nom de Dieu ! dit une voix inconnue.

— Ouvrez cette porte !

— La ferme, sale garce !

Valentina se mit à donner des coups de pied rageurs qui firent trembler la porte.

— Je veux des vêtements secs !

— Va au diable !

— Des vêtements secs et une autre couverture. Un seau et une chandelle.

Ses coups de pied redoublèrent et elle se mit à jurer.

— Patience !

Elle attendit. Au bout d'un moment, elle se remit à marteler la porte de ses poings.

— Arrêtez ! ordonna Arkine.

Elle entendit une clé dans la serrure, puis la porte s'ouvrit. Dès que la lumière envahit la pièce, Valentina vit Katia, sur le lit, serrant les dents si fort qu'elle s'était mordue la lèvre inférieure et avait le menton maculé de sang.

— Tenez, dit Arkine d'un ton amer. Des vêtements, une couverture, un seau, mais pas de bougie.

Il fit mine de refermer la porte.

— Attendez !

Il s'interrompit.

— Ma sœur a besoin de son médicament contre la douleur.

— Non.

Il claqua la porte.

— Allez au diable, Arkine ! cria Valentina avec un coup de pied. J'espère que vous brûlerez en enfer.

Malgré les volets fermés, la pièce passa du noir au gris tandis qu'un filet de lumière s'insinuait entre les lattes. Katia avait honte d'utiliser le seau d'aisance, car sa sœur devait la soutenir. Valentina adopta son attitude d'infirmière et la traita comme une patiente. En l'aidant à se lever, elle se rendit compte que sa cadette était plus grande qu'elle. Depuis quand ?

Elles parlaient à voix basse. Katia ne la quittait pas des yeux, doutant presque de la réalité de sa présence, tandis qu'elle lui massait les pieds pour stimuler sa circulation sanguine.

— Tu n'aurais pas dû venir, déclara la jeune fille. S'il m'arrive quelque chose, ce n'est pas grave, mais comment Jens survivrait-il sans toi ?

— Ne dis pas de bêtises, il ne nous arrivera rien. Je ne pouvais pas te laisser t'enfuir sans moi !

Katia se mit à rire et porta une main à sa nuque.

— Tu voulais me priver de cette aventure.

— Dis-moi, Katia, tu m'en veux encore d'être partie me promener à cheval, ce matin-là, à Tesovo ?

C'était la première fois qu'elle lui posait franchement la question.

— Bien sûr que non.

— Si j'étais restée à la maison, tu ne serais pas entrée dans le bureau.

— Si. Ce n'est pas toi qui m'as envoyé chercher un stylo à plume.

— Qui, alors ? demanda Valentina, le cœur battant.

— C'est Papa.

*

Obéissante, Valentina garda les mains posées sur la table, devant elle. La lanière de cuir était moins serrée que la veille, dans la charrette. Elle fléchit les doigts et laissa son esprit vagabonder vers les touches d'ivoire de son piano.

— Valentina !

Son interlocuteur avait des phalanges épaisses et de larges paumes. Des mains d'ouvrier ? De tueur ?

— Valentina, vous ne me prêtez pas attention.

— Si, je vous écoute.

Elle imagina les mains de Jens sur son ventre.

— Vous comprenez ce que je vous dis ?

— Oui.

— Je reviendrai ce soir. L'un de mes hommes restera ici, en attendant. Je saurai alors si votre père accepte de payer.

— Combien ?

— Un demi-million de roubles.

Elle n'en revenait pas. Un demi-million !

— Arkine, dit-elle en plongeant son regard dans le sien.

Il était mal rasé et visiblement tendu.

— Si vous croyez que mon père possède une telle somme, vous êtes fou.

Il s'adossa plus confortablement et cracha un nuage de fumée de cigarette, exaspéré.

— Vous oubliez que je suis entré chez vous, j'ai vu des tableaux, des statuettes, de l'or et de l'argent dans chaque pièce. J'ai vu les diamants de votre mère, gros comme des œufs de tortue, alors ne…

— Non. Il n'a pas d'argent.

— Le ministre n'aura qu'à vendre un collier ou deux.

— C'est impossible.

— Il le faudra, pourtant.

— Vous êtes trop gourmand.

— Ce sont ceux de votre classe qui sont avides. Vous voulez posséder la Russie et vous partager ses richesses. Des millions d'ouvriers et de paysans russes n'ont rien parce que vous leur avez tout volé.

Son regard ne laissait planer aucun doute sur son caractère implacable et la force de sa conviction.

— Vous êtes un bolchevique, dit-elle, impassible.

Il ne prit pas la peine de répondre.

— L'argent est destiné à la révolution ?

— Naturellement. Au financement de la cause socialiste. À quoi d'autre, selon vous ?

Cette fois, ce fut elle qui garda le silence.

— Pourquoi avez-vous tiré sur le capitaine Tchernov et Jens Friis, lors du duel ?

Il esquissa un sourire et, pendant une fraction de seconde, elle revit le chauffeur courtois qu'il avait été.

— Cela n'a plus d'importance, répondit-il en se levant. Je reviendrai ce soir.

Il fit signe à l'homme qui attendait près de la porte.

— Mazjik vous surveillera. Ne l'agacez pas, ajouta-t-il avec un sourire imperceptible.

L'intéressé afficha un rictus et nettoya sa lame sur sa barbe.

— Que ferez-vous quand mon père refusera, Arkine ?

— Vous avez intérêt à ce qu'il accepte.

Valentina n'insista pas.

— Avant de partir, voulez-vous dire à Mazjik d'ouvrir les volets de notre chambre ? Nous ne risquons pas de fuir avec la grille métallique. Un peu de lumière rendrait ce… les lieux plus supportables.

Étonnamment, il opina du chef sans discuter.

Elle se leva, décidée à manœuvrer avec délicatesse.

— Et les médicaments ? Pourriez-vous rapporter de la morphine pour Katia, je vous prie ? Elle est… en grande souffrance, même si elle ne le montre pas.

Il acquiesça encore et passa une main sur sa joue mal rasée, visiblement las.

— Je vous promets que, si j'obtiens de l'argent de votre père, elle aura sa morphine.

— Et sinon ?

Il haussa les épaules et se dirigea vers la porte. La pluie était partie vers le nord, laissant le ciel limpide. Quelques nappes de brouillard planaient sur le paysage marécageux peuplé d'oiseaux aquatiques. En descendant les marches du perron, Arkine se retourna pour s'assurer qu'elle ne cherchait pas à s'enfuir, mais elle était encore attablée. Il observa sa frêle silhouette, avec son pantalon roulé et son épaisse chemise à carreaux.

— Ces vêtements vous vont mieux qu'à moi.

Au prix d'un gros effort, elle se retint de cracher son dégoût.

34

Le vent était froid dans les rues sombres dénuées de réverbères et de trottoirs. En alerte, Jens arpentait un labyrinthe de ruelles, s'enfonçant dans les méandres anarchiques d'allées sordides et de cours. Pierre le Grand avait fait des artères principales des vitrines du monde occidental, mais derrière les façades prestigieuses et les palais se cachaient des taudis surpeuplés qui se propageaient comme la peste, avec l'amertume et le ressentiment qu'ils engendraient.

Arrivé devant une bicoque, Jens descendit les marches glissantes menant au sous-sol. Comment vivre décemment sous le niveau de la mer ? Les marais reprenaient leurs droits dès qu'il pleuvait un peu trop ou à marée haute. Dans toute la ville, les caves étaient inondées. Et pourtant, des gens y vivaient. Ils n'avaient guère le choix s'ils ne voulaient pas finir à la rue. Jens frappa à la porte. La femme qui lui ouvrit avec méfiance portait une chemise de nuit en flanelle.

— Je cherche Larissa Sergueïeva, dit-il. Elle est là ?

L'inconnue s'effaça pour le laisser entrer. Jens dut se boucher le nez tant la puanteur était insupportable. À la lueur vacillante de deux chandelles, il découvrit une pièce assez spacieuse, encombrée de lits superposés et de corps blottis les uns contre les autres en quête de chaleur. Il y avait là au moins trente ou quarante personnes. Certaines couchettes étaient masquées par un drap, dans une quête illusoire d'intimité. Des enfants étaient groupés sur des matelas posés à même le sol.

— Larissa ! lança la femme en chemise de nuit. Un monsieur te demande !

Quelques railleries fusèrent, puis une jeune femme mince émergea de l'ombre, un nourrisson endormi dans les bras.

— Larissa Sergueïeva ?

— Oui.

— J'aimerais vous parler.

— De quoi ?

— C'est personnel, répondit-il face aux regards curieux rivés sur eux. Dehors, si possible.

Sans discuter, elle tendit le bébé à la femme qui avait ouvert la porte et suivit Jens dans la rue. Il la vit frissonner. Tant mieux. Il préférait qu'elle soit vulnérable. Il l'entraîna vers un cercle de lumière provenant d'une fenêtre et la toisa. Elle avait le visage doux, un regard timide. D'un pied, elle raclait nerveusement la terre battue.

— Vous êtes bien la veuve de Mikhaïl Sergueïev ?

— Oui…

— Un ami de Viktor Arkine, je crois.

Soudain, elle se figea et baissa les yeux.

— Je ne sais pas…

Au lieu de la secouer comme un prunier, il se contenta de baisser d'un ton.

— Je pense que oui.

Elle secoua la tête et porta une main à ses lèvres, en silence.

— Il vous apporte à manger, déclara Jens.

Il avait appris qu'Arkine aidait la jeune femme depuis la mort de son mari.

— Je voudrais lui parler. Ce soir.

— Qui êtes-vous ? s'enquit-elle.

— Je m'appelle Jens Friis.

— L'ingénieur ?

— Oui. Votre mari a travaillé pour moi.

— Vous nous avez aidés quand il s'est cassé le bras, reprit-elle en effleurant la main de Jens. Je vous en remercie. Nous serions morts de faim.

— Et le bébé ?

— Elle va bien.

— J'aimerais pouvoir en dire autant de Valentina Ivanova.

— Comment ? Je ne comprends pas. Qui est-ce ?

— Informez Arkine que je veux le voir immédiatement, déclara Jens en se penchant vers elle.

Elle opina de la tête et descendit vivement les marches.

Elle n'était pas assez prudente. Loin de là. En courant dans les ruelles, Larissa Sergueïeva ne cessait de se retourner, pas au bon moment ni au bon endroit. Dix minutes après que Jens l'eut quittée, elle était partie de chez elle, un foulard sur la tête et un objet volumineux dans la poche. Il voyait son manteau pendre sous son poids. Elle était trop facile à suivre.

Il lui emboîta le pas vers un étroit passage entre deux hauts murs en briques. Leurs pas résonnaient, mais elle courait et n'entendait que les battements de son propre cœur. En la voyant s'arrêter à l'extrémité d'une ruelle, il se tapit dans l'ombre et se fondit dans le décor. Soudain, elle franchit la porte arrière d'un bar bruyant. Jens se cacha sous une porte cochère. Elle ressortit presque aussitôt, suivie d'une silhouette sombre qui évita la lanterne du bar. Ils se réfugièrent à l'entrée d'un immeuble pour échanger des messes basses. Jens haletait. C'était l'homme qui avait laissé ses empreintes dans la ville entière. L'ingénieur sortit une arme de sa ceinture et regarda derrière lui. Il n'avait jamais tué un homme, mais celui-ci grillerait en enfer avant la fin de la nuit. Il s'avança.

— Arkine ? Où est-elle ?

Si le chauffeur ne dit rien, Larissa retint un cri d'effroi.

— Ce n'est pas moi qui l'ai amené ici, je te le jure, Viktor ! s'exclama-t-elle.

Elle semblait avoir peur de lui. Cela importait peu à Jens.

— Où est-elle ? répéta-t-il en pointant son arme sur la tête d'Arkine.

Celui-ci s'écarta de la jeune femme et se montra en pleine lumière, sans quitter Jens des yeux.

— L'ingénieur… Si tu me tues, elle mourra aussi.

Jens baissa son arme et visa le genou droit du chauffeur.

— Écoute-moi bien. Si tu veux continuer à marcher, parle ! Où sont-elles ?

Pendant un moment, Viktor se contenta de fixer le pistolet.

— Comment as-tu su, pour Larissa ?

— Tu n'es pas le seul à avoir des espions partout dans la ville.

— Qu'est-ce que… ?

Il se tut lorsqu'un colosse surgit derrière lui pour lui encercler la gorge de son bras. La jeune femme se mit à crier.

— Tu te souviens de notre ami Liev Popkov ?

Jens lui assena un coup de crosse dans la mâchoire et l'entendit grogner de douleur.

— À cause de toi, il a été torturé par l'Okhrana. Et n'oublions pas le trou que j'ai dans la poitrine par ta faute. Nous aurions tous les deux grand plaisir à te loger une balle dans la peau.

— Laissez-moi lui arracher la tête, d'abord, grommela Popkov.

Larissa se mit à sangloter.

— Non, dit Jens. D'abord une balle dans le genou droit, puis une autre dans le genou gauche.

Arkine tenta de se libérer de l'emprise de Liev, qui faillit lui déboîter l'épaule.

— Je te le demande une dernière fois, Arkine, reprit Jens. Où est-elle ?

— Va te faire voir !

— Tant pis pour toi, répondit Jens en visant le genou.

— Lâchez-le, ordonna la jeune femme.

D'une main tremblante, elle pointait un revolver sur Jens et se dandinait nerveusement. À cette distance, elle ne pouvait manquer sa cible.

— Larissa, ne faites pas cela. Vous allez gâcher votre vie et celle de votre enfant. Quoi que vous décidiez, j'arracherai la jambe de ce salaud s'il ne me dit pas où il cache les filles Ivanov.

— Dans ce cas, je vous jure que je vous tuerai. J'ai besoin de lui si je veux que mon enfant reste en vie.

— Je suis prêt à courir le risque.

Elle crispa les doigts sur la crosse. Jens se détourna.

— Arkine, où est Valentina ?

Ce dernier regarda la jeune femme, sans dire un mot. Jens allait tirer quand Popkov relâcha soudain son emprise et recula. En un clin d'œil, Arkine se volatilisa.

— Qu'est-ce qui te prend, bordel ? s'emporta Jens.

— La petite vous aurait tué. Une fois mort, vous ne pourrez rien pour Valentina.

*

— Combien ?

Cette question résonna dans l'esprit de Valentina. Quel prix une personne était-elle prête à payer et où se situait la limite ? Jusqu'où pouvait-on s'opposer ?

Et quelles étaient les limites de la culpabilité ?

Valentina était appuyée contre la grille de la fenêtre, à humer les parfums des marais en écoutant les oiseaux, comme si c'était la dernière fois. Elle observa la remise à bois. Un rat perché sur les bûches la détailla d'un air soupçonneux.

— Tu crois qu'on va rentrer à la maison, demain ? demanda Katia.

Elle vit les joues ruisselantes de larmes de sa sœur.

— Bien sûr !

Ce soir-là, Arkine revint à l'isba assez tard. Valentina l'entendit claquer la porte, puis fouler le plancher. La journée n'avait pas été bonne. Les voix masculines ne résonnèrent que quelques minutes, puis la porte claqua de nouveau. Mazjik traversa la cour avec une bordée de jurons. Arkine ne frappa pas. Il se contenta de tourner la clé dans la serrure et d'entrer.

— Bonsoir, lui dit Valentina.

— Voici du pain et de l'eau.

— Pas de morphine ?

— *Niet.*

— Mon père n'a pas payé ? s'enquit Katia, alitée.

— Non.

Katia ferma les yeux et posa un bras sur son visage.

— Il n'y a rien pour elle ? insista Valentina.

— Non.

Elle eut envie de lui arracher les yeux.

*

Les pauvres étaient faciles à corrompre. Si Jens savait acheter leurs paroles, il ne s'attendait pas à en faire autant pour leur loyauté. Cette soirée s'était révélée futile. Il jura dans sa barbe.

Valentina. En sillonnant les salles enfumées des bas-fonds, il ne cessait de la voir du coin de l'œil, sa robe bleue, l'ondulation de ses hanches, sa façon de pencher la tête. Ses yeux sombres le taquinaient. Chaque fois qu'il se tournait, elle s'évaporait. *Valentina, ne baisse pas les bras. Reste avec moi.*

Il avait eut un échange tendu avec le père de la jeune femme. Si le ministre ne supportait pas qu'on lui dicte sa conduite, son amour paternel était incontestable. Pour ses filles, il était allé jusqu'à supplier à genoux. Hélas, les banques, les amis fortunés, ses collègues ministres et même les usuriers lui avaient tourné le dos. Il était déjà bien trop endetté pour emprunter un demi-million de roubles. Viktor Arkine ne se contenterait pas de moins. Il en avait besoin pour sa révolution. Jens avait tenté de réunir la somme grâce aux terrains qu'il possédait avec Davidov, mais ils étaient loin du montant de la rançon. La mère des jeunes filles demeurait prostrée, silencieuse et livide.

Au milieu de cette journée terrible, Jens songea qu'Arkine ne voulait peut-être pas de cet argent, finalement, et que c'était la raison pour laquelle la somme était si élevée. Il voulait simplement nuire à la famille Ivanov, torturer les deux sœurs en faisant entrer la révolution dans leur vie. Jens cessa donc de chercher de l'argent et se mit à rôder dans les arrière-salles et les caves où les hommes se rassemblaient, des tracts dans les poches, afin d'exprimer leur colère et parler de destruction, d'un avenir meilleur.

— Il y a bien un endroit…

— Où ça ?

— Quelque part…

L'homme au visage parsemé de taches de rousseur agita le bras en direction de la fenêtre du bar sordide.

— Dans les marais.

Jens posa un billet de cinquante roubles sur la table.

— Où ça, dans les marais ?

— J'en sais rien, franchement. J'en ai juste entendu parler. C'est loin.

Jens poussa un soupir et rangea le billet dans sa poche, mais il servit un autre whisky à son interlocuteur.

— Où est-ce ? insista-t-il.

— Écoutez, dit l'homme aux yeux pâles ourlés de cils roux, ils me tueraient si je parlais.

La cupidité produisait des effets étranges. Jens posa deux billets de cinquante roubles sur la table.

*

Le souffle de Katia était plus régulier. Dormait-elle vraiment ou faisait-elle semblant ? Valentina décida de prendre le risque et se leva avec précaution. Dans le noir, elle se dirigea vers la porte et la gratta doucement. Elle s'arrêta, dressa l'oreille et gratta encore. Puis, soudain, un murmure lui parvint de l'autre côté.

— Quoi ?

Elle posa les lèvres sur la fente située entre le battant et le chambranle.

— Il faut que je vous parle.

Pas de réponse. Un soupir, peut-être. Elle patienta, les pieds nus sur le plancher, le cœur battant à tout rompre. En percevant le son familier de la serrure, elle guetta une réaction de la part de Katia, qui ne remua pas. Un rai de lumière ambrée s'insinua dans la fente et l'éblouit.

— Je peux sortir ?

— Pour quoi faire ?

— S'il vous plaît !

La voix d'Arkine avait changé, comme s'il avait bu. Elle tendit ses poignets dans l'entrebâillement et sentit une lanière de cuir les enserrer, puis elle sortit, ainsi ligotée. Il referma la porte à clé.

— Quoi encore ?

Ce devait être le petit matin parce qu'il était apparemment attablé, sous la lampe à pétrole, à étudier des plans éparpillés près d'une bouteille de vodka et d'un verre. Le verre était à moitié plein. Elle s'en approcha et, malgré la lanière de cuir, parvint à boire l'alcool. Arkine s'empressa de replier les cartes pour l'empêcher de les voir, puis il la dévisagea. Elle portait sa robe de soirée en soie qui avait séché au cours de la journée. Elle l'avait époussetée au mieux. Ses cheveux emmêlés cascadaient sur ses épaules nues.

— Vous semblez… délicate, déclara-t-il en choisissant ses mots.

Ce n'était pas vraiment un compliment, mais elle s'en contenterait. Il avait la joue tuméfiée et les paupières lourdes. *Surtout, ne t'endors pas, Viktor Arkine. Pas encore.* Elle s'assit et remplit son verre sans le prendre. Le moindre mouvement était difficile, avec les mains liées.

— Alors ? bougonna-t-il.

— Asseyez-vous, s'il vous plaît. Je voudrais vous parler.

Elle lui sourit pour lui témoigner sa bonne volonté. Davidov lui avait conseillé d'utiliser ses armes.

Arkine prit l'autre chaise. Elle poussa le verre vers lui. La pièce était petite et sale. À qui pouvait appartenir cette bicoque ? Pas à lui, elle était bien trop négligée, avec son plafond jauni par le tabac, ses murs à colombages et son icône, dans un coin. Il flottait une odeur de bois pourri. Pourtant, les seaux étaient vides, ce soir-là.

— Mon père a refusé ?

Il opina du chef sans dire un mot.

— Vous a-t-il proposé une somme pour nous récupérer ?

— Non.

— Lui avez-vous parlé en tête à tête ?

Il la dévisagea comme s'il avait affaire à une imbécile.

— Bien sûr que non ! Nous avons échangé des messages écrits, en étant très prudents. Et personne ne m'a suivi jusqu'ici, si c'est ce à quoi vous pensez.

— Non, je ne pensais pas à cela. Je ne mets pas en doute vos méthodes. Qu'allez-vous faire, maintenant ? Nous relâcher ?

— Non.

Un simple mot qui recelait une rage folle.

— Que va-t-il nous arriver ?

Il prit le verre et le vida d'une traite. Il avait les yeux injectés de sang.

— Vous tenez vraiment à le savoir ? demanda-t-il d'un ton las.

— Bien sûr, répondit-elle en humectant ses lèvres desséchées.

— Il faut contraindre votre père à mettre la main au portefeuille, alors…

Il s'interrompit et remplit son verre. Une veine pulsait au niveau de son cou.

— Alors l'une de vous sera exécutée demain pour lui prouver que nous ne plaisantons pas. Ensuite, il paiera pour sauver la seconde. Peu importe laquelle des deux.

Quelque chose se brisa en elle.

— Je vous le répète, mon père n'a pas d'argent. Il est endetté auprès des banques. Il est inutile d'espérer qu'il…

— Taisez-vous ! Plus de mensonges.

Le silence s'installa entre eux. Il posa un verre de vodka devant elle. Elle le but avidement, mais ils n'échangèrent pas un mot. Le vent fouettait les volets, leur rappelant l'existence d'un monde au-delà de cet univers confiné.

— Arkine, je ne mens pas. Rien ne vous oblige à en arriver là. Vous n'avez donc pas de conscience ?

Sans prendre la peine de lui répondre, il alluma une cigarette d'une main assurée malgré l'alcool qu'il avait ingéré. Valentina lui prit sa cigarette et aspira une bouffée de tabac. Elle cracha un nuage de fumée qui plana entre eux.

— Je vous garantis que vous n'obtiendrez pas un rouble de la part de mon père parce qu'il est ruiné. Vous devrez nous tuer toutes les deux.

— J'ai déjà tué, répliqua-t-il en reprenant sa cigarette.

Cette réponse la déstabilisa.

— Ce serait inutile et ne ferait qu'attirer l'attention de la police sur vous.

Il posa lourdement les coudes sur la table.

— Qu'est-ce que vous suggérez ?

— Ceci, dit-elle sans hésiter.

Elle tendit ses mains attachées et prit le visage d'Arkine. À son contact, il crispa la mâchoire. Elle l'attira vers elle et l'embrassa sur la bouche. Elle perçut sa lassitude et le goût de la vodka sur ses lèvres serrées.

Il lui saisit les poignets et la repoussa.

— Qu'est-ce que vous faites, bordel ?

— Vous ne toucherez aucune rançon, ni pour ma sœur, ni pour moi. Alors laissez Katia partir.

Elle s'interrompit et afficha un sourire un peu taquin.

— Je vous propose un autre type de rançon… si vous acceptez de la libérer demain.

Arkine écarquilla les yeux. Était-ce de l'étonnement ou du dégoût ? Elle n'aurait su le dire.

— Vous êtes prête à vous vendre, comme une vulgaire putain ?

— Oui, avoua-t-elle en rougissant.

Il la dévisagea si longtemps qu'elle faillit perdre courage. Il n'était pas trop tard. Elle pouvait revenir sur sa proposition, elle et Katia pourraient… que pourraient-elles faire ?

Arkine se leva soudain, un peu chancelant.

— Je suis d'accord. Vous pouvez partir toutes les deux.

Le cœur de la jeune femme exulta.

— C'est promis ?

— Promis.

Elle croyait qu'elle penserait à Jens. Il n'en fut rien, ce qui lui donnait envie de pleurer.

Elle espérait pouvoir faire semblant de sentir les lèvres de Jens, sur sa peau, les doigts de Jens qui s'aventuraient entre ses cuisses. Elle voulait se persuader que c'était le poids du corps de Jens qui la plaquait sur le matelas crasseux. Mais non. Pas une seconde elle ne parvint à intégrer Jens à cette trahison. Elle le chassa de son esprit pour qu'il ne puisse voir ses jambes se mêler à celles de cet inconnu détesté, voir ses lèvres embrasser l'épaule nue d'Arkine.

Celui-ci ne dit rien. Il n'avait pu lui enlever sa robe à cause de la lanière de cuir qui entravait ses poignets. Toutefois, il dégrafa ce qu'il put. Il se dévêtit et s'allongea près d'elle pour la caresser, pétrir ses seins sans jamais regarder son visage. Quand il fut sur elle, en elle, elle enroula les bras autour de son cou. Il ferma les yeux et, à chaque coup de reins, marmonna des paroles inintelligibles qui n'étaient pas destinées à Valentina. Ce fut comme s'il faisait l'amour à une autre femme.

35

Valentina se réveilla tard avec l'impression qu'une hache lui découpait le cerveau et un goût amer dans la bouche. Avant même d'ouvrir les yeux, elle se rappela la vodka, le verre entier qu'elle avait bu ensuite. *Ensuite.* Ce mot résonnait en elle sans qu'elle parvienne à le chasser. Une douleur lancinante lui rappela la résistance de son propre corps, mais ce n'était rien face à son autre souffrance, celle qui lui rongeait le cœur.

— Valentina ?

Elle ouvrit enfin les yeux. Déjà, il faisait jour et Katia était penchée sur elle.

— Tu vas bien ? Tu étais en train de geindre.

Valentina se redressa et attendit que la pièce cesse de tourner autour d'elle.

— Ça va.

— Tu as mauvaise mine.

— Toi aussi.

Sa sœur avait la peau diaphane, si fragile qu'elle semblait sur le point de se déchirer.

— On rentre à la maison, aujourd'hui. Arkine a promis de nous relâcher.

— Et tu l'as cru ? s'enquit Katia, perplexe.

— Oui. Il me l'a promis. Je vais lui demander de confirmer.

— Il est parti.

— Comment ça, parti ?

— Avant le lever du jour. Je l'ai entendu. L'autre était là, le barbu.

Valentina sentit ses entrailles se nouer. D'instinct, elle posa une main sur son ventre, son enfant à naître. Puis elle alla tambouriner à la porte pour appeler Arkine. La voix de Mazjik lui répondit d'un juron. Un bout de papier fut glissé sous la porte. Elle s'en empara.

« *Vous avez trop foi en la vie, Valentina Ivanova. J'étais saoul. Ma promesse ne vaut rien. Aujourd'hui, je comprends que vous et votre sœur devez être des exemples pour les gens de votre classe et pour tous les oppresseurs. Cela m'attriste, mais il faut que ce soit fait. Nos petites tragédies personnelles n'ont aucune valeur face à la tornade qui balaie la Russie. Je ne vous demanderai pas pardon car je sais que votre cœur en est incapable.* »

Le message n'était pas signé. Valentina sentit son sang se glacer dans ses veines.

— Qu'est-ce que c'est ? interrogea Katia.

Sa sœur froissa le message en une boulette de papier.

— Un petit mot d'Arkine.

Katia perçut quelque chose dans sa voix.

— Que se passe-t-il ? Dis-moi ce qui ne va pas !

Elle ne voulait pas que Katia la touche, de peur qu'elle sente l'odeur d'Arkine sur elle.

— Il a rompu sa promesse, avoua-t-elle. Il a changé d'avis.

— Tu veux dire qu'il ne va pas nous libérer ? Papa trouvera peut-être l'argent quelque part...

— Non. Je te l'ai dit : il est ruiné.

— Eh bien... La police nous recherche, à l'heure qu'il est.

Valentina émit un grommellement cynique.

— Ils n'ont aucune idée de l'endroit où nous sommes retenues. Arkine est trop futé.

— Je vois, murmura Katia d'une voix lointaine. Alors tu crois qu'ils vont nous tuer.

Valentina aurait voulu mentir, mais elle en fut incapable. Pas à Katia.

— Oui. Je pense que c'est pour cela que Mazjik est encore là.

— Pour nous achever.

— C'est ça.

Elle fut étonnée de voir les yeux de sa cadette s'illuminer.

— Qu'est-ce qu'on va faire, alors ? demanda-t-elle avec un sourire. Commencer une nouvelle aventure ?

Son aînée s'assit sur le lit :

— J'ai une idée.

— Mazjik !

— Quoi ? Je mange, bougonna-t-il.

Ce matin-là, il n'avait pas pris la peine d'apporter du pain aux prisonnières. À quoi bon nourrir des condamnées ?

— Mazjik ! répéta Valentina, derrière la porte. Nous savons ce qui va nous arriver. On ne vous en veut pas, mais on ne veut pas mourir l'âme souillée. On va donc prier le Christ, notre Seigneur, pour le salut de nos âmes. Nous demanderons à la Vierge Marie d'intercéder en notre faveur.

— Et alors ?

— Alors je vous supplie de nous donner une bougie pour nos prières.

— Allez vous faire voir !

— Mazjik, ne nous envoyez pas vers l'enfer éternel, je vous en prie ! Une simple bougie peut purifier notre âme. Ce n'est pas grand-chose pour vous, un homme du peuple qui sera bientôt à la tête de la Russie.

Katia se joignit à ses suppliques.

— Je vous en prie, Mazjik !

Elles l'entendirent grommeler, puis une chaise racla le sol. Les deux sœurs gardèrent les yeux rivés sur la porte, qui s'entrouvrit. Leur geôlier leur jeta un bout de chandelle noirci, puis referma vivement la porte.

— Une allumette ? lança Valentina.

Il en fit glisser une sous le battant. Valentina s'en empara et prit les lambeaux des couvertures et de sa robe de soie qu'elles avaient déchirées.

— Ça brûlera bien, avait assuré Katia. Tu porteras la chemise et le pantalon.

— Prête ? demanda Valentina.

Les yeux bleus de Katia se mirent à pétiller tandis qu'elle trempait son mouchoir dans son verre d'eau avant de le plaquer sur sa bouche.

— Prête.

Valentina gratta l'allumette sur le sol. Plus moyen de reculer. Elle enflamma la mèche de la bougie, qu'elle nicha dans les lambeaux de tissu, contre le mur de la pièce. La flamme vacilla, mais ne mourut pas. Bientôt, de la fumée s'éleva. Valentina rejoignit Katia sur le lit et plaça la dernière couverture sur leurs têtes, tout en surveillant la progression du feu. Elle serra sa sœur contre elle.

— Valentina, dit-elle avec un sourire espiègle, tu es la seule personne avec qui j'ai envie de brûler vive.

— On ne va pas mourir, répondit-elle en riant. Je t'en donne ma parole.

Ce fut bref. En quelques minutes, elles se mirent à tousser et les flammes léchaient le mur vers les poutres. Le moment était venu. Elle plaça un morceau de tissu sur son nez et se mit en place derrière la porte.

— Au feu ! Mazjik, venez vite ! Au secours ! Vite !

Elle martela la porte de ses poings au rythme effréné des battements de son cœur.

— Mazjik ! Au feu !

La fumée s'insinua sous la porte pour envahir la pièce voisine. Mazjik inséra la clé dans la serrure en maudissant Valentina.

— Espèce d'idiote ! Regarde ce que tu as fait !

— De l'eau ! cria-t-elle.

Il tourna les talons et partit en courant. Le temps qu'il attrape un seau et se précipite dans la cour,

Valentina drapa Katia dans la couverture et la hissa sur son dos. Elle franchit le seuil en toussant et traversa la pièce pour émerger du bâtiment et respirer l'air frais.

— Prends un seau, imbécile ! lui hurla Mazjik. Si la baraque brûle, je te tue !

Elle faillit s'esclaffer, car il allait la tuer, de toute façon. Elle posa Katia à terre, non loin de la remise à bois, et s'empara d'un seau posé près de l'auge pour le remplir d'eau croupie. Elle se hâta d'aller projeter l'eau sur le mur en feu. C'était impressionnant. Les flammes léchaient le plafond et allaient engloutir l'isba entière. Pendant plusieurs minutes, Mazjik et elle firent des allées et venues.

Lorsqu'il sortit pour la cinquième fois, son seau vide à la main, elle surgit dans son dos et lui assena un violent coup de bûche sur la tête. Il s'écroula telle une marionnette dont les fils auraient été coupés nets et elle le traîna vers la remise.

— Il est mort ? murmura Katia.

Valentina s'accroupit et chercha son pouls.

— Non.

— Dieu merci.

— N'oublie pas que ce salaud allait nous exécuter.

— Valentina ! Nous ne sommes pas comme eux.

— Ah non ? demanda Valentina en se tournant vers sa sœur, pensive. Tu crois ?

Mais Katia était bouche bée devant la maison en flammes qui crépitait et crachotait, teintant l'atmosphère d'une couleur orangée. Elle luisait comme le soleil. En dépit de ses souffrances, la jeune fille semblait plus solide qu'elle ne l'avait été depuis ce fameux jour à Tesovo. Cet incendie avait apparemment déclenché quelque chose en elle.

Il était temps de partir. Vite, une corde ! Valentina en trouva une au fond de la remise et ligota rapidement les poignets et les chevilles de Mazjik.

— Tu vas voir ce que c'est que d'être impuissant, maugréa-t-elle.

Près du bâtiment, il y avait aussi quelque chose qu'elle avait repéré depuis leur cellule de fortune, une petite carriole servant à transporter le bois, une simple caisse dotée de roues et tirée par une corde. Elle la tira jusqu'à Katia.

— La voiture de mademoiselle est avancée !

Recroquevillée dans la caisse, Katia ne se plaignit pas une seule fois.

— On s'en va, annonça Valentina.

Elle glissa la corde sur son épaule et, tel un chien de traîneau, se mit en route sans un regard en arrière. La fermette était toujours en feu et elle s'en réjouissait. Elle voulait qu'il n'en reste que des cendres emportées par le vent, que toute honte, tout embarras, toute trahison partent en fumée. Il n'y aurait plus de secrets. Plus rien.

Le trajet fut pénible sur la route jalonnée de pierres et d'ornières qui secouaient la carriole. Mais elle ne ralentit pas. L'air était frais et parfumé, après la puanteur de cette ferme. Les marécages aux eaux stagnantes formaient des mares et des ruisseaux infestés de moustiques, de part et d'autre de la route surélevée. Quelques nappes de brouillard flottaient à la surface. Le véhicule était difficile à manœuvrer et la corde lui meurtrissait les épaules. Malgré tout, elle éprouvait une forme de joie qu'elle n'aurait su expliquer.

Plus rien n'était pareil. Dans son cœur et dans sa vie, Jens et leur enfant l'attendaient. Elle s'inquiétait pour lui, après le coup qu'il avait reçu, ce qui ne l'empêchait pas d'imaginer leur vie ensemble. Elle se voyait la tête sur les genoux de Jens, ses doigts dans ses cheveux, leurs cœurs à l'unisson. Elle voulait rester à ses côtés assez longtemps pour voir ses cheveux blanchir et des rides se creuser sur son visage quand il lui sourirait, découvrir les secrets qu'il cachait au plus profond de lui et comprendre les méandres de son esprit.

Ce qu'il s'était passé dans cette ferme était parti en fumée. Elle s'efforça d'enfouir la trahison dans un lieu où personne ne viendrait la chercher. Elle seule saurait où. Au moins, Katia était saine et sauve et elles étaient en vie.

— Chante, Katia ! lança-t-elle.

Elle entendit un rire, puis la voix de sa sœur s'éleva dans l'air matinal pour entonner une marche militaire. Où diable l'avait-elle apprise ? Presque aussitôt, un cri la fit s'arrêter et la chanson s'interrompit. En regardant derrière elle, Valentina vit un homme les suivre d'un pas vif, menant un cheval blanc monté par une femme enceinte.

— Hé, là-bas ! s'écria la femme. Vous avez des ennuis ? Qu'est-ce que vous faites là, toutes seules ?

Valentina eut envie d'embrasser l'encolure puissante du cheval.

— Un peu d'aide serait la bienvenue, admit-elle.

L'homme un peu rustre portait la barbe et n'avait plus que quelques dents, mais il avait le regard bienveillant. Il attacha la carriole au cheval à l'aide d'une corde.

— Regardez-vous ! gronda la femme. Montez avec elle dans la carriole. Vous êtes épuisée.

— Non, merci. Je vais marcher.

— Saint-Pétersbourg est à trois heures d'ici.

Trois heures n'étaient pas grand-chose quand on avançait vers sa nouvelle vie.

Une heure plus tard, le premier coup de fusil toucha la carriole et fit sursauter Katia. Valentina se retourna vivement. Mazjik les traquait ! Il avait réussi à couper ses liens. La deuxième balle siffla sur les pierres, aux pieds de la jeune femme. L'homme lâcha les rênes et sortit un énorme fusil d'une sacoche.

Lorsqu'il appuya sur la détente, la détonation fut si puissante qu'elle crut devenir sourde. Le cheval affolé fit un écart, les oreilles en arrière. Coupé dans son élan, Mazjik tenta un dernier tir, puis il recula et battit en retraite.

Cette ultime balle acheva d'affoler le cheval, qui partit au galop. Excellente cavalière, la femme s'accrocha. La carriole n'était toutefois pas conçue pour une cavalcade. Valentina se mit à hurler et courut à toutes jambes, trop lente, comme si elle pataugeait dans la boue. Elle vit Katia ouvrir la bouche, mais n'entendit que son propre cri strident.

Une roue se détacha de la carriole, qui s'affaissa dans une volée de bois brisé. Lorsque le cheval vira, la corde se brisa. Valentina eut l'impression que la scène se déroulait au ralenti : la roue ricocha, la carriole s'envola pour retomber dans le ruisseau, projetant loin des éclaboussures irisées. Il y eut un terrible bruit lorsque l'eau engloutit sa proie. Sa sœur sombra.

— Katia !

Valentina s'immergea jusqu'à la taille et plongea les mains sous la caisse pour la soulever. Katia réapparut aussitôt, couverte de boue noire. Elle cracha en maudissant Mazjik. Valentina la prit dans ses bras.

— Cela te suffit, côté aventure ? souffla Valentina.

— J'ai toujours aimé me baigner, railla-t-elle.

— La prochaine fois, laisse la carriole sur la rive.

— La prochaine fois, je…

Elle se mit à trembler.

— Vite ! lança Valentina au paysan.

Sa femme, qui avait rattrapé le cheval, tendit une couverture à Katia.

— Merci, souffla Valentina.

Le peuple de Russie était bienveillant. Saint-Pétersbourg semblait corrompre ses habitants, les rendre égoïstes. À la campagne, en revanche, le cœur de la Russie battait encore, ce qui lui donna de l'espoir.

Au loin, un cavalier arrivait au galop, une cape voletant dans son dos. Le barbu murmura quelques mots de mise en garde et reprit son fusil, mais Valentina le retint.

— Non !

Même de loin, elle avait reconnu Jens.

36

Valentina suivit Jens tandis qu'il portait Katia dans la maison, puis gravissait les marches menant à l'étage. Elle prit vaguement conscience de sa mère qui sanglotait, de l'infirmière Sonia qui s'affairait et des domestiques qui se précipitaient pour ouvrir les portes. Les paroles semblaient rebondir sur les murs. Les sons lui parvenaient sans atteindre son cerveau. Elle ne voyait que le dos de Jens, sa cape qui enveloppait Katia, son col blanc qui frôlait ses cheveux, sur sa nuque, ses longues jambes, la souplesse de ses mouvements dans l'escalier.

Impatiente de récupérer ces sensations perdues, elle le dévorait des yeux, se languissant de lui au point de ne plus tolérer cette souffrance. Dès que Katia fut installée dans son lit, Valentina entraîna Jens dans le salon de musique. Sans un mot, il referma la porte et prit la jeune femme dans ses bras.

Elle posa une joue sur la sienne, puis se lova dans son cou. Ils demeurèrent longtemps ainsi. Quand il l'embrassa avec fougue, Valentina eut enfin la sensation de revenir à elle.

Depuis le palier, elle regarda le Dr Beloï serrer la main de son père, dans l'entrée. Puis il prit son chapeau et s'en alla. Sans doute avait-il fait quelque plaisanterie car les deux hommes riaient. C'était bon signe. Elle descendit vivement les marches.

— Qu'est-ce qu'il a dit, Papa ?

Le ministre paraissait vieilli. Ces derniers jours avaient puisé dans les vestiges de sa jeunesse. Il avait les épaules voûtées et les traits moins durs.

— Katia va bien. Le docteur lui a administré un sédatif. Quelques jours de repos et un traitement suffiront, d'après lui.

Son sourire étonna la jeune femme, qui se détendit un peu. C'était un début.

— Je suis soulagée, avoua-t-elle en gravissant quelques marches, avant de se retourner : Merci, Papa.

— Pourquoi ?

— Merci d'avoir essayé de réunir le montant de la rançon. Cela a dû être…

Elle chercha ses mots : humiliant ? Dégradant ? Avilissant ? Finalement, elle opta pour « difficile ».

Il hocha la tête, peu désireux d'en parler, puis il leva les yeux vers elle en touchant ses favoris pour se donner une contenance.

— Et toi ? J'espère que tu vas bien après cette épreuve.

— Très bien, Papa.

— Il ne s'est rien passé, à part la chute de Katia ?

— Non, rien de grave.

— Tant mieux. Friis et toi avez été très efficaces.

Sur ces mots, il alla s'enfermer dans son bureau. Valentina réfléchit au fait que c'était lui qui avait envoyé sa cadette dans le bureau de Tesovo, et qu'il ne le lui avait jamais avoué. Elle lui en voulait de l'avoir laissée porter le poids de la culpabilité. Il était aussi coupable qu'elle. Hélas, cette révélation ne changeait rien à l'affaire.

La fièvre apparut dans la nuit et, en fin de journée, Katia eut des nausées. Brûlante, les joues écarlates et les yeux brillants, la jeune fille souffrit de vomissements. Sa main tremblait quand elle portait son mouchoir à ses lèvres.

Le Dr Beloï diagnostiqua le choléra et recommanda à Elizaveta de prendre certaines précautions. La maison fut mise en quarantaine. Katia fut installée dans une pièce à l'écart des autres chambres. Les domestiques reçurent l'ordre d'éviter cette aile et de tout astiquer avec soin. L'infirmière Sonia menait l'offensive contre la maladie. Le médecin conclut que les eaux stagnantes des marécages avaient contaminé la jeune fille lorsqu'elle avait bu la tasse. À présent, c'était le choléra qui était en train de l'engloutir.

— Mets ce masque, Valentina.

— Est-ce vraiment utile ?

Jens posa une main sur la bouche et le nez de la jeune femme comme s'il pouvait la protéger.

— C'est le Dr Fédorine qui me l'a donné. Il est essentiel que tu ne respires pas le même air qu'elle.

Elle hocha la tête. Il brûlait d'envie de l'arracher à cette maison. Ils se trouvaient près des écuries. Seul le bruit des sabots sur les pavés s'élevait autour d'eux.

— Tu me promets de le porter en permanence ?

Elle acquiesça.

— Et ne l'embrasse pas.

Valentina s'y engagea de mauvaise grâce. Enfin, il la relâcha.

— Je protégerai notre enfant, assura-t-elle en lui caressant la joue.

— Protège-toi d'abord.

Lorsqu'il se pencha pour l'embrasser, elle se détourna.

— Ne m'embrasse pas. Ne prends pas de risque.

Jens l'attira vers lui et l'embrassa fébrilement.

Impatiente, Valentina attendait devant l'hôpital Sainte-Isabelle en regardant les infirmières descendre les marches, à la fin de leur service. Il flottait une odeur de brûlé, mais elle n'y accorda aucune importance. Cela se produisait régulièrement, désormais. Une boutique réduite en cendres, un entrepôt incendié pour apprendre aux patrons à ne pas entraver les syndicats ou imposer des cadences infernales.

— Daria ! appela-t-elle en voyant émerger une silhouette élancée aux cheveux noirs.

— Valentina ! Qu'est-ce que tu fais là ? Tu n'arrives pas à te passer…

— Daria, écoute… tu connais le guérisseur de l'impératrice qui vient parfois ici ?

— Grigori Raspoutine ?

— Oui. Comment puis-je le contacter ?

Daria leva les yeux au ciel et se mit à rire.

— Imbécile ! Reste à distance de ce…

— Où puis-je le trouver ?

— On dit qu'il a un appartement sur Gorokhovaïa, près de la Fontanka, et que les membres de la haute société y affluent quand il n'est pas en train de bourrer le crâne de l'impératrice de ses idées malsaines…

Elle ne termina pas sa phrase, car Valentina s'était volatilisée.

*

L'atmosphère était oppressante. L'homme imposant et négligé qui entra dans la pièce portait une tunique en satin noir coûteuse et de grandes bottes. Valentina le reconnut sans peine.

— Je me souviens de toi… La petite infirmière qui m'a giflé.

Grigori Raspoutine pointa un index, ses étranges yeux bleus rivés sur elle, et s'approcha. Elle se leva d'un bond, bien décidée à l'intercepter avant que quelqu'un d'autre ne vienne le distraire. La salle d'attente était spacieuse, mais étouffante. La poussière flottait dans les rayons de soleil qui éclairaient d'une douce lumière les biscuits et friandises disposés sur une table en chêne. Des sièges rembourrés étaient alignés contre les murs de façon à accueillir le plus de visiteurs possible. Le visage tendu, méfiants, ils s'observaient du coin de l'œil. Ils avaient fait la queue pendant des heures dans l'escalier et attendaient désormais leur tour avec anxiété.

Valentina avait l'impression qu'il les invitait dans son bureau sans respecter un ordre précis. Les gens n'avaient aucun moyen de savoir s'ils seraient reçus dans quelques minutes ou quelques heures… voire jamais.

— Père Grigori, il faut que je vous parle.

Il balaya la pièce d'un regard avide, examinant les visages, et sourit à une femme au décolleté plongeant dont les boucles d'oreilles en rubis étincelaient.

— Ils ont tous besoin de me parler, murmura-t-il, car je suis la voie vers le Saint Christ.

— C'est urgent.

— Suis-moi, enfant du Christ.

Il la prit par la taille et l'entraîna vers la porte de son sanctuaire si convoité. Elle entendit des soupirs de désespoir.

Le bureau était tout en longueur. Dans un coin, une saisissante icône de la Vierge de Kazan était éclairée par une lampe rouge. Elle découvrit un vieux bureau, un divan en cuir usé et pas grand-chose d'autre à part une Bible ouverte sur une table basse, au centre de la pièce. L'ensemble sentait le moisi, à l'image de Raspoutine lui-même, qui était toujours aussi sale, ce qui étonna Valentina.

Raspoutine se mit immédiatement à genoux devant le portrait de la Vierge et baissa la tête. Ses cheveux noirs étaient longs et fins, ses lèvres rouges et charnues. Valentina se rappela leur contact sur sa bouche. Elle frémit, impatiente de quitter ce lieu. Combien de temps allait-il passer agenouillé ? Des minutes ou des heures ?

— Père Grigori, ma sœur va mourir.

Il eut une réaction inattendue : il rit et se releva.

— Comme nous tous, mon enfant.

— Mon père, ce ne sont pas les paroles que je suis venue entendre. Il paraît que vous guérissez les gens. Je vous en prie, guérissez ma…

— Enfant du Christ, énonça-t-il lentement, d'une voix étrange, tu es trop pressée. Tu te précipites dans la vie, mais il faut prendre le temps de considérer tes péchés.

Face à ce regard fixe et troublant, elle sentit ses pensées vagabonder et ses joues s'empourprer.

— Le péché, reprit la voix pénétrante, est votre voie vers notre Dieu tout-puissant. Nous péchons et nous demandons l'absolution. C'est ainsi que nous entrons dans ses bras.

Il s'approcha. Elle eut beaucoup de mal à détourner le regard.

— Je ne suis pas là pour parler du péché. J'ai besoin d'une guérison.

— Comme nous tous, répéta-t-il en posant une main lourde sur l'épaule de la jeune femme.

— Pouvez-vous m'aider, mon père ?

— Oui.

Il se pencha pour l'embrasser sur le front. Elle s'y attendait, cette fois. Néanmoins, elle recula.

— Ah, fit-il en étirant ses lèvres sombres. Une biche apeurée. Celles que je préfère…

Valentina regarda en direction de la porte. Elle avait la possibilité de partir.

— Père Grigori, on dit que vous accomplissez des miracles pour le tsarévitch.

Il baissa les paupières. Soulagée, la jeune femme s'humecta les lèvres.

— Dieu m'a accordé l'honneur d'être l'intermédiaire de son pouvoir et de son amour pour cet enfant, le prochain empereur de Russie.

Il se retourna vivement et s'assit sur le divan.

— Approche.

— M'aiderez-vous ? J'ai de l'argent. Ce n'est pas grand-chose, mais...

Elle posa une bourse de pièces d'or sur la table.

— Agenouille-toi ici, ordonna Raspoutine d'une voix puissante.

— Je préfère rester debout.

— Dans ce cas, tu ne m'es utile à rien. Tu es trop fière.

— Katia, ma sœur s'appelle Katia Ivanova. Elle a le choléra. Je vous en prie...

Au désespoir, elle se mit à genoux devant lui, sur le parquet.

— Je vous en prie, aidez-la, répéta-t-elle, le cœur serré. Guérissez Katia !

Dès qu'il posa une main possessive sur le sommet de sa tête, elle ressentit une chaleur envahir ses pensées, si troublante qu'elle faillit oublier ce qu'elle faisait dans ce bureau avec cet homme.

— Non, murmura-t-elle en reculant pour ôter sa main sale.

— Tu es forte.

Il émit une sorte de grognement rauque, féroce, lubrique, malsain. Cependant, elle perçut le pouvoir de ce paysan illettré et posa les doigts sur le genou de Raspoutine.

— Aidez-moi, père Grigori...

Il la dévisagea un long moment en priant en silence. Seules ses lèvres remuaient. Les doigts de la jeune femme constituaient leur seul contact. Il écarquilla les yeux. Le bleu de ses iris s'intensifia, puis son regard se voila. Pour la première fois depuis qu'elle était enceinte, Valentina fut prise d'une violente nausée. Il prit son visage entre ses mains. Ses ongles noirs meurtrirent sa peau.

— Tu aurais été douce et tendre, dit-il avec un sourire triste, séduisante et parfumée, ma petite biche tentatrice.

— Je ne vous appartiens pas. J'ai besoin que vous aidiez ma sœur.

— Je ne peux plus rien faire pour elle.

— Non ! Je vous en prie !

Son visage était si proche qu'elle décelait les boutons violacés qui grêlaient son nez et sentait son haleine chargée de cognac.

— Le seigneur tout-puissant guérit à travers mes mains. Il m'envoie des visions pour m'aider à guider les pécheurs vers le salut de leur âme. Je vois ta sœur. Elle sera bientôt purifiée des tribulations de la chair.

— Non ! Vous mentez !

— Quant à toi, reprit-il d'une voix suave, en effleurant les lèvres de Valentina, une fille pousse en toi. Un jour, elle tirera son père des griffes de l'enfer.

Non. Comment pouvait-il savoir ? C'était impossible.

— Une fille ? souffla-t-elle.

— Oui.

Il éclata d'un rire tonitruant qui secoua sa tête échevelée et ôta les mains de son visage.

— Et ce sera une excellente menteuse, il faudra la surveiller de près.

Elle sentit le sang bouillonner dans ses veines. Les mains sur le ventre, elle pria pour avoir un garçon car cela signifierait que Raspoutine avait tort. *Pourvu qu'il se trompe… à propos de Katia.*

Elle se releva vivement. Assez de ces mensonges, de ces petits jeux, de ses contacts forcés ! Elle reprit sa bourse et quitta la pièce.

Cette nuit-là, Katia s'éteignit. Valentina entendit un râle et vit le moment où son corps frêle abandonna la lutte. Sans un bruit, elle resta au chevet de sa sœur, sa petite main inerte dans la sienne afin qu'elle ne refroidisse pas.

Sa mère posa la tête sur l'oreiller et éclata en sanglots amers, tandis que son père demeurait au pied du lit, se demandant ce qu'ils avaient fait pour mériter ce châtiment divin. Au fil de la journée, des prêtres se présentèrent. On alluma des cierges, on fit brûler de l'encens. La nuit suivante, Sonia fit la toilette de la défunte et l'habilla. Valentina tenait toujours la main de sa sœur.

Le troisième jour, aux premières lueurs de l'aube, elle lâcha enfin la main livide et fragile, puis elle quitta la pièce, où elle ne remit jamais les pieds. Elle s'enferma dans sa chambre, ouvrit son tiroir à secrets et déchira sa liste.

La musique meurtrit les oreilles de Jens. Les doigts de Valentina volaient sur le clavier, produisant des accords dissonants. Ses mains s'agitaient telles des ailes brisées. Les mouvements se succédèrent, emplissant chaque recoin du salon. Les passages plus tendres et poignants brisèrent le cœur de l'ingénieur.

Il passa des heures dans cette pièce, à observer les moindres vibrations de son corps, à écouter les pleurs qui ne sortaient pas. Elle jouait comme si la musique pouvait l'engloutir, envahir chaque parcelle de son âme et ne laisser aucune place pour le chagrin, la douleur. Il se leva pour enlacer la jeune femme, dans son dos, et la plaqua contre lui pour l'empêcher de jouer. Ses mains s'agitèrent dans le vide et son corps se mit à trembler. Quelque chose se rompit en elle. Elle pivota dans ses bras et s'accrocha à lui.

37

Le temps parut s'arrêter. Saint-Pétersbourg retenait son souffle. Viktor Arkine redoubla de prudence. Il changeait fréquemment de lieu, sans jamais s'installer nulle part. Déraciné, invisible, il ne parvenait pas à s'éloigner des Ivanov.

Il observait leurs allées et venues, la mère droite comme un I, en grand deuil, au côté de sa fille, tout de noir vêtue. Elle marchait d'un pas alerte et claqua la portière de la voiture avec colère. À l'abri des regards, Arkine la suivit des yeux. Il l'entendait encore lui demander : « Vous n'avez donc pas de conscience ? » Ne comprenait-elle pas que la révolution coupait les liens avec l'ordre social et ses codes moraux, car seule l'exclusion de ces valeurs pouvait apporter un changement radical de société ? Il fallait détruire l'ordre d'antan, et cette jeune femme qui tenait la main de sa mère en faisait partie.

Pourquoi ne parvenait-il pas à les détruire, elles ?

Voitures et automobiles allaient et venaient devant la maison, amis venus exprimer leurs condoléances, anciennes camarades d'école… La cérémonie elle-même le rendit malade, avec son cortège de véhicules ornés de crêpe, de chevaux coiffés de plumes noires, de tenues qui avaient sans doute épuisé les réserves de soie de la ville entière… Si le ministre Ivanov n'avait pas eu les moyens de verser la rançon demandée pour ses filles, où avait-il trouvé de quoi organiser cette démonstration d'opulence ? Avait-il encore emprunté aux banques ? Pendant que les travailleurs et travailleuses vivaient dans des taudis, les riches mouraient dans leurs palais. Devant l'église, il cracha à terre. Qu'ils crèvent tous !

Et pourtant, ses jambes refusaient de s'éloigner, plus patientes que son esprit. Adossé à un mur, à l'ombre de la cathédrale Notre-Dame-de-Kazan, Viktor se maudit d'avoir croisé le chemin des Ivanov. Le père fut le premier à émerger de l'imposante bâtisse, mais Arkine ne lui accorda qu'un regard. Il était homme à pendre les révolutionnaires aux lanternes pour faire un exemple. Un jour, il rendrait des comptes.

Près de lui se tenait sa femme, tête baissée derrière son voile. Arkine eut envie de le lui arracher pour plonger dans son regard, lire ses pensées. Elle se mouvait lentement, comme si le moindre geste était un effort. Derrière elle, sa fille ne baissa pas les yeux. Dès qu'elle émergea sous le soleil d'automne, elle fixa la foule des badauds. De toute évidence, elle cherchait quelqu'un. Arkine se tapit dans l'ombre.

Il savait qu'elle le cherchait, lui.

Quand Valentina se présenta de nouveau à l'église de Morozov, Arkine se trouvait dans la chambre secrète, un espace confiné dissimulé derrière un panneau, au sous-sol. Dès qu'il entendit la jeune femme parler au prêtre, au sommet des marches, il disparut dans sa tanière.

— Voyez, ma chère, il n'est pas là, déclara le père Morozov d'une voix douce.

Il y eut un long silence. Arkine reconnut les pas de Valentina. Parfois, elle s'arrêtait. Il l'imaginait, dressant l'oreille, en quête du moindre indice de sa présence.

— Cet endroit sent la cigarette, commenta-t-elle.

— Bon nombre de fumeurs passent par ici. Pas Viktor Arkine. Écoutez, il faut me croire. Il était à Moscou et est revenu pour quelques jours, mais il est reparti, je ne sais pas où. Il a parlé de Novgorod. Je lui ai transmis votre message. Il sait que vous le cherchez. Allez en paix, mon enfant, et oubliez notre ami.

— Mon père, cet homme n'est pas mon ami, objecta Valentina d'un ton qui fit sourire Arkine, car il l'avait déjà entendu. Dites-lui qu'il n'y a pas assez de jours dans une année, pas assez de villes dans ce pays pour qu'il m'échappe. Je le retrouverai. Dites-lui…

Elle se tut. Un silence pesant s'installa. Quand elle reprit la parole, sa voix n'était plus la même, à peine audible :

— Dites-lui que j'ai besoin d'aide.

*

Jens n'aimait pas le bureau du ministre Ivanov. Il ressemblait trop à l'homme qui l'occupait : prétentieux, ostentatoire, plein de trophées, de sabres, de peintures dans des cadres dorés représentant les grandes batailles de l'armée russe. Et, à l'instar du ministre, la décoration commençait à s'user sur les bords. L'imposant bureau était plein de brûlures de cigare, de taches d'encre. Une trace claire indiquait l'absence d'un tableau, sur un mur. Saisi par une banque, sans doute. Réprimant son envie de l'étrangler, Jens était assis face à Ivanov, qui fumait un gros cigare, l'air agacé.

— Vous ne pouvez imposer à Valentina un mariage dont elle ne veut pas, déclara l'ingénieur.

— La réponse est toujours non, Friis. Elle doit épouser un homme riche et elle le sait.

— Je ne suis pas pauvre.

— La réponse est non.

Jens maîtrisa sa colère.

— Je travaille en étroite collaboration avec le ministre Davidov. Vous le connaissez, il me semble.

— En effet. Que vient-il faire dans cette histoire ?

— Sa femme est décédée au début de cette année.

— Je sais, et c'est bien triste. Et alors ?

— Davidov a perdu le goût à l'amour, mais il demeure ambitieux, malgré son âge. Le mois dernier, il a hérité de vastes terrains de son frère aîné, mort lors d'un accident d'automobile.

— Continuez, fit Ivanov, soudain intéressé.

— Il cherche à investir en poursuivant sa carrière et en élargissant ses horizons. J'ai entendu dire qu'il souhaitait prendre la tête de plusieurs des comités que vous dirigez. Je pourrais peut-être lui toucher deux mots si…

Jens n'en dit pas plus.

Ivanov était incapable de masquer son avidité. Jens ouvrit le coffret en acajou contenant les cigares et en prit un, avant de tendre la main au ministre. Il s'en saisit comme d'une planche de salut et la serra en souriant.

— Bienvenue dans la famille, Friis. Je n'ai jamais voulu autre chose que le bonheur de Valentina.

Jens alluma son cigare. *Je n'en doute pas une seconde.*

Un peu plus tard ce même jour, Jens travaillait dans son bureau avec le jeune Kroskine, le contremaître qui avait perdu une partie de sa jambe lors de l'explosion. Penchés sur une série de plans, ils discutaient de l'ultime prolongement des canalisations quand le téléphone se mit à sonner. Jens grommela, irrité d'être interrompu, et alla décrocher.

— Friis à l'appareil.

— Friis, espèce de salaud !

C'était Davidov.

— Qu'est-ce que vous voulez, monsieur le ministre ?

— Vous féliciter.

— Pour quoi ?

— Vos fiançailles, d'abord. C'est Ivanov en personne qui m'a annoncé la nouvelle. Ensuite, pour m'avoir permis cet accord avec lui. Il est vraiment cupide, le bougre, de sorte que cela m'a coûté une fortune, mais je serai heureux de…

Jens ne l'écoutait plus, car Valentina se tenait sur le seuil.

— Excusez-moi, monsieur le ministre, je dois vous laisser. Merci de m'avoir appelé.

Sur ces mots, il raccrocha.

Kroskine regardait fixement la jeune femme.

— Mademoiselle Ivanova, bredouilla le jeune homme en rougissant. Quel plaisir de vous voir ! J'ai toujours voulu vous remercier pour votre aide, dans les tunnels.

Elle opina de la tête, les yeux rivés sur Jens.

Kroskine prit sa béquille et quitta le bureau en claudiquant. Elle entra en refermant la porte derrière elle.

— Jens...

En dépit de ces vêtements noirs qu'il détestait, elle illuminait la pièce.

— J'ai une idée, dit-elle.

Ils attendirent qu'il fasse nuit, que les usines déversent leur flot d'ouvriers, à la fin de leur journée de travail, que les boutiques ferment leurs portes. Valentina aimait sillonner la ville au côté de Jens, sentir sa présence rassurante. Il ne risquait pas de disparaître, au contraire de Katia et d'Arkine. Jens ferait partie de sa vie à jamais.

Il frappa à la porte défoncée qui n'avait pas été réparée. Comme personne ne venait ouvrir, il insista au point de briser davantage le panneau. Un homme finit par entrebâiller la porte. Dans la pénombre, ils distinguèrent un visage juvénile au regard vif et curieux.

— Oui ?

— Nous venons voir Ivan et Varenka Sidorov, déclara l'ingénieur en glissant un pied entre la porte et le chambranle.

— Ils sont partis.

— Non, répliqua Valentina. Il doit y avoir erreur.

Ils ne pouvaient s'être envolés, eux aussi…

— Il n'y a pas d'erreur.

Jens sortit un billet de cinq roubles de sa poche.

— On aimerait vérifier par nous-mêmes.

Le billet disparut dans la veste du jeune homme.

— Bien sûr, répondit-il, amusé et ravi d'avoir gagné de l'argent aussi facilement.

La porte de gauche était béante. À l'intérieur brûlait une lampe à pétrole. Le chant d'une femme leur parvint.

— Voyez par vous-mêmes…

Valentina pénétra la pièce exiguë. Il faisait sombre. Les murs étaient toujours moisis et le plafond fissuré, mais l'aménagement avait changé. Malgré les meubles usés, des touches de tissus colorés conféraient aux lieux la chaleur qui leur manquait. Au centre de la pièce, une jeune femme aux longs cheveux noirs et aux yeux de tzigane se balançait en fredonnant doucement un vieil air folklorique des steppes de Russie.

Valentina tourna les talons et sortit.

Jens l'emmena au sous-sol d'un bâtiment. Il commençait à pleuvoir dans l'air chargé de fumées d'usine. Concentrée sur la maison noircie qui se dressait devant elle, Valentina se prit à espérer qu'Arkine y loge. Jens s'était renfermé sur lui-même.

Depuis qu'ils avaient quitté l'ancien logement de Varenka, il n'avait prononcé qu'une phrase :

— Je connais quelqu'un qui nous aidera peut-être.

Elle avait glissé la main sous son manteau pour lui caresser doucement le torse en marchant.

Lorsque la porte du sous-sol s'ouvrit, elle découvrit le spectacle étonnant d'une vaste salle encombrée de lits et de corps. Un enfant affamé pleurait. Un petit chien couvert de cicatrices vint renifler son mollet comme s'il envisageait de la dévorer. Jens serra Valentina contre lui et chassa l'animal d'un coup de pied. Il se dirigea vers une femme maigre qui portait un bébé aux cheveux dorés.

— Je suis déjà venu parler à Larissa Sergueïeva.

— Je me souviens de vous.

Elle lui sourit et le dévisagea avec intérêt. Valentina avait les yeux rivés sur le nourrisson. Elle avait envie de caresser la petite tête fragile, de sentir la douceur de ses boucles qui lui rappelaient celles de Katia.

— Larissa est là ? s'enquit Jens en scrutant les ombres de la pièce.

La femme se mit à rire et leva les yeux au ciel.

— Elle est partie, celle-là.

— Où ça ?

— Comment voulez-vous que je le sache ? Un homme est venu, il y a quelques jours, et ils ont passé une heure à parler, à se disputer, mais ils étaient tout sourire à la fin. Elle a simplement pris son sac, attaché son bébé dans son dos et, depuis, on ne l'a plus revue.

— Un homme ? demanda Valentina. À quoi ressemblait-il ?

— Grand, je crois, répondit-elle en souriant à Jens. Pas aussi grand que vous… Les cheveux bruns, des vêtements usés, propres.

— Un air décidé ?

— Oui, c'est ça, acquiesça la jeune femme.

— *Chyort !* jura Valentina. Il a une longueur d'avance sur nous.

Jens la fit sortir dans la rue et enroula un bras autour de son cou.

— Il y a d'autres adresses, l'informa-t-il.

À tout moment, Arkine aurait pu surgir et trancher la gorge de la jeune femme pour mettre fin à cette traque, mais il n'en fit rien. Il s'en savait incapable et s'en voulait de cette faiblesse. Ces gens étaient ses ennemis, ils faisaient partie des oppresseurs.

L'ingénieur était son ennemi, lui aussi, et il était bien plus dangereux. Si Arkine tuait Valentina Ivanova, il devrait également éliminer l'ingénieur, sinon Friis le retrouverait et il serait condamné.

Il décida donc de laisser la vie sauve à la jeune femme. Dans l'immédiat.

Arkine longea le couloir de l'hôtel, conscient du risque qu'il prenait. Il ne croyait pas une seconde qu'Elizaveta se trouvait à l'Hôtel de Russie. Des agents de l'Okhrana l'attendaient peut-être dans la chambre. Et pourtant, il ne fit pas demi-tour. Il resta derrière la porte, en silence, pendant un long moment, à guetter le moindre bruit. Cela ne voulait rien dire. Lorsqu'il actionna la poignée, la porte s'ouvrit et il entra.

Elizaveta Ivanova était assise au bord du lit, toute de noir vêtue, avec une voilette sous un chapeau orné de plumes noires luisantes.

La mine grave, elle avait un gros fusil posé sur les genoux et le caressait d'une main gantée. En voyant Arkine, elle prit son arme. Ils se dévisagèrent longuement sans se parler.

— Bonsoir, Elizaveta.

Elle se leva sans un mot.

Il s'avança jusqu'à se trouver à portée de main, mais ne la toucha pas.

— Je ne voulais pas que Katia meure, dit-il doucement.

Elle secoua lentement la tête.

— Ce n'est pas ce qu'affirme Valentina.

Il fit un pas vers elle et se retrouva avec le canon du fusil sur son torse.

— Appuie sur la détente si cela te rend plus heureuse.

Elle ferma les yeux derrière sa voilette. Arkine retint son souffle et compta jusqu'à dix. Rien. Sans un commentaire, il lui prit le fusil et le jeta sur le couvre-lit en satin. Ensuite, il lui ôta son chapeau et le laissa tomber à terre. Il enlaça le corps frissonnant et posa le menton sur ses cheveux. Il sentit son souffle chaud dans son cou. Ils restèrent ainsi enlacés pendant dix minutes.

— Pourquoi est-ce que je n'arrive pas à te haïr ? murmura-t-elle. Suis-je donc une si mauvaise mère ?

— Si seulement on s'était rencontrés à un autre moment et en d'autres lieux, répondit-il.

— Nous n'avons que ce moment et ce lieu.

Il l'embrassa, humant son parfum familier, et dégrafa une barrette nacrée. Une tresse dorée cascada sur son épaule.

— Comment as-tu su que je viendrais aujourd'hui ? s'enquit-il.

— Je n'en savais rien.

Ces mots tournoyèrent dans son esprit. Il l'imagina, jour après jour, solitaire, assise au bord du lit de la chambre d'hôtel, un fusil sur les genoux, le cœur fou de rage, à l'attendre. C'en fut trop. Il laissa ses larmes ruisseler sur la tête d'Elizaveta.

Durant des semaines, Valentina et Jens le traquèrent tels des chiens sur la piste d'un renard, de tanière en tanière. Elle voulait qu'il ressente la haine qu'il suscitait en elle. Ils se rendaient dans les bars, les taudis, les églises, les salles de réunion, des roubles plein les poches, le contraignant à déguerpir.

Par deux fois, ils furent si proches de leur proie qu'elle le sentit dans l'air qu'ils respiraient. Hélas, il fila par la fenêtre ou par les toits. Le jour, elle travaillait à l'hôpital Sainte-Isabelle. Le soir venu, elle parcourait les rues avec Jens. Quand sa mère lui demandait où elle allait, elle se montrait honnête :

— Je recherche Viktor Arkine.

— La police s'en charge.

— Ils ont échoué, Maman. Ce ne sera pas mon cas.

Au lieu de lui interdire de quitter la maison, sa mère la regarda fixement.

— Sois prudente, Valentina. Œil pour œil, dent pour dent te semble peut-être une réaction justifiée, mais Arkine est implacable et colérique.

— Qu'est-ce qui vous fait dire cela, Maman ?

Elle rougit.

— C'est un révolutionnaire, non ? Ce sont des bêtes enragées prêtes à tout dévorer.

— Je le connais. Ne vous inquiétez pas pour moi.

*

— Jens, que se passe-t-il ?

Quelque chose clochait. Le cœur de Valentina s'emballa. À sa fenêtre, Jens observait la circulation et les passants qui se hâtaient pour échapper au vent froid de l'automne. Derrière lui, sur une longue table, trônait la maquette d'un palais en bois, avec des tourelles et des ponts que la souris pourrait parcourir à loisir. En cet instant, le rongeur s'activait dans sa roue, produisant un bruit régulier étrangement réconfortant.

— Il va bientôt neiger, murmura Jens. Le froid va pousser les ouvriers à se mettre en grève. Il n'y a plus de pain dans les magasins.

Valentina s'approcha et l'étreignit.

— Qu'est-ce qui se passe ? répéta-t-elle.

— Valentina, tu ne l'attraperas pas.

— Arkine ?

— Pas comme ça. Il a systématiquement une longueur d'avance.

— Ne parlons pas de lui maintenant, supplia-t-elle en fermant les yeux, mais très vite, elle reprit, en le faisant pivoter pour plonger dans son regard vert : Tu as raison. Nous devons trouver autre chose.

*

Viktor Arkine prit la lettre que lui tendait le prêtre. Qui avait pu lui écrire ? Ils avaient une règle qui leur interdisait toute communication écrite.

— Où est le père Morozov ? demanda-t-il au prêtre, un homme au crâne dégarni et aux petites lunettes à monture métallique.

— Dans son village. La police est venue poser des questions sur lui.

Il secoua la tête, visiblement nerveux.

— Donc il se fait discret ?

— C'est ça.

— Il nous est précieux.

— Qui a déposé cette lettre ? s'enquit Arkine.

Son nom figurait en grosses lettres élégantes sur le recto.

— Une jeune femme.

Il déchira l'enveloppe.

« *Vous attendez trop de la vie, Viktor Arkine. Et si vous croyez que je vais rester en retrait, vous me sous-estimez. Soyons directs, voyons-nous en tête à tête, rien que nous deux. Disons ce qu'il y a à dire. Vous me traiterez d'*« *oppresseuse* »*, je vous traiterai de tueur. Retrouvez-moi demain dans la cour arrière de l'hôpital Sainte-Isabelle, à quinze heures. Pourquoi ? Je veux vous dire que nos petites tragédies personnelles sont peu de chose face à la tempête qui balaie la Russie et que je porte votre enfant.* »

La main d'Arkine se mit à trembler et les mots se troublèrent sous ses yeux.

Elle avait bien choisi. Une cour baignée de soleil, ni publique, ni privée… Arkine l'avait inspectée aux premières lueurs de l'aube. Ce lieu de rendez-vous ne constituait pas un bon piège à cause des nombreuses issues. Outre la grille en fer forgé qui restait ouverte pour les ambulances et les livraisons, deux portes donnaient dans l'hôpital. Une autre, à l'arrière, menait dans une rue transversale, sans oublier une trappe s'ouvrant sur un sous-sol.

Ils pourraient respirer. Il voulait lui faire confiance.

D'après ce qu'il avait constaté, la cour était généralement déserte, mais de temps à autre, une grande activité y régnait, de sorte que leur entrevue pouvait être interrompue à tout moment. C'était plus sûr. Contre un mur se dressaient deux remises. Il n'avait eu aucun mal à crocheter leurs serrures. Elles ne recelaient que du pétrole et des caisses de matériel médical. Il détermina quelles parties de la cour étaient visibles depuis l'arrière de l'hôpital et quelles zones ne l'étaient pas. Au lever du soleil, il fuma une cigarette dans un coin ombragé, derrière une remise, sachant qu'il était invisible.

Oui, Valentina Ivanova, tu as bien choisi, songea-t-il.

Valentina était débordée. À la suite d'un incendie dans l'atelier d'un fabricant de voiles, les victimes de brûlures avaient afflué, surtout des femmes. Chaque fois qu'elle regardait l'horloge, les aiguilles avaient avancé trop vite. Treize heures. Elle badigeonna une brûlure d'une solution d'hypochlorite et aida un homme déshydraté à boire un verre de thé à la vitesse d'un escargot. Quatorze heures.

Arkine allait-il venir ?

Elle repensa à la lettre qu'elle s'était gardée de montrer à Jens, se contentant de lui dire qu'elle avait sollicité un tête-à-tête, sans évoquer la dernière phrase relative à l'enfant. Arkine y croirait-il ? Elle s'assit près d'une femme désorientée qui se demandait pourquoi son fils l'avait amenée à l'hôpital.

Quatorze heures cinquante et une.

Elle se lava les mains et posa sa cape sur ses épaules. Quatorze heures cinquante-six. Elle entama sa longue marche dans les couloirs situés à l'arrière de l'hôpital. Derrière une porte à double battant, elle émergea sous un soleil si éblouissant qu'elle plissa les yeux.

Viktor Arkine était adossé à un mur, plus grand que dans son souvenir. Peut-être avait-elle cette impression parce qu'il avait beaucoup maigri. Elle posa les yeux sur son arme et comprit enfin qu'il pouvait la tuer. Sauf si elle parvenait à le convaincre qu'elle était enceinte de lui. Elle se dirigea vers une zone bien éclairée, mais Arkine ne bougea pas. Une minute entière s'écoula. Au moment où elle perdait espoir, il s'approcha sur la pointe des pieds, comme un félin et s'arrêta à distance raisonnable. Elle vit ses yeux s'accoutumer à la lumière.

— Vous m'avez donné du fil à retordre, dit-il.

— Tant mieux.

— Où est-il ?

— Qui ça ?

— Votre ingénieur.

— Il ignore que je suis là.

Arkine sourit poliment. La croyait-il ? Elle n'aurait su le dire. Il haussa les épaules et baissa son arme, sans la quitter des yeux.

— Peut-être… vous ne tenez pas à ce qu'il sache quelle petite putain vous étiez, à l'isba.

Elle ne répondit pas.

— Alors, qu'est-ce que vous voulez ? demanda-t-il, soudain brutal.

— Où sont vos hommes ? Je suis sûre qu'il y en a un bataillon quelque part, dans ces remises ou dans la cave.

Arkine sourit, pas par politesse, cette fois.

— Il n'y a que moi. J'y ai songé, c'est vrai. J'aurais pu vous capturer à nouveau et vous garder enfermée pendant neuf mois, avant de prendre l'enfant et de vous trancher la gorge.

Il avait sérieusement envisagé ce projet. Elle le sentait. Ses jambes se mirent à trembler d'effroi.

— Je vous aurais planté une fourchette dans le cou bien avant la fin des neuf mois.

Il parut sincèrement amusé.

— Je vous en crois capable. Si cet enfant est vraiment de moi et non de votre ingénieur, avez-vous pensé à m'épouser ou même à me remettre l'enfant après sa naissance ?

— Non, répliqua-t-elle en masquant son dégoût.

— Je m'en doutais. Alors qu'est-ce que vous voulez ? Nous sommes face à face. Avez-vous l'intention de me tuer ?

— J'y ai songé.

Comment pouvait-il sourire ? Rire ? Pourquoi n'était-il pas rongé par les remords, après ce qu'il avait fait à Katia ?

Elle écarta les pans de sa cape.

— Regardez, je ne suis pas armée.

— C'est encore plus inquiétant, dit-il en balayant la cour du regard. Je n'aurais pas dû venir.

— Sachez, que chaque jour je pleure, je souffre. Ma sœur me manque. Mes parents sont dans la douleur. Vous et votre cause bolchevique avez brisé ma famille.

Elle l'observait en parlant et crut voir son visage s'assombrir. Elle déboutonna sa cape et la fit glisser sur ses épaules. C'était un signal destiné à Jens. Arkine était bien trop habitué à ces pratiques pour ne pas s'en rendre compte. Aussitôt, il examina les fenêtres. Mais il se trouvait en plein soleil et ne voyait rien. Il se mit alors à courir, sachant ce qui l'attendait.

Une seule détonation retentit tel un claquement de fouet. La jambe droite d'Arkine se déroba. Il s'écroula et, en touchant les pavés, se traîna dans l'ombre de la remise. Valentina leva les yeux vers la fenêtre de la salle de soins où Jens se cachait depuis la veille au soir.

— Merci, Jens, murmura-t-elle.

Arkine noua son foulard autour de son genou qui saignait abondamment. Des fragments d'os et de chair maculaient son pantalon. Valentina se pencha sur lui et regarda son visage déformé par la douleur.

— Vous allez souffrir, maintenant, dit-elle d'un ton dur. Pour le reste de vos jours. La mort aurait été trop douce. Je veux que vous souffriez comme

Katia a souffert. Je veux que vous me haïssiez chaque fois que vous poserez le pied à terre, comme je vous haïrai de m'avoir pris ma sœur.

Il posa sur elle un regard ivre de rage.

— Un jour, ton ingénieur paiera !

Elle le saisit par les cheveux et tira sa tête en arrière.

— Si tu oses le toucher, je te jure que je détruirai l'enfant.

Elle vit qu'il la croyait. Elle le relâcha et essuya sa main sur le bas de sa robe.

— Je vais faire venir un brancard, conclut-elle en s'éloignant vers l'hôpital.

Quand elle revint en compagnie de deux aides-soignants, Viktor Arkine avait disparu. Sur les pavés, il ne restait plus que son sang.

38

À compter de ce jour, Jens remarqua un changement chez Valentina. Elle avait le regard plus clair et son corps avait retrouvé la grâce naturelle qu'elle avait perdue à la mort de sa sœur. Ils ne parlaient pas d'Arkine de peur de le réintégrer dans leur vie. Néanmoins, Valentina jouait du piano avec une passion intense et leurs ébats amoureux étaient si tendres qu'il se languissait d'elle quand ils n'étaient pas ensemble.

À son insu, il continua à rechercher Arkine. Il arpenta les bas-fonds de la ville sans trouver la moindre trace. Sans doute avait-il quitté Saint-Pétersbourg.

Jens envoya même Liev Popkov écumer les bars. *Nitchevo.* Rien. S'il existait une justice, l'ancien chauffeur était déjà mort et enterré, emporté par la gangrène. Mais Jens ne croyait pas en la justice naturelle.

Même si la période de deuil n'était pas officiellement terminée chez les Ivanov, l'ingénieur s'entretint en privé avec les parents de Valentina à propos du mariage, qui fut organisé à la hâte. Jens n'était pas adepte des cérémonies russes interminables et trop solennelles à son goût, sans fleurs ni musique. Il n'en fut pas moins subjugué par le spectacle de Valentina dans sa longue robe blanche, tenant son cierge allumé, les cheveux relevés sous son voile blanc, ornés de perles qui sublimaient encore sa peau laiteuse.

Le prêtre orthodoxe officia selon la liturgie traditionnelle, entourant leurs mains jointes de son étole avant de leur faire effectuer trois fois le tour du pupitre portant l'Évangile. Valentina adressa à Jens un regard si chargé de défi et de désir qu'il eut envie de partir avec elle sur-le-champ. Quand les couronnes dorées furent brandies au-dessus de leurs têtes, le prêtre chanta les litanies. Il vit soudain la jeune femme regarder vers la porte de l'église, comme si elle s'attendait à voir quelqu'un entrer. Il trouva sa main un peu crispée lors de l'échange des anneaux et perçut une appréhension sous le voile.

Pour la millième fois, Jens s'en voulut de ne pas avoir visé plus haut, dans la cour de l'hôpital. Il aurait dû lui tirer dans le cœur. Œil pour œil, dent pour dent. Mais il avait deviné la présence d'un gilet pare-balles sous la chemise du révolutionnaire, d'où son audace. Quel que soit l'endroit où il avait trouvé refuge, son genou mettrait longtemps à guérir. Viktor Arkine ne reviendrait pas à Saint-Pétersbourg de sitôt.

Quand la cérémonie et les célébrations furent enfin terminées, Jens emmena Valentina dans leur nouveau logement situé dans une avenue tranquille proche de chez le Dr Fédorine.

— Il sera utile d'avoir un médecin dans le voisinage quand le bébé naîtra, avait déclaré Jens.

Elle s'était moquée de lui en lui reprochant d'être trop inquiet et en lui promettant d'accoucher aussi facilement qu'une chatte. Il avait choisi cette maison pour elle. La vue sur le fleuve aux eaux calmes lui apporterait la sérénité et la hauteur sous plafond lui procurerait une excellente acoustique quand elle jouerait du piano. Les parquets cirés provenaient des forêts denses du Danemark et il avait installé sa peau de cerf devant la cheminée. Il comptait en faire bon usage.

Il prit plaisir à lui ôter ses accessoires de mariée. Debout face à lui, elle sourit en lui tendant un bras, puis une jambe. Quand elle fut nue, ses cheveux soyeux cascadant dans son dos, il l'entraîna vers le piano Érard flambant neuf et elle joua pour lui. Rien que pour lui. Il reconnut aussitôt les notes envoûtantes du *Nocturne no. 2 en mi bémol majeur* de Chopin. Son choix lui mit le cœur en joie.

Tandis que ses mains volaient sur les touches, il contempla chaque courbe de son corps. Ses hanches s'élargissaient à mesure que son ventre s'arrondissait.

Elle était désormais sa femme et elle portait son enfant. Elle lui était aussi essentielle que le sang qui coulait dans ses veines. Il s'approcha d'elle et l'embrassa sur le sommet de la tête, puis sur chaque côte, chaque vertèbre. Elle ne cessa pas de jouer, mais il entendit ses soupirs de plaisir. Quand il l'enlaça pour bercer l'enfant qu'elle portait, il goûta la saveur de sa peau. Elle se laissa aller contre lui comme si telle était sa place.

— Je t'aime, madame Friis, murmura-t-il à son oreille avant de la soulever dans ses bras. Au lit !

Elle enroula les bras autour de son cou, les yeux pétillants de bonheur, et agita les pieds en riant.

— On a la vie devant nous, promit-elle.

La chambre était encore illuminée de bougies, dont la lueur vacillante apaisait l'esprit de Valentina et donnait à la peau de Jens une couleur dorée. Elle sourit en lui caressant les cheveux. En elle, son enfant sommeillait aussi et elle se laissa aller à envisager leur avenir à tous trois. Elle s'imagina de grands projets pour Jens et le conservatoire de musique de Saint-Pétersbourg pour elle-même.

Katia n'étant plus là, elle ne travaillerait plus à l'hôpital Sainte-Isabelle. C'en était également terminé de sa liste secrète. Elle avait d'autres objectifs, des concerts, des promenades au parc, une petite main dans la sienne, et le plus grand palais de souris du monde, modifié et embelli. Des rires insouciants, la chaleur du corps de Jens contre le sien, chaque nuit, ce regard vert dans lequel se noyer quand il lèverait les yeux de son livre ou de ses dossiers. Ils ne faisaient plus qu'un.

Naturellement, il y aurait des problèmes. La situation était instable, à Saint-Pétersbourg, mais elle avait foi dans le gouvernement pour rétablir l'ordre. Des hommes tels que le capitaine Tchernov mèneraient l'armée contre les grévistes. Et surtout, elle croyait dur comme fer que Jens et ses semblables pouvaient construire un monde meilleur pour les travailleurs. Arkine et sa révolution sanguinaire ne triompheraient pas. Les choses allaient simplement se tasser ; il ne resterait rien des banderoles et des slogans picorés par les mouettes qui volaient en nuées au-dessus de la ville.

Une main sur son ventre, elle imagina une petite tête couverte de boucles. La perspective d'être maman l'émerveillait et l'effrayait à la fois. Elle sourit en pensant à sa propre mère.

Depuis quelque temps, Elizaveta Ivanova avait pris l'habitude de prendre le train pour Moscou où elle séjournait chez une ancienne camarade d'école. Parfois, elle ne restait qu'un jour ou deux, parfois plus longtemps. Elle affirmait avoir besoin de s'échapper de la ville où sa fille était morte. Elle revenait apaisée, le visage moins soucieux, le regard moins triste. Son mari semblait à peine remarquer ses absences, tant il était absorbé par ses affaires avec le ministre Davidov. Lors du mariage, il avait néanmoins embrassé sa fille avec chaleur. Son approbation comptait énormément pour elle.

Valentina se tourna sur le côté et se blottit contre Jens pour humer le parfum de sa peau. *Mon mari*, songea-t-elle.

Katia aurait été heureuse pour elle.

*

Raspoutine avait raison. Valentina l'admettait volontiers, mais ce n'était qu'une coïncidence. Après un hiver plus clément que de coutume et un printemps de calme relatif dans les usines, elle mit au monde une petite fille. En contemplant le nourrisson emmailloté aux minuscules poings crispés, elle se dit qu'il n'existait pas d'enfant aussi parfaite. Il suffisait de regarder son père.

Oscillant entre sourires béats et sanglots incontrôlables, elle inspecta ses paupières, ses oreilles, s'extasia devant ses lèvres pulpeuses, son menton en forme de cœur. Jens n'avait pas attendu l'autorisation du Dr Fédorine pour entrer dans la chambre. En voyant la mère et l'enfant, il ne masqua pas sa joie et s'assit doucement au bord du lit.

— Valentina, tu…

— Je suis épuisée et meurtrie, coupa-t-elle. C'était loin d'être aussi facile que je le croyais.

Elle lui tendit sa fille qu'il prit dans ses bras protecteurs.

Il la contempla à loisir, avec ses cheveux cuivrés collés sur son crâne. En la voyant bâiller, il rit et leva les yeux vers Valentina. Ceux-ci exprimaient un tel amour qu'elle eut l'impression que son cœur allait littéralement exploser.

— J'ignorais combien mon existence était incomplète sans cette enfant, avoua-t-il d'une voix tremblante. Elle est superbe.

— Appelons-la Lydia, proposa Valentina.

39

Février 1917, Saint-Pétersbourg

— Arrête la voiture ! cria Valentina.

Au volant de leur automobile, Jens se frayait un chemin dans la circulation de la place Saint-Isaac, sous une pluie battante qui martelait la carrosserie. Il vérifiait encore chaque grille d'égout pour s'assurer que l'eau s'écoulait.

— Arrête la voiture ! répéta-t-elle.

— Qu'est-ce qui te prend ?

Ils rentraient d'une visite chez Elizaveta, en compagnie de Lydia. Jens avait tenu à partir de bonne heure pour ne pas rouler dans le noir avec sa femme et sa fille. En février, les journées étaient courtes et il régnait une atmosphère malsaine, en ville. Après trois années de guerre contre l'Allemagne, la Russie subissait de terribles défaites à cause de l'incompétence de ses généraux. Affamés, blessés, les anciens combattants affluaient et mendiaient dans les rues. Le peuple furieux en voulait au tsar. Outre les grèves, des barricades se dressaient un peu partout. Les boutiques étaient pillées, des vitrines brisées par des jets de briques et des bombes incendiaires réduisaient des entreprises en cendres.

« Mort aux capitalistes ! » entendait-on à travers la ville.

Face à la pénurie de pain, le rationnement était strict : pas de farine, de lait, de beurre, de sucre. De l'aube au crépuscule, les gens faisaient la queue dans le froid devant les magasins d'alimentation.

Valentina percevait la haine ambiante. Huit millions de soldats russes tués, blessés ou capturés dans les tranchées, la tsarine Alexandra traitée de putain allemande et de traîtresse par le peuple, le tsar Nicolas qui avait quitté Petrograd pour se rendre à l'état-major de l'armée. Petrograd. Valentina ne s'accoutumait toujours pas à ce nom, censé effacer la connotation germanique de Saint-Pétersbourg. Depuis le début des hostilités, en 1914, tout ce qui était allemand de près ou de loin suscitait le mépris, y compris l'épouse du tsar.

Dès que Jens eut arrêté l'automobile, Valentina en descendit et traversa la place en courant vers les *placati*, les panneaux d'affichage. Par ce mauvais temps, en l'absence de la foule habituelle, la jeune femme l'avait remarqué sans peine : le signal, le bout de foulard rouge que Varenka lui avait promis d'accrocher en guise de mise en garde.

Valentina sentit son cœur se serrer. Elle s'était pourtant préparée à ce moment, mais il arrivait trop vite. Le vent faisait voleter des lambeaux d'affiches clamant : LE POUVOIR AU PEUPLE ! Trempée et déchirée, la bande de tissu rouge était clouée au panneau d'affichage, bien en vue. Elle l'arracha.

— Maman, tu es toute mouillée !

Lorsque Valentina remonta en voiture, Lydia lui tapota les joues de ses petites mains.

— Alors ? s'enquit Jens.

— C'est Varenka, répondit-elle en brandissant le tissu rouge.

— Après cinq ans sans nouvelles, commenta-t-il.

— Jens, c'est une mise en garde. Elle avait promis de nous avertir de l'imminence de la révolution, tu te souviens ?

— Oui, je m'en souviens très bien.

Il regarda droit devant lui. Derrière le pare-brise, les passants se hâtaient, un peu flous.

— Seigneur, le bain de sang est sur le point de commencer.

— Qu'est-ce que tu fais ? s'enquit Jens le lendemain alors qu'ils étaient réunis au salon.

Valentina leva les yeux de son ouvrage de couture et sourit. Agenouillé sur le parquet, il était en train de construire une gare ferroviaire en cubes, en compagnie de Lydia. Du haut de ses quatre ans, elle était très concentrée sur l'équilibre de ses empilements et imitait la technique de son père. Elle portait une robe en velours bleu avec un col et des manchettes en dentelle. Pour être plus à l'aise dans son travail de construction, elle avait relevé ses manches et glissé le bas de sa robe dans son sous-vêtement.

Valentina s'était contentée d'un soupir indulgent. Sa fille à la crinière flamboyante était différente de celle qu'elle s'était imaginée. Rien n'échappait à ses yeux d'ambre et elle préférait jouer au petit train avec son père qu'avec la superbe maison de poupée qu'elle lui avait offerte pour son anniversaire.

— Valentina, répondit Jens en se redressant, perplexe, nous avons une domestique qui se charge des travaux de couture. Qu'est-ce que tu fabriques ?

L'aiguille se figea, puis elle déclara à voix basse :

— Je me prépare.

Elle sortit un rouble en or de sa poche et le glissa dans l'ourlet qu'elle venait d'ouvrir au bas de la robe toute simple posée sur ses genoux.

Jens la dévisagea, visiblement troublé.

— Ma chérie, en sommes-nous vraiment arrivés là ?

— Je crois que oui.

Lydia abandonna ses cubes.

— Je peux jouer avec toi, Maman ?

*

Lénine était en route. Le glorieux Vladimir Ilitch Oulianov, dit Lénine, était enfin de retour de son exil forcé en Suisse. Pour Arkine, la fin des Romanov était proche.

Après cinq siècles de tyrannie, ils allaient chuter. Le peuple avait un chef de file. Rien ni personne ne pouvait l'arrêter, ni l'armée, ni même le tsar avec ses tentatives pathétiques de faire taire le prolétariat grâce à une dissolution de la Douma. La révolution grondait, les rues de Petrograd étaient en feu, et pas seulement les commerces et les entreprises capitalistes : le sol lui-même consumait l'ancien régime pour débarrasser la Russie de l'injustice.

Arkine alluma une cigarette et aspira la fumée en tendant sa jambe blessée. Son bureau était petit mais fonctionnel. Des affiches tapissaient les murs : « Travailleurs, unissez-vous ! », « Victoire au peuple ! ». L'une d'elles figurait un poing géant et un paysan piétinant l'aigle à deux têtes des Romanov. Un bureau, un téléphone, une armoire, une machine à écrire et des piles de fiches cartonnées blanches. Des centaines de fiches où il notait des noms et des renseignements.

Au sommet de la pile posée devant lui, la fiche de Jens Friis, ingénieur danois. Il la prit entre deux doigts et gratta une allumette. Puis il regarda la flamme avide dévorer le carton qui se tordit avant de mourir. Il le jeta dans la corbeille à papier avec un sourire de satisfaction.

C'était imminent. Très bientôt, Jens Friis n'existerait plus.

*

Dans l'écurie, Jens soignait Héros. Ses mouvements vigoureux traduisaient sa colère. Il venait d'apprendre que le général Krymov était rentré du front et évoquait des milliers de morts et une armée en déroute. Les soldats russes mouraient de froid et de faim. Les survivants marchaient avec des bottes retenues par des bouts de ficelle, croupissaient dans les tranchées, sans munitions, aveuglés par les gaz toxiques. N'ayant plus foi en leurs officiers, ils cédaient au désespoir et désertaient par milliers. Comment leur en vouloir ?

Il entendit alors une voiture s'arrêter devant sa maison.

— Votre comtesse vous demande ! lança Liev Popkov avec un large sourire.

— Ce n'est pas ma comtesse, abruti.

L'imposant Cosaque aimait traîner dans les écuries, de temps à autre. Il prenait plaisir à taquiner Jens. Le jour où Valentina avait quitté la demeure des Ivanov pour se marier, Popkov était parti également. Nul ne savait exactement où il logeait, mais il s'était laissé pousser une barbe noire et paraissait apprécier cette liberté. Le soir, Valentina préférait être seule, la plupart du temps pour répéter un morceau de piano. Jens sortait alors prendre des nouvelles d'Héros et fumer une cigarette sous les étoiles. Souvent, Popkov l'attendait avec un jeu de cartes et une bouteille de vodka.

Ils n'en étaient venus aux mains qu'une seule fois, à propos de Valentina. L'année précédente, juste avant Noël, le soir où Raspoutine avait été assassiné et jeté dans le fleuve. Popkov voulait révéler à la jeune femme qu'il avait entendu parler d'un retour de Viktor Arkine à Petrograd. Jens avait refusé. Ils s'étaient querellés. Finalement, Jens avait opté pour le seul langage que cet entêté semblait comprendre : les poings.

— Qu'est-ce qui t'est arrivé ? avait demandé Valentina, inquiète, quand il avait regagné la maison.

— Popkov.

Elle avait éclaté de rire. Avec une totale absence de compassion, elle avait nettoyé ses blessures en disant :

— Il va certainement te transmettre la rage !

Pour l'heure, Jens n'était pas d'humeur à recevoir la visite de la comtesse Serova. Elle n'était pas venue jusqu'ici, alors pourquoi ce jour-là ? Il posa un seau d'eau près de son cheval et, en se redressant, vit non pas la comtesse mais son fils, sur le seuil de l'écurie.

— Alexeï ? Bonjour… entre donc. Ta mère est là ?

L'enfant ne se fit pas prier. Héros se mit à hennir comme pour le saluer. À douze ans, Alexeï avait grandi sans perdre sa bonhomie enfantine.

— Elle est dans la voiture. Oncle Jens, je viens te dire au revoir. Nous quittons Petrograd, Maman et moi.

— Vous quittez Petrograd ?

— Maman pense que nous ne sommes plus en sécurité, ici.

— Où allez-vous ?

— À Paris.

Jens sentit son cœur se serrer. Il ne voulait pas perdre le jeune garçon. Il posa une main sur son épaule et remarqua sa nervosité.

— Tu vas me manquer, Alexeï. Nos chevauchées en forêt aussi.

— Je n'ai pas envie de partir, avoua-t-il.

— Ta mère a raison. Cette ville n'est plus sûre.

— Et toi ? Tu ne pars pas ?

— Les socialistes ne s'intéresseront pas à moi, répondit-il avec un sourire. Je suis danois. Ne t'inquiète pas, je ne cours aucun danger.

— Tu es sûr ? demanda Alexeï en le regardant dans les yeux.

— Certain, mentit Jens.

L'enfant parut soulagé.

— De toute façon, je dois rester pour m'occuper des fils d'Attila.

Deux petits de la souris blanche erraient encore dans le palais miniature, pour le plus grand amusement de Lydia.

Alexeï se dandina d'un air gêné.

— Qu'est-ce qu'il y a ? interrogea doucement Jens.

— Je t'ai apporté ceci, dit-il en lui tendant un sac en papier.

Jens ne put réprimer un sifflement étonné en découvrant un bracelet et deux boucles d'oreilles en diamants.

— Je ne suis pas certain qu'ils m'iront, railla-t-il.

— Ils ne sont pas pour toi, bredouilla Alexeï en rougissant.

Face à l'expression taquine de Jens, il se détendit et rit de bon cœur. Il scruta les alentours à l'affût d'oreilles indiscrètes, mais il n'y avait personne. Popkov avait disparu.

— Maman a sorti ses bijoux du coffre et est en train de les cacher parmi ses vêtements et même dans ses pots de crèmes de beauté.

— Ah bon ?

— Oui. Elle affirme qu'ils vont essayer de les voler.

— Ta maman a sans doute raison.

— Elle a abandonné ceux-ci parce qu'elle en avait trop. Elle croit qu'ils ne valent pratiquement rien. Moi, je trouve qu'ils ont l'air précieux.

— Tu as vu juste, Alexeï. Ta mère possède tant de bijoux somptueux que ceux-ci n'ont guère d'importance à ses yeux, je suppose.

— Je veux que tu les prennes et que tu les caches, au cas où…

— Merci, Alexeï, dit Jens en l'étreignant, touché par son geste. Tu vas beaucoup me manquer.

Il l'écarta de lui, impressionné par sa dignité.

— N'arrête pas de monter à cheval, d'accord ?

— D'accord, acquiesça l'enfant, au bord des larmes. Merci, oncle Jens…

Jens lui ébouriffa les cheveux.

— Fais tes adieux à Héros pendant que je dis deux mots à ta mère.

Il s'éloigna en direction de la voiture. Elle était assise sur la banquette, toute de vert vêtue, le regard triste et solennel.

— Tu quittes la Russie ?

— Oui.

— Pour Paris.

— C'est ce que je raconte aux gens, expliqua-t-elle en souriant. En réalité, nous partons vers l'Est.

— C'est un long voyage.

— Bien plus sûr que d'essayer de contourner le front de l'ouest.

— On n'est plus en sécurité nulle part. Sois prudente.

Elle posa une main sur celle de Jens.

— Écoute-moi, Jens. J'ai eu vent d'un complot au sein de l'aristocratie pour renverser le tsar Nicolas.

— Bon sang ! Auraient-ils enfin retrouvé leurs esprits ?

— Non. Six des grands-ducs se sont alliés avec le prince Gueorgui Lvov de la Douma pour offrir le trône au grand-duc Nicolas Nikolaïevitch.

— Autrement dit remplacer un Romanov par un autre ! Ils sont fous. Le Premier ministre Golitzine est bien trop faible pour faire régner l'ordre. Ne voient-ils donc pas qu'il est trop tard ?

— Non, Jens. Ils aiment leur pays et ne veulent pas y renoncer. Ils savent qu'ils devraient partir immédiatement si les Romanov étaient renversés.

— Toi aussi, tu aimes la Russie, et cela ne t'empêche pas de partir.

Elle détourna les yeux pour regarder la porte des écuries dont Alexeï venait de sortir. L'enfant courut vers eux.

— Je t'ai menti… Son père biologique n'était pas un officier décédé, mais un Romanov, souffla-t-elle. Si l'affaire sortait au grand jour, Alexeï serait en danger. C'est la raison de notre exil.

Jens prit Alexeï par le bras et le fit monter en voiture.

— Partez vite, leur conseilla-t-il. Dès aujourd'hui.

— Demain, murmura-t-elle.

— Je passerai vous dire au revoir, promit Jens. Nous pourrions faire une dernière promenade…

Ce fut le début de la fin. Le lendemain, Valentina se réveilla aux aurores, trop agitée pour dormir. Même dans cette avenue tranquille et arborée, elle sentait le pouls inquiet de la ville. Elle avait le corps fourbu. On parlait d'ouvriers qui s'en prenaient à leur patron, d'employés des postes ayant battu à mort leur chef. Un couple de bijoutiers avait été mis à la porte par ses salariés. Inquiète pour Jens, elle avait des visions d'ouvriers se révoltant dans les égouts, telles des taupes surgissant de leurs tunnels, pour massacrer leur patron.

Machinalement, sa main vérifia qu'il était sain et sauf, à côté d'elle. Aussitôt, il l'attira sur lui. Elle lui fit l'amour avec fougue, laissant des morsures sur son torse, gardant le goût de son sang dans sa bouche. Elle en voulait davantage de lui, plus que ses muscles, sa peau et ses coups de boutoirs. Elle voulait puiser le sang dans ses veines. Quand elle se laissa enfin aller dans ses bras, repue, les cheveux épars, il se pencha vers elle.

— Tu es affamée, ce matin, dit-il en riant.

Elle s'assit et replia ses jambes sur elle-même.

— Ne va pas travailler, Jens. Pas aujourd'hui.

— Pourquoi ?

— J'ai un mauvais pressentiment. Reste à la maison.

— C'est impossible, mon amour. Je dois faire mes adieux à Alexeï et nous avons de gros problèmes, en ce moment.

Le cœur de la jeune femme s'emballa.

— Avec les ouvriers ?

— Non, même si les syndicats ne cessent de me jeter leurs revendications à la figure. Les vieilles canalisations en bois sont pourries. Par endroits, l'eau est contaminée et le typhus se propage. J'ai annoncé qu'il ne fallait pas la boire, mais les gens ont-ils le choix ?

Il se leva, prêt à commencer une journée de travail.

Elle avait échoué.

Jens ne fit pas de promenade à cheval avec Alexeï. Devant chez les Serov, la voiture de la comtesse était prête à partir. Alexeï patientait sur la première marche du perron. En voyant approcher Jens sur Héros, il se leva d'un bond, mais leurs adieux furent écourtés.

— Il refuse de monter en voiture sans t'avoir dit au revoir ! gronda la comtesse, irritée.

Jens serra la main d'Alexeï, un geste un peu formel pour lui montrer qu'il n'était plus un enfant.

— Occupe-toi bien de ta mère.

— Promis.

— Et écris-moi. Je veux savoir ce que tu décideras de faire dans la vie.

— Je le sais déjà. Je serai militaire.

Jens masqua sa peine.

— Tu as encore le temps. Bonne chance ! Nous nous reverrons, c'est certain, quand tout sera rentré dans l'ordre.

— Ce serait bien, répondit-il, au bord des larmes.

Jens l'étreignit, puis il embrassa la comtesse et lui assura que le cheval d'Alexeï serait entre de bonnes mains. La voiture noire dont le blason doré avait été démonté s'ébranla. Jens la suivit des yeux, furieux contre une nation qui poussait sa jeunesse à l'exil. Alexeï lui manquait déjà. Il se remit en selle et longea l'allée de gravier. Liev Popkov l'attendait devant la grille, perché sur une vieille carne au regard méchant. Le Cosaque se grattait distraitement la barbe.

— Qu'est-ce que tu fais là, toi ?

— C'est votre femme qui m'envoie.

— Pourquoi ?

— Pour assurer votre sécurité, répondit-il avec un rictus amer.

— Va au diable, maugréa Jens qui partit au galop.

Ce jour-là, à Petrograd, quatre-vingt mille ouvriers posèrent leurs outils et se mirent en grève. Il y eut des émeutes sur l'île Vassilievski et des manifestations violentes dans les rues. Des colonnes de fumée rose s'élevaient dans le ciel. Les trains et les chaînes de production étaient à l'arrêt. Boutiques et usines murèrent portes et fenêtres tandis que les employés sillonnaient les rues avec leurs banderoles. En traversant le cœur de la ville, Jens sentit leur animosité, l'anarchie ambiante, l'envie de détruire, de brûler, de casser, de tout anéantir.

Les automobiles fracassées gisaient sur le flanc. Les portes des boutiques pendaient lamentablement et les marchandises qui n'avaient pas été pillées étaient jetées dans le caniveau. Les caisses de vodka dérobées chez les marchands d'alcool échauffaient les esprits. Des hommes aux yeux injectés de sang, portant un brassard rouge, s'emparèrent des rênes d'Héros et tentèrent de désarçonner Jens. Celui-ci fut soudain submergé par une profonde tristesse. Ce pays qu'il aimait tant était en train de sombrer. Il n'en ressortirait que du sang et des larmes.

Jens se dirigea vers son bureau, passant devant des usines vandalisées. Un groupe de ses ouvriers n'aurait aucun mal à faire s'écrouler le plafond d'une canalisation. Partout, les travailleurs détruisaient les outils, les machines. Il sentait la présence permanente de Popkov dans son dos.

— Rentre à la maison ! lui cria-t-il.

Hélas, le Cosaque le suivait comme son ombre. En tournant dans Lijkovskaïa Ulitsa, il eut l'impression de se heurter à un mur. La rue était encombrée d'hommes arborant un ruban rouge et armés de barres de fer. La fonderie Raspov déversait ses grévistes qui réclamaient justice en scandant « Mort aux oppresseurs ! ». Héros s'agita, affolé par l'atmosphère chargée de haine. Jens flatta son encolure inondée de sueur. Au moment où il allait le faire volter, des cris s'élevèrent.

Il vit une nuée d'uniformes écarlates. Des sabres fendirent l'air, il y eut des hennissements, des piétinements de sabots. La mort planait, sombre et oppressante. Le tsar refusait de négocier et envoyait l'armée. Des coups de feu provoquèrent un mouvement de foule. Jens vit un jeune garçon trébucher et se faire piétiner. Il talonna Héros et se fraya un chemin grâce au poitrail de l'animal pour permettre au malheureux de se relever avant de manquer d'air.

Popkov lui hurla de se méfier. Jens fit volte-face et se pencha juste à temps pour ne pas être égorgé par le sabre d'un hussard. Les militaires frappaient aveuglément de leurs lames ensanglantées. Popkov se retrouva acculé contre un mur, toujours à cheval, un bras sanguinolent. Un capitaine blond s'apprêtait à l'achever. Le capitaine Tchernov. Jens fit avancer Héros, forçant les grévistes à s'écarter sur son passage, et percuta la monture de Tchernov pour dévier la trajectoire de son sabre. Au lieu de toucher Liev en pleine poitrine, il lacéra son visage avec une force qui aurait pu lui couper la tête.

Ivre de rage, Jens assena au capitaine un violent coup de poing en pleine poitrine. Il fut désarçonné.

Popkov avait basculé en avant. Son sang ruisselait sur l'encolure de son cheval. Jens le redressa d'une main et saisit les rênes de l'autre. Grâce à la force de son étalon, il fendit de nouveau la foule des grévistes qui s'efforçaient de résister à coups de barres de fer. Hélas, le combat était inégal, même s'ils étaient plus nombreux.

Dans une rue transversale, Jens mit pied à terre et posa la main sur l'épaule de Liev, qui frémit. Dieu merci, il était encore en vie. Il souleva délicatement la tête en charpie du Cosaque. Malgré son chagrin et sa rage, il parvint à ôter son écharpe pour en envelopper la tête du blessé, ne laissant que son œil intact découvert. Cet œil noir luttait pour voir clair. Le corps massif de Liev se mit à chanceler, à peine conscient.

— Tiens bon, Popkov. Je te ramène à la maison.

Il défit sa ceinture et attacha les poignets du Cosaque à l'encolure du cheval, puis il se remit en selle, tenant les rênes de la monture de Popkov.

— Encore sur mon chemin, Friis...

Jens croisa le regard dur d'un homme vêtu d'un long manteau, debout au milieu de la rue, fusil à la main, à la tête d'une petite armée d'hommes au brassard rouge.

— Ôte-toi de là, Arkine !

Jens n'avait pas le temps de discuter avec cette ordure. Il avança, tirant le cheval de Popkov derrière lui, mais des coups de feu retentirent soudain dans la rue étroite. Ce fut le seul son que Jens entendit. Il ne perçut ni gémissement, ni cri de douleur. Héros s'écroula en silence. D'abord les pattes antérieures et, au terme d'une courte lutte, les pattes arrière.

— Non ! hurla Jens en sautant à terre.

Il tint la tête de l'étalon, dont les yeux étaient déjà vagues. Pas un souffle ne sortait de ses naseaux.

— Non !

Jens se releva et se précipita vers Arkine.

— J'attendais ce moment avec impatience, dit ce dernier avec un étrange rictus, avant de plaquer le canon de son fusil sur la tempe de l'ingénieur.

40

La main de Valentina tremblait. Pas à cause de l'œil de Liev Popkov qui gisait au fond d'une cuvette, sur la table de la cuisine, ni à cause du sang qu'il avait perdu ou de l'os apparent sur son front, sous une plaie oblique. Il avait dû déployer des efforts surhumains pour revenir, à cheval, lui raconter ce qu'il s'était passé. Ce n'était pas non plus la mort d'Héros qui la troublait.

Elle tremblait pour Jens.

Elle avait nettoyé la tête de Popkov, extrait l'œil écrasé, désinfecté l'orbite, puis elle lui avait fait boire de la vodka jusqu'à ce qu'il puisse parler.

— C'est Arkine qui l'a, balbutia-t-il.

C'est Arkine qui l'a.

En songeant au genou explosé de l'ancien chauffeur, elle se servit une vodka.

*

La première sensation de Jens fut un goût de sang dans la bouche. Peu à peu, des images apparurent, puis son esprit se remit en marche, jusqu'à ce que les pensées se bousculent dans sa tête. Il ouvrit les yeux.

Une cellule de prison.

Une ampoule entourée d'une grille, au plafond, projetait une lueur blafarde. Elle ne s'éteignait jamais. La porte métallique dotée d'un œilleton et d'une trappe constituait le seul élément digne d'intérêt de cette pièce exiguë, outre les murs en briques, un seau dans un coin, une cuvette en émail dans un autre. Il était allongé sur une étroite paillasse, entre un matelas et une couverture nauséabonds.

Il avait mal à la tête et voyait trouble d'un œil. Sa joue était maculée de sang séché. Dès qu'il se leva, la pièce se mit à tourner, mais il atteignit la porte qu'il se mit à marteler du poing.

— Arkine ! Espèce de salaud ! Ouvre-moi !

Il se déchaîna pendant une heure, peut-être deux, jusqu'à se meurtrir les jointures des doigts. Ils lui avaient pris ses chaussures, de sorte qu'il ne pouvait s'en servir pour frapper. Il se laissa glisser à terre et, enfin, s'autorisa à réfléchir.

Arkine n'entra qu'une seule fois dans la cellule. Au fil des jours, Jens entendit claquer d'autres portes, des pas traînants dans le couloir, les cris des gardiens et, parfois, les gémissements des prisonniers qui incitaient Jens à réagir. Les cris étaient réprimés sans tarder.

Jens vivait dans un univers parallèle, sans voir personne. Deux fois par jour, on lui passait de la nourriture et de l'eau par la trappe, un kacha très léger le matin et un bouillon le soir. Un morceau de lard gras ou de chou était un événement. Chaque matin, on vidait son seau d'aisance par cette même trappe. Pour se laver, il utilisait un peu de sa ration d'eau, qu'il versait dans la cuvette émaillée. L'eau était précieuse. Il y trempait le bout des doigts et pensait à toute celle qu'il avait gaspillée avec insouciance. Désormais, il était comme les habitants des taudis groupés autour des pompes, dans les cours, pour ne pas en perdre une goutte.

Chaque jour, il s'attendait à voir des gardiens, des hommes aux poings puissants, armés de barres de fer. Personne ne vint. Aussi, quand Viktor Arkine entra dans la cellule, au bout de quatre semaines d'isolement, Jens faillit lui sourire. Il demeura assis sur son matelas, adossé au mur, et l'observa avec attention. Derrière Arkine se tenaient trois gardiens en uniforme, munis de menottes et de chaînes.

— Jens Friis, énonça Arkine d'un air de dégoût, je tiens à porter quelque chose à ta connaissance.

Jens se leva. Il était plus grand qu'Arkine, de sorte que ce dernier devait lever la tête vers lui.

— La seule chose que je veux savoir, c'est quand je vais sortir de ce trou à rat.

— Patience ! Tu es ici chez toi pendant encore un bon moment.

Ses yeux s'assombrirent et il porta la main à sa jambe.

— Et mon genou me fera penser à toi pendant encore longtemps.

— J'aurais préféré te faire sauter la cervelle, dans cette cour d'hôpital.

Arkine se crispa et, l'espace d'un instant, Jens crut qu'il allait perdre le contrôle de lui-même. Sous son masque d'arrogance et de dureté couvait une rage que Jens décelait dans ses yeux gris.

— Qu'es-tu venu me dire, alors ?

— Que j'ai couché avec ta femme, dans l'isba, dans les marais.

— Tu mens.

— C'est la vérité.

— Sale menteur ! Valentina te déteste. Elle ne te laisserait pas poser la main sur elle sans t'arracher les yeux.

— C'était son idée et elle a adoré ça.

Jens le prit par surprise et lui assena un violent coup de poing au visage. Les gardiens firent usage de leurs barres de fer, mais Jens eut la satisfaction de voir le sang d'Arkine couler. Furieux, il l'essuya de son poignet.

— Je le connais, Friis. Je connais chaque parcelle de son corps. Son grain de beauté sur la cuisse, je l'ai embrassé, et la minuscule cicatrice qu'elle a sur les côtes. Je l'ai sucée jusqu'à la faire gémir. Et sa touffe brune… Et j'ai glissé les doigts entre ses cuisses et…

Si les trois gardes n'avaient pas lancé leurs chaînes sur Jens, il aurait tué Arkine.

— Dégage !

Affichant un sourire satisfait, Viktor sortit en claudiquant.

Pendant huit mois, Valentina chercha Jens sans relâche. Dans toute la ville, des personnes disparaissaient. Nul ne voulait savoir, nul ne s'en souciait.

Les gens avaient trop peur. Des groupuscules sillonnaient la cité, ouvraient les prisons et massacraient les policiers. Ils incendiaient les belles demeures et avaient déjà mis le feu à un palais de justice et aux locaux de la police secrète. Des agents de l'Okhrana pendaient des réverbères et les rues étaient couvertes de bannières rouges et d'affiches appelant à anéantir les tyrans.

Valentina se montra si prudente que les gens ne la reconnaissaient plus. Elle s'habillait comme une paysanne, les cheveux tressés sous un foulard et des galoches aux pieds. Elle avait les joues émaciées et le teint blafard d'une ouvrière, les épaules voûtées et les yeux baissés pour dissimuler la rage qui brûlait en elle. Elle embrassait Lydia et la laissait dans sa chambre avec son train miniature et ses livres. Hélas, nul n'avait de nouvelles d'un ingénieur danois du nom de Jens Friis.

Le 2 mars 1917, Nicolas II fut contraint d'abdiquer et se retrouva assigné à résidence à Tsarskoïe Selo, avec sa famille, avant de prendre le train vers la Sibérie. Petrograd se colora de rouge : brassards, rubans, insignes. Alexandre Kerenski, qui dirigeait le gouvernement provisoire, céda à la panique en voyant la ville sombrer dans le chaos. Le général Kornilov, le commandant en chef des armées, fut limogé et la guerre contre l'Allemagne vit s'enchaîner les défaites. Le peuple russe priait pour que vienne la fin des hostilités.

Ce fut un été de tumulte.

Toutefois, c'était dans le cœur de Valentina que régnait le plus grand trouble. Vidé de toute substance, il n'était plus qu'une coquille sombre et pesante. Était-ce ce que l'on appelait avoir le cœur brisé ?

Le plus étrange, c'était que ses yeux se rappelaient ce que son cœur avait oublié. La nuit, seule dans son lit, elle pleurait, s'efforçant de libérer sa souffrance. Son corps se languissait de celui de Jens, entre les draps, de la puissance de ses coups de reins. Elle huma son parfum sur son oreiller qu'elle enlaçait lors de ces heures interminables. Elle portait la chemise de Jens pour dormir, ses chaussettes dans ses bottes et son épingle de cravate sur le col de sa blouse. Elle utilisait sa brosse à cheveux et sa brosse à dents, se parfumait de son eau de Cologne. Si elle avait pu se servir des instruments posés sur son bureau, elle l'aurait fait, mais elle se contentait de garder sa montre dans sa poche.

Elle n'avait pas revu Liev Popkov depuis qu'elle avait soigné ses blessures à la tête et ne s'en plaignait pas. Elle lui avait affirmé qu'elle ne lui reprochait pas la capture de son mari et il lui avait répondu ne pas lui en vouloir pour la perte de son œil. Ils mentaient, bien sûr. Elle se consacra donc à la recherche de Jens. Elle retourna dans l'ancien logement de Varenka, en vain. Le mari de la femme aux allures de tzigane affirma n'avoir jamais entendu parler de Viktor Arkine, malgré l'argent qu'elle lui remit. Elle se rendit dans le sous-sol nauséabond où croupissait Larissa Sergueïeva, où elle fit chou blanc également.

À l'église, on l'informa que le prêtre n'était pas là. Pas celui qui lui avait menti. Il avait été fouetté à mort par les troupes tsaristes, dans son village, sous les yeux de sa fille, une image qui n'ébranla même pas le cœur de Valentina. Dans sa tenue modeste de paysanne, elle se rendait à des réunions, un ruban rouge agrafé sur la poitrine. Elle assistait aux réunions dont elle avait vent, souriait à des personnages qu'elle haïssait, parlait à des hommes qui voulaient fusiller tous les ministres du gouvernement, accompagnait des ouvrières d'usine dans des bars. Dans l'un d'eux, elle joua même du piano. Elle portait des gants pour dissimuler ses mains délicates.

Personne ne savait rien sur Viktor Arkine. Qu'avait-il fait ? Était-il retourné à Moscou ? Était-il avec Jens ?

Où es-tu, Jens ?

Quand elle lui parlait, elle sentait poindre une petite étincelle dans son cœur, comme quand elle s'installait sur la peau de cerf, sa fille sur ses genoux, pour lui lire les prouesses d'Isambard Kingdom Brunel.

*

Parfois, Viktor Arkine espionnait Elizaveta et Valentina.

Surtout quand il était lassé des réunions, des cris et des querelles de ceux qui voulaient imposer leur volonté et leurs idées, leurs nouveaux projets, leurs nouvelles règles. Kerenski s'en prenait aux bolcheviques, brisant les presses de la Pravda et les locaux du comité central du journal. Il avait ordonné l'arrestation de Zinoviev et Kamenev pour avoir mené campagne contre la guerre, et même de Lénine, qui avait dû partir une nouvelle fois se cacher.

Mais le grand jour était proche. Ce chaos ne pouvait perdurer. Avec une garde rouge de vingt-cinq mille combattants à Petrograd et le soutien des marins de la Baltique, ils avaient déjà repoussé l'assaut du général Lavr Kornilov. Arkine brûlait de voir les bolcheviques s'emparer de tout le pays lors d'un coup d'État sanglant, mettre fin à cette parodie de gouvernement. Dans une arrière-salle, à l'abri des oreilles indiscrètes, il avait confié à Lénine le besoin d'effacer les autres partis révolutionnaires. Il n'y aurait ni mencheviques, ni révolutionnaires socialistes, ni cadets. Un seul parti régnerait, et ce serait celui des bolcheviques. La Russie avait besoin d'une poigne de fer.

C'était pourquoi Arkine avait regagné Petrograd, pour être aux côtés de Lénine et veiller à ce que les chefs révolutionnaires concurrents croupissent à la forteresse Pierre-et-Paul. Dans ces moments de fatigue, quand son genou le faisait plus souffrir que de coutume, il se laissait aller à observer Elizaveta et Valentina dans la rue. Valentina était intelligente. Un vrai caméléon qui se cachait sous ses vêtements mornes pour se fondre dans son environnement, persuadée de tromper son monde. S'imaginait-elle vraiment qu'un homme pouvait oublier un tel visage ? Au fil des années qu'il avait passées à Moscou, l'aînée des filles Ivanov avait embelli et était encore plus désirable avec ses mouvements de tête sensuels.

Drapée dans ses soieries et ses fourrures, Elizaveta constituait une cible facile pour un porteur de brassard rouge assoiffé de vengeance. Et pourtant, elle se pavanait dans les rues, la tête haute. Viktor l'avait mise en garde. Il l'avait même suppliée. Elle lui avait souri doucement avant de le faire taire d'un baiser.

— Je suis moi, et tu es toi, avait-elle murmuré. Laissons les choses telles qu'elles sont.

Ils en étaient restés là. Viktor ne parvenait pas à interroger Elizaveta sur l'enfant, qu'il ne voyait jamais en compagnie de l'une ou l'autre, à croire que Valentina la cachait.

*

Assise avec Lydia sur une méridienne, dans le salon de ses parents, Valentina les implorait de quitter Petrograd pendant qu'il en était encore temps.

— Nous sommes ici chez nous, répondit son père d'un ton grave. Dans notre pays ! Je ne partirai pas.

— Papa, je vous en conjure, c'est dangereux !

Il fronça les sourcils et baissa la tête. Ces derniers mois, il avait maigri, comme tout le monde, et des rides s'était creusées sur son visage. Valentina avait également remarqué que des objets avaient disparu de la pièce, des chandeliers en or, un pare-feu ancien en nacre… Les avait-il entreposés quelque part, en attendant des jours meilleurs ? Les avait-il vendus ou donnés en échange de services ? Peut-être avaient-ils été volés par les bandes de soldats de l'armée Rouge qui rôdaient.

— Ils ne me font pas peur, ces bolcheviques, affirma-t-il.

— Tu devrais en avoir peur, pourtant, intervint Elizaveta, qui ne semblait elle-même nullement effrayée.

Elle n'était même pas agacée à la mention de leur nom. Ce jour-là, elle portait une tenue sombre, sans perles ni bijoux d'aucune sorte. Elle se montrait prudente à sa façon.

— Nous devrions tous avoir peur, pas de ce qu'ils ont fait, mais de ce qu'il leur reste à faire.

Étonné, Ivanov se tourna vers elle.

— Que sais-tu de leurs intentions ?

— Je lis les journaux, répondit Elizaveta. J'entends les discussions. Ils nous traquent un par un, ils nous prennent nos logements. Ce n'est qu'une question de temps.

— Maman, vous ne les haïssez donc pas ?

— Non. Ils luttent pour ce en quoi ils croient, comme nous vivons selon nos valeurs.

Son mari émit un grommellement agacé. Valentina s'approcha de lui.

— Restez à la maison, Papa. Vous serez plus en sécurité.

Lorsqu'elle posa une main sur la sienne, il s'en saisit. Elle se pencha pour l'embrasser. Sa joue lui parut plus douce, plus fragile qu'autrefois.

— Prenez soin de vous et de Maman.

— C'est ce que tu fais, ainsi attifée ? C'est ridicule ! Jamais je n'aurais cru voir ma fille et ma petite-fille en haillons.

— Grand-papa, dit Lydia avec le sourire de son père, vous devriez porter une chemise et une casquette d'ouvrier, vous aussi. Ce serait rigolo !

Ils s'esclaffèrent de bon cœur. Plus tard, Valentina se souviendrait de ce dernier rire.

La situation empira avec les premiers froids. Valentina entreprit de préparer la maison. Elle fit venir un marchand de meubles qui emporta la plupart de leurs affaires moyennant une coquette somme. Elle changea ces roubles en pièces d'or et en diamants car les billets ne vaudraient bientôt plus rien. Ses interlocuteurs l'escroquèrent. Hélas, elle n'était pas en position de négocier.

Elle renvoya les domestiques, remplit la maison de lits, de chaises et d'armoires sans valeur et consigna ses effets et ceux de Lydia dans deux chambres de l'étage. Elle conserva les dessins industriels de Jens, quelques-uns de ses vêtements, aucun de ses livres, une paire de chaussures et plusieurs objets personnels. Elle se défit de tout le reste. Tenant son train miniature et ses cubes de bois, Lydia s'assit sur les genoux de sa mère et l'écouta avec attention.

— Il faut que nous devenions comme eux, expliqua Valentina. Il ne faut pas qu'ils nous chassent de chez nous. Sinon, comment Papa saura-t-il où nous trouver à son retour ?

— Est-ce qu'il rentre bientôt ?

— Oui, mon ange, bientôt.

Ses yeux d'ambre plongèrent dans les siens.

— J'ai cinq ans, Maman.

— Je sais.

— Je suis presque une grande.

— C'est vrai, admit Valentina en lui souriant.

— Alors il faut me dire la vérité, Maman.

— D'accord.

— Quand Papa va-t-il rentrer ?

— Bientôt.

Le plus douloureux fut de laisser partir son piano à queue. Elle eut l'impression qu'on lui arrachait le cœur. Elle l'astiqua, puis s'assit une ultime fois sur le tabouret, Lydia à ses pieds, pour jouer le *Nocturne* de Chopin.

— C'est le morceau préféré de Papa, sanglota Lydia.

— Il l'a peut-être entendu, là où il est.

L'enfant secoua la tête.

Le piano fut emporté sur une charrette.

Des inconnus s'installèrent sous son toit. Ils maculèrent les parquets de leurs chaussures sales. Ils ne connaissaient pas les interrupteurs et ne savaient pas se servir d'une chasse d'eau. Valentina se replia dans ses deux pièces privées et se recroquevillait sur son lit, enveloppée dans la chemise en coton de Jens qui n'était plus imprégnée de son odeur. Elle avait perdu la maison de Jens, les livres qu'il aimait tant et voilà que même son odeur avait disparu ! Elle enfouit le visage dans son oreiller et laissa échapper une plainte rauque provenant du plus profond d'elle-même.

Sur la première marche de l'escalier, Lydia était assise, les jambes repliées, à regarder deux garnements pieds nus jouer au ballon avec le globe terrestre de son père, dans le vestibule.

*

— Ne lui fais pas de mal, Viktor.

— Elizaveta, je ne ferai jamais de mal à ta fille, je te l'ai promis. Si son mari est encore en vie, c'est uniquement grâce à toi.

— Ne laisse pas ces hommes en gris qui se font appeler une armée toucher à Valentina, ni ceux qui errent en meutes, comme des loups, et qui appliquent leur conception de la justice.

— Je n'ai pas tous les pouvoirs. Quand on détruit un barrage, on ne peut plus retenir le débit de l'eau. Cependant…

Il souleva la tête de l'oreiller pour l'embrasser dans le cou.

— … je ferai de mon mieux. Pour te protéger.

Elle se mit à onduler les hanches, à califourchon sur son corps, caressant son torse de ses seins satinés.

— Je n'ai pas besoin de protection, souffla-t-elle d'une voix rauque, avant de s'emparer avidement de ses lèvres.

41

Un terrible grondement traversa la ville de Petrograd, secouant les vitres tels des ossements dans un tombeau. Le vacarme fit émerger Valentina de son livre et réveilla Lydia, qui se précipita dans le lit de sa mère, le cœur battant à tout rompre. L'horloge indiquait vingt et une heures quarante-cinq, en ce 24 octobre 1917.

— C'est le tonnerre, Maman ?

— Non, ma chérie. On dirait le son du canon.

— Un gros, alors !

— Oui, un très gros canon. Je crois que c'est celui d'un navire.

— Quel navire ?

— Je l'ignore.

Elle sentit son sang se figer dans ses veines, car elle n'avait aucun doute : c'était le signal du départ de la révolution. Viktor Arkine aurait pu lui préciser qu'il s'agissait de l'*Aurora.*

À quatre heures du matin, dans l'air glacial, Valentina regardait son univers être la proie des flammes. Il n'y avait ni étoiles, ni comètes. Rien de très spectaculaire, en réalité. Quelque part, au loin, au-dessus des toits de la ville, un incendie perçait les ténèbres, emportant son espoir de voir la Russie se redresser.

Quelles seraient les conséquences pour Jens ? Pour Lydia ? Pour ses parents ?

Leur monde avait disparu, comme si le sol s'était ouvert sous ses pieds, l'obligeant à s'accrocher à la grille de la maison, ce qui n'empêcherait en rien la bâtisse de s'écrouler sur elle.

Jens, es-tu toujours en ville ? As-tu entendu le canon du croiseur ?

Elle était persuadée qu'il était en vie, qu'il respirait encore le même air qu'elle. Pourquoi Arkine ne faisait-il pas sauter la cervelle de celui qu'il l'avait estropié ? Elle n'en avait aucune idée. Elle ne parvenait pas à croire en la mort de son mari. Parfois, quand elle réchauffait le kacha dans une casserole ou la bouillie d'avoine du matin, elle entendait Jens soupirer. Elle savait alors qu'il s'imaginait sa femme glissant ses cheveux derrière son oreille, en grande concentration. Elle se détournait du fourneau, mais il n'était jamais là. Lorsqu'elle s'emportait contre les garnements qui brisaient une vitre en jouant au ballon alors que le verre était denrée rare, elle sentait Jens penser à cet instant précis que les enfants russes étaient illettrés et que la première mesure à prendre était l'instruction gratuite et obligatoire.

Elle s'accrocha à ces pensées qu'elle conservait précieusement dans sa mémoire. Elle les sortait parfois pour les écouter, le soir, allongée dans son lit, serrant l'oreiller de Jens dans ses bras. En cet instant, elle regardait les flammes embraser la ville. Hélas, les ténèbres de son âme étaient toujours là, irrépressibles et absolues.

— Vous ne le trouverez pas dans les flammes, dit soudain une voix dans la nuit.

— Liev ?

La silhouette massive de Popkov surgit des ombres, sous un réverbère, plus impressionnante que jamais. Il portait un bandeau sur un œil et quelques mèches de ses cheveux masquaient la balafre qui barrait son front. En le voyant, Valentina ressentit un plaisir qu'il l'étonna elle-même.

— Vous n'avez plus de chevaux ? demanda-t-il en désignant les écuries où il jouait aux cartes avec Jens à présent désertées.

Valentina comprit que Jens lui manquait, à lui aussi.

— Non. Je les ai vendus.

Sans lui en demander l'autorisation, des familles entières s'étaient aussitôt installées dans ses écuries. Ces gens dormaient dans les boxes, sur la paille, et mangeaient leurs réserves d'avoine. Elle n'y voyait pas d'objection. Elle s'en moquait, en réalité. Elle aurait aimé ressentir quelque chose, mais elle en était incapable. C'était à cause de leurs semblables qu'elle avait perdu son mari, sa sœur. C'était pour eux qu'Arkine se battait. Elle avait envie de leur crier : ne voyez-vous donc pas ce que vous faites ? Ne voyez-vous pas que vous êtes en train de détruire ce que la Russie a de plus beau en même temps que sa laideur ?

Elle attira vivement Popkov vers elle.

— Tu as des nouvelles ?

— Oui.

— De Jens ?

— Non.

Elle ne laissa rien transparaître, n'émit aucun son, même si sa déception était en train de la tuer à petit feu.

— De qui, alors ?

Il se mit à ricaner dans sa barbe. À bout de patience, Valentina eut envie de le secouer.

— Qui ? répéta-t-elle.

— D'un dénommé Erikov. Il paraît qu'il a la confiance du camarade Lénine.

— Qu'est-ce que tu veux que ça me fasse ?

— Il s'appelle Viktor Erikov.

Viktor Erikov ? répéta la jeune femme, abasourdie.

— Arkine a changé de nom. Voilà pourquoi on n'arrivait pas à le localiser, ce salaud.

— Pourquoi changer de nom ?

— À cause de votre famille. Le nom d'Arkine était trop impliqué avec la famille Ivanov. Il prend ses distances.

Elle acquiesça.

— Sais-tu où il est ?

— Pas encore, mais ça ne saurait tarder.

— Tu me le diras ?

— Oui, même si vous le paierez sans doute de votre vie, je vous le dirai. En attendant, ne sortez pas de chez vous.

— Où sont les révolutionnaires ?

— Partout. Ces maudits bolcheviques occupent les gares ferroviaires et le centre téléphonique. Ils ont même envahi la banque nationale. Ils ne plaisantent pas.

— Merci, Liev.

Il haussa les épaules, puis tourna les talons.

— Liev ! reprit-elle, une main sur son bras, je regrette... pour ton œil. Prends soin de toi.

Il grommela quelques paroles inintelligibles avant de disparaître dans la nuit.

— Reste ici, Lydia. Et garde la porte fermée à clé. N'ouvre à personne.

— Et si je veux aller aux toilettes, Maman ?

— Utilise le seau.

L'enfant fit une moue de dégoût.

— C'est très important, Lydia.

— Où vas-tu ?

— Trouver Papa.

La fillette afficha un large sourire.

— Je peux venir avec toi ?

— Non. Sois sage. Papa ne rentrera que si tu es sage.

— Je serai sage, alors.

Sa fille prit un air angélique, mais Valentina ne se laissa pas attendrir.

— Et laisse la porte fermée à clé. C'est promis ?

— Promis.

Elle embrassa la fillette en se forçant à la croire.

— Valentina !

Sur le pas de la porte du Dr Fédorine, elle affichait un air las. La ville avait retrouvé son calme, tel un loup qui s'endort après une nuit de massacre, capable de frapper à nouveau n'importe quand.

Fédorine la fit entrer et referma vivement la porte.

— Vous ne devriez pas être dans la rue, aujourd'hui ! C'est trop dangereux.

— Je venais aux nouvelles.

— Ma chère enfant, la ville vient de nous exploser au visage. La révolution bolchevique est en train de déchirer Petrograd et la garde rouge arrête tous ceux qui ne sont pas dans leurs rangs. Les patrons d'usine, les banquiers, les hommes politiques sont…

Il s'interrompit en la voyant blêmir.

— Mon père fait partie de ces politiciens.

Le médecin secoua négativement la tête.

— N'allez pas le voir, mon petit.

— Il le faut. Et vous ?

— Ne vous inquiétez pas. Je ne risque rien. Je suis médecin. Ils auront besoin de moi. Je vois que vous avez revêtu votre uniforme d'infirmière. C'est bien. Il vous protégera.

— J'y compte bien, répliqua-t-elle en rouvrant la porte.

*

Tout s'était bien passé. Mieux qu'Arkine ne l'avait espéré. Le gouvernement de Kerenski était renversé, ce qui permettait aux Rouges de prendre le pouvoir. Il sourit en songeant à la stupidité de Kerenski. Cette soirée risquait d'en surprendre plus d'un, car, au palais d'Hiver, les pontes seraient arrêtés. Les membres du cabinet Kerenski seraient emprisonnés dans les cellules de la forteresse Pierre-et-Paul avant la fin de la journée. Pour soulager la douleur lancinante qui lui vrillait la jambe, il fit le tour de son bureau en attendant que l'on lui amène les prisonniers suivants.

Ses réflexions en vinrent à Jens Friis. Il pensait à l'ingénieur chaque jour. Et à la fille Ivanova. Deux épines dans le pied dont il ne parvenait pas à se débarrasser, en dépit de ses efforts. Il aspira la fumée de sa cigarette à pleins poumons, mais fut incapable de chasser l'image de ce couple fusionnel courant sous la pluie, bras dessus bras dessous.

Elle ne s'était pas trompée. Valentina Ivanova savait parfaitement ce qu'elle faisait. Il songeait à elle chaque jour, comme elle l'avait prédit. Le plus paradoxal, c'était que sans ce genou invalide, il serait sans doute mort. Valentina lui avait sauvé la vie en lui évitant de revêtir l'uniforme et de partir sur le front en tant que chair à canon. Il aurait été fauché sur quelque champ de bataille et Valentina aurait été débarrassée de lui. Enfin, sans compter l'enfant… Elle aurait toujours cette petite partie de lui sous les yeux. S'il en était bien le père, ce dont il ne pourrait jamais être certain.

Il passa une main sur son visage. Chaque fois qu'il pensait à cette enfant, il sentait ses entrailles se nouer. Il était fatigué. Il appréhendait tant la soirée à venir et ses camarades qui risquaient de le poignarder dans le dos maintenant qu'il avait un peu de pouvoir.

Il s'assit à son bureau.

— Détenu suivant ! lança-t-il au soldat qui montait la garde devant la porte.

Arkine ne se leva pas, mais il lui était pénible de ne pas témoigner un minimum de respect à Elizaveta.

— Détenu Ivanov, j'ordonne que vous passiez en jugement pour trahison à la patrie.

— Espèce de rat pleurnichard ! Qu'est-ce que vous savez de la patrie, vous et vos semblables ? Je l'ai servie loyalement pendant…

Arkine fit signe au gardien, qui frappa le ministre au visage du canon de son fusil. Les mains liées dans le dos, Ivanov ne put essuyer le filet de sang qui coulait de sa bouche.

— Non ! intervint son épouse. Je vous en prie, non !

Arkine se permit enfin de la regarder, de graver dans sa mémoire la blondeur dorée de ses cheveux, la texture nacrée de sa joue, de son cou.

— Madame Ivanova…

Il perçut sa révérence dans le ton de sa propre voix. C'était plus fort que lui. Mieux valait se concentrer sur les deux feuilles de papier posées devant lui. L'une portait le nom de Nicolaï Ivanov, l'autre celui d'Elizaveta Ivanova. Il posa le bout des doigts sur le nom de cette dernière, faute de pouvoir la toucher vraiment.

— Vous serez également jugée pour trahison car vous avez aidé votre mari à exploiter le prolétariat dans le but de remplir les coffres des Romanov.

Elle ne dit rien.

— Emmenez-les ! ordonna-t-il, incapable de croiser son regard.

— Attendez ! lança Elizaveta quand le gardien saisit brutalement le bras de son mari.

Habitué à obéir, le gardien hésita. Les mains menottées dans le dos, elle se tourna vers son mari et l'embrassa sur la joue.

— Au revoir, Nicolaï. Dieu te protège. Nous ne nous reverrons plus dans cette vie.

— Elizaveta, ma femme, j'ai besoin…

— Emmenez-le et laissez-la ici, décréta Arkine.

— Elizaveta ! s'écria Ivanov tandis qu'on l'entraînait hors du bureau. Je t'aim…

Le gardien claqua la porte. Restés seuls dans la pièce, Viktor et Elizaveta se dévisagèrent longuement.

— Il m'est impossible de te sauver, déclara-t-il enfin.

— Je sais.

Elle lui sourit aussi intimement que sur les oreillers ourlés de dentelle de l'Hôte de Russie. Ses lèvres n'exprimaient aucun signe de chagrin ou de regret.

— Nom de Dieu ! maugréa Arkine en jetant son stylo.

Il s'approcha d'Elizaveta, sans toutefois la toucher.

— Si je le pouvais, je te sortirais de là. Tu es la femme d'un ministre ! Si seulement je pouvais t'épargner !

Les yeux bleus d'Elizaveta se mirent à pétiller de plaisir.

— Je sais. Ne t'inquiète pas pour moi.

Ses élégants vêtements étaient sales. Quelle main brutale avait pu déchirer ainsi sa manche ?

— Laisse-moi te regarder une dernière fois, dit-elle doucement.

Enfin, il effleura sa joue pâle. Elle inclina la tête vers sa paume.

— Prends soin de toi, Viktor. Nous vivons une période dangereuse et je veux que tu…

Elle déposa un baiser sur ses phalanges.

— Que tu restes sain et sauf. Je déteste ce que tu représentes, je déteste ce que vous autres bolcheviques allez faire de mon cher pays, mais… (Elle leva la tête) je suis incapable de te haïr, toi.

— Je ferai de mon mieux pour te protéger des foudres du tribunal…

— Non, je t'en prie. Je ne te demande aucune faveur.

Elle avait énoncé ces mots lentement pour bien les imprimer dans l'esprit d'Arkine.

— Ces dernières années, j'ai vécu plus intensément qu'au cours de toute ma vie auparavant. J'ai aimé plus que je n'avais jamais aimé. Cela me suffit. Tu m'as apporté une joie dont je ne soupçonnais pas l'existence et je t'en remercie, Viktor.

Il lui adressa un sourire plein de tendresse, sans essayer de masquer le chagrin qui lui rongeait le cœur.

— Merci à toi.

— Que Dieu te garde, murmura-t-elle avant de se retirer.

*

En rentrant chez elle, Valentina trouva Lydia agenouillée au sommet des marches, en train de jeter des raisins secs à deux garçons déguenillés, dans l'entrée. Sans perdre de temps à la réprimander, elle l'attrapa par le poignet et l'entraîna dans leurs chambres. Puis elle s'accroupit face à elle.

— Lydia, j'ai rendez-vous avec un monsieur et je veux que tu m'accompagnes.

— C'est Papa ?

— Non, *dochenka.* Ne sois pas triste. Mais si nous faisons ce qu'il faut, nous le reverrons bientôt.

— Tu dis ça tous les jours !

— Eh bien, cette fois, c'est vrai.

Elles s'habillèrent simplement, sans fioritures ni fourrures. Valentina noua un foulard marron sur les boucles rousses de l'enfant, sous une toque en feutre.

— Aujourd'hui, tu dois avoir l'air d'une fille d'ouvrier.

Elles se regardèrent dans la glace.

— Tu es belle, Maman. Moi, je suis moche, avec ces habits.

Valentina prit l'enfant dans ses bras et l'embrassa sur le front.

— Tu ne pourrais être moche même si tu le voulais, mon ange. À présent, écoute-moi. Je vais t'expliquer quelque chose.

*

— Je vous croyais mort, déclara Valentina.

La jeune femme venait d'entrer dans le bureau du camarade Erikov et toisait Arkine dans son uniforme gris. Face à l'arrogance de son regard, elle regretta pour la millième fois de ne pas lui avoir planté le scalpel du Dr Fédorine dans la gorge, le jour du duel, dans la clairière.

— Vous devriez avoir succombé à la gangrène, ajouta-t-elle.

— Je suis increvable.

Ses yeux n'étaient plus sur elle. Il observait l'enfant.

— Viktor, je vous présente votre fille, Lydia.

Il demeura impassible. Il ne sourit même pas à la fillette. Le cœur serré, Valentina lâcha la main de Lydia pour lui permettre de sautiller vers Arkine et se poster devant lui. Quel courage elle avait déjà !

— Bonjour, Papa !

Viktor Arkine crispa la mâchoire. Il tendit une main hésitante et effleura la tête de Lydia.

— Qu'est-ce qui me prouve qu'elle est de moi ?

— Je vous assure que c'est le cas. Quand j'ai épousé Jens Friis, j'étais déjà enceinte.

Valentina se réjouit qu'Arkine ne se soit pas trouvé en ville pour connaître la date de naissance de la petite.

Lorsqu'il retira sa main, Lydia le regardait encore avec fascination.

— Cela ne veut rien dire, insista-t-il. Elle pourrait être de Friis.

— Non, persista Valentina en feignant l'embarras. Jens et moi avons toujours… fait attention.

— Vous mentez peut-être.

— Non ! Je le jure sur la vie de Lydia. Regardez sa bouche ! C'est la vôtre. Et son menton, aussi.

C'était faux, mais elle sentait à quel point il avait envie qu'elle dise vrai.

— Et ses cheveux ? demanda-t-il.

Il voulut lui enlever son chapeau, mais Valentina avait expliqué à sa fille qu'elle devait garder la tête couverte coûte que coûte. Sans hésitation, Lydia lui prit la main et la serra dans la sienne en posant sa petite joue sur sa paume. Puis elle riva sur Arkine un regard implorant.

Il la dévisagea longuement.

— Elle n'a pas mes yeux, déclara-t-il. Les vôtres non plus, d'ailleurs.

— Ses yeux n'appartiennent qu'à elle. Lydia est unique.

Dans le bureau glacial, il plia sa jambe valide pour s'accroupir et examina l'enfant de plus près, avec une certaine réserve. Cependant, il laissa sa main dans la menotte de Lydia.

— Donc tu es Lydia, murmura-t-il d'une voix douce.

— Et toi, tu es mon Papa !

Elle inclina la tête de côté et sourit timidement. Sans crier gare, elle enroula les bras autour du cou d'Arkine, comme si elle ne voulait plus le lâcher.

— Papa ! minauda-t-elle avant de l'embrasser sur la joue.

Abasourdie, Valentina admirait la prestation de sa fille. Elle ne lui avait pas demandé d'en faire autant, mais en voyant succomber cet homme qu'elle haïssait, elle sentit une partie de sa haine s'envoler. Joue contre joue avec Lydia, Arkine avait le regard moins implacable, les traits plus détendus. Ils restèrent un long moment enlacés, puis il l'embrassa un peu brusquement sur le front et se releva. Il se réfugia derrière son bureau sans regarder ni la mère ni la fille. Il sortit un formulaire qu'il remplit avant de le tendre à Valentina.

— Tenez. Une autorisation de quitter Petrograd. Partez tout de suite.

Elle lut le document, puis elle déchira la feuille.

— Le nom de mon mari n'y figure pas.

— En effet.

— Je ne partirai pas de Petrograd sans lui.

— Si vous restez, les gardes rouges finiront par vous arrêter, même si vous vous cachez sous ces guenilles. Vous êtes fille de ministre et ils vont vous traquer. Ne mettez pas la vie de notre enfant en péril.

— Si Jens Friis reste, nous resterons aussi.

— Ne dites pas de bêtises, Valentina. Pensez à Lydia.

— S'il meurt, nous mourrons aussi.

— Je ne peux pas vous sauver tous.

— Inscrivez son nom sur le laissez-passer si vous voulez que votre fille survive !

L'espace d'un moment cruel, elle crut avoir perdu la bataille. Arkine semblait être rentré dans sa coquille. Le bureau gris et fonctionnel lui parut plus froid et morne. Enfin, il plongea dans son regard.

— Est-ce que votre mère aime Lydia ?

Valentina opta pour la prudence :

— Bien sûr qu'elle aime sa petite-fille.

Il opina du chef et remplit un autre formulaire.

— Prenez ça.

Le nom de Jens figurait cette fois à côté de celui de Valentina et Lydia.

— Merci.

— Je vous préviens : après sa libération, ils viendront l'arrêter. Peu leur importera que son nom soit inscrit sur le document. Vous avez une heure, peut-être moins. Les autres jetteront le laissez-passer aux orties en apprenant qu'il est encore à Petrograd. Il a travaillé pour le tsar et cette trahison ne sera pas tolérée. Pour les gens tels que lui, qui se croient protégés parce qu'ils sont instruits et spécialisés dans un domaine, l'heure est venue de rendre des comptes. Comme si leur intelligence était un bouclier suffisant !

— Jens travaillait pour le peuple russe. Il les aidait. Que ferez-vous, les bolcheviques, si vous éliminez quiconque est capable de réflexion ? Quel espoir y a-t-il pour l'avenir du pays ?

— Enfin libérée des tyrans, la Russie est promise à un bel avenir.

Valentina prit Lydia par la main et l'attira vers elle.

— J'espère ne plus vous revoir, Arkine.

— Prenez l'enfant et filez. Vous êtes douée pour cela, il me semble. Dans la forêt, vous vous faufiliez d'arbre en arbre.

— Qu'est-ce que vous racontez ? demanda-t-elle, intriguée.

Il ne masqua pas sa satisfaction.

— Vous ne savez toujours pas ? Je me trouvais dans la forêt le jour où vous avez surpris nos préparatifs. C'est moi qui ai fait exploser votre maison de Tesovo.

— J'ai été sage, Maman ?

— Tu as été parfaite, *dochenka.*

— Est-ce que Papa m'en voudra d'avoir appelé un autre monsieur « Papa » ?

— Non. Il te couvrira de baisers.

— Alors pourquoi tu pleures ? interrogea-t-elle en tapotant la main de sa mère. Ne pleure pas.

— Dépêchons-nous ! Nous n'avons qu'une heure.

— Pour quoi faire ?

— Pour quitter Petrograd.

42

Derrière la porte d'entrée, Valentina dressait l'oreille, les yeux fermés. Deux garçonnets bruns assis sur le sol du vestibule jouaient aux cartes pour des mégots de cigarette. Ils étaient si absorbés par leur partie qu'ils ne la remarquaient même pas. Un lit étroit était apparu dans l'alcôve située sous l'escalier. Un homme chauve couché sur le dos ronflait, mais elle ne s'en souciait guère. Elle était en alerte et ne voulait pas attirer l'attention en patientant dehors.

Les minutes s'égrenaient. Le souffle court, elle sentait la montre de Jens, dans sa poche, dont les aiguilles tournaient irrémédiablement. Elle guettait le bruit de bottes militaires dans l'allée. Elle sursautait à chaque bourrasque, chaque grincement de grille.

Les minutes s'égrenaient.

En percevant un son vague, sur la première marche, elle actionna le loquet pour entrebâiller le battant. Une rafale d'air froid s'engouffra à l'intérieur. Lorsqu'elle ouvrit en grand, la porte heurta le mur. Curieux, les garçonnets levèrent la tête.

Jens était là, élancé, les joues émaciées, les pommettes saillantes, les yeux enfoncés dans leurs orbites. Une épaisse barbe rousse lui mangeait la moitié du visage.

— Valentina, murmura-t-il.

Elle l'attira vers elle et le fit entrer. Il referma la porte d'un coup de pied. Incapable de dire un mot, elle l'enlaça, le cœur battant, rassurée par ses bras puissants. Son désir pour lui était tel qu'elle se mit à trembler de tous ses membres.

— Valentina, répéta-t-il dans ses cheveux, comme s'il ne connaissait plus d'autre mot.

Le temps pressait, mais elle ne parvenait pas à s'écarter de lui.

Les bagages étaient posés sur le lit : deux grands sacs et un petit. Ils étaient prêts depuis des semaines et contenaient surtout des conserves de viande, des flocons d'avoine, des fruits secs, sans oublier des allumettes, des bougies, une couverture, des chaussettes et un chandail en laine pour chacun.

— Nous voyagerons léger, avait-elle expliqué à sa fille.

Assise en tailleur sur la peau de renne, Lydia avait serré son train sur son cœur.

Seuls dans leur chambre, Valentina entreprit de dévêtir son mari, qui portait les mêmes vêtements depuis huit mois.

— J'empeste le sanglier, marmonna-t-il.

— Je pourrais te dévorer tout cru, répondit-elle en embrassant son torse.

Il émit d'un rire rauque. Son corps était sec, presque décharné. Il n'avait guère que la peau et les os, en réalité. Il avait dû lui être difficile de se maintenir prêt à s'échapper, malgré la faim. Il fit une rapide toilette et tailla sa barbe à l'aide de ciseaux, car il n'avait pas le temps de se raser. En quelques minutes, ils eurent quitté la maison et foulèrent le trottoir verglacé, tenant leur fille par la main. Lydia ne cessait de donner des coups d'épaule à son père pour s'assurer qu'il était vraiment là.

— Les bolcheviques ont investi les gares, donc nous ne pouvons prendre le train, déclara Valentina.

— Marchons. Jusqu'au bout s'il le faut.

— Jusqu'où ? s'enquit-elle.

— Jusqu'en Chine.

Elle en demeura bouche bée, une réaction qui amusa son mari. Avec lui, elle aurait marché jusqu'au bout du monde.

— Va pour la Chine !

— C'est où, la Chine ? s'enquit Lydia.

— Après la Russie, là où elle se jette dans la mer.

— C'est loin ?

Ses parents lui sourirent.

— Il va falloir marcher très vite, ajouta Jens.

L'enfant hâta le pas.

En débouchant dans la rue suivante, ils virent le premier barrage gardé par des silhouettes grises portant un brassard rouge et un fusil qu'ils n'hésiteraient pas à utiliser. Si Valentina se crispa, Jens avança au même rythme et tourna dans une rue transversale pour revenir sur leurs pas et tenter une autre approche. Chaque fois, ils étaient contraints de reculer. Protégée par les pans des longs manteaux de ses parents, Lydia racontait ses parties de cartes avec les garçons du rez-de-chaussée. Au bout d'une heure, Jens s'arrêta dans l'ombre d'une église dont le dôme ambré ressortait dans un ciel couvert, parmi les cendres des incendies de la nuit qui voletaient encore dans l'air.

— Jens, nous sommes pris au piège, dit Valentina en posant son sac par terre. Nos laissez-passer ne valent rien.

— Ces soldats sont des bolcheviques purs et durs. Ils n'accorderont aucune importance à une signature s'ils décident que leur devoir est de tirer une balle sur des oppresseurs. Utiliser les documents est trop dangereux.

Il s'adossa au mur et scruta l'extrémité de la rue, de sorte qu'elle ne voyait plus son visage.

— Pourquoi a-t-il accepté de me libérer ? demanda-t-il.

La gorge sèche, elle posa la tête sur son épaule.

— Est-ce vraiment important ? souffla-t-elle.

Pendant un long moment, il garda le silence. Valentina avait l'impression de manquer d'air. Enfin, Jens posa son menton sur sa tête et poussa un long soupir.

— Non, mon amour, répondit-il, cela n'a aucune importance, du moment que nous sommes ensemble.

Il l'embrassa sur le front.

— À présent, partons.

— Où ça ?

Il plongea dans son regard.

— Tu imagines que j'ai croupi huit mois au fond d'une cellule sans rien faire ? J'ai planifié notre itinéraire et je l'ai parcouru des milliers de fois en pensée.

Il ramassa son sac et prit sa fille sur son dos.

— Il y a une solution.

Jens souleva la trappe métallique au milieu de la chaussée. La plupart étaient verrouillées, mais il savait que le verrou de celle-ci était cassé.

— Vite ! Descendez !

Il vit Valentina hésiter.

— On ne risque rien.

La dernière fois qu'elle avait parcouru les canalisations, elle avait failli se noyer. Jens emprunta l'échelle de métal et saisit une lampe à pétrole. Les allumettes censées l'accompagner avaient disparu. Par chance, Valentina lui en avait remis une boîte. Le trou noir baigna bientôt dans la lueur jaune.

— Lydia, à toi, ma chérie !

Son visage inquiet apparut, puis elle posa les pieds sur le premier échelon. En voyant le tunnel sombre s'étirer devant elle, elle ne se plaignit pas, mais se lova contre son père.

— N'aie pas peur, lui souffla-t-il avant de tendre les bras pour aider Valentina.

Elle prit soin de refermer la trappe. Sous terre, seuls l'égouttement de l'eau et un murmure lointain rompaient le silence, le murmure d'une pompe à moteur.

— Il faudra aller loin ? s'enquit-elle.

— Aussi loin que possible.

Incapable de résister à la tentation, il leva la lampe pour observer son visage, qu'il trouva un peu changé. Il l'embrassa et se mit en route, Lydia sur son dos. Au début, Valentina chanta de sa voix cristalline pour apaiser la tension dans les galeries sombres et confinées. Hélas, ils furent vite contraints de progresser à quatre pattes, traînant leurs sacs dans les eaux glaciales et nauséabondes, de sorte qu'elle se contenta d'avancer en silence.

Jens était agacé d'avoir du mal à se concentrer dans ces souterrains. Cela faisait si longtemps qu'il n'avait pas connu le luxe d'être dans le noir. Il se cogna à plusieurs reprises, mais refusa de laisser Lydia descendre de son dos, en dépit des suppliques de Valentina. Sa fille s'accrochait à son cou avec un enthousiasme qui lui fit chaud au cœur.

Ils ne parlèrent pas, surtout pas de ce à quoi ils renonçaient, de ceux qu'ils laissaient derrière eux. Ce n'était pas le moment. Jens lui demanda simplement où étaient ses parents. Valentina regarda sa fille, qui ne perdait pas une miette de la conversation, et secoua imperceptiblement la tête. Il ne posa plus de questions. Quand ils parvinrent à une autre bouche, Jens gravit l'échelle de fer et regarda par les petits orifices de la trappe. Il vit des pieds par milliers. Après huit mois passés dans la solitude, il avait perdu toute notion de la foule. À l'embranchement suivant, il vira à gauche sans l'ombre d'une hésitation. Le rire de Valentina le fit sursauter.

— Comment diable fais-tu pour t'orienter dans ce labyrinthe ? Je n'en reviens pas !

— Ce sont mes canalisations. Je les ai construites. Il est naturel que je les connaisse comme ma poche.

Trouvant que sa fille était silencieuse depuis trop longtemps, il se tourna vers l'enfant, qui pataugeait désormais dans l'eau jusqu'aux chevilles. Elle avait les yeux écarquillés.

— Papa, où dort le dragon ?

— Il n'y a aucun dragon par ici, *malichka*, s'empressa de déclarer Valentina.

— Mais si ! Je sens son souffle.

Jens prit la main froide de la fillette.

— Je crois qu'il est grand temps de remonter à la surface, annonça-t-il.

Ils étaient proches de la bouche d'égout. Le plafond de la galerie était plus haut. Jens leva sa lampe au-dessus de l'eau qui était lisse et grasse.

— Il n'est pas devant nous, Papa, chuchota Lydia. Le dragon est derrière.

— Non, ma chérie, il n'y a pas…

— Écoutez ! souffla l'enfant.

Ils dressèrent l'oreille. Valentina posa une main sur le bras de son mari. Au loin résonnait un bruit de pas précipités dans l'eau. Jens éteignit la lampe et se figea. Au bout d'une minute, il entendit des voix.

— La lumière a disparu, fit remarquer un jeune garçon.

— Ils se sont volatilisés, répondit un vieil homme.

Les pas cessèrent. N'ayant pas de lampe, ils avaient dû suivre celle de Jens. Ils se remirent en route, plus lentement, jusqu'à être très proches. Jens sentit Valentina lui glisser un objet froid et lourd dans la main. Un pistolet. Le cœur battant, il brandit son arme dans le noir.

— Qui que vous soyez, arrêtez-nous !

Ce fut le silence.

— Qui êtes-vous ? reprit Jens.

— Personne, répondit le jeune garçon. Et vous ?

— Des voyageurs.

— Nous effectuons peut-être le même voyage, suggéra le vieil homme.

— Peut-être. Vous avez une lampe ?

— Une lampe, oui, mais pas d'allumettes.

— Valentina, reste derrière moi et rallume notre lampe.

Elle obéit tandis que Jens tenait les inconnus en respect. Une lueur vacillante éclaira bientôt un garçon d'une douzaine d'années accompagné d'un homme à la moustache grise et au regard plein de regret. Il avait des allures de banquier ou d'avocat. Jens baissa son arme et lança sa boîte d'allumettes au garçon, qui l'empocha. Valentina le maudit.

— J'ai payé ces allumettes cinquante roubles au marché noir, protesta-t-elle.

— Merci, mon ami, déclara le vieillard. Auriez-vous également quelque chose à manger ?

— *Niet*, rétorqua Valentina.

— Mon petit-fils et moi avons été contraints de fuir sans rien emporter.

Il désigna le sac de la jeune femme, qui voulut s'éloigner. Soudain, le garçon sortit un énorme pistolet de sous son manteau et le pointa vers la tête de Valentina.

— Donnez-moi le sac ! cria-t-il.

— Il faudra me tirer dessus, sale petit voleur ! répliqua-t-elle.

Jens s'interposa, visant le vieil homme.

— Qu'il baisse son arme ! Je vous ai aidés. Où est votre moralité ?

— Mon petit-fils est avide, répondit-il d'un ton las, avant de se tourner vers l'intéressé : garde tes balles pour ceux qui les méritent.

Le jeune garçon jura et baissa son pistolet.

— Nous partons, annonça Jens. Ne restez pas ici trop longtemps. Je vous préviens, Lénine et ses gardes rouges fouilleront les égouts quand ils comprendront qu'ils constituent une échappatoire.

— Merci pour ce conseil.

Jens les salua d'un signe de tête et souleva Lydia dans ses bras. Elle tremblait et claquait des dents. Après un instant d'hésitation et à contrecœur, Valentina sortit deux boîtes de conserve de son sac et les jeta au garçon en grommelant. Puis elle s'éloigna.

— Mes amis ! lança le vieil homme. Il y a un train…

Elle s'arrêta et fit volte-face, le visage déformé par la lueur de la lampe.

— Quel train ?

— Un train qui fait le tour de mon domaine, à l'est de la ville, en lisière de forêt. C'est un petit train de marchandises qui passe une fois par semaine. Il ne transporte que du blé et du bétail.

Jens posa Lydia à terre, puis il prit la carte et le compas que Valentina avait emportés.

— Montrez-moi.

Il brandit la lampe tandis que le vieil homme posait l'index sur la carte. Il portait une chevalière ornée d'un diamant.

— Vous voyez ce virage que décrit la rivière ? C'est là que le train ralentit. En vous dépêchant, vous pourrez monter à bord. Tous les paysans du village l'empruntent.

— Jusqu'où va-t-il ? s'enquit Jens.

— Suffisamment loin. Il rejoint la ligne transsibérienne pour décharger ses marchandises.

— C'est votre destination ?

— Pas encore, répondit le vieil homme. D'abord, je dois retrouver ma femme.

Les deux hommes échangèrent un regard entendu. Ils savaient qu'il était sans doute trop tard.

— Bonne chance, conclut Jens. Et merci pour ce renseignement.

— Merci pour la nourriture. Dieu protège chacun d'entre nous.

— Dieu ne suffira pas, murmura Jens.

Il reprit sa fille dans ses bras et entraîna sa femme hors des tunnels.

Ils n'eurent aucun mal à trouver le site, au bord de la rivière. Aux abords de la ville, ils furent arrêtés par une patrouille de jeunes soldats assez naïfs pour se laisser impressionner par un tampon officiel. Les documents fournis par Arkine leur permirent de passer.

La forêt était un refuge bienvenu, un univers rassurant qu'ils sillonnèrent pendant deux jours. La température chuta soudain et des flocons de neige se mirent à voleter dans l'air. Ils virent plusieurs silhouettes pâles se faufiler parmi les arbres, tels des fantômes. Les gens ne faisaient confiance à personne, désormais. En Russie, un inconnu était potentiellement dangereux. Ils campèrent sous les arbres, au bord de l'eau, drapés dans leur couverture. Ils se risquèrent même à allumer un feu pour préparer du thé. Enfin, Valentina parla à Jens de ses parents, de leur condamnation par un tribunal bolchevique. Il la berça dans ses bras et l'embrassa pour calmer ses sanglots. Ils observèrent longuement les rails gris qui semblaient leur montrer la voie vers leur avenir.

Aux premières lueurs de l'aube, Valentina était blottie contre Jens, sous son manteau, au côté de Lydia, enveloppée dans la couverture. Elle effleura la joue lisse de son mari d'un baiser. Il s'était baigné et rasé dans la rivière. Elle le sentit sourire dans le noir. Elle enfouit le visage dans son cou et huma le parfum des pins.

— Jens ?

Il l'embrassa dans les cheveux.

— Jens, j'ai quelque chose à te dire, murmura-t-elle, un peu tendue.

— C'est inutile, répondit-il en posant une main sur sa bouche.

Elle se laissa faire pendant un instant, puis se détourna.

— Jens, ce voyage sera périlleux. Nous risquons à tout moment d'être... séparés, dit-elle, alors qu'elle songeait à bien pire.

Il la serra plus fort.

— Non ! Cela n'arrivera pas.

— Mais si cela se produisait, promets-moi de bien t'occuper de notre fille.

— Je n'ai pas à te le promettre, soupira Jens.

— Promets-le-moi quand même. Je t'en prie !

— Très bien, mon amour, si cela peut te faire plaisir. Je te promets de m'occuper de Lydia.

Il l'observa dans la pénombre.

— Je veux la même promesse de ta part.

— C'est promis. Je veillerai sur elle à jamais.

— Tu es satisfaite, à présent ?

— Non.

Elle chercha ses lèvres, ivre de ce désir insatiable qu'il suscitait en elle. Ils firent l'amour sous un ciel limpide, sans traîneau ni fourrure, comme le soir du bal au palais Anitchkov, sans interruption intempestive, sans Viktor Arkine armé de son fusil et décidé à anéantir leur univers.

— Il arrive ! s'écria Lydia.

Un nuage de fumée s'élevait vers le ciel bleu dans un grondement de tonnerre. Entre la voie ferrée et la rivière étincelait une couche de verglas, puis les champs et la forêt s'étendaient à perte de vue. Une journée idéale pour sauter à bord d'un train…

— Prépare-toi ! prévint Jens.

Le cœur battant à tout rompre, Valentina hocha la tête. Jens hissa Lydia sur son dos et prit la main de sa femme, qui se força à sourire.

— Je suis prête, affirma-t-elle, soufflant de la buée.

Le train ralentit juste avant le virage. Ses roues grincèrent et ses trois wagons de marchandises tressautèrent. Jens se mit à courir devant Valentina qui peinait à rester à sa hauteur. Le conducteur de la locomotive agita un bâton dans leur direction pour les repousser. À l'avant du premier wagon était fixée une échelle métallique. Jens tendit une main et saisit sans effort un échelon. Aussitôt, ses pieds quittèrent le sol et, pendant une fraction de seconde, il se trouva accroché par une main, Lydia dans son dos, les sacs sur une épaule. De l'autre main, il tenait sa femme.

— Saute ! hurla-t-il.

Les jambes tendues, Valentina bondit. Elle perdit l'équilibre et faillit se déboîter l'épaule, traînée à terre à toute vitesse.

Elle lâcha prise. Ses doigts glissèrent de la main de Jens et elle s'écroula sur le sol verglacé. Ce qu'elle avait de plus cher s'éloigna. À la sortie du virage, le train accéléra avec fracas, comme agacé, emportant Jens et Lydia qui disparurent. Sans se rendre compte qu'elle tremblait et qu'elle avait les jambes écorchées, la jeune femme se redressa.

— Jens ! Lydia !

Elle avait tout perdu, après les efforts qu'elle avait déployés pour en arriver là, à l'aube d'une nouvelle vie. N'écoutant que son instinct, elle se mit à courir. Elle gagnerait la Chine à pied, s'il le fallait ! Elle vacilla un instant, puis retrouva l'équilibre et se lança dans une course effrénée. Mille pensées se bousculaient dans sa tête. Une surtout : Jens et Lydia étaient ensemble et le resteraient pour l'éternité. En sécurité.

Les poumons en feu, elle prit conscience qu'elle se trouvait seule au milieu de nulle part. Elle n'avait plus rien, à part une certitude qui la maintenait debout : Jens et Lydia étaient ensemble et veilleraient l'un sur l'autre.

Ivre de la douleur de la séparation, elle courut, courut, jusqu'à ce qu'une ombre noire se profile dans son champ de vision, au loin. La queue du train ! Elle cligna les yeux. Il était bien là, immobile, à cracher de la fumée.

Valentina accéléra, le cœur battant à tout rompre. Le train se rapprochait ! Lorsqu'elle arriva à sa hauteur, le dernier wagon frémissait d'impatience sur les rails. La jeune femme remonta l'avant-dernière voiture, puis saisit l'échelle de la première. Le convoi ne s'ébranlait toujours pas. N'osant y croire, la jeune femme fila vers la locomotive.

Son pistolet posé sur la tempe du conducteur, Jens lui sourit.

— Tu as pris ton temps, dis-moi…

Remerciements

Je tiens à remercier Jo Dickinson pour sa patience et ses conseils avisés lors de l'accouchement dans la douleur que fut la publication de ce roman alors qu'elle était elle-même en congé maternité. Merci à toute l'équipe de Little Brown, notamment Caroline Hogg qui a su s'adapter au mieux. Un grand merci à Emma Stonex qui a préparé mon texte avec une sensibilité et un talent remarquables.

J'adresse ma profonde gratitude à mon agent, Teresa Chris, pour son soutien de chaque instant et sa perspicacité, à Elena Shifrina, pour son aide enthousiaste lors de mes recherches et son éclairage sur la langue russe, sans oublier Susan Clark pour ses conseils dans le domaine musical. Je dois beaucoup à Marian Churchward qui a su transformer mes gribouillis en un manuscrit lisible et partager mes biscuits au chocolat. Comme toujours, je remercie mes amis de Brixham d'avoir écouté mes lamentations tout en remplissant mon verre de merlot.

Mille mercis à Norman, mon mari, qui m'encourage et me comprend, et qui a toujours de bonnes idées.

Cet ouvrage est composé de matériaux issus de forêts gérées durablement certifiées PEFC™.

Le Programme de reconnaissance des certifications forestières (PEFC™) est le plus grand organisme mondial indépendant de contrôle pour une gestion durable des forêts. Pour en savoir plus, consultez le site *www.pefc-france.org*

PEFC
PEFC/14-38-00277
Certifié PEFC
Ce produit est issu de forêts gérées durablement et de sources contrôlées
www.pefc-france.org

Achevé d'imprimer en juillet 2020
par Novoprint
Dépôt légal : août 2020
Imprimé en Espagne